中国当代作家论

谢有顺 主编

中国当代作家论

谢有顺 主编

张志忠／著

徐小斌论

作家出版社

张志忠

■ 山东大学荣聘教授，山东大学莫言与国际文学艺术研究中心名誉主任，首都师范大学文学院教授、博士生导师。中国当代文学研究会副会长，中国新文学学会副会长，北京文艺学会副会长。中国作家协会茅盾文学奖评委，鲁迅文学奖评委。著有《莫言论》《1993：世纪末的喧哗》《在场的魅力：中国现当代文学研究论集》《华丽的转身：现代性理论与中国现当代文学研究转型》《迷茫的跋涉者：中国当代知识分子心志录》等论著多部。

主编说明

　　自从到大学工作以后，就不时会有出版社约我写文学史。很多文学教授，都把写一部好的文学史当作毕生志业。我至今没有写，以后是否会写，也难说。不久前就有一份高等教育出版社的文学史合同在我案头，我犹豫了几天，最终还是没有签。曾有写文学史的学者说，他们对具体作家作品的研究，是以一个时代的文学批评成果为基础的，如果不参考这些成果，文学史就没办法写。

　　何以如此？因为很多学问做得好的学者，未必有艺术感觉，未必懂得鉴赏小说和诗歌。学问和审美不是一回事。举大家熟悉的胡适来说，他写了不少权威的考证《红楼梦》的文章，但对《红楼梦》的文学价值几乎没有感觉。胡适甚至认为，《红楼梦》的文学价值不如《儒林外史》，也不如《海上花列传》。胡适对知识的兴趣远大于他对审美的兴趣。

　　《文学理论》的作者韦勒克也认为，文学研究接近科学，更多是概念上的认识。但我觉得，审美的体验、"一个灵魂唤醒另一个灵魂"的精神创造同等重要。巴塔耶说，文学写作"意味着把人的思想、语言、幻想、情欲、探险、追求快乐、探索奥秘等等，推到极限"，这种灵魂的赤裸呈现，若没有审美理解，没有深层次的精神对话，你根本无法真正把握它。

　　可现在很多文学研究，其实缺少对作家的整体性把握。仅评一个作家的一部作品，或者是某一个阶段的作品，都不足以看出这个作家的重要特点。比如，很多人都做贾平凹小说的评论，但是很少涉及他的散文，这对于一个作家的理解就是不完整的。贾平凹的散文和他的小说一样重要。不久前阿来出了一本诗集，如果研究阿来的人不读他的诗，可能就不能有效理解他小说里面一些特殊的表达方式。于坚也是一个典型的例子。很多人只关注他的诗，其实他的散文、文论也独树一帜。许多批评家会写诗，他写批评文章的方式就会与人不同，因为他是一个诗人，诗歌与评论必然相互影响。

如果没有整体性理解一个作家的能力，就不可能把文学研究真正做好。

基于这一点，我觉得应该重识作家论的意义。无论是文学史书写，还是批评与创作之间的对话，重新强调作家论的意义都是有必要的。事实上，作家论始终是中国现代文学的一个宝贵传统，在1920—1930年代，作家论就已经卓有成就了。比如茅盾写的作家论，影响广泛。沈从文写的作家论，主要收在《沫沫集》里面，也非常好，甚至被认为是一种实验。中国现代文学研究界的许多著名学者都以作家论写作闻名。当代文学史上很多影响巨大的批评文章，也是作家论。只是，近年来在重知识过于重审美、重史论过于重个论的风习影响下，有越来越忽略作家论意义的趋势。

一个好作家就是一个广阔的世界，甚至他本身就构成一部简易的文学小史。当代文学作为一种正在发生的语言事实，要想真正理解它，必须建基于坚实的个案研究之上；离开了这个逻辑起点，任何的定论都是可疑的。

认真、细致的个案研究极富价值。

为此，作家出版社邀请我主编了这套规模宏大的作家论丛书。经过多次专家讨论，并广泛征求意见，选取了五十位左右最具代表性的作家作为研究对象，又分别邀约了五十位左右对这些作家素有研究的批评家作为丛书作者，分辑陆续推出。这些作者普遍年轻，锐利，常有新见，他们是以个案研究的方式介入当代文学现场，以作家论的形式为当代文学写史、立传。

我相信，以作家为主体的文学研究永远是有生命力的。

谢有顺

2018 年 4 月 3 日，广州

目录

第七章　"世界失去了它的灵魂，我失去了我的性"

第八章　女性的太阳怎样才能升起

第十二章 "人与世界一起成长"

前　言

一

徐小斌，是中国当代文学中的一个异数，也是当代文学研究中的一个症候。

先让我们看看当下文坛的重量级评论家们对徐小斌的纷纭评说。

对于徐小斌的文坛定位之困难，戴锦华如是言：

> 徐小斌是当代文坛上以自己的（尤其是九十年代的）作品而拥有自己的读者群的作家。如果说，她对巴赫赋格曲＋埃舍尔怪圈的迷恋，使她着力于营造作品的迷宫式结构；她的充满伤痛感的女性生命体验，使她一步步接近禁区；那么她对于生存的"普遍命题"着魔般的固执，青春故事表层结构，以及她广泛涉猎的知识领域和她的异地场景，则使她的作品具有流畅迷人的可读性。在笔者看来，这种流畅与可读，与作品中迷宫路径式的营造，是徐小斌作品所呈现的另一份张力。它同样在冒犯与妥协之间，构成了徐小斌独特而难于定位的文坛位置。[①]

---

① 戴锦华：《自我缠绕的迷幻花园——阅读徐小斌》，《当代作家评论》1999年第1期。

戴锦华要说的是，叙述迷宫，充满伤痛感的女性经验，对女性人生的极致描写导致的冒犯书写常规，与流畅的可读性对读者的妥协，构成其不同的侧面。

比戴锦华晚了一代的北京大学教授贺桂梅说：

> 徐小斌在当代文坛似乎始终保持着一种"局外人"的姿态。她以诡谲的想象力、超拔的智性与敏锐的感受力长久地构造着一个个由神秘的文化符码筑成的"别处"：从一个精神病患者眼中的世界，海火，到敦煌，中缅边境的佤寨，蓝毗尼城，我们从中读到的是体察社会历史文明与人性深层悲哀的别一种视角，她的小说如同美丽的珊瑚触角，向我们展示了当代写作"无限的多样性与可能性"。她心爱的人物，则是具有透视人类灵魂的通灵性，勘破世情、揭示本真的"永远的精神流浪者"。她们的存在隐隐地构成与现代文明社会的紧张的对峙关系。对于徐小斌而言，写作既是一种"以血代墨"的生命需求，同时也是一次次以文化密码编织的智性游戏，她的小说由此成为智性与诗情、科学与神秘、象征与隐喻、回旋与变异、玄奥的形而上空间与深刻的女性经验等交织在一起的叙述怪圈和迷宫；犹如埃舍尔的绘画与巴赫的音乐，总是在不知不觉中由异域回到当下，由神秘转入现实，又从现实过渡到更高层次的未知。[①]

贺桂梅说的是，徐小斌的作品昭示着生活在别处，异乡异域，神秘奇境，这与现代文明笼罩下的当下现实，两者间构成了一种对

---

① 贺桂梅：《伊甸之光——徐小斌访谈录》，《花城》1998年第5期。

2

立关系。在现代进程和全球化大潮中，权力、金钱、欲望、贪腐等，都是社会现实中随处可见的，人心不古，人性堕落，都是作家批判现实时的首选。徐小斌的独特性在于，她在丑陋现实的另一边，建构一个神秘的空间，与现实形成执着的纠缠，在与现实的折冲之间，将其神秘性升腾而起，对现实产生一种超越性。

陈晓明是对徐小斌关注最多的学者之一。他将徐小斌的创作概括为"梦想成精"：

> 徐小斌是一位个性显著的作家，她内心十分沉静，始终以自己的个人方式写作。她对文学的那种执着的态度和方式，是当今中国作家所少有的。她追求一种纯粹的文学，一种用汉语的纯美品性来书写的文学。她个性鲜明却又具有多面性：对于一部分人来说，徐小斌是一个玄奥的有神秘主义意味的作家；在另一些人看来，她是一个准女性主义者；一些人认为她的写作非常前卫，也有一些人会把她看成一个把传统风格发挥到极致的人。

> 对徐小斌来说，小说就是她的生存世界，她倾心于这个世界，把自己全部交付给这个世界。她以这种态度来写作小说，我们也就不难理解徐小斌的小说充满着虚构的色彩，这个世界融瑰丽的想象、诗性、形而上的神秘意念于一体，在我们的面前无止境地伸展敞开。[①]

陈晓明讲明徐小斌创作的三个要点，个性鲜明而又斑斓多姿，小说世界大于、优于其生活的世界，执着地追求纯美的语言纯粹的文学。

陈福民注重的是徐小斌作品中的精神指向及其困惑：

---

① 陈晓明：《梦想成精：徐小斌的小说世界》，《北京晚报》2020 年 3 月 6 日。

真正有意义的艺术表达不仅仅有赖于时代文化氛围的渲染烘托，还依赖于写作者对自身经验同历史关系有独到的生动的理解。如何在上帝之门轰然关闭之后保有人的灵净状态？如何在历史理性悍然推进之际为人求得最后一点真实和尊严？如何使女性的情感、欲望、思想在现代人的含义上水落石出？这些都是一直困扰着徐小斌的"深度问题"。毫无疑问，徐小斌的"女性写作"色彩非常强烈，但是，作为一种独异的、批判的思想和艺术冲动，徐小斌的写作不能仅仅用"女性文学"加以简单的一揽子说明。①

陈福民所言，作家能否超越普泛的时代意识而独辟蹊径，是其能否实现真正有意义的艺术表达的前提，徐小斌的"深度问题"亦不止于女性文学。

孙郁浸淫于鲁迅的世界年深日久，他的文字表述，语法、口吻与用词，都显得别有韵致：

我们说那是一条曲折的路，乃因为其精神一直面临的一种难度。阅读徐小斌，总觉得是一种苦涩的跋涉。但那艰辛里也总有神灵的召唤，在黑暗里还时时闪着奇光。她写女性，有点残酷，常常是本原的昭示，那些外在的光环一个个脱落了。作者经历过"文革"，见证过八十年代的文化变革，总能以旁观的角度去审视昨日的历史。在那些文本里，完全没有逃逸，乃是一种精神的面对，甚或一种搏击。这让我想起卡夫卡和鲁迅。其中不是模仿的问题，而是一种气质的联系，徐小斌在本质上，和这样的传统是有关的。……徐小斌有童话写作的天赋，却放弃掉那些逃

---

① 陈福民：《无罪的凋谢——写在徐小斌〈羽蛇〉再版重印之际》，《南方文坛》2005年第2期。

逸现实的飘渺的梦。从童话中又穿入到冰冷的世界，于是真俗之变在明暗里波动不已。她绝不躲在安详之中，习惯于一种苦运的承担。而有时，又津津乐道于对残酷的凝视，在拷问里进入自审的快感中。①

孙郁指出徐小斌与鲁迅和卡夫卡精神气质的关联，肯定其直面惨淡人生，在凝视残酷与拷问灵魂的痛苦中暗自滋生一抹奇光与快感。

还有孟繁华，他曾经和徐小斌在中央广播电视大学做过同事，对徐小斌的评价有独特的角度：

> 徐小斌的小说创作，于九十年代的文学来说，是一个相当独特的现象。她的独特不仅在于她奇丽的想象，对神秘与未然的情有独钟，也不仅表现在她作为女性作家对女性意识的格外自觉，同时还表现在她意识与文本中的深刻矛盾。这些特点，使徐小斌的小说在整体上敏锐地传达了她对当下生活的深切体验；她既身陷其中又难以亲近，既向往逃离又宿命般地无力自拔。因此，她只能以想象的方式一次次地自我救赎，一次次地"生活在别处"，然后再重临起点，让她的乌托邦在想象中不断辉煌。另一方面，在这些特点中我们也明确地感到，她在努力超越自己八十年代创作的过程中，仍有依然可感的理想主义与浪漫主义的遗风流韵。……事实上，她已经找到了既表达个人倾向，又关怀人间现实的结合部。她有影响的一些作品，或者说九十年代以来的作品，她关注的焦点始终是现代人或者说是现代女性的精神焦虑和情感挫折。但小说并非人生指南，

---

① 孙郁：《聆听者》，"腾讯文化"https://cul.qq.com/a/20161230/004447.htm。

她所有人物的结局或出路，亦不等同于她为女性开出的十全大补药方。但我固执地认为，一个作家只要真诚地表达了他对现代人的生存处境和精神处境的关怀，表达了他哪怕深陷绝望但仍在抗争的努力和勇气，表达了他对人类基本价值维护的承诺，他的作品终会被人阅读并且热爱。[①]

生存处境和精神处境，乌托邦，理想主义，浪漫情怀，是孟繁华解读徐小斌的关键词。

二

徐小斌的文学阅读经验，始于她九岁时开读《红楼梦》，她的文学创作，开笔于十六七岁写作《雏鹰奋翮》，一部未完成的长篇小说。《雏鹰奋翮》写一个女孩凌小虹和一个男孩任宇的故事，写得非常投入，写了大约有将近十万字。出身于高级知识分子家庭的凌小虹与出身于干部家庭的任宇，有一种非常纯洁也非常特殊的感情。由于出身的不同，在那个年代他们之间不可避免地发生误会。小虹的父亲被殴打致死后，她生活无着，被赶出自己的房子，到过去保姆住的地方蛰伏，却遭到流氓王志义的骚扰。性格刚烈的她在反抗中杀了王志义，只身潜逃。任宇寻找未果，痛彻心扉。后来任宇与几个好友一起泅渡红河，到越南参加抗美援越，遇到了一个酷似小虹的女子。"写到这里，我不知如何往下写了，就停了笔。这沓子片叶纸，在交通大学院里的小伙伴中间传来传去。每个人见了我都会问：后来他们俩怎么样了？多年之后，曾经的好友、东方时空总策划杨东平把《雏鹰奋翮》作为'文革'中的'地下作品'写

---

① 孟繁华：《逃离意识与女性宿命——徐小斌九十年代的小说创作》，《当代作家评论》1996 年第 6 期。

入了他的一本书里。"①我曾经为没有读到这部未完成的手稿感到遗憾，但是，想到这样的人物关系、故事情节和奔赴抗美援越战场的红卫兵，在《末日的阳光》《敦煌遗梦》等作品中都曾经出现，也就释然。对于徐小斌，她在文学写作上最初的"雏鹰奋翮"，就决定了她后来写作的基本走向，可见其发自内心的倾诉欲望之不可遏制。

时至今日，徐小斌的创作，不但在中国大陆产生相当大的影响，在海外的出版和传播也可圈可点。她曾获全国首届鲁迅文学奖，全国首届、第三届女性文学奖，第八届全国图书奖，加拿大第二届华语文学奖小说奖首奖，2016 年获英国笔会翻译文学奖并入围英国金融时报奖。《羽蛇》成为首次列入西蒙和舒斯特公司国际出版计划的中国作品。部分作品译成英、意、日、西、葡、挪和希腊等十余种文字，在海外发行。徐小斌作品的各种文集、选集多有出版，其最新的成果是作家出版社 2019 年 11 月出版的"徐小斌经典书系"十四卷，集中体现了其四十年间的文学和影视剧作创作成果。

徐小斌还是一个在诸多艺术领域都有造诣有贡献的艺术家。她根据自己的中篇小说《对一个精神病患者的调查》执笔改编的电影《弧光》由第五代著名导演张军钊执导，白灵、张光北、肖雄等主演，荣获莫斯科国际电影节"生活之毯特别奖"。徐小斌编剧的电视连续剧《德龄公主》取得很好的口碑。她还在中央美术学院举办过刻纸艺术展，得到艾青的赞赏——须知，艾青在写诗之前的身份就是曾经留学"艺术之都"法国巴黎的画家。她在国家开放大学讲授的《西方美术欣赏》二十讲受到热烈欢迎。2010 年出版刻纸集《华丽的沉默与孤寂的饶舌》。2018 年夏，徐小斌推出七十幅画作组成的童话全彩绘本《海百合》。著名评论家李敬泽称赞说："小斌的画如楚辞，是盛大纷披的森林，那些女人男人，如妖如魅。和她的小说一样，她在画中建造花园，确切而抽象，所有的美都被抽去人

---

① 徐小斌：《我写作，因为我对世界有话要说》（上），《名作欣赏》2017 年第 2 期。

间重量，精微脆弱地呈现。这是至美之相，是纯粹精神的舞蹈与飞翔。"[1]《海百合》被青年诗人、评论家戴潍娜赞不绝口：

> 在奔涌而来的绚丽画面中，徐小斌以她天赋异禀的视觉、听觉、嗅觉，全力投入，向世人展现的是一场异常盛大绚烂的假面舞会。舞会的选址是大海、月下、摩里岛；舞会上的颜色是珊瑚、珠贝、番石榴、罂粟、曼陀罗的异色；舞会上的芳香是紫罗兰、忍冬花、鸢尾花、铁线莲、野玫瑰的异香……作为画家的徐小斌用她独特的文字为我们画出了色彩斑斓的迷醉人间。[2]

让许多热爱徐小斌的读者困惑的是，她为什么不曾大红大紫？有文化记者这样说——

> 她是圈中公认的身跨三界的文学先锋：小说，影视，绘画；人界，仙界，神界；物质界，精神界，灵魂界。徐小斌的作品带有神秘的色彩，主要作品《羽蛇》与西方的超现实主义颇为相似。她在小说中制造了许多神异诡秘的空间，加之女性作家所本身具有的飘逸灵动的语言，作品中萦绕着一种神秘的巫气和幽深的水井气息。说那是"巫的世界"也未尝不可。她也承认自己对"神秘"的存在有一种兴趣。许多写作表达了对冥冥之中的那个存在的好奇。

> 沉迷于深度隐喻小说美学却鲜为人知的她，热衷于原创，创作时完全沉浸在自己的世界里，从不趋势附时迎合读者。所以数十年过去，除了一些顶级批评家凤毛麟角的评论，似乎并没有引起大众太多的关注。徐小斌对此也坦

① 徐小斌专题讲座《仰望星空的人》http://hsy.huzfb.com/yanchu_show.asp?Id=757。
② 戴潍娜：《徐小斌：不会画画的小说家不是好女巫》，《北京日报》2018年8月9日。

言："我就是热衷于原创，每一次新作都会颠覆过去的风格，明知道这样可能会甩掉一批读者，但是在我深陷创作迷局的时候，所有的非文学因素都被屏蔽掉了。"①

身为文化记者，每天在媒体中生存，有他们的职业敏感。在传媒为王的语境下，衡量一个作家的影响力和传播能力，新闻媒体是最便捷的渠道。在电视上有没有经常露脸，在报纸上会不会经常闻名，在各种文学和社会的活动中是不是经常充当出席嘉宾，都是评估作家是否流行的重要指标。以此来衡量，显然对于徐小斌这样的作家是非常不利的。

贺桂梅称其为文坛的"局外人"。徐小斌在创作初期，在《请收下这束鲜花》和《河两岸是生命之树》的早期阶段，可以见出她和二十世纪八十年代初期的文学同调；自《对一个精神病患者的调查》和《海火》开始，徐小斌就成为文坛的独行侠，义无反顾地在创作内容和创作形式两个方面进行坚韧的探索，从与时代同行，转为特立独行，从时代的合唱退出，进行一个人的独唱，可以说，她是承接二十世纪八十年代中期的先锋精神，将文学的探索性原创性进行到底的。无论是在同代作家中，还是在女性文学的序列中，这都是其鲜明的精神标记。还有很重要的一条，徐小斌创作的跨度之大，经常难以让人做连续性的跟踪研究。《羽蛇》问世颇受好评，在女性文学创作中一时无两，她却遁形而去，钻史料，访故宫，去写二十世纪初年清宫禁苑中的《德龄公主》。每一条路子蹚开之后，本来都可以继续在驾轻就熟与逐渐完善之后形成写作套路，巩固成果，徐小斌却掉头而去，另起高楼。她的六部长篇小说，每一部都在结构、叙事上别开生面，都是在进行自我超越。唯其如此，推倒重来，戛戛生造，自己难为自己，迟缓了她的创作频率，让批评家和

---

① 苏墨等：《徐小斌：穿越"迷幻花园"的"文妖"》，《工人日报》2013年3月18日。

读者很难保持对她的连续性关注。须知现在是"注意力经济"的时代，不会造势，不会把握恰当的时机，不去揣摩和迎合读者与社会的阅读心态，一心沉浸在自己的创作状态中，这也是"局外人"之一解。

先锋也罢，探索也罢，更为重要的是文学的质地。徐小斌的文学创作，是一种有难度的写作，境界开阔而繁复，如其一部作品所彰示，是人生与心灵的迷幻花园，极容易走失，这也带来有难度的阅读。徐小斌的创作，要穿过现实、秘境和人文科学自然科学各种理论的三重门，然后又很经常地陷入各种严重的悖论中，悲观与乐观，科学与神秘，写实与虚幻，隐士与斗士，个人性与全球化，孑孓独立与退让妥协，互相纠结，撕扯不休。就像她所言的悲观与乐观："我说我是个彻底的悲观主义者，是指终极意义上的悲观主义者，而不是一般人所说的情感上的悲观主义者。像《红楼梦》，'你方唱罢我登场'，最后就剩'白茫茫大地真干净'，这就是彻底的悲观主义，认清这个世界终极的东西是好的，所以维纳认为人类就像一艘注定要驶向死亡的航船，可是人不能因为知道自己要死就不好好地活了，在航船上所有的乘客还是要进行各种各样的表演。我觉得这句话说得很好。""我至今认为一个彻底的悲观主义者才能乐观地活着。终极就在那里，但是你还要活得精彩。"①

再拈出一例，可以见出徐小斌的纠结与悖反。她有两篇关于创作的言谈，都是发表在同一刊物《名作欣赏》上，一篇是《同这个世界不曾和解》②，一篇是《我写作，因为我对世界有话要说》③。前者强调作家对现实的批判对抗态度："真诚的写作很难做到，所以在中国成为真正的现实主义作家是很难的。为什么？因为现实主义作家肯定应当是批判现实主义的。托尔斯泰也好，巴尔扎克也

---

① 吴成贵：《徐小斌：写一部中国版的〈阿凡达〉》，《华商报》2010 年 4 月 24 日。
② 吴言：《同这个世界不曾和解——徐小斌访谈》（上），《名作欣赏》2014 年第 28 期。
③ 徐小斌：《我写作，因为我对世界有话要说》（上），《名作欣赏》2017 年第 2 期。

罢，罗曼·罗兰、雨果都是批判现实主义大师。一个作家如果不和社会保持一种紧张的对峙关系，而只为了谋求现实利益去复制某些陈词滥调，这是现实主义写作吗？"① 同这个世界不曾和解，保持一种紧张对峙的关系，又不能够拔着自己的头发离开这个世界，不但不能够离开，还要向这个世界倾诉，倾诉幼年时代的心灵创伤，倾诉人间的种种不公与倾轧，倾诉对人类命运与大自然的深远思索。因为倾诉很难被人听得到，所以用手中的笔去进行交流，"我写作，因为我对世界有话要说"。这就是"局外人"和"局中人"的两种身份同处一身引发的尴尬与无奈。

三

徐小斌的创作，大抵属于小众文学。在为了快乐、为了消费文学而读书和娱乐至死的年代，在网络文学写手日撰万言、影视剧作家纷纷致富的当下，信守文学的追求，保持先锋的姿态，在虚无主义盛行的年代仍然执拗地追求一种建立在真实之上的唯美风范，徐小斌自喻为理想主义精神的最后一颗棺材钉，其决绝和悲壮非比寻常。

这样的选择未免强人所难，徐小斌却乐此不疲。她的作品和读者的距离越拉越大，于是她不无焦虑地屡次出面现身说法，阐述自己的作品内涵，希望借此打通作家与读者的心灵通道。这也是她以真示人的表现之一种。

在当代文学的高原上，徐小斌也许不是最醒目的，但她一定是最独特的地标之一。

有唐一代，诗歌蔚为大观，不但有李杜诗篇万口传，有元白乐

---

① 吴言：《同这个世界不曾和解——徐小斌访谈》（上），《名作欣赏》2014年第28期。

府贴近民间，也有李贺那样的奇才怪才，虽然知音有限，但其时代性和艺术价值并不因此遭受贬损。李贺是个苦吟的行者，乘着驴子出门，时不时地会冥想出一两个佳句，急忙写下来将其纳入随身的锦囊。在唐代诗人的群英谱中，李贺的作品不是很多，却是一个独具特色的精彩存在。徐小斌颇类之，她像写诗一样精心地写小说，是苦吟的行者——请看她小说中涉及了多少不同地域，不同的地域文化地域风情——上天下海求之遍，两地茫茫都不见，闻道海外有仙山，山在虚无缥缈间（《炼狱之花》之谓也），追求希望与理想的境界，九死而不悔。不仅是其文学才华，还有满纸的神秘氛围，思维的跳脱不羁，释影憧憧，巫风阵阵，欲念临空，幽灵浮动，人蛇变化，梦中有梦，都近乎"鬼才"李贺。杜牧在《李贺集序》中所写，或许会对我们阐释徐小斌的作品有积极的启迪：

皇诸孙贺，字长吉。元和中，韩吏部亦颇道其歌诗。云烟绵联，不足为其态也；水之迢迢，不足为其情也；春之盎盎，不足为其和也；秋之明洁，不足为其格也；风樯阵马，不足为其勇也；瓦棺篆鼎，不足为其古也；时花美女，不足为其色也；荒国陊殿，梗莽丘垄，不足为其恨怨悲愁也；鲸呿鳌掷，牛鬼蛇神，不足为其虚荒诞幻也。盖《骚》之苗裔，理虽不及，辞或过之。《骚》有感怨刺怼，言及君臣理乱，时有以激发人意。乃贺所为，无得有是？贺能探寻前事，所以深叹恨今古未尝经道者，如《金铜仙人辞汉歌》《补梁庾肩吾宫体谣》，求取情状，离绝远去笔墨畦径间，亦殊不能知之。贺生二十七年死矣，世皆曰："使贺且未死，少加以理，奴仆命《骚》可也。"贺死后凡十某年，京兆杜某为其序。

由此，让我们开始进入徐小斌的小说世界。

第一章　成长的烦恼

——《末日的阳光》与十三岁少女的性别认同难题

有一部美国出品的家庭生活题材的电视连续剧《成长的烦恼》，其家庭结构堪称完美，剧情则妙趣横生：富人聚集的美国纽约长岛住着这样一家人，父亲杰森·西弗是一位心理医生，为了支持妻子麦琪的心愿——摆脱全职操持家务的家庭主妇身份，重新回到记者的工作岗位，杰森毅然决定将他的心理诊所搬到自己的家里。在家中工作的同时，他也有了更多的时间与他的三个孩子相处。十五岁的大儿子麦克是十足的捣蛋鬼，不务正业，经常让家人感到烦恼；十四岁的女儿凯勒是个好学生，但学习优秀的她沉迷于读书，似乎有些不食人间烟火；小儿子本，是个刚刚九岁的机灵鬼。杰森提倡的启发式教育，在这个家庭起到了极大的作用。一家人和睦相处，爱与成长的故事时时会出现有趣的误会，处处都伴随着会心的欢笑。

2012 年春天，在美国访学期间，我也曾踏访纽约长岛并且在那里的朋友家住过数日，这里的居民很多是在纽约曼哈顿工作的高级白领，很多美国富豪包括纽约中央车站的建造者万德比尔特的儿子都在这里建有豪华别墅，宋美龄的别墅亦在长岛；新版电影《伟大的盖茨比》中盖茨比的豪华别墅也是在长岛选景拍摄的。在《成长的烦恼》中，杰森一家衣食无忧，生活宽裕，父母亲都是上流社会的活跃人物，儿女们也都生动活泼、独立性非常强。他们生活在其乐融融之中，不时地闹出些杯水波澜，无伤大雅，充满喜剧性。这部长逾百集的作品，给中国观众留下了欢乐而深刻的印象。

徐小斌也擅长描写成长的烦恼，但这种烦恼中掺杂了沉重的痛苦。美剧《成长的烦恼》是从事业有成、持家有方的父亲母亲的角度落笔的，徐小斌却是着眼于孩子们的视角，以孩子的身份去倾诉成长的困惑与悲凉。父母亲在其中，要么根本缺席，要么退居非常次要的位置，孩子们的成长过程，又恰逢"文化大革命"的动乱年代，社会角色的混乱、自我认同的迷惘，更加剧了孩子们的苦难重重。

徐小斌的作品中，有浓重的十三岁情结，从她早期的作品《请收下这束鲜花》，到她创作成熟时期的《末日的阳光》，都有非常鲜明的标记。李白《长干行》描写女主人公："同居长干里，两小无嫌猜，十四为君妇，羞颜未尝开。低头向暗壁，千唤不一回。"写出已经身为少妇的十四岁女孩的生涩混沌。杜牧《赠别》诗云："娉娉袅袅十三余，豆蔻梢头二月初。春风十里扬州路，卷上珠帘总不如。"这位雏妓占尽风情，让放浪形骸的杜牧赞不绝口。对于今人来讲，一个人的成长周期，随着社会分工需要和寿命的延长已然不同，十三岁，刚刚是小学毕业进入中学的时候，孩子在精神和心灵上非常敏感又非常脆弱，但是吊诡的是，现代人在生理上却比农耕时代更早进入性发育期，让许多女性很早地经历生命的初潮，童蒙尚未褪尽就体验自身作为女性的性别特征和生命欲望，体验生命的成长之烦恼与痛苦，悲凉与迷惘。

第一节　王子的唤醒：白雪公主获救之后

《请收下这束鲜花》中的女主人公，就是处在这样的尴尬状态。她在这篇作品中第一次出现，1978 年的她已经十六岁，刚刚考上最好的医学院，行将入学，马上要成为一个大学生。但是当她悄悄溜进 A 病房，在房间里出现的时候，众目睽睽之下，她却仍然还是一个孱弱的小人儿，是个不谙世事的小女孩——"而且你还是这样一个孱弱的小人儿。他们真的无法想象，你那纤细的小身体是怎样闯过那疾风暴雨的。你看上去还是个小女孩，五官是严格按照'儿童比例'排列组合着：大脑门儿，尖下颏儿，鼻尖上星星点点的雀斑。实在不能说是漂亮。"[1] 这样的相貌，用俗话讲，就是还没有长开。

故事时间的开端之处，这位始终没有姓名、始终被人看作小孩儿的少女，出生于1962年，在四岁的时候就遭遇了"文化大革命"的爆发，她的父亲母亲在最初的狂涛恶浪当中遭受摧残悲惨离世，是笃信佛教的外婆将她收留下来，艰难地谋生度日。作品中特意讲到，外婆的教育造就了小女孩（在本章中我们以此指称作品中的主人公）的怯懦性格。给小女孩以悲哀的还有被划入另类迫害致死的父母双亲，父母虽然离世，这样的家庭状况却像无法去除的浓郁阴影笼罩在小女孩身上，让小女孩成为生而有罪的"贱民"，饱经"血统论"的戕害，一直处在精神的压抑与扭曲之中。到1974年，外婆也去世了，唯一的亲人弃她而去。十二岁的小女孩在屈辱、孤独、绝望、寒冷当中跳楼自杀，想要结束自己可怜的软弱的生命。在动乱年代，还是有好心人救助了她，把她送到医院抢救，她才得以死里逃生。在医院里她接受了繁复的手术，身体得以复原。在接受医疗的过程中，她还对一位善良温情而且美貌的青年医生田凡（是的，作品中就是用这个很少用来修饰男性相貌的词语夸奖田凡）暗自产生好感，由此逐渐恢复了她对社会人群的信任。这位十二岁的小女孩，有了自己的精神眷恋，有了对于异性情感的第一次萌动，她也会因此而羡慕田凡的长得像电影明星一样漂亮的恋人，羡慕她能够得到田凡的爱情。十二岁的小女孩，不会引起异性青年的重视，无法充当恋爱的对象；这个小女孩把自己的情感隐藏得很深

---

① 徐小斌：《请收下这束鲜花》，徐小斌：《蜂后》，作家出版社2019年9月，第171页。

很深。她相貌平平，不善于自我表述，从来没有向青年医生田凡流露过心声。在田凡心目当中，她就是流水轮转过程当中一个小小的病人，轻轻地来，轻轻地去，留不下什么样独特的印象。但小女孩却把田凡医生作为自己懵懂之爱的对象，留心起他的一举一动。她默默无闻地成长起来，长到她的十六岁。

在成长期间，她受到田凡医生的影响，其对医生职业的敬业和严谨，对病人的友善和认真，都令她深为倾慕。田凡还鼓励她说要有勇气活下去，只要奋斗就会有希望："这个世界并不像你想象的那样冷酷，当然，也不尽善尽美。但是要有勇气活下去。只要奋斗，就会有希望。"[1] 在这样的精神激励下，小女孩获得了进取的信念和生命的活力。经过生死考验，经过田凡的引导，她有了信念，有了追求，在现实生活当中，她以田凡为榜样，追随后者的敬业精神：热爱工作是为了解除别人的痛苦，在为别人解除痛苦的过程当中，使自己感受到真正的幸福。小女孩以此走出了自我禁闭低迷徘徊的精神状态，在学习当中表现出她的勤奋和才华，很快在学校里成为学霸，脱颖而出。同时，这个小女孩一直关心着田凡医生的一举一动，关注他每一个可以观察到的生活细节——"我也要学医，我要做一个像他那样出色的外科医生！"[2]

小女孩成长过程中再一个时间标志是"文革"结束之后的1978年，父母双亲得到平反，高考制度恢复后，小女孩考上最好的医学院。正当她的生活渐入佳境，她却意外地得知，田凡罹患血癌生命垂危。她为心目中的偶像牵肠挂肚，但她一直在压抑自己的内心世界，压抑自己的内心情感。"你狠狠咬着自己的手指，在晨曦中，你发现自己的泪是浅红色的。那里面有血，有你青春的鲜血，你是在用整个心灵爱着他啊！无论他活着，或者他死去。可是他并不知道这个，他不可能知道，你也不愿让他知道。世界上还有什么比这

① 徐小斌：《请收下这束鲜花》，徐小斌：《蜂后》，作家出版社2019年9月，第177页。
② 徐小斌：《请收下这束鲜花》，徐小斌：《蜂后》，作家出版社2019年9月，第179页。

更苦涩的泪呢？"[1]

为了探望田凡，她买了很多高档的滋补品——这是用父母亲的冤案得到纠正平反之后所得到的补偿抚恤金去买的。但是，她去探访田凡几次受阻，先是无法向看守病房的人说明她和田凡是什么关系，被拒绝进入病房。当她耐心守候时机抓住机会溜进病房时，却发现有许多田凡的朋友和经过他治疗的病人围在田凡的床头，使她难以接近田凡。终于有一天，在一个风风雨雨的天气，她再次来到医院，这一天因为风雨阻隔，病房里没有前来探视的人们。她来看望田凡，还带了一束田凡最喜欢的玉簪花。可是田凡对她没有留存任何过往的记忆，仍然口口声声对她讲："谢谢你。小孩儿"。这对于一个情感积压很久、急于倾诉情愫的少女，当然是遭遇冷场。但是，作家给这个旖旎缠绵的故事安排了一个昂扬向上的结局。田凡用他对待每个人的真挚来对待这个"小孩儿"，并且说，希望自己死后肉体化为泥土，会培育出一株玉簪花。这美丽的梦想，暂时冲淡了面对死神的恐惧与死亡的悲伤，留下一个唯美的结尾：

> 暴风雨还在咆哮着，而屋里却是这样静。大家的目光久久地凝聚在这束沾满雨水的鲜花上。它普普通通，洁白无瑕，但香味却是那样醇正、隽永、悠长……[2]

在童话故事中，误食毒苹果而在森林中沉睡的白雪公主，被王子之吻唤醒，进入全新的生活境界。十二岁的小女孩在得到田凡对她身心的救助之后，也幡然醒悟，告别灰黯的既往，开始了充满希望充满进取精神的新生活。用这样的原型诠释《请收下这束鲜花》，可以窥见作家的什么心态呢？

---

① 徐小斌：《请收下这束鲜花》，徐小斌：《蜂后》，作家出版社2019年9月，第181页。
② 徐小斌：《请收下这束鲜花》，徐小斌：《蜂后》，作家出版社2019年9月，第183页。

第二节　丑小鸭之惑：成长与拒绝成长

如果说，《请收下这束鲜花》充溢着二十世纪八十年代那种理想主义高扬的时代气息，它赋予了田凡和小女孩的追求、奋斗以光彩夺目的底色，塑造了充满理想激情的有为青年的形象；写于九十年代的《末日的阳光》展开的，就是一个更为纷繁迷乱的场景，主人公了然从小女孩成长为少女的精神历程与灵肉困惑，得到了深度的开掘——八十年代高扬的集体主义、理想主义的幻境消失之后，个人的成长难题才真正凸现出来。

如果说，《请收下这束鲜花》中，为社会为他人做贡献的宏大理想，压抑、取代了一个被看作"小孩儿"的少女心中那隐秘懵懂的爱情，是社会语境遮蔽了她的个人欲求，那么，《末日的阳光》所表现的十三岁的了然，和小女孩的成长经历既有某种相互印证的关联，又有了更为丰富更为多重的缠绕，也有着远非前者可比的思想的、情感的和审美的内涵。

说她们有相近之处，是说小女孩遭遇人生危机跳楼自杀，然后在医院当中得到救助，是在她的十二岁，正是一个少女的青春意识开始萌发的时期，是展开对于神秘、清纯的爱情和对独具魅力之异性的神奇想象的年龄。小女孩的那种爱情全然是隐藏在自己的心灵深处，从来没有表露出来，从来没有向对她有救治之恩的田凡倾诉表白过。这只是一种单纯、单向的相思，而且还仅仅是止于自我精神上、意念上的。一厢情愿，不求回应，甚至都不愿意让田凡知道她的这种情感，幼稚的自卑同时又是一种自傲，我爱你是我自己的事，与你无关。徐小斌说过，她写《请收下这束鲜花》时受到茨威格《一个陌生女人的来信》影响很深。而《末日的阳光》中的女主人公了然的精神成长史上，成长的蕴含却要缠绕纠结到难以撕捋出头绪。

小女孩十二岁，了然十三岁。相近的年龄遭遇相近的危机。这是作品开始叙事的一个起点。

小女孩的精神前史也关涉到 1966 年。1966 年，她的父亲母亲在"文革"的第一个狂潮当中就被席卷而去，于是，她和外婆相依为命。但从四岁到十二岁，对这个小女孩而言，政治上的恐怖相对而言体验不深，她更为焦灼地关注着的是生活当中的贫困孤独，无依无靠的外婆，是怎样靠辛勤的劳作来解决两个人的生活费用，以满足维持生命状态的最低的需要。于是，一旦外婆去世，十二岁的她首先要面对的就是一个今后怎么生存的现实性问题。何况，她的情感也变得孤独无依靠。重重苦难的叠加使她失去继续生活下去的勇气，但我们也不得不说，她的跳楼举动中充满了孩子的幼稚肤浅。

了然的十三岁是 1966 年，恰逢一个动荡嘈杂的年代。这也是她从一个小女孩向着青春期转变的一个关节点。在作品当中，了然不但有精神的困惑，首先就是身体与性别的发现。十三岁的少女遭遇了生命的初潮，遭遇了成长和性别身份的认同危机。在作品的视觉形象上，就是贯穿全文的猩红色。猩红色，是少女经血的颜色。作品中也讲到了然对于女童身体向成年妇女身体变化的恐惧。在当年的公共浴室里，看到那些成年妇女的肥硕身体以及自己正在发育变化当中的少女身体，让了然充满了惊恐，她甚至希望自己就此不再成长，就做一个被时间拉住的"永远的小女孩儿"[1]。但这种心态又不是固定的、长久的、一成不变的。我们会注意到，曾经像丑小鸭一样自惭丑陋的了然，经常会情不自禁地描述一起玩耍的小伙伴们的样貌、衣服、皮肤、眼神，情不自禁地将她们的身体与性征细加勾勒。对于比自己年长几岁身形发生变化有了"媚气"的姐姐，了然抱有膜拜之情，对姐姐的才华和美貌，了然的赞誉之词是毫不吝啬的。这些表述，都在指向他人。但在潜意识当中，恰恰是因为自

---

① 徐小斌：《末日的阳光》，徐小斌：《迷幻花园》，作家出版社 2019 年 9 月，第 189 页。

家身体的成长使她更善于发现其他少女的美，对少女的美更敏感更关心。与此同时，身体的成长和性意识的萌动是无法抗拒的，在竭力的抗拒中她也在建立自己心目当中的异性偶像。这个异性的偶像可能很模糊，很朦胧，其现实性的程度难以得到确证，却是了然生命成长当中一个必不可少的重要环节，她试图将影子式的爱情具象化、对象化，投射到现实当中出现的或者可能出现的、曾经出现过的男性青年的身上。

第三节 《前夜》与爱伦娜：真正的爱情何日到来

《末日的阳光》对了然的爱情心态的描写，在叙事的脉络上可以作为心理学的标本案例。

异性偶像的出现，首先是从阅读《前夜》中的爱情故事体验到的。了然自述说："那时最吸引我的是屠格涅夫的英沙罗夫和爱伦娜。英沙罗夫和爱伦娜，是屠格涅夫小说《前夜》中的男女主人公。那时我向往一种崇高的牺牲的美，那种美常常会令我内心震颤不已。后来，我不知不觉地变成女主人公和冥冥中的那个男主人公对话。"[1] 屠格涅夫是十九世纪俄罗斯的重要作家，严格的现实主义与诗意的浪漫蕴含，尤其是作家对各种青年男女爱情悲欢的精心铺排，构成其作品的迷人色彩，深受青少年的喜爱。他的《前夜》有多个中文译本，作品主人公的译名也不尽相同。了然所读的，是著名翻译家和散文家丽尼的译本（屠格涅夫《前夜》，丽尼译，文化生活出版社1953年出版）。屠格涅夫继承了普希金、莱蒙托夫的进步文学传统，批判现实黑暗与专制制度，同情和赞美革命与反抗。《前夜》中的贵族小姐爱伦娜，家境优越，身处几个男性追求者之

---

[1] 徐小斌：《末日的阳光》，徐小斌：《迷幻花园》，作家出版社2019年9月，第186页。

间，却对平庸的生活充满厌恶，在遇到寓居俄罗斯的保加利亚爱国志士英沙罗夫之后，从相识到相恋，勇敢地投入爱情，勇敢地投身时代，断然追随英沙罗夫返回保加利亚去进行争取民族独立的革命斗争。英沙罗夫病故之后，爱伦娜仍然不舍其志，决心在异国他乡继续斗争下去。说起来，这也是最早的"革命加恋爱"的小说，是俄罗斯文学中最早描写革命者的作品之一，爱伦娜为爱情为革命甘愿献身的勃勃雄姿，凸显出在"多余的人"之侧的行动者的豪气。论者指出："叶琳娜（爱伦娜的另一个译名——引者）是一个指引历史列车行进的路标，叶琳娜的年代，是俄罗斯大地风云激荡的年代。十九世纪中叶，俄罗斯动荡不宁，农民起义剧增，社会气氛紧张，危机一触即发。俄国正处于大变革的'前夜'。农奴制度岌岌可危，变革的呼声此起彼伏，各派力量在相互碰撞中。贵族的革命性逐渐消失，革命的主动权逐步转移到平民知识分子手中。美妙的向往，空洞的理论，已无法制约时局，无法导向历史的进展，时代需要勇于行动的新人形象。而屠格涅夫在这关键的时刻，推出了叶琳娜作为新人的代表。叶琳娜这一人物的特点可以说集中体现了近现代俄罗斯伟大女性的形象，是俄罗斯一系列优秀妇女形象的发展，是农奴制改革前进步社会力量发展的表现。叶琳娜是成长的、先进的年青一代的代表。她是俄罗斯文学中第一个以完全独立的战士面貌出现的俄国先进妇女形象。"[1]

屠格涅夫的《前夜》问世之后，在俄罗斯文化界引起轩然大波，站在不同立场的人们就此展开激烈的论战，民主主义革命家杜勃罗留波夫撰写出《真正的白天何时到来》一文，全面阐述了作品男女主人公英沙罗夫和爱伦娜的时代新人的重要意义。仿此，我们可以说，《前夜》唤醒了了然的爱情意识，让她渴盼，真正的爱情何时到来呢？

---

[1] 董秋荣：《析屠格涅夫〈前夜〉中的新女性叶琳娜》，《电影文学》2011年第8期。

了然自述说，在阅读《前夜》的故事中，她逐渐混淆了阅读与现实的界限，把自己当作爱伦娜而与英沙罗夫对话。这在未曾有过类似的阅读体验的人看来，纯属自作多情，但是，因为阅读或者观看文艺作品而痴迷入彀、进入沉浸式体验状态的大有人在，而且，许多的少男少女，在进入现实的恋情之前，就是通过阅读和体验，在心灵中模拟演练了最初的爱情幻想。许多年里，我们奉行的信条是，优秀的文学作品是生活的教科书。《钢铁是怎样炼成的》中的保尔·柯察金，是从《牛虻》的同名主人公那里学习处理爱情与革命的冲突，保尔·柯察金又影响了共和国早期的一代青少年读者的爱情方式。无论是琼瑶，还是金庸，能够赢得那么多读者的喜爱，就是因为他们给人们带来一种现实之中非常难得又足以塑造人们对爱情的想象的动人情感，"问世间，情为何物，直教生死相许"。中华人民共和国建立之初，就是了然和她的作者徐小斌学习与成长的五十至六十年代，充溢着一种革命情怀，张扬着一种英雄气概，少年男女的爱情萌动，自然而然地附着在革命、英雄、家国、人类等宏大理念之上，让爱情也染上了特定的时代印记。叛逆少女爱伦娜与革命志士英沙罗夫，成为许多人心目中的偶像。在与学者姜广平的对话中，徐小斌如是言：

　　　　俄苏文学中最早对我有影响的是屠格涅夫的《前夜》，英沙罗夫与爱伦娜的爱情在很长时间内令我荡气回肠。……当然，在我的少年时代，的确有一种十二月党人式的叛逆情结，我欣赏十二月党人和妻子们的献身精神，那里面有一种高贵纯洁的东西，令人心向往之，不过在这个年代谈论这些，真有点像远古神话了。[1]

　　以此而言，爱伦娜就是那些追随自己被流放的丈夫而远行西伯

---

① 徐小斌、姜广平：《现代故事与年深月久的颜色》，《西湖》2010 年第 6 期。

利亚的十二月党人妻子的后来者。这也是了然对自己的精神定位。于是，英沙罗夫就化身为睡梦中前来相见的那位披着猩红色斗篷的男子，在《末日的阳光》中具有多重蕴意的猩红色，也获得了革命的一种亮色："那一天温馨的夏风把门吹开了。恍惚中似乎有一片暗淡的猩红色降临在我的床边。那好像是一个身披猩红色斗篷的年轻男人。他掩面而立。我感到和他似曾相识却又无法识破他的面目。我一直在渴望看到什么却又对那渴望感到害怕。我忘了我是睡着还是醒着。我能清楚地听到房间里那座旧式座钟的钟摆声。"[1]

第四节　斗篷男形象的重合：英沙罗夫、湿婆神与死神

上文所说的钟摆声，很多人在半夜无眠的时候都曾经聆听过，在了然这里，它还有另一重用意。由此，了然把我们的视线从斗篷男的幻影引向家中那架座钟顶部装饰的湿婆神像。湿婆神是印度教中的三大主神之一，集创造、运动与毁灭于一身，出现在了然视野中的湿婆神塑像，让她颇费琢磨，尤其是连身为知识分子的母亲也说不出他的所以然的时候——"那雕像古怪得很正对我的那个侧面是张男人的面孔带有一点古印度男性佛像的味道，从靠窗那一面看过去他又变成了一个女人娇媚之中似乎藏有某种邪恶，而从正面一看那截然不同的两面竟如此和谐地融会一处变成一张庄严平静的面孔。这真是奇异极了。这雕像看上去在舞蹈。他长着四只手臂有两只在异常优美地扬起还有那只很别致地跷起的脚优美极了他跳的绝不是凡间的舞蹈，他的另一只脚踏着一头怪兽他简直就是上天的舞蹈之王。"[2]

这仍然是在虚幻的层面上认识异性的秘密，不过，斗篷男飘忽

---

[1] 徐小斌：《末日的阳光》，徐小斌：《迷幻花园》，作家出版社2019年9月，第186页。
[2] 徐小斌：《末日的阳光》，徐小斌：《迷幻花园》，作家出版社2019年9月，第186页。

不定稍纵即逝，湿婆神却可以被从容地观看与揣测。标志生命的创造、运行、毁灭诸多功能于一身的印度教湿婆神，忽然被推到了前台。这是摆在了然的卧室当中一座古老的座钟上的装饰性的塑像，是外婆的外婆那里传下来的一件重要文物，为时甚久。湿婆神不是第一次出现在了然的视野中，但是直到她的初潮之后，她才会关注到湿婆神的存在，思考湿婆神的性别属性，这引起了然的兴趣，引起她探索的好奇心。

作家的想象空间是层层叠叠繁复无穷的。斗篷男的第一次出现，因为紧接在了然谈论阅读《前夜》的心得和英雄崇拜的心态之后，我们顺理成章地将其指认为是英沙罗夫式的英雄在了然的幻想中光临造访。但是，在后来的叙述中，这个披着猩红色斗篷的男子又有几次进入了然的梦境，并且被了然认定是死神——"那个穿猩红色斗篷的男人后来又有许多次在夜晚来临。后来我才明白那便是死神因为那时我曾无数次地想到'死'。死是猩红色的，我为我知道了这个秘密而高兴。死是唯一使我的生命停滞在时间的某一点的手段。"[1]

《请收下这束鲜花》中的小女孩，跳楼自杀是因为对生活的绝望孤独。《末日的阳光》中的了然是境由心造，最初遭遇斗篷男是和阅读《前夜》相关联的，了然把自己当作爱伦娜而与英沙罗夫对话，由此很容易获得一种相似联想。披着猩红色斗篷的男子在梦幻当中进入了然的房间，进入了然的梦境场景当中。虽然斗篷男的叙事到此没有继续延伸，没有更多的讲述，但是，这位男子不止一次地进入了然的梦幻，这就排除了意外和偶然。而是，让我们在斗篷男和了然的生命成长当中建立起一种较为固定的精神联系。

如果说，这位斗篷男就是英沙罗夫与古老座钟上做装饰用的湿婆神雕像的融合，这恐怕不是妄断。到斗篷男再度不止一次地在梦

---

[1] 徐小斌：《末日的阳光》，徐小斌：《迷幻花园》，作家出版社2019年9月，第190页。

中出现，了然却认为是在梦中遭遇死神。前后之间有一定的时间间隔，其间发生了哪些值得注意的事情呢？她具有性萌动意味的奇特睡姿引起父母的注意，还因为莽撞笨拙受到父母的嘲笑。她因此而感到羞愧，更因此产生自我封闭，疏离于与他人的交流。"那时爸爸妈妈姐姐并不理解这个他们只是一味地指责我怕羞口拙不出众，上不了台面。他们越是指责我越不知怎样才好，在众人面前简直想把手脚藏起来或干脆砍掉。"[1] 她因为身体发育而关注到成年女性的身体之丑陋，希望自己停顿在女童阶段，不再成长，长大成为她所厌恶的那些肥硕的女人，是她所无法容忍的，她宁愿就此死去以便中止成长。"死是唯一使我的生命停滞在时间的某一点的手段。在时间的某一点上我是个可爱的女童而不是难看的妇人。"[2] 还有很重要的一点，小女孩十二岁，了然十三岁，正是在生命成长的同时，思维和情感也在成长，儿童时代懵懵懂懂的生死问题，也会以各种方式出现在她们的思索中，在意识到死亡的同时，她们开始确认自己的生命存在，进行自我认同。

第五节　雌雄同体：阿尼玛与阿尼姆斯的心象

　　小女孩是在无法继续生存下去的时候，选择了死亡。了然对于死神的认知，就没有这么深刻，没有现实中的危机迫使她选择生与死，相反，她衣食无忧，父母和姐姐都可以为她遮风挡雨。希望借助死亡之手而中止身体的成长，不过是一时的奢侈幻想，在时光的演进中，死神退却了。这就表现在了然开始画出新的图画，画面上总是一个男人和一个女人。但是，"我画的那个男人脸看起来竟似曾相识这真怪因为他确确实实是我造出来的并不存在而我又确确实

---

[1]　徐小斌：《末日的阳光》，徐小斌：《迷幻花园》，作家出版社2019年9月，第188页。
[2]　徐小斌：《末日的阳光》，徐小斌：《迷幻花园》，作家出版社2019年9月，第190页。

实在哪儿见过他。至于那张女人的脸——真有点儿不好意思说出口她像我她实在太像我了仅仅是比我美丽"[1]。这就是性别意识觉醒之后，最初的一种外化和想象。因为在现实当中，了然不曾有过和异性的有意识交往和情感交流，没有什么男性充当重要一方。了然把自己读过的各种童话带入自己的想象当中，也把自己代入各种童话，去充当其中的女主人公。她"用他们来做游戏为他们设计不同的背景时装道具……他们游泳划船滑雪冲浪吃烤鸭吃俄式鱼卷法式煎肉意大利通心粉乃至阿拉伯烤全羊"[2]。这样的冥想一方面显得非常幼稚可笑，但另一方面，这样的游戏又是一种心理模拟体验，就像小孩子玩过家家游戏，是在初步模拟未来的家庭生活一样；不过他们怎么样生活，却还是可以任由了然随心所欲地加以安排的。

在接下来的情节发展中，作家用了很多的笔墨描写在街头出现的光头青年男子的形象。他先是出现在了然的视线中，其装束与神态有一种先声夺人的效果，立即打动了了然的心。奇怪的是，和了然一起逛街的几个小女孩，和了然的感受都是不一样的。了然看到的是一个光头男子，王霞、王雷和茵茵看到的却是一个女的——"我们互相瞪视了半天谁也不肯承认自己的视觉出了毛病。王雷频频闭合她那双'线儿勒'似的小细眼睛我则把大眼睛瞪得圆圆的。双方保持着各自的优势僵持许久最后王霞不客气地拍了我脑袋一下：这都是你成天把自己关在家里给关坏了幻想家我们三人都看见了那人不但是个女的而且很像你。"[3]

就在这半信半疑之间，奇幻再次发生。了然在一张贴在街头的布告上再次发现了光头男子的照片。了然看到的那张布告非同寻常，那位光头青年男子，其父母亲都是走资派，双双死于非命，他也是"文革"的被清算对象，偷越中越边境被中国边防军击毙。为

---

① 徐小斌：《末日的阳光》，徐小斌：《迷幻花园》，作家出版社2019年9月，第191页。
② 徐小斌：《末日的阳光》，徐小斌：《迷幻花园》，作家出版社2019年9月，第191页。
③ 徐小斌：《末日的阳光》，徐小斌：《迷幻花园》，作家出版社2019年9月，第195页。

此发布布告，所为何来？难道是要警示当时的青少年不要远行几千公里去偷越中越边境吗——狂热的红卫兵，为了投身于世界革命，屡有偷渡边境线到越南去参加抗美援越战争的。那也犯不上用这个光头青年的死亡发布特殊的布告啊。

那么，这是了然的幻觉吗？在短暂的时间里，这个虽然剃光头却仍然具有其独特魅惑力的男子，一连出现两次，这是了然对心目中的男性形象的反复确认。了然对他的描述是"纯洁"，"单纯和纯洁不同单纯可以被任意抹上颜色而纯洁却有着抗拒的本能。单纯的人可以有千千万万而纯洁的人却是凤毛麟角。我要说的是那幅照片真正吸引我的东西大概正是那种纯洁。照片中的死者并不像个可鄙的叛国者而像一个叛逆天使。真的，在这许多年之后我还能记得那双眼睛乔装冷酷其实藏着的全是冰冷的纯洁"[1]。与猩红色一样，纯洁也是《末日的阳光》的关键词。

这个光头男子具有相当的现实性，是了然从英沙罗夫、斗篷男和湿婆神的幻境走向现实的重要一环。但是，对这个已经死亡的青年人的思索，又将了然引向对湿婆神的探寻。"后来我忽然想起那座旧式座钟上雕像神秘的舞姿那是一种隐喻一定是的。那一半是男一半是女的面孔为什么合在一处就变成了安详超脱，人们并不再深究他是男是女？"[2]

这就更让人大惑不解了。怎么解释这种现象？一个少女在进行自己的性别认同的时候，她又有一种困惑，一种恐惧。明明知道自己的女性身份，在身体发育上有女性的特征鲜明地凸显——少女的初潮，乳房的膨胀，这样的伴随着一种撕裂的痛苦的身体变化。但是她又会刻意模糊、抹杀正在拉开距离的两性的区别，刻意地否认自己的性别身份，会做一种男女同体的想象。从这个意义上来讲，这是了然性别成长当中的自我否定。于是，湿婆神就具有了性别含

---

[1] 徐小斌：《末日的阳光》，徐小斌：《迷幻花园》，作家出版社2019年9月，第195页。

[2] 徐小斌：《末日的阳光》，徐小斌：《迷幻花园》，作家出版社2019年9月，第196页。

混的特性。既是男神，又是女神。布告上的男青年，第一个引起性别意识觉醒后的了然的关注，但小伙伴们却指认他（她）是女性，而且与了然长得很相像——他的性别起初也是具有一定含混性的。

或许，这就是雌雄同体的人类心理原型的一种别致显现。无论是光头青年的性别混淆，及其与了然相貌相近，还是湿婆神的男女同体，都是了然的特定意识或者潜意识的明确显现。"湿婆面相中最特殊的一种面相就是半女之相。在印度雕塑中，有左男右女的湿婆雕像，也有三面相中的一面是女相的呈现。湿婆既有男性的面相，也包含着女性的一面，便产生了半女半男的结合体——半女之相，将自己变成一对男女拥抱模样，半男与半女进行交合，创造万物，超越了两性的界限，性器官上既体现有男性的特征，又有女性的特征，是阴阳的结合体。"①

心理学家荣格，把雌雄同体的精神显现定格为阿尼玛和阿尼姆斯情结，男人会把自己的女性特质（阿尼玛）投射到女性身上；女性则把自己的男性特质（阿尼姆斯）投射到男性身上。徐小斌对此有非常深入的理解。在名为《"阿尼玛"与"阿尼姆斯"的角色冲突——男女两性在恋爱婚姻中的冲突》的一篇散文中，徐小斌如是说：

> "阿尼玛原始心象"这个概念很多人可能并不熟悉。这个词来自荣格的分析心理学理论，荣格说："每个男人心中都携带着永恒的女性心象，这不是某个特定的女人的形象，而是一个确切的女性心象。这一心象根本是无意识的，是镂刻在男性有机体组织内的原始起源的遗传要素，是我们祖先有关女性的全部经验的印痕（imprint）或原型，它仿佛是女人所给予过的一切印象的积淀

---

① 樊小雪：《湿婆神话中性爱观的矛盾与结合》，《文学教育》2019 年第 6 期。

（deposit）……由于这种心象本身是无意识的，所以往往被不自觉地投射给一个亲爱的人，它是造成情欲的吸引和排斥的主要原因之一。”

荣格这里说的是："男人天生就禀赋有女性心象，据此他不自觉地建立起一种标准，这种标准会极大地影响到他对女人的选择，影响到他对某个女人是喜欢还是讨厌。阿尼玛原型的第一个投射对象差不多总是自己的母亲，正像阿尼姆斯原型的第一个投射对象总是父亲一样。在这之后，阿尼玛原型被投射到那些从正面或从反面唤起其情感的女人身上。如果这个人体验到一种'情欲的吸引'，那么这女人肯定具有与他的阿尼玛心象相同的特征。反之，如果他体验到的是厌恶之感，这女人一定是个具有与他的阿尼玛心象相冲突的素质的人。女人的阿尼姆斯心象的投射也是如此。"[①]

在这篇文章中，徐小斌说："据我观察，在这个年龄段能够产生自发爱情的孩子，往往在童年时患有严重的自闭症。""最近我请教了一位儿童保健研究所的专家，她说据研究结果表明，童年时患自闭症的儿童一般都是智力超常的儿童。而孩子最初爱的人与他（她）的阿尼玛心象（阿尼姆斯心象）有关。"[②] 请注意这两段话中的几个关键词：自闭症儿童，爱情，阿尼玛与阿尼姆斯。自闭症儿童一般智力超常；因此在儿童时代就会自发产生爱情；孩子的爱情特征，是阿尼玛或者阿尼姆斯心象的投射。阿尼玛与阿尼姆斯情结更适合于讨论本章中讲到的了然的爱情。

了然也曾经有过短暂的自闭倾向，她的爱情投射比《请收下这束鲜花》中的小女孩要复杂许多，她的性别困惑则可以用荣格所

①② 徐小斌：《"阿尼玛"与"阿尼姆斯"的角色冲突》，徐小斌新浪博客 http://blog.sina.com.cn/s/blog_48d63d44010003a2.html。

言雌雄同体作为参照，来解开其中的谜语。湿婆神在印度宗教与文化中，具有多重蕴含。这些蕴含对于知识匮乏的了然来说，都是无从把握的，在了然心目中，她所关心的始终是湿婆神的性别属性。这当然和了然性别意识的觉醒密不可分。湿婆神作为具有直观性和普世性的雌雄同体存在，令了然大惑不解。了然高度赞扬街头的那个光头男性青年，却被小伙伴王雷们认定，他（她）长得很像了然——了然不曾察觉到自我心象的投射，小伙伴们却可以旁观者清，看出性别混淆的光头青年是了然的投影。湿婆神的性别困扰，还出现在作品的结尾，在目睹姐姐和入住了然家的男青年的性爱交欢之后，了然想从姐姐那里得到一些确证，姐姐却露出了湿婆式的微笑，对雨夜中发生的事情矢口否认，"姐姐翕开两片猩红色的唇露出和湿婆神一样的微笑"，愤怒的了然则说："我真想变作一把匕首洞穿那湿婆神的微笑。"[1] 这里两次将姐姐与湿婆神联系在一起，是对湿婆神的女性属性的明确认定。

这样阐释《末日的阳光》中的雌雄同体，显然是超出了徐小斌对于阿尼玛与阿尼姆斯情结的理解的边界，也溢出荣格的相关理论，但在总的框架内不失其底蕴。自我的认同与性别的困惑，是一个人成长中的必经阶段。《成长的烦恼》中，家长和孩子讨论性的话题，开放而风趣，谐而不谑。在中国大陆的特定年代，性教育匮缺，学校、社会和家长都不曾向少年人进行相关知识的传授，在许多时候又把少年人对性的好奇与窥探看作不良意识、低级下流，严加防管，更增添了这种成长的烦恼。一代人只能够在禁欲主义蒙昧主义的氛围中曲折地探索，战战兢兢却又不可遏制。女性的初潮，让少女惊讶和惶惑于其身体的特征，进而以为是自己的身体出问题了。男子的遗精，则给少男带来相当的压力，尤其是在中国的语境中，遗精会被认为是对身体的戕害，是精神不洁的征兆。少女和少

---

[1] 徐小斌：《末日的阳光》，徐小斌：《迷幻花园》，作家出版社2019年9月，第208页。

男都对自身的性特征产生畏惧心理，甚至希望抹煞这些性特征。了然就对成熟女性的肥硕身体厌恶至极。但她画出来的一男一女的画面上，那个女性却与了然相貌相似，对街头的光头青年，她认为是发现了对方的"纯洁"，这不过是她将自己对"纯洁"的体认投射到外物而已。

第六节　英雄变形计：《阿波罗死了》与《莎乐美》

　　了然画出的是一男一女同在一个画面上出现，在做各种不同的游戏，过着童话般的快乐生活。这显然和作品中的逻辑顺序——他们是从《前夜》中的英沙罗夫与爱伦娜故事脱化而来有所差别，后者是革命者与追随者、死者与生者，在一种严峻现实中对崇高使命的自觉选择。了然的"游戏图"接受了两个人的爱情，甚至把自己代入其中让自己充当热恋中的女性的角色，但对于她幼小的心灵来说，她对于革命、苦难、牺牲、异国异乡等还无从想象，无法将自己代入其中。尽管她会崇敬爱伦娜和十二月党人的妻子，但真正进入这样的角色，她还没有足够的思想准备，没有足够的承受力。

　　在看到街头的杀人布告之后，了然又画了一幅画，《阿波罗死了》。很显然，她画出来的是这张布告上的主人公和她自己。这位死者的政治身份，偷越国境被击毙，当年的罪名叫"叛国罪"，当年惯用的描述词语叫"十恶不赦"。这些对于然来讲，没有多少深入考察的兴趣，没有什么太多政治性的考虑，没有多少合乎逻辑的推理演绎。了然关注的是他的相貌的俊朗与眼神的纯洁。

　　在《前夜》中，英沙罗夫在归国参与反抗土耳其占领者的民族独立战争途中旧病复发，由于动脉瘤和肺病的并发症而死亡；爱伦娜却并没有停止自己前进的脚步，她要到波兰的民族解放的战场上去做一名护士，看护那些病人和伤兵。在《末日的阳光》中，光头男子越境到越南去，这是要去参加其时如火如荼地进行的越南的抗美统一战争（在现实生活中，有很多红卫兵在狂热的革命激情鼓舞之下要秘密越境到越南战场去，直接投身与美国侵略者的战斗，著名作家老鬼在纪实小说《血与铁》中就记述了他和其他几个单纯质朴的红卫兵到中越边境越境未遂的经历），两者的巧合纯属偶然，内在的革命情怀却并非一时冲动而生。爱伦娜是继承英沙罗夫的遗志继续从平静的俄罗斯前往风暴渐起的保加利亚，了然笔下的牧羊女则是怀抱着阿波罗的头颅，并且看着它冉冉升起的："当天晚上我画了一幅画依然是那个男人和那个女人那女人被我画成了身穿古希腊时代服装的牧羊女她踏在羊群编织的云彩上，那羊群闪亮的梅花形蹄瓣浸在水里因为那实在是一片汪洋。太阳的血色被吸走只剩下一团惨淡模糊的光照那光中隐约显现着那个男人的头颅。那女子双手捧着那团光实际上那颗头颅正从她的双手冉冉升起"[1]。由英沙罗夫化身而来的斗篷男，变成具有现实指涉的阿波罗，了然自己的化身变成牧羊女，但是，两人的关系与环境的设置，发生根本的改变，革命与献身，从"纸上得来终觉浅"，开始介入现实，要"绝知此事要躬行"了。先前是带有很强的游戏性质，"用他们来做游戏为他们设计不同的背景时装道具这真是一件乐事。他们游泳划船滑雪冲浪吃烤鸭吃俄式鱼卷法式煎肉意大利通心粉乃至阿拉伯烤全羊，这真好玩我无法穷尽我的想象于是他们便可以随心所欲"[2]，画出《阿波罗死了》的此时，现实的严峻一面开始展露，但了然对此仍然是抱有强烈的罗曼蒂克的：阿波罗死了而不是牧羊女死了，死亡还是别人的事情，是了然展开浪漫想象与代入游戏的契机。牧羊女怀抱阿波罗的头颅，这也是一个非常经典的意象，怀抱青年男子的头颅的美丽女子，让我们联想到莎乐美这位欧洲文艺作品中的著名青年女性形象。

---

① 徐小斌：《末日的阳光》，徐小斌：《迷幻花园》，作家出版社2019年9月，第196页。
② 徐小斌：《末日的阳光》，徐小斌：《迷幻花园》，作家出版社2019年9月，第191页。

莎乐美的故事最初的来源是《圣经》故事。在《圣经·马太福音14》中记载：

14:1　那时，分封的王希律听见耶稣的名声。

14:2　就对臣仆说："这是施洗的约翰从死里复活，所以这些异能从他里面发出来。"

14:3　起先希律为他兄弟腓力的妻子希罗底的缘故，把约翰拿住锁在监里。

14:4　因为约翰曾对他说："你娶这妇人是不合理的。"

14:5　希律就想要杀他，只是怕百姓，因为他们以约翰为先知。

14:6　到了希律的生日，希罗底的女儿在众人面前跳舞，使希律欢喜。

14:7　希律就起誓，应许随她所求的给她。

14:8　女儿被母亲所使，就说："请把施洗约翰的头放在盘子里，拿来给我。"

14:9　王便忧愁，但因他所起的誓，又因同席的人，就吩咐给她。

14:10　于是打发人去，在监里斩了约翰。

14:11　把头放在盘子里，拿来给了女子，女子拿去给她母亲。

故事的原型中，希罗底勾结自己的小叔子希律杀害了丈夫并与之成婚，先知约翰反对她的再婚，指控其乱伦，希罗底利用女儿少不更事借刀杀人，怂恿她向希律王索要约翰的头颅，杀死约翰并且呈上人头验证。这位女儿只是母亲报复约翰的工具，女儿连姓名都没有出现。在故事的流传中，莎乐美逐渐成形，而且成为故事的主角。

在这里谈论莎乐美，是因为了然《阿波罗死了》的画面与法国画家莫罗莎乐美题材画作《幽灵出现》（这是徐小斌采用的画名，亦名《施洗约翰的头在显灵》）的某种相近联系。古斯塔夫·莫罗，是法国美术大师德拉克洛瓦的弟子，又是野兽派先驱亨利·马蒂斯和乔治·鲁奥的老师，被认为是法国象征主义画派领袖。《幽灵出现》（即《施洗约翰的头在显灵》）是莫罗象征主义典范的代表作品。十三岁的了然，当然不能够与大师莫罗相媲美，她的绘画要简明许多，但那个冉冉上升的阿波罗的头颅，与《幽灵出现》中悬浮在半空中光芒闪烁的约翰的头颅，其内在的关联性却不容回避。徐小斌坦言陈述说——

在七十年代初万马齐喑的时代，我在故宫博物院一个朋友那看到了一本西方的画册，当时我极为震撼，特别是莫罗的《幽灵出现》，是一个有关莎乐美和施洗者约翰的故事，莫罗是那种作品色彩非常绚丽的画家，他到现在都不太被中国大众熟悉。但是，他绝对是超一流的画家，是一位在世界画坛得到极高评价的画家。他生前是一个隐士，后来我发现我喜欢的人基本都是隐士，我自己也一直过着一种隐士或曰宅女的生活。后来我反复看过这幅画，莎乐美穿着一身纱衣，戴金绿色的阿拉伯宝石。画面的另一端是冉冉升起的约翰的头颅，那颗头颅发出异彩。你可以想象在上世纪七十年代初看到这样的画是什么感觉。在那之前，我喜欢画古代仕女，而在此之后，我开始画一些稀奇古怪的画。其中有一幅画是《阿波罗死了》，我的一个朋友看到后就说："不得了！你赶紧把这幅画收起来。阿波罗是太阳，你怎么能说太阳死了呢？"[1]

---

① 徐小斌：《斯芬克斯的诱拐》，"腾讯文化" https://cul.qq.com/a/20170104/015443. htm。

第七节 信使来告：革命时期的爱情

回到《末日的阳光》的故事进行之中。经过街头邂逅的光头男青年形象的相貌与了然有许多相似的混同，了然在这里产生了性别认同的困惑。但弱小的生命无法遏制地仍然在成长，生活仍然在延续。这种性别困惑很快地被摆脱，经过斗篷男的信息传递，认识中的两性的真正区别和界限逐渐清晰。在情感萌动的了然身边，终于有一位现实中的男青年出现，吸引了了然的全部关注。这位高中学生来到了然家恳求暂时能够被容留居住，他打破家中的窒息与沉闷，激起了然和姐姐的情感波澜。了然认为他就是曾经在布告上看到的那位纯洁的青年人，为之怦然心动。他当过红卫兵领袖颇有名气，又及早抽身退出造反，晓宿夜出，具有一种隐秘的地下活动色彩。随后，了然了解到他更多的一些情况——学习非常出色，得过全市中学生数学、物理竞赛的双料冠军，知识非常丰富，足以解答了然的很多困惑，他看一眼就能够指出那个湿婆神雕塑，能够确认他的性别——"显然他的面孔一半是男一半是女但他还算是男的因为他还有妻子。"[1] 这可能又要折返到我们前面阐述过的雌雄同体的人类心理的命题才可以较为充分地理解它了。但他却转到哲学的角度去讨论湿婆神的疑难命题，他认为"这里面隐含着东方神秘主义对于世界的理解大概有点儿像中国的太极图有阴阳之分。而那阴阳又是不停运动着的一旦走到了极致便会超越自己的世界而走向对立面。世界大概就是这样不断运动着像湿婆舞神的永恒舞蹈一样一旦静止它就死了"[2]。这显然超出了然和姐姐的接受能力，却更加美化了他在姐妹二人心目中的形象，"我不大懂姐姐也半张了嘴痴痴的。我们虽不大懂但很爱听他讲就像过去喜欢听爸爸讲《天方夜

① 徐小斌：《末日的阳光》，徐小斌：《迷幻花园》，作家出版社2019年9月，第198页。
② 徐小斌：《末日的阳光》，徐小斌：《迷幻花园》，作家出版社2019年9月，第199页。

谭》"①。他忽然从同代人被擢升到父兄的位置了。

经过英沙罗夫、斗篷男、湿婆神、街头偶然一瞥与广告上的光头青年照片的一系列铺垫，这位出入于自己家的青年人，让了然心神恍惚——"不我不愿见这个人我害怕证实什么但那恐惧之中却又藏着一种战战兢兢的狂喜。度过少女的歇斯底里的时期我终于明白那种害怕其实是希望。我其实希望看到那张死者的面孔哪怕他是还魂之鬼。"② 不确切的爱与不确切的怕同在，在心中期盼了很久的人终于近在眼前，唯恐无法承受这美好现实的担忧又让了然产生新的忧虑。

这种忧虑并不多余。了然的姐姐年长她几岁，已经出落成非常有魅力的少女，和这个男青年在学校读书期间就有过相当的了解与交流，比了然在获得这位男青年的关注上是先入为主。男青年入住的房间就是姐姐主动让出来，姐姐则搬入了然的房间。何况，关于革命，关于造反，关于北京"文革"中造反派的天派地派之争，了然几乎是一窍不通，姐姐和他交流起来却毫无障碍，自然而然地就会有更多的共同语言。因此，了然在这场情感游戏中显然是没有竞争力的，虽然时时会动心，但在自己的情感表达倾诉以及和这位男青年的日常生活交往上，都几乎是无所作为的。

男青年注重与自己年龄相近的姑娘是很正常的，要他越过蓓蕾初绽的姐姐而特别注意十三岁的青涩女童了然，要具备什么样的智商才能够做到呢？两人间唯一的一次深度交流是，了然半夜起来去上卫生间，折返的时候却出于好奇与关心应邀进入了男青年暂时居住的房间。这事情发生得太偶然了。所幸他对了然有一种先天的亲近感——不可思议的是从他口中说出来的事情，他小时候有个玩具娃娃和了然长得很像。男孩子而喜欢玩具娃娃，这恐怕是非常少见的，能够坦率地说出来，在了然看来，可能再次验证了他的纯洁，

①　徐小斌：《末日的阳光》，徐小斌：《迷幻花园》，作家出版社2019年9月，第199页。
②　徐小斌：《末日的阳光》，徐小斌：《迷幻花园》，作家出版社2019年9月，第197页。

也理所当然地拉近了两人的距离。唯一合理的解释，就是前面所讲到的雌雄同体的心理：男孩子内心中也有若干女孩子的情态。男青年交给了然一封非常私密的、事关重大却又没有封口的信件，这是对于了然的信任感。在他心目当中了然不过是一个少不更事的小女孩儿，许多事情不必回避她。正是从接受委托答应传送这封信开始，了然才真正迈入社会的门槛，在家庭生活之外参与了严酷的社会现实，开始建立与家庭之外的社会成员的有效关系，自己的命运和他人的命运产生了互动和影响。也是在这个夜晚，他说出对于那幅画《阿波罗死了》的新的诠释，改变了了然对其的黯淡命意："你的那幅画我很喜欢不过你错了阿波罗不会死即使是在世界末日阳光依然存在那猩红色的不是地狱之火而是太阳是末日的太阳是被鲜血浴过的太阳啊。"① 最打动了然的是，他在克制和貌似平常的聊天中，让了然觉察到他情感的紊乱——"他忽然有点羞涩那冰冷的眼睛里潮水一般涌上一股蔚蓝色的柔情。我忽然觉得有点儿不对味儿刚刚这样感觉了手心便变得冰凉好像已做错了什么事不可挽回。'你很喜欢画画是吗？'他有意打了个岔但他的声音也在抖好像在拼命抑制着什么。"② 几乎是在绝望中盼望很久（这里不是指自然时间，而是了然的心理时间感到其漫长无望）的了然终于得到另一颗心的回应，在女童假象遮蔽下一个蓬蓬勃勃成长的少女被这特殊的情感所击中，何其美妙乃尔。

在《请收下这束鲜花》中，小女孩的成长是纯属精神性的，不关涉肉体，了然从作品的一开始就是在灵魂与肉体的互动中成长的。接受了送信的使命，经历了穿着妈妈的肥大衬裙身形暴露地出现在他的面前的尴尬，以及通过穿衣镜看到自己无法遮蔽在睡衣下面的曲折有致的真实身体，处于兴奋中的了然实现了对自己的女性身体的确认与自信，开始第一次的自慰——"然后我幻想着抚摸我

---

① 徐小斌：《末日的阳光》，徐小斌：《迷幻花园》，作家出版社2019年9月，第201页。
② 徐小斌：《末日的阳光》，徐小斌：《迷幻花园》，作家出版社2019年9月，第201页。

的是另一双手。这么想着的时候我才真正感觉到这白金一般冰凉光滑的原来是自己的肉体。从那平滑起伏的曲线中我体味到诞生的痛苦和欢乐。这时我忽然发觉有人在黑暗中窥视我那是张开手臂的湿婆神要记住他是个男的。"[1] 在这个动人的夜晚，被巨大的激情所操控，了然体验到了灵魂与肉体的双重快乐，对自己的女性特征的体认，同时也确认了湿婆的男性身份。

了然在送信的途中，止不住自己的好奇心，更是出自一个纯情少女的嫉妒心——刚刚发现他对自己的隐秘情感，当然希望进一步地独占这种情感，容不得其他女性分一杯羹。她没有信守诺言，却悄悄地读了这封非常私密的信。这封信确实是那位男青年的个人隐私。他的信件写给一位女性，信的内容却是对"文化大革命"初期那位权势显赫炙手可热的、曾经被红卫兵称为阿姨的江青的愤怒批判。自然而然地，了然和我们一样，都会将收信人理解为是他的亲密女友，如果不是最为亲近，谁敢公然讲述那些具有重大政治风险的内容呢。在"文革"语境中，这样的叛逆性言论一旦被发现，会被定罪为"恶毒攻击敬爱的江青同志"，坐大牢判重刑的概率是很大的。他当然知道个中利害，所以告诉了然，如果此信无法送到收信人手中，就要将其烧掉。了然读了这封信，也感到潜在的危险性，但她既没有将此信送达收信人，也没有遵嘱销毁它，匪夷所思的是，这封拿在手中很久而无所措置的信居然被大风吹走不知落在何人之手。了然送信回来也不敢对他讲出实情，只好隐瞒真相，两个人也很难再进行情感的沟通。感情之事也如逆水行舟，不进则退，何况他一开始就是在竭力克制和压抑他对了然的好感呢。

于是，了然发现，姐姐与他之间的关系发生了实质性变化。在送信事件之前，姐姐就对他非常热情。她不但把自己的卧室让出来，在一向是晓息夜出的他归来以后，姐姐还会主动下厨房为他做

---

[1] 徐小斌：《末日的阳光》，徐小斌：《迷幻花园》，作家出版社2019年9月，第202页。

早餐。在送信事件发生后不久，姐姐告诉她，他邀请她去看一场歌舞演出，这喻示着得到了那位男青年情感呼应的是了然的姐姐。了然对这样的发现本来应该是非常震撼的，这样的姐妹之间与同一个男性的情感恩怨，徐小斌别的作品当中也曾经出现过，比如说《吉尔的微笑》。在《末日的阳光》中，了然似乎并没有经过太多的心灵动荡就主动退出了这样的情感游戏。了然这样的几乎是蜻蜓点水式的爱情，是风乍起吹皱一池春水的小小涟漪。这可能会让有些读者觉得不过瘾不深刻。回想起来，正是因为了然把那封至关重要的信件弄丢了，男青年和他原先的恋人也由此失去联络。而了然又不敢把事情的原委告诉这位男青年。在这样的阴差阳错之中，才有了姐姐和他的那一段情感与肉体的曲折波澜。

或者可以讲，了然和这个男青年彼此之间，在生命、经历、情感、思想等方面，都是严重不对等的。他经历过各种传奇式的波澜起伏，他的人生显然远远超出了然所能够理解的范畴。两个人之间本来就只是了然心底的暗恋与他偶然的情感困惑与表露——请注意，他当时还有个需要了然给她送信的亲密恋人，能够和他一样从"文革"的第一个浪潮中急流勇退进而敢于批判"敬爱的江青同志"的觉醒的少女。处于无望的暗恋中的了然，与其说在与男青年进行情感沟通，不如说了然更多的是沉浸在自己的内心，感到甜蜜、神秘、惶惑、欢欣与烦恼纠缠的这样一种心境。体会自己这种莫可名状的心境，而且靠这样的琢磨与玩味，体会自己生命和情感的成长。还有那幅《阿波罗死了》的画像，姐姐的神气是很不屑的，"姐姐美丽的嘴角上立刻露出讥讽的笑意。这算什么了然这算什么？我面孔发烧不知说什么才好每到这时就分外口拙"[1]。男青年却在延长的思索之后，对这幅画做出了他自己的阐述：这不是阿波罗之死。阿波罗不会死。那猩红色的不是地狱之火，而是太阳，是末日

----

[1]　徐小斌：《末日的阳光》，徐小斌：《迷幻花园》，作家出版社2019年9月，第199页。

的太阳。了然是从少女的朦胧的角度，着眼于那个托捧起阿波罗头颅的牧羊女，体会着一个少女对于心目当中伟大的牺牲者的奉献和悼念。男青年作为阿波罗的换喻，当然不希望自己这么早这么快地死去。对于自我认知，他也和了然形成鲜明的比较。

他的出现之更重要的意义，是帮助了然在成长的过程当中认识和经验自己的身体，正视自己的美妙体态，对于自己作为青春期女性的自我认同，进而获得较为明确的性爱启蒙。了然本来对于自身的成长有一种抗拒，宁愿做一个永久的小女孩儿，而不愿意成为丰乳肥臀的成年女子。在那个奇特的夜里，了然无意之中穿着一件从母亲那里得到的精美衬裙，走进他的房间，在接受了关于送达那封信的委托之后，她才忽然发现自己的作为一个刚刚在发育之中的少女身体几乎完全地暴露在他的面前。他面对这样的了然没有什么特别的触动，而是让了然再一次感受到他的"纯洁的热情"。在这样尴尬的场合过后，了然并没有觉得受到了什么羞辱，或者感到什么丑陋，却获得了一种强大的激情，她接受了自己性征明显的身体，对此有了一种全新的认知和体验，不由自主地开始抚摸这美丽的富有生命活力的身体，迈过她生命中一个非常重要的门槛。她告别了自己曾经是个小女孩的往事，真正地直面社会的现实，直面家门外面的世界，对于男女两性的关系也有了新的体认。

这个过程当中，从作品一开始就反复描写的猩红色贯穿始终。猩红色从一片枫叶开始，引出了然的猩红色的初潮，然后变成一位穿着猩红色斗篷的男子而出现，很快又带有了死神的意味。《阿波罗死了》的画面中同样弥漫着猩红色。了然还太年轻太幼稚，无暇真正顾及死亡的命题。但是她心目当中的那位男性，不管是湿婆神，还是披着猩红色斗篷的死神，还是出现在画面当中的阿波罗，在还没有给了然带来生命的欢欣、生命的激情、生命的创造和孕育的体验之前，已经和死亡结缘。直到男青年进入了然的家庭，进入了然的生活，并且否定了阿波罗之死的意象，了然的心灵和精神也得到了一次飞跃与升华。猩红色不再意味着灾难与死亡，就像他所说，那猩红色的不是地狱之火，是太阳，是末日的太阳，是被鲜血沐浴过的太阳。

男青年的到来，在唤醒了然的身体的发现之后，还进一步将其从自我抚慰引导向两性之爱。在他邀请姐姐去看歌舞演出的那个夜晚，了然先是和小伙伴一起去到演出现场，看到他在剧场中散发声讨江青戕害文艺扼杀百花的罪行的传单，又在这个雨夜中看到他和姐姐钻入一座废弃的旧机车，忘情做爱的情形。这也许就是法国1968 年革命风暴中的那句口号：越是要革命，就越是要做爱——造反与做爱，都是叛逆青年对既成社会秩序的激烈反叛，都是越出常规的自由放纵。对于了然，这却是又一场活灵活现的性教育，让她理解生命的真谛，性爱的真谛。虽然她只是他和姐姐做爱现场的在场者而非当事人，但她却用一种代入的方式体验到性爱的意蕴。这样的意蕴，被匠心独运地描述为花朵与雨滴的相遇，这照应了雨夜的情景，又是两性媾和的象征性描写：

> 姐姐我永远忘不掉那个夜晚你知道吗就在你和他做爱的车窗外伫立着一个小小的身影。她形只影单因而构不成黑色方尖碑她只是一棵微不足道的植物。但是这棵植物从那个夜晚伊始忽然变得无比坚韧。那夜的雨摧残一切却独独催开了这株植物上的花朵。那花朵张开性器迎接冰凉滑腻的雨滴那是上天与凡俗的从容交配。我至今不信那是一个沉重的梦我醒来时姐姐仍熟睡在我的旁边。座钟上的湿婆雕像翕动腰肢露出性感的微笑。时针正指四点整。我所熟悉的脚步声却迟迟没有到来。[①]

---

① 徐小斌：《末日的阳光》，徐小斌：《迷幻花园》，作家出版社 2019 年 9 月，第207—208 页。

第八节　如梦幻泡影：只是当时已惘然

《金刚经》在结末的第三十二品中说："一切有为法，如梦幻泡影。如露亦如电，应作如是观。"

和徐小斌的许多作品一样，《末日的阳光》故事的讲述当中，经常会出现一种如梦如幻的感觉。有许多的事情都是发生在想象之中，发生在了然的绘画之中，发生在了然的梦境之中。许多的情节和细节，不是经不起推敲，就是互相否定。

作为作品的重要环节，就是那个看演出的夜晚。台上正在演出钢琴伴舞《红灯记》，突然有人在剧场里散发节目单，在节目单当中夹着抨击文化专制主义、抨击江青炮制样板戏而扼杀广大文艺作品的罪行的诗传单。这样的情景让同时在场的了然看在眼里，心知肚明，造成了小说情节和情绪的突然转变。刚被男青年关于阿波罗之死的评述改变了的猩红色，再一次突兀地出现在了然的面前。"雷声压住警车的怒吼在一个遥远的方位威声大作。我愈加害怕踏着忽而变作一片泥沼的小路面对茫茫雨雾无所适从。暴雨裹着土红色的腥臭铺天盖地而来。我舔着唇边那冰凉的雨滴犹如尝到血液的滋味。它来了它来了它来了那一片久违的猩红色我疯了似的往前赶我想跨越在那一片猩红色之前。"[1] 在这里了然惊惧的是，评述革命样板戏一花独放的诗传单，和她先前偷偷看过的那封信完全是出于同一个人的手笔，而丢失的信件和眼下散发的诗传单，会招致严峻后果，会导致闯入他们家庭的那位男青年陷入灭顶之灾。然后，了然又看到姐姐和他怎么样在夜雨中行走，相互帮扶着躲入一个废弃的老式机车里。匪夷所思或者顺理成章地，在机车里两具年轻的肉体纠缠在一起。这样的场景对于了然也是一次性的启蒙。随之，小

---

[1]　徐小斌：《末日的阳光》，徐小斌：《迷幻花园》，作家出版社2019年9月，第207页。

伙伴们告知，街头出现了新的布告通缉恶毒攻击革命样板戏的"现行反革命"，猩红色再次出现，"来了来了那末日的审判终于来了我的灵魂正在经受拷问那一片漫无边际的猩红色正席卷而来"[1]。了然的恐惧透入骨髓，作品营造出的紧张感是显而易见的。

但是，这样的情节很快地又受到了否认。那个夜晚是否是真实的存在？小伙伴们嘻嘻哈哈地说在那个下雨的晚上看了戏看了歌舞然后就一起回家了。所谓现场有人散发传单的事情并没有发生。然后是关于姐姐和男青年的恋情之有无。了然以为不止一次地对这庄重而热烈的场面亲眼目睹印象深刻，在许多年过去之后，了然向姐姐讲起那个晚上的经历，讲起亲眼看到姐姐和男青年的苦难中的恋情，讲起了然给他们送过美味的鱼汤。但姐姐和母亲对于这样的往事全然没有任何记忆。姐姐否认这段爱情，母亲也说那个男青年在自己家仅仅住了几天就走了，什么故事也没有发生——如果被否认的仅仅是姐姐和他的短暂情缘，这还可以说是已经成年而且成家生子以后的姐姐会有意回避当年的心血来潮一时冲动，母亲则是在为女儿遮掩这桩往事而矢口否认。但是，《末日的阳光》从一开始就有一种如梦幻泡影的基调，这样的基调使然，姐姐和母亲，了然和小伙伴，她们的所见所闻所作所为，都有一种云遮雾罩的非真实感。

这让我们想到李商隐的两句诗，此情可待成追忆，只是当时已惘然。少女了然是在真实地讲述一个如此动人又如此扑朔迷离的爱情故事吗？我们的回答是，她不必讲述现实当中的枝枝叶叶，现实当中的情感波澜。十三岁的少女了然，正处在认识自己的情感和身体，认识现实社会生活的门槛上。她讲述的未必都能在现实的层面上得到真实的印证。但是讲述本身就足以显露这位少女的成长之艰辛苦痛，她的心灵，她的情感，她的欲念浮动，她在矛盾心境下窥望生命的秘密、两性的奥妙，在揭开社会生活的一重面纱之际，一

---

① 徐小斌：《末日的阳光》，徐小斌：《迷幻花园》，作家出版社 2019 年 9 月，第 208 页。

次深刻的内心流露，一次心灵的蜕变。那么，对于了然来说，这一段的生命记忆，就具有了足够的分量，让她念念不忘，让她深切怀恋了。我们也从中看到了一个生逢乱世的少女在生命和身体成长的一个关节点上，她的所见所闻所思所想。也许她所讲的许多所见所闻真幻莫测，许多都是她心造的意象，这也足以印证她真实的情感，真实的想象，真实的幻觉，是她自己内心的一种外化和投射吧。

第九节　自我认同：青少年与危机

我们是非常看重少女成长中的年龄标识的。《请收下这束鲜花》中的她十二岁，了然十三岁。这是一个人成长中至关重要的年龄。不仅是说，在这个时间段，一个人从小学升入中学，开始了学习的新阶段，它更表明一个人的身体与意识产生了重要的飞跃式的变化：他进入了从孩童向成年人的嬗变时期。此前，他基本上要依赖父母兄姐和学校老师庇护指导而不必自己去花费心思辨析成长的方向，现在却需要对自己的成长具有内在的体验和现实的定位，需要认知自我、认知社会与他人，需要在现实中给自己建立一个期待中的理想角色。前述两位少女就都面临着这样的成长危机，而且她们的困惑还多了一层，就是性别体验与认同的危机。比起同龄的男性，她们的生理与心理年龄都有鲜明的差异。中医典籍指出，男子十六而精通，女子十四而天癸至。女性发育早而且身体反应大，带给她们的精神冲击也更为巨大。

让我们分而述之。

因为初潮的到来，把小女孩时期未必体察很深的性别差异不容回避地推到少女面前，要求她对自己的性别角色进行明确的定位。这样日渐清晰的女性角色，让了然感到惶惑，在《末日的阳光》

中，她始终处于一种焦虑状态，如何拉大两性的差别，与女性的身体认同，让她兴奋又沮丧。对于湿婆神的性别辨析的困惑，就是她对自身性别认同困惑的外化。这也就是我们前面已经论述过的阿尼玛与阿尼姆斯情结的命题。同时，她还需要推而广之，对于自己将要充当的情人、妻子和母亲的角色认知，都会由此而展开，同时也会对与情人、妻子和母亲对应的男友、丈夫乃至子女有所思虑。从《前夜》中的英沙罗夫与爱伦娜的故事展开的一系列情节，都是围绕这一点而展开。最终入住家中的男青年给了然的成长与自我认知带来许多积极的启示，但同时也具有很多的不确定性，他对于了然的情感是偶尔流露，他和姐姐的灵肉交欢更是对了然的激烈惩罚，更为致命的是，了然为之铭刻在心的故事，姐姐和母亲却断然否认，这也是成长的烦恼之一种。相反，《请收下这束鲜花》中的小女孩，更为单纯质朴，一厢情愿地爱上田凡医生，仅仅在心中玩味这样的爱情就足以让她心旌摇动，非常满足，简单明快许多。

再有一点，是对于社会现实的认知和社会角色的选择。青春期的到来，喻示着少男少女们将很快成长为成年人，要走向社会参与社会活动，在其中获得一个应有的位置。小女孩经历了死而复生，从最低迷的状态开始回升，她坚定地选择田凡的职业与品格作为自己的未来理想，这仍然是粗线条的，却让她目标明确，一往无前。了然的这一选择，还远远没有完成。她需要处理的局面更为复杂缠绕。她想要选择勇于追随革命志士而奉献自我的爱伦娜，但仅仅是一封没有送达的信件就足以证明她还不够资格；她向往追随流放西伯利亚的丈夫一道承受苦难的十二月党人的妻子，但是那个男青年准备逃亡的时候，准备陪同在他身边的却是姐姐。好在《末日的阳光》中的时间进程，不过是短短几个月，在以后的时日中，了然还会有更多的故事吧。

不但小说家注重十三岁，心理学家也非常看重十三岁。在心理学家埃里克·埃里克森的人生成长的八阶段划分中，他把十三岁开始的青春期看作人生中最为重要的一个阶段，为我们解读《请收下这束鲜花》和《末日的阳光》增添了理论的色彩。

埃里克森的八阶段划分如下：

第一阶段：婴儿期（0—1岁），获得信任感克服不信任感阶段。

第二阶段：童年早期（1—3岁），获得自主性而避免羞愧怀疑阶段。

第三阶段：游戏期（4—6岁），获得主动感和克服内疚感阶段。

第四阶段：学龄期（7—12岁），获得勤奋感而避免自卑感阶段。

第五阶段：青春期（13—18岁），获得自我认同而克服角色混乱阶段。

第六阶段：成年早期（19—25岁），获得亲密感而避免孤立感阶段。

第七阶段：成年期（26—65岁），获得繁衍而避免停滞阶段。

第八阶段：老年期（65岁以后），获得完善感避免失望感阶段。

依照埃里克森的描述，处于青春期阶段的青少年经常思考"我是谁"，他们从别人的态度，从自己扮演的社会角色中逐渐认识自己。此时，他们逐渐从对父母的依赖中解脱出来，与同伴建立亲密友谊。如果这一阶段的危机成功解决，就会形成忠诚的美德；反之，就会形成不确定性。①

信任感，包括对自我的信任，信任自己的智慧与能力，对社会与他人的信任，信任这个社会与他人的友善，相信社会，相信他人，自己的能力与情感的投入可以得到认可而不会遭到唾弃与玷污，苦难不是社会的主题词，希望仍然在引导人心。小女孩就是通过田凡的身体疗救与精神引导，在绝处逢生后重建对自我、对社会、对他人的信任，在动乱年代走出自己的亮丽人生。了然却仍然

---

① 俞国良、罗小路：《埃里克森：自我认同与心理社会性发展理论》，《中小学心理健康教育》2016年第7期。

是在困惑与探索之中。她本来在男青年对于《阿波罗死了》图画的新阐释中得到鼓励与升华，建立了新的希望和信念，也得到他的信任，被委托去送一封至关重要的信件，了然却因为自己的幼稚与好奇心嫉妒心犯下三重错误，既偷看了写给别人的私密信件，又没有把这封信送达接收者，还莫名其妙地把它弄丢，埋下无穷的隐患。她在作品中从头到尾都处在一种不确定性之中，因为对自己的信任是需要通过外在的对象与行为加以证明的，了然的思绪非常活跃，但当她得到他的高度信任承担信使的时候，得到证明的却是她的不堪信任。在信任与不确定之间，她仍然进退维谷，仍然迷茫。

中国学者指出，埃里克森的八阶段理论中，最为重要的是青春期阶段，并且从两个方面进行了深度阐述：

（1）青春期的心理社会任务是建立自我认同和防止自我认同混乱。进入青春期后，青少年就必须对自我发展中的一些重大问题进行思考并做出选择，把他们过去的经验和对未来的期望，个人理想和社会要求进行整合。埃里克森认为，自我认同问题是青春期心理发展的核心，反映了青春期心理发展所遇到的矛盾和冲突的内在根源。

（2）青春期是自我认同形成的关键时期。这个阶段青少年处于生理迅速发育成熟和心理困惑阶段。进入青春期后，青少年的自我意识开始凸显出两个主要矛盾，即主观自我和客观自我的矛盾、理想自我和现实自我的矛盾。很多青少年因为不能化解这一时期的发展危机，出现自我认同危机。心理健康的青少年化解了危机，形成自我同一感，会产生三方面体验：第一，感到自己是独立而独特的个体；第二，感到自己的需要、动机、反应模式是连续而且可整合的；第三，感到他人对自己的评价和自我的觉察是一致的，自己所追求的目的以及实现目的的手段是被社会所承认的。[①]

在这样的理论观照下，了然拒绝长大、要做一个永远的小女孩的心态，也得到合理的解释。埃里克森指出，正是因为青春期面对的认同危机非常严峻，令人望而生畏，这个年龄段的青少年，自觉没有能力接受并且持久地承担这一重大义务，感到要做出的决断和完成的任务未免太多太快；因此，在做出最后决断以前要进入一种"停滞"的时期，用以千方百计地延缓承担他的义务，以避免认同提前完结的内心需要，避免过快地准备不足地进入成年人的世界。

同时，青春期共同体的存在，也是同龄人相互抱团取暖，抗拒未知的各种挑战的需要。因此，无论了然和她的小伙伴，还是出现在徐小斌别的作品中的同龄的孩子们，都是用这种相互激励相互安慰的方式，应对成长的各种难题。请回想一下，了然和小伙伴们被家委会的大妈们喊去办"黑帮子女学习班"，成人世界向她们露出丑陋狰狞的一角，了然和小伙伴们却利用了自己身体灵活学习能力强的优势，在和大妈们一道参加政治活动、背诵毛主席语录、唱语录歌、跳忠字舞的过程中，反客为主，任意指斥大妈们的笨拙无能——"我和王霞交换了一下眼色齐声指责她打夯的动作别有用心起码是对毛主席不忠是一种亵渎神圣的表现。胖主任起先还争辩后来渐渐不支渐渐败北红胖的腮帮有些发白。从那天起她见了我们不再像一头愚蠢凶恶的雌兽从那天起我们一步跨入了天堂。没人敢再管我们每天唱够跳够指着那群癫狂衰老的身子批评指教一番，然后四个人便像小时候一样勾肩搭背地转到老街去闲逛。那幅情景若是在今天的西方定会被怀疑为一群小小的同性恋者。"[②] 但是，了然和

---

① 俞国良、罗小路：《埃里克森：自我认同与心理社会性发展理论》，《中小学心理健康教育》2016 年第 7 期。

② 徐小斌：《末日的阳光》，徐小斌：《迷幻花园》，作家出版社 2019 年 9 月，第 192—193 页。

小伙伴们抱团取暖的概率不高，她们遭遇的是更为复杂的难题，例如个人的情感与自我认知，不像唱歌跳舞那样可以用简单的方式加以解决。

从这个意义上，对于了然的惶惑，可能会有更为深入的理性把握。

第二章　玉簪花·生命树·8字图

——徐小斌的"病房三部曲"与小说发生学

在这一章中，我们要从小说发生学的角度讨论的是徐小斌的"病房三部曲"，《请收下这束鲜花》《河两岸是生命之树》《对一个精神病患者的调查》。这三部作品，具有一种递进关系，从中可以看到它们怎样从一个单纯而凄美的少女爱情之《请收下这束鲜花》，到直接卷入时代的激荡风云的《河两岸是生命之树》，再到与鲁迅先生的《狂人日记》有亲缘关系的《对一个精神病患者的调查》，一步一步走过来，作家的思考，作家的风格、个性，都在这一层一层的推进和一层一层的蜕变当中，渐入佳境，形成其早期的标志性风格。

一个作家在较短的几年间，绕着医院病房的故事反复书写，说起来，一定是有什么非常深切的心灵印记，让徐小斌不能释怀，不能不一次又一次地把自己的视线，把自己的笔触投向那医院特有的白色笼罩的病房之中，让她一次又一次地去凝思出入在这病房当中的医生、护士、病人以及病人家属。让徐小斌念念不忘、纠结难舍的到底是哪些要素呢？她的写作个性又是怎样从比较稚嫩的练笔，逐渐变得开阔浑厚，然后又获得了更深入更犀利的个性特征呢？

第一节　医院的现代性与"人学"蕴含

离我们相去不远的 2020 年，百年一见的大疫之年，医院是一个醒目的关键词。以超级速度建造的武汉的雷神山、火神山方舱医院，开往纽约曼哈顿的军用医疗船，都曾经吸引人们的关注。中国中央电视台对雷神山医院的建设进行现场直播，就获得千百万人的点击率。追溯起来，医院的产生，没有人们以为的那样久远。福柯断言：虽然医院作为实体是早已存在的，但作为治疗机构能减缓或治愈疾病的医院在十八世纪以前并不存在。旨在救死扶伤的医院之理念和实践大约出现在1760年。在此之前，它主要是起收容和慈善的作用，主持医院运行的则是教会人员。为何十八世纪末出现了医院史的一个重大转型呢？福柯认为促成这种转型的根本动力，是当时英国慈善家霍华德和法国医生特农等人实施的一系列针对医院的实证调查研究。他们通过对多地多家医院进行调查和评估，提出合理化改造旧医院或重建新医院的方案。他们的调查为医院建筑的总体结构、房间的大小、空气流通、容纳的人数、床位的配置、不同病人的空间隔离、疾病与环境卫生、病人用具之间的关系、治愈率和死亡率等提供了一些功能性描述，从而开始以全新的方式把医院视为治愈疾病的医学空间。医院充当着诫训、医疗和知识训练等功能的场所。①

在我们的论域中，医院的病房，是一个特殊的场合，它既有福柯所言称的基于医学和管理科学的现代属性，也给前来看病的病人和医生之间提供了一个关系密切难解难分的空间。这种亲密接触，出于治疗的需要，许多时候需要病人敞开身心，让医生护士具有尽可能的深度了解和介入。医院的病房都住着前来看病又无法在门诊解决问题的病人，病情都比较缠绵或比较严重，因此在一段时间之内，他们就和医院、和医生护士建立起一种相对比较稳定比较经常的关系。而且，在普通病房里，往往住着多个病人，病人和病人之间朝夕相处，同吃同住，其关系也被前在地规定为联系密切，不是

---

① 莫伟民：《福柯论"医院空间"的政治权力运作》，《学术月刊》2019年第5期。

所有病人之间都那么融洽和谐，但是又无法挣脱这样的规定空间，彼此之间也会生发出许多戏剧性的矛盾冲突。许多比较孤独、自闭的人，他们进入医院必须面对病友，必须面对医生护士，于是他们的人际关系也被强行纳入医院的人际网络之中，迫使他们在众目睽睽之下显现自己的某些隐私，某些生理的和心理的病患症状。许多人进入医院接受长时间治疗，面对疾病的折磨和生死的关卡，会从自己原先的社会角色、家庭角色当中退出身来，以病人的单一身份在医院里出现，面对着医生和护士，面对着别的病友，有一种彼此平等的感觉，有一种同病相怜的感觉。与此同时，这种平等，这种同病相怜的情感共同体，会因为人们的不同社会角色、不同的社会等级、不同的身体状况而产生各种各样的破裂、各种各样的冲突，这更丰富了病人在医院当中的角色扮演。还有，在住院病人和负责治疗护理他们的医生护士之间，尤其是在异性的医患关系之间，双方也很容易因为医生护士对病人的关爱，医生护士对病人的救助之恩，产生各种各样的情绪回应，感恩图报，由此产生的恋情都是可以理解，容易发生的。这让本来是处于严格的科学管理之下的病房，增添了微妙、温馨的气氛。医学和文学，因此具有同样的"人学"视野。如《河两岸是生命之树》中的画家孟驰所言："我只知道，世界上的一切学问都是相通的，包括医学和艺术。医学和艺术的研究对象都是人，人！"[1]

在现代作家的笔下，医院会成为社会生活的一种隐喻。契诃夫写过《第六病室》，描述俄罗斯具有先进思想的知识分子找不到现实路径的痛苦与癫狂。巴金先生受到契诃夫的影响，写过《第四病室》，新感觉派作家穆时英写过《白金的女体塑像》，充满弗洛伊德所说的潜意识涌动，丁玲写过《在医院中》，关注的是福柯所言的科学管理与人文情怀问题。五十年代有一部电影，根据艾明之小

---

[1] 徐小斌：《河两岸是生命之树》，徐小斌：《入戏》，作家出版社 2019 年 9 月，第 136 页。

说《浮沉》改编而成的《护士日记》，影片中的一曲儿歌"小燕子，穿花衣，年年春天来这里……"传唱数十年而不衰，几乎每个小孩大人都会唱。二十世纪八十年代初期也有一部写医生和患者关系的电影，根据谌容同名小说改编的《人到中年》，女主人公陆文婷的形象不但感染了诸多看过这部电影的普通观众，还引发邓小平力排众议，为这部电影开绿灯，进而推进积极改善知识分子的经济待遇的一系列措施。邓小平在谈话中，从电影谈到现实："我们现在一方面是知识分子太少，另一方面有些地方中青年知识分子很难起作用。落实知识分子政策，包括改善他们的生活待遇问题，要下决心解决。《人到中年》这部电影值得一看，主要是教育我们这些老同志的。看看，对我们这些人有好处。"

第二节　从边缘化的少女之恋走向变革时代的主场

《请收下这束鲜花》中，女主人公是个几度出现在病房当中的小女孩。她第一次入院接受救治是在十二岁。和她相依为命，抚养、陪伴她的外婆去世之后，小女孩失去了生活的庇护者和生命的陪伴者，绝望之中跳楼自杀身受重伤。幸运的是她被好心人送到了医院，得到医院医生护士的全力救助，其中一位叫田凡的青年医生，年轻有为，敬业友善，不但在小女孩的生命救援上付出很多心血，还在精神上给她积极的鼓励和引导，鼓舞她继续生活和努力向前。孤独无助，生活于一片冷漠凄凉之中的小女孩，无法不对田凡医生产生好感，产生依赖性，进而萌发一种朦胧却深刻的爱慕之情。为此她悄悄地多次来到医院，暗中观察田凡的身影。她第二次出现在病房的时候是1978年，她和田凡医生的关系调换了强弱的位置：田凡医生积劳成痉，罹患癌症，已经进入生命的晚期；小女孩呢？她追慕的是田凡给她树立的榜样，她也要像田凡那样做一个优秀医生治病救人，给人间传送温暖，她报名而且考上了最好的医学院。她非常想把她被医学院录取的喜讯告诉田凡，因为医院病房的管理很严格，她为了进入田凡所住的病房，也费了一番周折。当她终于进入病房，面对被她朝思暮想铭刻在心的偶像，一心想诉说什么时，田凡对她已经毫无印象——对于小女孩来讲，田凡是他生命中的大救星，是她人生的指路人，对于田凡而言，她只不过是田凡从事医学事业的岁月流年中诊断治疗过的无数病人中一个普普通通的小女孩，没有给自己留下多么深刻的印象。所幸的是小女孩精心准备的一束玉簪花，恰好是田凡最爱的花朵——她曾经观察到，田凡把最喜爱的玉簪花送给他像电影演员一样漂亮的女朋友却被后者不屑地拒绝——这样的体贴周到，传递了她对田凡的敬仰和爱慕之情。生命已经走到尽头的田凡，以一种非常开朗达观的态度面对死亡，也以欣赏和希望的目光面对这个看来仍然是个小孩儿的她。今天看来，这种医患关系是比较简单的，是八十年代初期普遍流行的表现心灵美、表现理想主义高扬的时代气息和对于人际关系美好温馨的呼唤与展望。

《请收下这束鲜花》中的小女孩，她的父母在"文革"爆发初期就双双罹难。"文革"发生的时候，她刚刚四岁，到1974年外婆去世，她也不过才十二岁；以这样的年龄，被动地卷入时代的腥风血雨，她只能是一个边缘而又边缘的小孩，无法深刻切入时代的脉搏。《河两岸是生命之树》在病房内外展现了更为丰富、更为开阔的社会生活。作品中出现的人数众多，画家孟驰，心理学家罗玉茜，青年医生楚杨和他的母亲，卫生部焦副部长的女儿焦婷婷，怯懦而不失善良的年轻教师伊华……每个人都有自己的立场和情感，分别倾诉自己的处境与心事，进行多人称叙事。作品中的人物都是成年人，他们对"文革"末期社会状况的自觉选择和主动参与感都很强烈，彼此之间的爱恨情仇矛盾纠葛也都更富有深度，更富有戏剧性。他们身处的，是1977年1月到八十年代初期——这一时期是刚刚结束"文革",进入拨乱反正改革开放的历史转型时期,"文革"的动乱已经结束,但它遗留下来的累累伤痕和人们心头的重重焦虑,都是非常难以救治,难以去除的。新的时代的到来并非一蹴而就,需要有自觉意识有坚定信念的人们为之艰难求索,开拓奋斗,要付出非常沉重非常艰辛的努力和奉献,才能够去旧开新,开辟新境。于是,自觉半自觉地,他们都站到时代的主场上。

第三节　医患—施受关系的翻转

《对一个精神病患者的调查》,是徐小斌的成名作,也是她关于医院病房叙事的经典性作品。《对一个精神病患者的调查》和她此前的作品相比,它改写了我们眼中经常见到的医生对病人的救治,病人对医生产生恋慕和情感回报的模式,作品的头绪比较繁多,中心环节还是青年医生与青年女性形成的医患关系及其演变。柳锴和他的同学、恋人谢霓,都是学心理学专业的北京大学在校生,进行毕业实习来到一所精神病院,和一位被认为是精神病患者、被迫害妄想狂的少女景焕之间发生了一连串的纠葛。遇到景焕这样一个非常独特的病例,引起了富有探索精神的谢霓的研究兴趣。她非常敬业,对刚刚兴起的心理医学、精神分析疗法等非常感兴趣——说来令人悲哀,弗洛伊德和他的精神分析学说,早在"五四"时期就已经进入中国学界,鲁迅的短篇小说《补天》就自认和弗洛伊德心理学有关联。在八十年代,弗洛伊德再次作为引起医学和文学两界重大关注的新理论新现象,给人们带来新的思想冲击波。谢霓对此非常有兴趣,并且希望能够用这样独特的方式去解开景焕的心中之谜,能够对景焕进行有效的治疗,而在此之前,景焕在精神病院一直是以沉默去坚守自己的情感与立场,各种治疗和检验的方式对于她都是没有什么积极作用的。为了能够打开景焕闭锁的精神状态，谢霓可谓费尽心机，第一个妙招是，她让景焕走出精神病院那令人压抑窒息的所在，住到谢霓家中进行院外治疗——所谓院外治疗，就是让一些精神病患者走出医院走出病房，在一个正常的社会环境和家庭环境当中逐渐恢复身心，融入社会生活。谢霓的家庭状况是非常令人羡慕的。他的父亲是政协系统的一位重要人物，留学苏联的著名学者，生活条件很优越，独门独院，住所宽敞，还有一个有一定规模的花圃。谢霓的母亲文波是一位富有创新精神的作曲家，她的姐姐正在大学里学习钢琴，名叫谢虹——两姐妹的名字合起来是虹霓，显然和景焕是有命名上的关联性的，喻示着某种玄幻感、非现实性。第二个妙招是，谢霓让她的男朋友柳锴专心去做景焕的治疗工作，让他尽可能地接近景焕，甚至要求他让景焕尽快爱上他，通过移情作用，能够向他敞开自己的心扉，得到治病救人的金钥匙。

身为街道工厂出纳的景焕，为了她的前男友夏宗华而贪污公款，曾经被公安局关押与审查，在此过程中，夏宗华弃她而去，这被认为是景焕致病发病的重要原因。她的遭遇引起柳锴的同情，逐渐地接近和关心她，可能就应了那句"心病还得心药医"的俗话。在逐步接近和了解景焕的时候，柳锴和谢霓都发现了景焕独特的才能和高度的智商，她在谢霓家的花圃进行了富有创造性的园艺劳动，而且还搞起了无土栽培，用营养剂培养花卉，她的插花艺术也得到了懂得花道艺术的日本朋友的高度赞赏。

柳锴在这一过程当中，逐渐走入景焕的生活，走入景焕的心灵。他帮助景焕照顾她病重住院的父亲景宏存，一位高级知识分子，科学院物理所的研究员，同时柳锴也走进了景焕的家庭。景焕的家庭和谢霓的家庭，结构很相似，都是父母健在，两个子女业已成年，但就柳锴的目光所见，前者处于一种分崩离析的状态，后者却一片欣欣向荣。景焕的母亲，非常欣赏她的儿子景致，对于景宏存，对于景焕，则是一种非常冷漠毫不关情的状态，甚至在景焕住院治疗期间，家中从来没有人去探望过她。景致更是我们通常所言头脑简单四肢发达，缺少必要教养的男青年，景焕就遭受过他的殴打。

柳锴帮助景焕在一家医院照料其重病的父亲，景宏存死后又帮助景焕处理他的后事，两个人的关系日趋亲密并且有了身体的欢愉。进一步地，两个人的医患关系发生了逆转，柳锴假戏真做弄假成真，他非常喜欢景焕以至于几乎要放弃与谢霓的恋情；在许多时候他不但是耐心诚恳的聆听者，而且还是景焕的教育对象，被她改造着。柳锴作为一个现代科学培养的大学生，他相信唯物主义相信现实生活，而景焕却反复地对他倾诉一个非常费解充满诡异的梦境。这个梦境令人压抑，但是，她又会最终证明她所梦不虚，而且并非孤证。

第四节　一曲《弧光》，几人心事

《对一个精神病患者的调查》的中心环节是，人们聚集在谢霓家中听到谢虹演奏文波新创作的一首钢琴曲《弧光》，几个在场者都被文波要求讲出他们听这首乐曲的内心感受。谢霓讲出来的是一片童话般的冬天的东北森林和森林中的一座小屋，小屋的主人、一个年轻而富有魅力的伐木工人给他们做美味鱼汤。柳锴感受到的是一位少女蜕变为蝴蝶，在不同的季节，不同景物的色彩，以及蝴蝶自身色彩的变换当中翩翩飞舞。谢虹对于梦境的解释，表现出一个非常幸福的少女的爱情梦幻，危难中出现白马王子出手相救的故事。她们的父亲所看到所想到的是，他和文波早年留学苏联的时候，在冬天的晚上参加盛大欢乐的冰场滑冰的画面。只有景焕，没有用语言来描述，却画了一幅简略的图画说明她从中听出的正是她反复讲述的那个梦境。故事讲到这里，我们可以说，这样的诠释，文如其人，各师成心，每个人讲的都各有所见，各有所思。谢霓讲到的是幼年时期的一件往事，是她最早萌生爱意而对于心仪青年男子的第一印象，场景呢，美则美矣，却很难落到实处，虽然她和柳锴正在恋爱之中，她的强势却让柳锴感到为难。柳锴的描述，似乎正是景焕带给他的美好印象，蝴蝶翩翩，多变善变，难以定型。谢虹所言似乎预示了她即将遭遇一场爱情，夏宗华很快会闯入她的生活并且谈婚论嫁。她们的父亲从乐曲中引发了对青年时代热情洋溢的悠久回忆，历久弥新的爱情仍然鲜活如初。景焕呢，因为那个梦境太深刻了，这首乐曲不由得触动了她的思绪。

这就是音乐的独特魅力。文学作品采用的是具有明确蕴含的语言，仍然会常常引发各种歧义。采用旋律与节奏的音乐，就更加难以准确地进行意义的捕捉。这个众说纷纭的场面，非常像诸人各言其志的《论语·子路曾皙冉有公西华侍坐》篇。文波最后所认可的正是景焕所给出的答案，证明景焕的心有灵犀。

如果说，这还不过是心有所思，后来景焕和柳锴一起去滑野冰，当他们来到滑冰的场所，景焕忽然觉得这就是她反复见到的梦境在现实当中的真实显示，梦幻与现实结合在一起，这是一个什么样的梦呢？这样的梦境，断断续续地在景焕和柳锴的对话中一再表露出来，就是反对因循守旧，反对一种"工蚁"式的生活，要追求自由生活自由创造。这样的解释也许并不深奥，但是通过景焕反复描述和渲染，它就构成这部作品一个神秘的巨大的象征。景焕讲述的是，在一个梦幻一般的蓝色小湖上，她正在自由潇洒地滑冰，虽然她从来没有学过滑冰，却无师自通地能够自如地在冰面上驰骋，突然，更加不可思议的景象出现，带着巨大的恐怖——

"……我悠悠然然地滑着，突然，我发现我总是不由自主地沿着同一条轨迹滑行，那轨迹便是一个极大的'8'字，那轨迹是那么明显，不知多少人在上面滑过了，……

我试图改变，可是，我刚刚脱离了这条轨迹，那冰面就突然裂开了，裂得那么大，那么深的一道裂缝……我掉进寒冷彻骨的冰水里，我能看到的最后的东西是远方那闪烁的光斑……它突然爆发出最明亮的弧光，然后，就熄灭了……"[1]

说起来，这样的冰场景观有些像刘索拉《你别无选择》中的那个巨大的功能圈，无所不包又反过来限定着一切，但是这个巨大的8字，比那个功能圈，多了许多现实的质感，现实的意义。在花样滑冰的基本技巧中，有一项就是要学会在冰面上做8字形滑行，俗称"画8字"，但在毫无滑冰经验的景焕的讲述中，它却在放大许多倍之后成为一种人生桎梏的表征。柳锴本来是要依靠自己的医学知识，和作为一个青年男子所具有的对于异性的吸引力去了解、改变甚至拯救精神病患者景焕，他却在这现实与梦境、科学与幻象、"工蚁"与自由的冲突、辨析之中，被景焕所改造。在这一过程中他也了解到景焕的人生经历，她虽然刚刚二十出头，但她经历过的成长的痛苦非常独特：作为养女，景焕在毫无家庭温暖的情况下成长，她的心灵非常焦渴，渴望有别人的交流和关爱，但她后来碰到她生命中的另一个克星夏宗华。景焕在一个街道工厂当出纳员，她数学才能极其低下，不善计算，工厂里有对上对下真假两本账，更让她理不出头绪来。每天都无法摆脱的账目数字，让她无法忍受，陷入苦痛当中，景焕是这个时代这个环境的软弱无辜的受害者。但是问题并没有到这里为止。在柳锴的眼中，不断地看到她的温顺后面的阴险的微笑，她的令人毛骨悚然的微笑：

景焕又是温顺地点头。可我看到她眼睛里悄悄闪过一

---

[1] 徐小斌：《对一个精神病患者的调查》，徐小斌：《迷幻花园》，作家出版社 2019 年 9 月，第 26 页。

丝阴险的微笑。我不由打了个冷噤。

是的，那是景焕头一次引起我的注意。谢霓悄悄对我说，当时她后背有一种麻酥酥的感觉。我也有同感。景焕的眼睛是很奇怪的，乍看上去温顺善良，而且总是急急地回避人们的目光。然而，只要仔细看，便不难发现，有时，在间或一闪的时候，这双眼睛显得美丽而狡黠，甚至带着一种阴险的神气。①

继而景焕又向他展现了自己的另一面，和在此前观察到的方方面面有很大的差异：她貌似一个非常体贴孝顺的女儿，在父亲景宏存生命的末期，是她一个人在医院照料父亲，而且从精神上从生活上都竭尽所能关怀父亲，但她骨子里并不怎么关心他，她是因为无事可做才到医院里照顾父亲。她在街道工厂当出纳，因为贪污公款受到处罚，这也并不是通常所想，是为了帮助夏宗华摆脱经济困境，而是因为她要用这样独特的方式来终结自己的烦恼，了断无聊乏味的工作生涯，也终结她和夏宗华维持了多年的扭曲错乱的关系。这确实是匪夷所思，壮士断腕，也让我们看到一种精神上的扭曲变异，让我们想起尼采所说，天才在某种意义上都是疯子。景焕极为聪明，一方面是个天才，另一方面她的疯狂出人意料，无法用常人的逻辑加以解说。于是有趣的事情发生了，柳锴一步一步地实现谢霓的计划，而且不由自主地爱上了景焕。谢霓曾经一再地警告他，他们最初的目的是要唤起景焕的爱恋之情，赢得景焕的信任，使这样一个高度自闭的精神病患者能够向医生敞开自己的心扉，然后将景焕移交给谢霓来处理，柳锴应该是隔岸观火保持清醒的距离，不能陷入其中，不能陷入情感的漩涡的。这样的警告对于柳锴来说并没有实际的效力，柳锴不由自主地被卷入景焕的内心世界，

---

① 徐小斌：《对一个精神病患者的调查》，徐小斌：《迷幻花园》，作家出版社 2019 年 9 月，第 24 页。

也不由自主地爱上了这个灰姑娘一样的少女，发现了她被世俗社会屏蔽的才华与魅力。这个医患角色互换的故事，发人深省。但是，故事并没有到这里就画上句号，某个机制一旦被启动就无法中止，疯狂的陀螺还在旋转下去。在对景焕了解得越来越深入的时候，柳锴不由得望而生畏，用柳锴的话来讲，我们都是凡夫俗子，而景焕就像玛雅金字塔一样巍峨而神秘，是一个卓越的天才，在两者之间不相匹配，他没有能力没有胆魄去继续进行这样的爱情游戏。柳锴终于及时地急刹车，从景焕那里脱身而出，转而回到谢霓的身边，这样的结局意味深长。

第五节　以"生命树"为中介的成熟与转型

二十世纪八十年代，在中国大陆还很少出现这样具有精神分析意味的作品氛围的时候，徐小斌的《对一个精神病患者的调查》的产生，会经历什么样的发生过程，成长在什么样的土壤里，受到过什么样的启示呢？这就是之前所讲到的，在《请收下这束鲜花》和《对一个精神病患者的调查》两者之间，作家的进一步描写医院病房、描写医生与患者之间的情感纠葛的作品《河两岸是生命之树》。

在作品的叙述结构上，《河两岸是生命之树》这棵树可以说是从《请收下这束鲜花》的根基上发生壮大起来的。《请收下这束鲜花》中的小女孩，变身为被时代遗弃、身心交瘁生命垂危的孟驰（可以谐音为梦痴）——她作为一个有才情有理想的年轻画家，因为参加"四五"天安门运动、创作《丙辰清明之魂》画作遭逮捕被关押，1977年1月释放出狱，还拖着政治结论的阴影憧憧。孟驰才出监狱又入病房，罹患重度的肺结核，幸好得到医院和医护人员的及时救治，而且与全力救治她的医生楚杨产生强烈的情感纠葛。故事的时间长度大体上是四年，从1977年的1月开始到1980年结束。这和《请收下这束鲜花》当中的那个小女孩的故事的发生时间相似，从十二岁到十六岁——从 1974 年到 1978 年，同样是间隔四年时间。这当然也许仅仅是一种巧合。更多地让我们想到的是，两部作品中的女主人公，都是以身体的重症和那个浩劫年月相应和，把时代的印记刻写在自己的身心之中；到了天回地转的时节，她们摆脱生命的濒危状况，挣脱"文革"时代的梦魇，如愿以偿考上了大学，得到了个人命运的极大改善，实现了人生理想的第一步。在《请收下这束鲜花》中，小女孩面对着生命垂危的田凡医生，她一心继承田凡的敬业精神和强烈的社会责任感，继续他的医学事业的良好意愿，让另一个年轻生命的逝去，平添了若干亮色。《河两岸是生命之树》中的女主人公孟驰，父亲去世，母亲去国，从遥远的敦煌到北京来想要投奔父亲的老朋友关教授以学习国画技法，不料关教授消息全无，她偶遇美术学院的青年教师伊华并且彼此相爱，孰料在大清查中伊华招供出她就是《丙辰清明之魂》的作者……孟驰几经波折地考上了美术学院，多年的夙愿终于得以实现，她在1976 年"四五"天安门事件中做出的英勇抗争，让她戴上英雄的光环。曾经在医院救治中给她以极大的关爱，把她从濒危状态拯救回来的青年医生楚杨，曾经是医生高于病人、拯救者高于被救治者的楚杨，两次陷入情绪与身体的低迷状态：

第一次是孟驰兴高采烈地前来告知她考上了美术学院，楚杨却对两人的情感问题疑虑重重，他没有信心能够将这样的爱情进行到底，不敢接受孟驰的表白——

她是只鸟。是鸟就一定要飞的。而我，不过是一介凡夫。

我闭上了眼睛。不知为什么，我想哭。这一夜仿佛格外漫长，我想了很多。我想到自己今后必须面临的各种潜在危机。第二天我没能起床。第三天、第四天……我高

热、寒战、被火焰和冰雹轮番卷走。昏迷中，孟驰和她留给我的一切似乎已经恍同隔世了……①

得知孟驰的才情过人，慷慨赴难，楚杨自惭形秽，痛感两人之间的不相匹配，产生一种仰望和敬而远之的心境，想要斩断痴情热恋，有意识地从这样的爱情中抽身而去。

第二次的情况更为糟糕。楚杨和田凡一样，身心交瘁，自己成为危重病人，还比田凡多一重为时甚久的爱情的煎熬。如何解脱困境呢？作家的处理颇费匠心。楚杨在病魔缠绕身心疲惫的混沌状态中，接受来自孟驰的输血救助，接受外公的点拨和教诲，接受来自身边人们的积极鼓励，尤其是产生了对孟驰的重新定位：除去其英雄的光环，还原其凡人本性，发现她在创作《圆明园——历史的回声》中遭遇挫折，需要获得更多的精神支持和创新能量，这也正是楚杨能够予以孟驰新的帮助的好时机。爱情的长期困扰终于冲破自我压抑的防线喷涌而出……

这样的人物关系显然比《请收下这束鲜花》那种直线性单纯化的田凡和小女孩的医患关系要繁复许多。同时，《河两岸是生命之树》也有其独特的价值取向。在《请收下这束鲜花》之中，田凡指引小女孩热爱社会生活，积极进取，尽管现实当中有痛苦，但是还要努力，还要奋斗和追求，并且用自己的言行影响了小女孩。孟驰在手术治疗中伤及右臂神经，担心此后无法继续作画，也曾想跳楼轻生而被楚杨及时制止；楚杨用来启迪孟驰的，却是他从《圣经》当中引述的一段引文，针对孟驰对往事的无奈遗忘与愤怒谴责，他鼓励孟驰要勇敢前行，摆脱往事的阴影——

"你说……在经历了这一切之后，我还能怎么样呢？

---

① 徐小斌：《河两岸是生命之树》，徐小斌：《入戏》，作家出版社 2019 年 9 月，第 130 页。

只有遗忘。《圣经》上说，走过忘川就会忘掉尘世中的一切，可是现实中的忘川又在哪里呢？那冥河……"

"可是别忘了，'河两岸均是生命之树，所产果实十有二种，月月结果，树叶则可治万邦之疾'。"

他说完了。富于深意地望着我，那双眼睛深不可测，就像黑夜里的海那样神秘幽深。

我简直惊呆了。"你怎么也……？"

"这叫作'以其人之道，治其人之身'。"[①]

第六节　曲径通幽：从公共话语到个体心理分析

田凡和楚杨用来指点迷津的，都可以说是一种公共话语。田凡对于小女孩的劝告，不用很复杂的语言，而是基本的人生常识，是田凡的身体力行加强了他的言说的力量。楚杨则不然，他的智慧来自《圣经》的启示，这在八十年代初期尚要冒相当的风险，需要通过"政治正确"的关隘。宗教话语与主流意识形态之间，存在很多冲突。礼平的中篇小说《晚霞消失的时候》借用宗教话语讨论真善美的关系，就遭受过严厉的清算。把"河两岸是生命之树"这样的《圣经》话语标明为作品的题目，不无冒犯之意。

《请收下这束鲜花》中的小女孩，充满对田凡的关切，她了解到玉簪花是他最爱的花，所以，当她得知田凡住在医院病房中，面对最后的有限的生存时日，她前往看望田凡时特意买了一束玉簪花。《河两岸是生命之树》中的楚杨，为了鼓励孟驰战胜病魔，除了言行鼓励，还送一束柏树的叶子给孟驰。从这里，我们可以看到《河两岸是生命之树》怎么样扩展了《请收下这束鲜花》的言说空

---

① 徐小斌：《河两岸是生命之树》，徐小斌：《入戏》，作家出版社 2019 年 9 月，第 104 页。

间，怎么样作为中介而将医院病房医患关系的叙事延展到《对一个精神病患者的调查》。

比如说，孟驰是一个刻意追求自己的个性、追求艺术上的自由创造的青年画家，景焕也有很高的艺术创造的才华。景焕曾经为柳锴作肖像画，而孟驰也曾经为楚杨作画像。景焕和柳锴之间的情感波折起起落落山重水复，孟驰与楚杨之间的情感，同样是一波三折，时断时续。《请收下这束鲜花》中，小女孩是因为绝望无助跳楼自杀被送到医院，进入了田凡的工作环境；景焕是因为柳锴和谢霓的到来，被后者关注和发现，开始展开她的人生轨迹；孟驰呢，在"四五"天安门事件中创作了一幅大型油画《丙辰清明之魂》，并且为此被关入监狱九个月之久，然后入院接受治疗。景焕和孟驰都有过被关押的经历，但两个人的入狱原因却有非常大的差异。孟驰在粉碎"四人帮"之后，在 1977 年 1 月被从监狱里释放出来，但因为罹患严重的肺结核，晕倒在街头被好心人送到医院，于是有了她和楚杨的情感纠葛，此间受到很多外在因素和内心情感选择的干扰。景焕的故事则是有意摒除"文革"时代的集体记忆，更加关注在新的历史环境下一个桀骜不驯的个性，既有个人性又具有社会性的新的"人学"命题。景焕走出精神病院之后，曾经入住谢霓家中。孟驰被不公平地驱逐出医院之后，也是寄居在同一个病房的病友、接近四十岁而尚未婚嫁的女学者罗玉倩的家中。在《对一个精神病患者的调查》中，关于医学心理学，关于弗洛伊德的精神分析学说，谢霓都是非常感兴趣的，在她解析景焕的精神世界过程中，发挥了相当的作用。罗玉茜的身份，一方面是住院病人，一方面是北京大学心理学专业 1963 年毕业的老大学生，她在医院中主动地用心理学知识来观察生活，观察各种各样的病人和不同性格的医生护士。心理学的因素在这两部作品当中，都产生了重要的作用。楚杨是一个优秀的外科医生，拿手术刀做外科手术的，但是他也在关心心理医学，要用心理精神的抚慰来辅助手术治疗。尽管他曾经受到讥笑，认为外科医生实打实靠的是手术刀，心理医学则未免玄虚莫测，楚杨却没有因这种讥笑止步不前，而是继续自己的探索。他对于孟驰，不但是精心进行手术和术后的继续治疗，还努力去进入孟驰的心灵世界，不仅是及时制止孟驰的跳楼自杀（在繁杂的手术过程中，另一位医生误伤孟驰右臂的神经系统，让她对于重操画笔感到绝望，了无生意），还用有针对性的交谈纠正和开导孟驰，对孟驰所持"性恶论"的批判，用以其人之道还治其人之身的《圣经》语录互相辩诘，说服孟驰重新复活对事业对未来的希望。

从《请收下这束鲜花》《河两岸是生命之树》和《对一个精神病患者的调查》开始，心理学就和徐小斌的写作兴趣有了内在的关联。尤其是后二者。但是两者的心理学指向有所不同。罗玉茜所学的是普通心理学，察言观色做细节分析，比如罗玉倩观察到孟驰和楚杨之间的言谈对话的神态，断定他们之间发生了爱情，这还是常规的普通心理学的范围。柳锴和谢霓对景焕的观察了解和救治，更多的是属于个性心理学和精神分析学，是解析每一个人独特的心灵印记、成长经验。前者是一把钥匙可以开万把锁，后者是一把钥匙开一把锁，这两者的转换就见出作家从社会的、宏观的、普泛共性的方面转向对个人的精神状况、独特的个性经验的关注。我们从《河两岸是生命之树》到《对一个精神病患者的调查》看到，作家在不断探索当中，越来越笔锋凌厉，愈来愈深入内心：孟驰的行为遵从的是普通逻辑，就是说有一种公设性，面对外界的环境，所能做出的选择大致是可以把握的，也容易理解；景焕的行为体现的是她的潜意识，她的行为也大多是随机性的，缺少逻辑性。景焕成为一个路标，表明徐小斌的创作从此走向心灵探索，走向曲径通幽。

《河两岸是生命之树》和《对一个精神病患者的调查》，都有种位置的交换，就是医生和病人之间在进行医疗救治心灵关怀的时候，医生通过对病人的逐渐深入了解，走近患者的独特个性和精神魅力，彼此的关系由此发生逆转，医生需要患者的引导，医生会进行自我反省，失去足够的信心，发现自我的怯懦与匮缺。就像楚杨，他面对孟驰，最终意识到自己是心灵畸形的病人："至于对病人的关心，那多半是一种职业性的感情，甚至是一种满足'自我'的快感——我远非某些人想象得那么好。我不是什么救世主，即使是在拼命想唤起病人生活热望的同时，我的内心也常常是矛盾和动摇的。我和病人们一样需要不断地认识自我和外部世界。可是在他们面前，我只好扮演强者的角色——给他们以活下去和战胜病痛的力量。久而久之，我习惯于生活在用理性筑成的坚固堡垒中。理性，这是我同外部世界对抗的武器——引以为骄傲的武器。可是现在……我忽然发觉这个世界上除了冰冷的手术刀和止血钳之外，还有一种非常美好，美好得令人销魂的东西，没有它，人就不能成为完人。可悲啊，医生！你在给别人治病的时候想没想过，你也是个病人，一个头脑健全然而心灵畸形的病人！"[1] 而且，在意识到自己面对的患者的博大或者深邃的精神境界的同时，他们也扪心自问自己有没有能力，有没有勇气去接受这样强悍的比自己优秀的女性作为自己的爱人，自己是不是有足够的精神能量和这样的女性平等地、互相激励地进行精神对话。楚杨和柳锴都有望而却步，退出这样的爱情游戏的念头。

---

[1] 徐小斌：《河两岸是生命之树》，徐小斌：《入戏》，作家出版社2019年9月，第115—116页。

第三章　心灵世界的无解与有解

——《弧光》与《精神病患者》《爱德华大夫》之比较研究

在徐小斌的创作生涯中，将其中篇小说《对一个精神病患者的调查》改编为电影剧本《弧光》，搬上银幕，可以说是喜忧参半、褒贬分歧的一次"触电"。阅读徐小斌的相关文字，她对于该片中所选取的扮演景唤（小说原作中名为景焕）的女主角白灵，颇有微词。文学剧本中的景唤，非常清纯，因此徐小斌对于景唤，有符合其心目中理想的扮演者，因此先入为主地对白灵的出演抱有异议。在影片中，白灵提议加入一段长时间的做爱镜头作为海外发行的版本，这不无迎合海外观众喜好的嫌疑，更让徐小斌难以容忍——在她心目中，景唤是一个形而上的精灵，何以会坠入欲望之海丧魂失魄？[①]

但是在论者来看，《弧光》这样一部题材和风格都很独特的片子，可以说是名家荟萃，新锐威猛。导演是毕业于北京电影学院的张军钊，此前执导《一个和八个》一鸣惊人，开第五代导演之先

---

① "我的影视观念很前卫，但探索却十分有限，大概只在《弧光》一部片子中探索了一把。当时是上世纪 80 年代中期，《弧光》被列为探索片，有海内外两个版本。海外版有个很长的做爱镜头，堪称那个时代非常稀有的了，当然那是导演加上去的，原剧本中没有。严格地说是当时的女一号白灵（现居美国）的意见，她第一次见我就说，小斌姐，我觉得你的小说非常棒，只是缺一点东西，那就是性爱。记得我当时说，我不是清教徒，不过我觉得这篇小说要表达的主旨与性无关。"陈泽来、尚新娇：《徐小斌：我的作品经得起时间考验》，《郑州晚报》2010 年 5 月 21 日。

河，主要演员有张光北、肖雄、白灵等。张光北和肖雄后来都是演艺界的重量级人物，白灵因为到国外去发展，留下很多是是非非，但在当年应该讲也是一位非常优秀的青年演员，在《弧光》中的表演可圈可点。她在好莱坞打拼的经历，走性感路线，也无可非议，文化语境不同而已，我们并不嫌弃好莱坞影星玛丽莲·梦露，也不必苛求那些在好莱坞求生存求发展的中国女演员。《弧光》的成就辉煌，作为女主角的白灵功不可没。白灵曾经以患者身份到精神病院去体验生活，大大拉近了她和景唤的心灵距离。更为重要的是白灵对景唤的性格修正："影片后半部有一场追悼会的戏，在文学剧本中有极强的倾向性，景唤像'上帝'一样指责、戏弄所有的人。如果照此表现，结果会使景唤显得世故。我非常不喜欢这样的处理。我想这场戏恰恰应该表现景唤同其他人的差异。我把这个想法跟导演谈了，导演也有同感。但我反复思考，仍没有捕捉到景唤在这场戏中的状态和表现方法。那天，拍摄现场很严肃，放着哀乐，一群老干部恭恭敬敬地站着。我忽然想到景唤的状态应该和他们一样非常认真，认真地说每一句话，认真地表现每一个不理解，她非常相信自己。景唤按照自己的思维逻辑发展，而别人也按自己的思维逻辑发展，最后的结果就是彼此差别越来越大，越距越远，以至于双方谁也不理解谁。抓住了这个核心，我一下子找到了路。现在银幕上这场戏中的景唤，是一个真实自然的景唤。她的行为直接接受自己的感觉和自己的逻辑指引，而不是超然物外、嬉笑怒骂的'愤世者'的冷眼旁观。在分析表现景唤的同时，我不仅理解了景唤，更理解了生活。"[1]

说到《弧光》，容易使人想到的是两部希区柯克的惊悚悬疑电影，一部是《精神病患者》，另一部是《爱德华大夫》。本文选取同样是属于心理探索—悬疑影片的三部作品，进行比较研究，讨论其

[1]　白灵：《我演景唤》，《电影通讯》1989 年第 6 期。

从一种特异的精神现象出发，在"犯罪"与"惩罚"、"病人"与"疗救"的过程的展开中，逐渐显示出其内在的不同取向与延展路径，进而揭示中西方的不同作者、电影人之间，面对弗洛伊德精神分析学的各自取舍，从中窥见东方神秘主义与西方科学主义之间的深刻差异。

第一节　金钱·犯罪·精神病患者

先讲《弧光》和《精神病患者》的连接点。徐小斌小说原作中，"精神病患者"是一个核心词语，希区柯克的影片《精神病患者》同样着眼于此：景唤是已经入住精神病院需要接受医生救治的重病号，后者中的诺曼，是一个人格分裂的美国男性，屡犯重罪，数度杀人。两部作品都执着于对精神异常的"犯罪"人物内心世界的探索剖析。

《弧光》中的景唤，是一个街道工厂的出纳——"街道工厂"这一词语在当下的社会生活中，已经很少被提及，这大约是二十世纪五十年代到八十年代，中国城市生活当中一个具有时代性的词语。严格的计划经济生产体制中，有国有企业，有集体所有制企业，一些更边缘化、更简单化的手工劳作，则是以街道工厂作为补充的，就是把街道上的家庭妇女组织起来，做一些简单的手工劳动，同时也可以赚取一些工资贴补家用。到后来，一些找不到合适工作无法就业的返城知青和待业青年也先后进入街道工厂，史铁生和顾城都曾经是北京街道工厂的工人。年轻人在这里做工谋生会感到非常委屈，这样的以大嫂大妈为主的生产单位，很封闭很简陋的生产环境，缺少青春活力，当然不会有好的心情。景唤是一个二十出头的青年人，和她同龄的柳楷（小说原作中名为柳锴）和谢霓，都是北京大学心理学系的高年级学生，景唤却栖身在小小的街道工厂。

《弧光》和《精神病患者》的相关联还有一点，景唤贪污了街道工厂的一笔款项，用来帮助她的情人夏宗华摆脱经济困境，为此，她先是被抓起来接受法律惩处，又被认作精神病人入院治疗。在《精神病患者》中，作品的女主人公玛丽恩，与萨姆·卢米斯陷入情网，萨姆是一个收入低廉、经济负担非常沉重的已婚男士。玛丽恩急切地想要与萨姆结婚，萨姆却为身陷经济困境无法离开现在的妻子以建立新的家庭而焦虑。非常偶然地，玛丽恩的老板要她将一笔四万美元的现金存到银行，下意识地，她想把这笔钱据为己有去资助卢米斯，带着四万美元隐秘出逃。电影中一系列的情节都由此生发出来。

故事的源起有所相像，但是故事的走向全然不同。景唤被送入精神病院，集"罪犯"与"病人"于一身，然后遭遇柳楷和谢霓的"疗救"，她对于自己的"贪污罪"毫无悔意，因为正是通过这样"自愿犯罪"的方式，景唤得以把自己从所谓的正常生活中区别出来，也摆脱了夏宗华的长久纠缠。玛丽恩却因为一个小小的过失走上不归路。携款出逃之后，她本来已经迷途知返，想要返回正常生活中去，归还重金，去纠正自己的一时迷失，却误入黑店，遭到真正的犯罪分子诺曼的疯狂杀戮。玛丽恩既不是什么"罪犯"，也不是"病人"，这样的双重身份都是属于诺曼的。诺曼具有分裂人格，一身二任，母亲死后的部分灵魂附在诺曼身上，让他多次利用开旅店制造杀人案，玛丽恩就是他的最后一个牺牲者。

第二节　8字图·平行线·医患恋情

《弧光》和《爱德华大夫》，两者的内在关联占有更为重要的分量。《弧光》的核心段落，是景唤被视为精神病患者，并且送入精神病院接受治疗而毫无疗效。她的同龄人谢霓发现了她和别的精神病患者情况不一样，希望用一种独特的院外治疗方式来对她进行治疗，将她从福柯意义上的隔离与惩罚中解脱出来，重返社会生活。谢霓把她从精神病院接出来，带回自己的家，从改善生活环境开始改变景唤的精神状况。进一步地，谢霓又希望用移情的方式打开她的心扉，让自己的恋人柳楷去接近和帮助景唤，让她对柳楷产生好感，关系日渐紧密而发生恋情，进而打开景唤幽深自闭的心灵，能够与外界发生心灵与情感的交流。《爱德华大夫》呢，著名医学心理学专家爱德华前来上任，医院里来了个新院长，引人瞩目是题中应有之事。但很快这个院长的诸多怪癖被人发现，而年轻漂亮的女大夫康丝坦斯对他一见钟情，陷入情网。医院的人们很快发现，这位冒名顶替的爱德华大夫，在精神上有着偏激和扭曲，而且非常严重。

在《弧光》中，景唤反复地述说一个幻境和梦境："一个无星无月的夜。一口结冰的小湖。湖面上，一个少女的黑色剪影，滑行在一条亮闪闪的 8 字轨迹上。天边，隐隐约约透出一片白色的光斑。"[1] 这是一个无法挣脱的闭锁的轨迹，当叛逆者想要挣脱其操控，抛弃这一轨迹自由滑行时，冰面就会断裂、塌陷，让叛离者遭遇灭顶之灾。回到现实之中，所谓画 8 字，是花样滑冰的一个基本动作技巧。景唤梦幻中出现的场景，当然令人浮想联翩无法言说。假冒的爱德华大夫也有一个类似的精神情结，他对于平行线条和白色物体，都有着特异的反应，特别的恐惧。当他看到康丝坦斯在餐桌上用叉子描绘出的平行线，或者在与康丝坦斯亲热时忽然发现她睡袍上的线条花纹，轻则神情大变，重则昏迷过去，反应异常。

两部影片，都有与治疗情节密切相关的男女恋情，景唤与柳楷，假冒爱德华大夫和康丝坦斯；都有一个核心的聚焦点，对某种图案性的显现，有特异的想象和反应。但是，从作品的更深刻的走向而言，仍然可以区分出不同的文化传统，不同的时代特色，不同

---

① 徐小斌：《弧光》，徐小斌：《弧光》，作家出版社 2019 年 9 月，第 25 页。

的情节走向。

第三节　梦幻的解析·弗洛伊德·重新进入中国之后

先说共同点，《弧光》和希区柯克的作品都非常推重弗洛伊德的精神分析学，都借助了梦的解析去揭示当事人的潜意识流露。弗洛伊德的崛起，是在欧美国家进入现代化时期，一方面，社会生活和人们的工作方式，都空前地复杂化、不确定化了。就像《现代性与自我认同》的作者吉登斯所言，现代社会的特点之一就是社会生活日渐繁杂，社会分工日渐精细，各个专业领域的相关知识要求日益精深；农耕社会的传统生活模式被打破，人们面对乱花迷眼的新的选择，其不确定性和风险加大，迫使人们去求助接受过不同专业训练的专家，这是现代性的标志之一。在农耕时代，作为一个农民，可以实实在在地与土地、庄稼、牛羊、鸡鸭打交道，决定他的明天是不是能够丰收，是不是能够赚钱的相关因素，比较简单，容易把握，那就是劳动的经验，个人精力的投入，以及大自然气候的影响。在通常的情况下，无论他遇到什么样的情况，只能是与土地相依为命，终老于此。只要土壤、水分合适，粮食就能够生长，如果肥料充足人手足够，他就可以有相当的收成。但是，在进入现代社会之后，社会分工日益精细化，人们的工作方式发生了很大的变化，隔行如隔山真正成为现实，而且，对明天与未来缺少充分的可把握性。现代人的工作一方面需要较长时间的技艺训练，另一方面又经常会遇到各种各样的突发情况，而且简单机械的劳动对于人们也是一种精神虐待和摧折。卓别林的电影《摩登时代》就表现了大工业流水线生产给工人造成的精神伤害。弗洛伊德呢，更多的是从人际关系当中发现现代人的焦虑与变态。在《对一个精神病患者的调查》和《弧光》中，有对于弗洛伊德和心理学的借用，希区柯克则中规中矩地将精神分析学贯穿在《爱德华大夫》和《精神病患者》当中。

早在"五四"新文学运动时期，鲁迅就将弗洛伊德的性欲与创造理论融入他的《故事新编》之《补天》，郭沫若、郁达夫、穆时英、施蛰存和张爱玲等，也先后相继地将心理分析学说的影响投射到自己的作品中。对于中国的作家艺术家来说，二十世纪八十年代，是弗洛伊德重返中国大陆，并且受到热烈追捧的时期，它打开了文艺界的新视野，用弗洛伊德的潜意识理论阐释沃尔夫的《到灯塔去》、萨特的《墙》、乔伊斯的《尤利西斯》以及法国新电影《欲念浮动》，对解读这些潜意识涌动的作品提供了理论的指导。希区柯克和他的悬疑犯罪电影在中国大行其道，这对急欲探索文学艺术创新之路的中国作家艺术家也带来很大的启示。还有更为重要的一面，弗洛伊德给急欲进行艺术创新的中国作家艺术家指点迷津，乃有小说中的"东方意识流"和心理探索电影的出现。

弗洛伊德的精神分析学没有在医学领域得到普遍的认可，但对于作家艺术家而言，它却是一个新的推动力，推助作家艺术家去探索世人的心灵世界，尤其是对于善与恶、罪与罚的披示——这是一种潜藏的恶，不同于社会性的、个人品质的或者伦理道德的恶，而是一种个人的隐藏在精神深处的罪恶欲念，是潜藏颇深难以被认知的。弗洛伊德让我们发现了进入心灵迷宫的新路径。

第四节　实证科学理性·东方神秘主义

但是，在怎样将弗洛伊德有效地引入小说文本和电影文本的时候，《弧光》和《精神病患者》《爱德华大夫》是有根本的差异的。尽管说，在奉行解剖、实验和显微镜观察的西方医学中，弗洛伊德的释梦术近乎海外玄谈，但是，弗洛伊德自己却是将其作为一门实证的技术，是大胆地假设，小心地求证，从隐秘幽暗逐步进入阳光世界，最终求得真相大白的。

希区柯克的电影几乎是亦步亦趋地追随着弗洛伊德，又被论者用弗洛伊德的理论加以新的阐释。"希区柯克电影具有浓烈的弗洛伊德色彩：希区柯克运用自己的电影镜头对这些弗洛伊德理论作了深入的艺术阐发；他用生动的声画影像为我们揭开了精神分析学说的神秘面纱，使其不再晦涩难懂。精神分析法成为当代电影理论界常用的阐释希区柯克电影的方法之一。"[①]"希区柯克在电影中运用弗洛伊德理论最常见的有四种：释梦、窥视、性变态、犯罪"[②]。《爱德华大夫》教科书般阐释了童年创伤记忆给一个人带来的终身阴影，《精神病患者》把恋母情结造成的精神压抑与变态表现得淋漓尽致。

与之相异，《弧光》对于释梦和精神分析浅尝辄止，却很快地进入了东方神秘主义的境地。在希区柯克笔下，那些诡异离奇的情节和人物，都在影片展开的进程中，暴露出内在的心理逻辑，显示出现代心理科学的强大能量。在《弧光》中，影片起始处同样是要诱导人们进入一个现代医学和心理学的视野，要对精神病患者进行科学"救治"的。但是很快地，柳楷和谢霓这样的努力就遭遇到景唤的强烈抨击——

> 你们懂什么？你们以为比别人多读了几本书，就算聪明人了？世界上奇怪的事儿多着呐……[③]

这里的"多读几本书"，具有明确的嘲讽性，是对学习机制和

---

① 喻棣：《迷魂与惊魂——时空之隔中希区柯克与弗洛伊德》,《散文诗世界》2018年第11期。

② 喻棣：《迷魂与惊魂——时空之隔中希区柯克与弗洛伊德》,《散文诗世界》2018年第11期。

③ 徐小斌：《弧光》,徐小斌：《弧光》,作家出版社2019年9月，第28页。

科学精神的冒犯与挑战。

在《爱德华大夫》中，医生与病人的关系是非常清晰的，女医生康丝坦斯发现爱德华大夫的假冒者身份，以及他精神上的敏感怪诞之后，很快认定其精神有问题，并且着手进行非常有韧性的追踪治疗，和他一道冒险出走，不抛弃不放弃，以爱情相伴。康丝坦斯甚至要去求助于自己的医学导师，让其冒着生命危险破解假冒爱德华大夫的看似毫无逻辑性可言的自由联想，赌场风波、屋顶谋杀、大鸟追逐，等等，一个个碎片化的场景，得以昭然于天下，最终对假爱德华实行了有效的救治，去除其自认为有罪的精神枷锁，证明了弗洛伊德精神分析学的科学性可行性。究其实，这里体现的仍然是现代性所凭依的科学理性精神。

在《弧光》中，理性主义遭遇东方神秘主义的壁垒而束手无策。在如何理解和阐释剧作的问题上，导演张军钊如是言：

> 我们基本上决定，这部片子在创作方法上玩"中庸之道"与东方神秘主义相结合，然后让它产生一种类似于道家所讲的"气"。怎么样才能让它"中庸"？我们想让两种极致相互作用，产生出均衡的中庸状态。至于东方神秘主义，我也很难作理论界定，只是凭一种感觉去理解。比如特异功能、气功，就是东方式的灵性的产物，无法用科学解释清楚。而且东方人的思维方式与西方人不一样，是顿悟式的。
>
> "弧光"这个片名，代表了我们对这方面的思考。在原小说《对一个精神病患者的访问》中，"8"字的象征强调得比弧光要多。"8"字是作为一种人生轨迹的象征，不管你从哪起步，在哪止步，反正是在既定的轨迹里转。这象征有些直露，我们在影片里有意回避一下，不让它这么强烈。"弧光"的含义似乎比"8"字更深广一些。弧光是

指电焊时在瞬间产生出来的最强烈的光，那么，瞬间爆发
出最大的能量是第一层含义。另外，电焊时只有打中了最
佳点，才能迸发出弧光，所以这里也有位置选择的意思。
我们认为，"弧光"最能表明影片的立意。因为《弧光》
主要是想表现和思考人的生命尤其是精神生命与现实社会
的关系问题。①

　　张军钊的言说耐人寻味。《弧光》具有神秘主义的色彩，是以
景唤的强悍内心，对抗社会的普遍游戏规则，是以一种极端的方式
去维护自己的精神空间。谢霓和柳楷，先前自命为景唤的"救世
主"，要用自己的医学心理学技能和诚恳真挚的心灵去开启景唤的
心扉，引导她走向正常的人生。但是，这里的"正常"和"不正常"
都是需要打上引号的。在逐渐走近和认识景唤的时候，他们没有改
变自己的"病人"，相反地，医生与病人的关系发生了逆转。《爱德
华大夫》中的医患关系是确定的，彼特森·康丝坦斯对于假冒的爱
德华大夫，两者间的强弱优劣，一目了然。柳楷的恋人谢霓，才华
出众，眼界颇高，还有一个地位显赫的家庭，当然是难以求得的佳
偶良缘；但是，在接近景唤的过程中，本来是作为"移情计"的主
导者的柳楷，自己却不由自主地坠入情网，被景唤所迷恋，从理性
出发的救治方案，弄巧成拙，被"病人"所魅惑，而且，不是因为
她的美貌，而是她卓尔不群的才情和个性，是她一针见血地指出，
"我们像只工蚁而不是像个人那样活着"②。而且，她的才华，很快
就超出了柳楷的理解范围，让生活在现实中的柳楷感到陌生——

　　　　柳楷振作起精神，郑重其事地：景唤，我们生活在一

---

①　白小丁：《从〈一个和八个〉到〈弧光〉——访张军钊、肖风》（下篇），《电影艺
　　术》1989 年第 2 期。
②　徐小斌：《弧光》，徐小斌：《弧光》，作家出版社 2019 年 9 月，第 63 页。

个讲究实际的社会中……要丢掉那些梦幻！……

　　景唤：其实，梦想和现实有时离得很近，而且是可以互相转换的，这个地方……不就是我首先在梦里常常见到的吗？

　　柳楷有些不悦地：这……太偶然了……

　　景唤：不，没有幻想，没有梦，没有那些被你们所认为很荒谬的想法，就不会有今天的现实，今天的一切……

　　柳楷像看一个陌生人那样看着她。[①]

　　就在这段对话之前的相关场景中，柳楷还是居于指导者的位置的，他在指导景唤滑冰，而景唤是个根本没有上过冰面的新手。柳楷还是一个情感的授予者，让从小缺乏情感滋润的景唤心生感激与依恋。但是，在上述对话中，景唤的内心突然爆发出来，让柳楷感到震撼。进一步地，刚刚对景唤产生的恋情，也随之被柳楷自己扼杀——两个人的情感由疏远到亲密，又由亲密到疏远，医生和患者的关系也被颠倒了：柳楷由指导者救治者变成被教育者。"正常人"发现了自己的可悲状态，"不正常人"显示了自己的超常个性。

第五节　显示与证明·有解与无解

　　《弧光》的内在逻辑，是显示而不是证明。《爱德华大夫》和《精神病患者》都是条分缕析，心证加物证，去证明精神分析学的精确有效，医生或者侦探高明的分析能力终于发现了病人的症结所在。如论者所言，即便是隐藏最深、怪异变形的梦境，在训练有素的医生那里，它也能够得到条分缕析、曲径通幽的巧妙解释，得以揭示真相：

---

① 　徐小斌：《弧光》，徐小斌：《弧光》，作家出版社 2019 年 9 月，第 69—70 页。

这些残片显然是 J.B 梦境的简略译本，这已不单单是梦境的实际展现，而是经过了压缩，用几个重要的具体的形象展现着梦境的大体轮廓。关于移植体现在梦境中则是用无关紧要的梅花 7 代表 21 俱乐部，用白色的轮子代表手枪。显然这两个因素对于案情有着至关重要的作用，可是体现在梦境中却移植到了两个很不重要的元素上，以一种隐蔽的方式展现着真实情况。至于表现手段我们也可以从梦境中找到具体表现，如 J.B 目睹谋杀的过程逃跑时，一个巨大的翅膀不断地逼迫着他、追赶着他，这即是他内心深处无限恐惧以一种具体的形象体现了出来。[1]

尽管影片中有人嘲讽康丝坦斯说，女人在坠入爱河之前都是最好的心理分析师，在那之后她们会成为最好的病人，但这样的情形并没有在康丝坦斯那里出现，她始终将亲密恋人和心理医生的责任纠织在一起，始终没有忘记自己作为医生的使命。

在《弧光》中，景唤所携带的神秘色彩，却始终无法被他人完全破解，甚至根本无法破解。柳楷和谢霓的医学和心理学逻辑无法烛照其心灵的隐微幽暗，柳楷长达近半年的努力接近，也不过只窥见其心灵一角。他冒险去打开潘多拉的盒子，最后却无法掌控局面，景唤关于善与恶的论说就非常令人惊诧，柳楷也不敢继续将自己的探索进行到底，而是知难而退，反过来还要求助景唤帮助他去修复与谢霓的恋人关系，同时也冷酷地斩断景唤刚刚萌发的情丝。此前柳楷和谢霓的所有心血投入，在此都显示出其极为自私的本相：在面临两难困境时，他们首先想到的都是自己如何脱身而去。但是，如果处于柳楷之地位的是我们，在神秘莫测而又智商超群的

---

[1]　佚名：《从精神分析学的角度剖析〈爱德华大夫〉》，"豆瓣电影" https://movie.douban.com/review/7191950/。

景唤面前，我们会做什么选择呢？我们是否有胆魄去继续进行灵魂与情感的探险呢？坦率地说，能够和景唤全方位地进行深度对话的人物，还没有出生，柳楷不配，我们也不配。

要是说，在反复地探究之后，那个神秘的8字，可以勉强解说为一种根深蒂固的社会陈规，束缚人的个性与自由，那么，作品所营造的弧光又如何诠释呢？它并不是冰面上的8字的直接对应，如果不是张军钊特意解释说这是一种进行电焊时瞬间发出的最强烈的光——差强人意地，我们可以理解为这是个人选择与社会需求之间的最佳接触点，能够激发出双方最大的能力与光芒——谁能够领会其内在的蕴意呢？即便是张军钊做出了这样的解释，有几个人能够听到和领悟到呢？景唤在种花和插花中显示出的无师自通，已经令人惊诧，她和柳楷滑冰时的一个情景，就更加不可思议——

柳楷拉着景唤的手在教她滑冰练习。

两个影子不断地变短拉长，重叠分离，仿佛有生命似的，有一种动荡的飘曳感。

突然柳楷站住了，盯着那映在冰面上的影子，神情紧张。

景唤奇怪地注视着他。

柳楷抬起头，长久地望着天空。

景唤也跟着向天空望去。

无星无月但很亮的天际。

柳楷的声音有点发抖：这是怎么回事儿，见鬼，没有月亮哪儿来的影子？……他又低头向冰面上看着。

冰面上分明是清清楚楚的两个修长的身影。景唤吃吃地笑了：

你不能理解的奇怪事儿多着呢！……

柳楷惊愕地看着那毫无惊讶神情的景唤：你……①

这样的现象如何用理性和逻辑加以破解？景唤曾经说过，她是个女巫，在此处，似乎只有这个缘由还可以说得通。景唤梦到那个冰面上的8字，这情有可原，是她对现实体验的扭曲变异；但是，梦中所见，变成切实可感的现实情景，这又如何做解？在理性和逻辑之外，恰如景唤所言，人们无法理解的东西还多着呢。还有，前面说到冰面上的8字，征兆着人们难以挣脱的现实行为规则，但是，影片终结之处，在柳楷眼中，过多的人们在冰面上的8字中滑行，似乎是在印证这一难以摆脱的框范，却引发了冰面崩塌的悲剧。最终的结果，是这8字的挑战者造成其毁灭，还是循规蹈矩的人们反复滑行造成这8字的塌陷？抑或就是简单的自然现象，天气回暖，冰面融化而无法承载如此多的人们？

第六节　形式逻辑与形象图景·功利理性与审美直感

十九世纪后期以来，是现代科学技术高速发展的重要时期，也是人文艺术发展的标志性阶段。它不排斥现代科技的手段，但在话语传达上却是与之逆向而行的，用非理性来概括，有些言之太过，但是，它对逻辑性和功利性的抵抗，却是毫不犹豫的。印象派的绘画，是以眼睛代替了理性，以瞬间刺激取代了时间和因果等叙事因素。电影被称作画面的运动，同样是"给眼睛吃冰激凌"（在此我们把这句含有贬义的话用作正面描述），偏于流俗者可以用它渲染纸醉金迷的人生之梦，向往深邃者借用摄像机去让人们白日做梦，蝶梦庄周，都是对现代工具理性的一种排斥。小说呢，经过现实主

---

① 徐小斌：《弧光》，徐小斌：《弧光》，作家出版社 2019 年 9 月，第 66—67 页。

义以历史主义和时代考察强化社会环境对人物行为和命运影响与制约的展示，经过自然主义以科学主义和遗传理论诠释人物的行为逻辑与高下选择，也逐渐摆脱理性主义的规约，转而对人物的意识流和非理性产生极大的兴趣。"黑色幽默"也好，"荒诞派"也好，都是对理性世界的高度怀疑。这也就是卡林内斯库所言，现代性的五副面孔之内在的悖谬。

相应地，在中国作家这里，一直是以启蒙主义精神穿越二十世纪的，但是，从鲁迅先生起，对于神秘性的方面，就一直保持了高度的兴趣，就像《野草》和《故事新编》中的许多篇章，就具有充分的东方智慧和悖论思维。那么多以"我梦见"开篇，以一幅幅梦境的抒写铺展的散文诗，都具有繁复的可阐释性，让后人一次次地揣摩其意蕴。《起死》中的先哲庄子，为了同情路边的无名白骨而助其复活，但复活以后怎么办，正像"娜拉出走以后怎么办"一样，都是无法求得圆满结果的无解难题。起死回生是片刻间的事情，怎样生活下去是无休无止的困扰。这不是什么不知报恩反而抢劫庄子的刁民，而是在铁屋子里将昏睡者唤醒之后向何处去的另一种表述。在许多年间，我们以为先进的世界观和高屋建瓴的理论可以剖析一切难题，指明前进方向，但是后来的逆转却再次对理性主义形成新的冲击。这一问题牵涉到的内容太过繁杂，姑且按下不表。徐小斌对神秘主义的魅惑力就深有所感：

> 打我很小的时候就有些奇思异想：走进水果店我会想起夏娃的苹果，想起那株挂满了苹果的智慧之树，想起首先吞吃禁果的是女人而不是男人；徜徉在月夜的海滩，我会想象有一个手持星形水晶的马头鱼尾怪兽正在大海里慢慢升起；走进博物馆，我会突然感到那所有的雕像都一下子变得透明，像蜡烛一样在一座空荡荡的石头房子里燃烧……"宇宙的竖琴弹出牛顿数字，无法理解的回旋星体

把我们搞昏，由于我们欲望的想象的湖水，塞壬的歌声才使我们头晕"（美，威尔伯）。我想，早期支撑我创作的正是我对于缪斯的迷恋和这种神秘的晕眩。[①]

明乎此，我们就会对《弧光》以及《对一个精神病患者的调查》有新的理解。

余论之一　通俗、媚俗与超俗

更进一步地，我们可以继续讨论好莱坞电影与我们通常所言的纯文学对待现实的不同态度。

好莱坞被称作梦幻工厂，并非浪得虚名。希区柯克的电影，关注人物的隐秘心理、犯罪动机与破案过程，总体上可以归类为犯罪—破案电影，但是，他和常规的侦探题材电影所选择的路径是不一样的。福尔摩斯的探案技巧在于心思缜密，善于发现各种不易被人察觉的犯罪证据，以确凿的物证指认罪犯。克里斯蒂的推理小说，巧妙在于从各种人物的言谈行止中发现蛛丝马迹，觉察犯罪动机，以逻辑推理的方式找出犯罪嫌疑人。希区柯克借助弗洛伊德的精神分析学，将诸多非理性的梦幻与行为一一破解，揭示其背后所隐藏的理性因素。而且，非常重要的是，希区柯克对于专家系统的依赖登峰造极，无论是《爱德华大夫》中的心理治疗医生师徒二人，还是《精神病患者》中法官特意请来和已经落网的罪犯诺曼谈话的精神分析学专家里奇曼，都在向我们印证吉登斯所说的现代人对专家的依赖。"今天的个体就可能会遭遇到专家系统。在现代性的状况下，情况恰恰是在专门领域中，对于外行人及专家来说，依

---

① 徐小斌：《我对世界有话要说》，"腾讯文化" https://cul.qq.com/a/20161230/025613.htm。

据风险和风险评估来思维，或多或少是一种常会出现的训练。对于已经侵入我们日常活动中来的专家系统的大部分内容来说，我们全都是外行人。专家系统的扩展，加上现代制度的发达以及专家领域的进一步狭窄化，这似乎是技术发展的一种不可避免的后果。专家系统变得越来越集中，领域也越来越狭小"①。就以心理学家而言，当下的分类就有实验心理学、生物心理学、社会心理学、发展心理学、教育心理学、个性心理学、临床心理学等多种。希区柯克的电影，就是倚重精神分析学，将晦暗不明的精神现象引导上逻辑清晰、路径分明的科学轨道，通过层层危机的设置与化解，让罪犯最终得到应有的惩罚，一度被罪犯扰乱的社会生活秩序得以恢复其常规与稳定，也让曾经被电影中的暴力恐怖行为引发心灵震撼的观众，在经过一番疑惑、恐惧之后，得到心灵的抚慰，认同于虽然有缺憾有犯罪但最终结果还是可掌控可复原的现实生活，然后心满意足地回到其日常生活中去。

但是，论证专家系统存在之必要的吉登斯，他晚于希区柯克近半个世纪，对于现代社会的弊端与后果有着清醒的认知。他指出即便是在专家内部，也存在着各种分歧，造成指导意见的混乱——"专家的意识如此经常性的不一致，以至于甚至专业人员也会发现，他们自己对于核心部分的特定专家领域也跟外行一样，要面临同样的选择。在一个没有终极权威的系统中，甚至专家系统中最珍贵的信念也是要面临修改的。"② 最切近的例子，就是连续多年来争论不休的转基因食品的问题。当然还有来自福柯的声音。在《癫狂与文明》等论著中，福柯对于现代科学体制建构的医生—病人、正常—癫狂等二元对立及其背后的权力支配关系，予以深刻的反思。包括弗洛伊德的理论在内，福柯对现代医护关系的批判发人深省。这也正好可以用作我们考察本文所论及的三部影片，尤其是《弧光》的

①② 《吉登斯的风险社会思想》，百度文库 https://wenku.baidu.com/view/0bbc1e2c4b73f242336c5fc0.html。

有力旁证——

除了缄默、镜像认识、无休止的审判外，疯人院还有其特有的第四种结构，即对医务人员的神化。在上述四种机构中，这种结构无疑是最重要的，因为它不仅确立了医生与病人之间的新联系，而且也确立了精神错乱与医学思想的新联系，并且最终决定了整个现代疯癫体验。在古典时代，医生在禁闭过程中不起任何作用，而现在，他成了疯人院中最重要的角色，因为他把疯人院变成了一个医疗空间。在西方科学史上，精神病医学第一次具有了几乎完全独立的地位。在病人眼中，医生变成了一个魔法师，医生从社会秩序、道德和家庭中借用的权威现在似乎来源于他本人，因为他是医生。前面所述的三种治疗手段是一种属于18世纪末那个时代的某种道德策略，它被保存在疯人院生活的制度中，后来被这种对医务人员的神化和科学客观性的神话所遮蔽。后来的弗洛伊德更是把疯人院的各种权力集中到医生手中而将这种神化发挥到极致。精神分析能够消除某些形式的疯癫，但是它始终无缘进入非理性统治的领域。"对于该领域的本质因素，它既不能给予明确的解放，也不能加以转述，甚至不能给予明确的解释"。实质上，疯人根本没有被解放，而是在精神病院中沦落，处于一种沉默和耻辱的状态，为一种永远的客体化注视所包围，这种注视从不倾听疯人说什么，而是把他们埋葬于道德和对医生的神化中。[①]

这就是《弧光》所蕴含的，对于现代医学包括柳楷和谢霓代表

① 高毅：《福柯：疯癫与文明解读》，"爱思想" http://www.aisixiang.com/data/89341.html。

的医学心理学的质疑与追问。吉登斯指出："在晚期现代性的背景下，个人的无意义感，即那种觉得生活没有提供任何有价值的东西的感受，成为根本性的心理问题。"[①] 时当八十年代中期，大多数的人们还沉浸在改革开放的巨大转折带给社会各阶层的精神解放和物质改善的欣喜心态中，敏感的作家艺术家却"春江水暖鸭先知"，发现了新的时代难题，发现了一批"不正常"的精神病人，刘索拉的《你别无选择》，徐小斌的《对一个精神病患者的调查》以及作者改编、张军钊导演的《弧光》，率先揭示了这一命题。正是从这一意义上，我们褒扬《弧光》的先锋性。

我们选取对《弧光》有独到评价的两段文字，以补充正文的论述。

其时尚在华中师范大学法学院读书的青年学生党翊翀在观看《弧光》后，做出切中肯綮的评价，让我们对影片产生了新的认知：

> 然而电影《弧光》的主题不单是为了表现这种回望，似乎更多的是一种在哲学维度对人类及其社会的本质的探讨。影片后半段柳楷和景唤在冰球馆的那段对话，怎么看都有马克思《1844年经济学哲学手稿》异化劳动理论的影子。联想起上个世纪八十年代那场著名的关于人道主义和异化问题的论战，这部电影的主题似乎有着更深的内容。《共产党宣言》里有句话，"在那里，每个人的自由发展是一切人的自由发展的条件"，在共产主义社会人类将获得全面自由发展的发展，劳动成为人类的第一需要。列宁也说过，"每个真正的共产主义者，他的心至少有一半生活在未来"，在电影里，似乎景唤代表着未来，谢霓代表现实，而柳楷最终选择的是后者。至于景唤，"她太远

---

① ［英］吉登斯著，夏璐译：《现代性与自我认同：晚期现代中的自我与社会》，中国人民大学出版社2016年4月，第8页。

了，远得让人害怕"。[1]

这位党翊翀是一位青年学生，博学多识，他对作品的解读有较多的书卷气。著名学者陈鼓应同样对《弧光》充满赞誉之情。陈鼓应先生说，他看《弧光》，想起了陀思妥耶夫斯基和尼采。陀思妥耶夫斯基是残酷地剥去人们表面的洁白，而拷问出他们心底里藏着的罪恶的大师。尼采是张扬个性、呼唤超人的先哲，追求着人类个体的独立不倚的觉醒，个人成为强者。电影《弧光》的确有这样的味道。[2]

余论之二　改编之难：从心灵独白到社会冲突

在对三部电影做了简要的比较分析之后，意犹未尽。我这里要做的，是对从《对一个精神病患者的调查》到《弧光》之改编的一些评析，以此见出小说与电影两者的不同特征，见出《弧光》影片的先锋性和弥足珍贵。这的确是一次成功的冒险，如果不是在八十年代那种鼓励创新、推崇探索而不计成败也不计成本的时代氛围中，《弧光》的出现几乎是不可能的。依照我非常熟悉的一位已故文化学者王庆生的叙述逻辑，他认为在艺术探索的队列中，美术是最为前卫的，其次是文学，然后才是戏剧和电影。这其中，有不同艺术门类的表现特征的差异。比如美术作品在表意上的混融蕴藉，可以较好地传达"前语言状态"的某种情绪，尤其是在理性把握与逻辑梳理尚未实现之前的感性阶段，可以将其融入色彩与线条、团块与形体的画面之中，以情感与画面的冲击力得风气之先。同时，

---

[1]　党翊翀：《梦随云散，花逐水流》，"豆瓣电影" https://m.douban.com/mip/movie/review/9990265/。

[2]　白灵：《我演景唤》，《电影通讯》1989 年第 6 期。

还有艺术生产方面的原因。美术与文学的创作，基本上是个体劳动，只要有笔有纸有墨水有颜料，就可以进行，要把那些富有叛逆性挑战性的作品搬上银幕和舞台，则需要相当的财力与人手，需要投资方的大手笔运作，无论是国营的剧院与电影厂，还是好莱坞，投资一部电影的成本与回报，其相应的风险性，也是必须考虑到的。

于是，我们可以看到，在八十年代新潮美术、先锋文学和探索性电影相继兴起之时，这一规律的屡试不爽。而且，为了保障电影的艺术水准与"前在影响"，即当下所说的 IP 效应，电影人基本上都是以优秀的文学作品为剧作的来源，名著改编是也。谢晋的《天云山传奇》《牧马人》《芙蓉镇》是如此，第五代导演的《一个和八个》《黄土地》《老井》《红高粱》等也是如此。同样，金庸的武侠小说被影视行业看作"灵丹妙药"，反复改编，一演再演，每隔数年就会有新的版本出现在荧屏上。

把话题缩小到第五代导演身上。他们要突破新中国建国以来的电影模式，也有别于著名的"谢晋模式"（即历次政治风云的落难者命运每况愈下，沦落到社会的最底层，饱经政治的批判清算，生活的屈辱卑贱，经济上的贫寒拮据，却每每以"戴罪之身"获得年轻女性的青睐和关爱，得到爱情与婚姻，走出生命的低谷，赢得云开见日出），必须要另辟蹊径，有意识地回避那种过分地推重戏剧化冲突和伦理化渲染的既有路径，做出新的选择。张军钊导演的《一个和八个》改编自著名诗人郭小川的同名叙事诗，原作的情节性并不是很强，更注重的是处在监禁状态中的教导员王金的精神状态。电影则强化了作品的抒情气息，用粗犷的人物群像的雕塑感和令人压抑的灰暗色调的铺排，表述了对于战争情景的别一种理解，有别于"十七年"电影中军号嘹亮群情激昂振臂一呼奋勇冲锋的常见模式。陈凯歌导演的《黄土地》选取了一部散文作品，柯蓝的《深谷回音》，浑厚深沉的黄土地，苍凉悲亢的陕北民歌，构成作品的主体。从诗歌和散文中汲取灵感，有意识地回避戏剧化冲突密集、人物关系错综紧张的惯例，给声音和图像腾出了空间，让电影和文学拉开了距离。

说到《弧光》，它的改编难度就更大了。没有相当的魄力，是不会有此决断的。如果说，《一个和八个》《深谷回音》已经将冲突淡化了许多，那么，《对一个精神病患者的调查》就可以说是几乎没有什么正面的冲突。从小说到电影，要迈过多么远的路途呢？

这里要借助一下罗伯特·麦基的电影改编理论来对我的观点加以阐释。

罗伯特·麦基，1941年生于美国底特律，剧作家、编剧教练，因连续剧《起诉公民凯恩》获得英国电影和电视艺术学院奖。1981年，麦基受美国南加州大学邀请开办"故事"培训课程，随后创办全球写作培训机构，其多位学员已获得奥斯卡金像奖、美国电视艾美奖等优异成绩。他用一张图表概括小说、戏剧和电影的差别，以及改编的难度，简明实用，清明透辟。

罗伯特·麦基指出，在创作人物的世界时，我们可以用同心圆的方式建构他应该要面临的三层撞击：内心冲

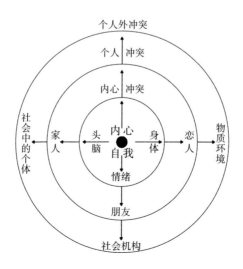

突、个人冲突、个人外冲突。在一个经典故事中，人物的生活平衡会被打破，一系列考验使他必须试图重新建立新的秩序。内心是人物对自己的"中心"意识，他的自我、意识、理念和情绪；个人冲突是指他与身边的人，家人、朋友、恋人的关系变动；而个人外冲突，包含了人物与团体机构、职业身份、社会环境及自然环境的考验等。

为了说明文学作品和影视作品的区别，罗伯特比较三种故事讲述载体的异同：小说（长篇、中篇、短篇小说）、戏剧（正统剧、音乐剧、歌剧、哑剧、芭蕾舞剧），以及银幕/荧屏（电影和电视）。每一种载体都能讲述复杂的故事，将人物同时带到生活中所有三个层面的冲突；但是它们又各自具有不同的独特魅力和内在美感：

小说——戏剧化地表现内心冲突。

这是小说的长项，比戏剧和电影强得多。无论是第一人称还是第三人称，小说家可以潜入思想和感情，通过微妙、紧张和诗化意象在读者的想象中投射出内心冲突的激越和混乱。个人外冲突可以勾画描写，用语言刻画出人物与社会或环境的斗争画面，而个人冲突则通过对话来构建。

戏剧——戏剧化地表现个人冲突。

这是戏剧的长项，比小说和电影要强得多。一出伟大的戏剧几乎是纯粹的对白，也许百分之八十是靠耳朵来听，仅有百分之二十是靠眼睛来看。非语言的交流——手势、表情、做爱、打斗固然重要，但是，个人冲突大体上都通过谈话来进展。

而且，戏剧作家享有一项银幕剧作家所没有的特权——写出常人绝不可能说出口的对白。他不仅可以写出诗歌般的对白，还能像莎士比亚、T.S.艾略特和克里斯托弗·弗赖伊一样，用诗歌本身作为对白，将个人冲突的表现力提升到令人难以置信的高度。电影独一无二的能量和辉煌，则在于戏剧化地表现个人外冲突，即那些跻身于社会和环境中的人类，为生存而斗争的，巨大而生动的意象。①

　　这样的三个同心圆，规定了三种艺术类型的不同优长所在。罗伯特告诫电影人，不要企图去改编"纯文学"作品为电影。他说，小说的"纯粹性"是指，故事的讲述过程完全位于内心冲突的层面，采用复杂的语言技巧来表现故事的激励事件、进展过程和高潮，个人、社会和环境力量相对独立，如乔伊斯的《尤利西斯》。戏剧的纯粹性是指，讲述过程完全位于个人冲突的层面上，采用诗化的对白来表现故事的激励事件、进展过程和高潮，内心、社会和环境的力量具有相对的独立性：艾略特的《鸡尾酒会》。企图改编"纯粹"的文学作品之所以失败，原因之一是美学上的不可能性。意象是先于语言的，那些埋藏在小说和戏剧大师们华美文笔之下的冲突，根本就不可能用电影手法得到同样的表现。②

　　这段告诫在我们的语境中，简直就是针对《弧光》的改编的当头棒喝。作为小说的《对一个精神病患者的调查》显然是更为专注于景焕的内心世界。除了她的偶尔出现的家人，她的母亲与弟弟的暴戾与冷血，让她无法忍受，她在作品中的"现在进行时"，是生活在谢霓一家和柳锴等热心善良的人们为她提供的温馨相助的环境中，大家都把她看作需要关爱的病人，既是在窥伺她，也是在救助她，聚焦点是她的心灵世界。景焕的焦虑、分裂的心灵世界，曲径幽深，只有靠她自己的内心独白表露出来，就是伴随着深切恐惧的她的不可思议的想象，一个用 8 字形的轨迹框定了滑冰者行踪的巨大冰场。别人很难理解和接受这一意象，但也没有真正的敌人要去破坏这一意象。在景焕这里，不能够简单地挪用罗伯特的同心圆，

①② ［美］罗伯特·麦基：《文学改编影视作品两大原则》，"IP 价值官"微信公众号。

不能够简单地把她的困扰归结为内心冲突；景焕的身心，聚集了内心冲突、个人冲突和外个人冲突三个层面，但是小说中把这三个层面都沉积到景焕的内心之中。而且，8字形冰场意象的营造，更重要的是展现了景焕的神奇想象力，是她的天才智慧的外化。因为在社会和家庭中屡遭挫折而龟缩到个人心灵之中的大有人在，鲜有人能够对此实现创造性的梦境转换，更何谈这梦境最终还得到现实的印证。好莱坞被称作梦幻工场，小说也不乏造梦的功能，那么，景焕的造梦过程，可以说正是一种"元小说""元叙事"，展现了从生活现实到艺术创造的神奇过程（当然，在更高的意义上，这是作家徐小斌赋予她的神奇能力）。这正好就是罗伯特所言，语言、内心独白、象征意象等电影无法完美显现的"纯粹"的小说带给改编者和电影导演的难以逾越的艺术鸿沟。

明乎此，我们对于《弧光》编剧徐小斌、导演张军钊、演员白灵，都会有更多的惊讶，更多的敬重。他们是把一件几乎不可能实现的事情做到了极致，臻乎完美。

回溯到本章开篇之处，白灵所言，她提出要把在景唤父亲丧礼上景唤的歇斯底里大发作，降低力度，有所克制，同样可以从罗伯特的理论中得到支持。景唤因为对母亲和弟弟多年来靠不择手段地、冷酷无情地盘剥父亲以维持其生活深恶痛绝，以之为父亲早逝的根本原因，所以在丧礼上不能容忍他们的虚伪做作的表演而火山爆发般地严词痛斥之。这在语言文字的表述上，具有充分的合理性，是景唤真性情的一次难得的显露。放在戏剧作品中，它也是合情合理恰到好处的，但是，正如罗伯特所言，戏剧以台词为主要的表现手段，台词的夸张和激烈都是被允许的。"戏剧作家享有一项银幕剧作家所没有的特权——写出常人绝不可能说出口的对白。"影视剧作家却只能够像日常生活中那样写出平实的对话，转而用镜头特写、角度转换、光线明暗等去传达此时此刻的情感波澜。"平实的对白并不意味着乏味浅显。在银幕上，内心冲突的戏剧化表现需要依靠潜文本，除语言外，摄影镜头、演员的面部表情，无不透露着角色内在的思想和情感状态。"① 因为角色的规定，作为一个精神病患者，景唤的内心独白可以与众不同，但是在丧礼一场戏中不顾一切地大爆发，在小说中并不突兀，在电影中，场面调度和他人之反应，可能就会对景唤的整体形象造成一定损害吧。

---

① ［美］罗伯特·麦基：《文学改编影视作品两大原则》，"IP 价值官" 微信公众号。

第四章 爱情的方程式

——《双鱼星座》《别人》《吉尔的微笑》
　　的人物结构分析

　　徐小斌作为女性文学的资深作家，从八十年代初期登上文坛，至今仍然活力四射，时有新作问世。2019年9月，《徐小斌经典书系》十四卷由作家出版社推出，再次吸引人们的关注。本章以其中篇小说《双鱼星座》(荣获首届鲁迅文学奖)、《别人》和《吉尔的微笑》为例，研究其通过人物的性别与角色的排列组合而产生的情节、故事与人物形象塑造的多种功用，以及其对女性形象自我评价的目光延伸。

　　《双鱼星座》的人物结构，和《别人》的人物结构，恰好可以形成一种对照，前者是一个女性与三个男性的关系纠葛，后者则是三个女性与一个男性之间的恩怨情仇；《吉尔的微笑》的人物关系更为复杂，女主人公佩淮不但在与三个男性的角力中反复进行了两个轮次，还与作品的叙事人、佩淮的姐姐"我"有内在的冲突争拗。这让我们看到作家在对爱情与两性的关系处理上不断地有着新的思考和变化，标志着作家创作的思想和艺术的不断延伸，不断深化。

第一节　女人四十：多歧路，今安在

　　《双鱼星座》的女主人公卜零，回想起来，从名字上就有一些诡异，它既可以理解为是"不灵"，一个在现实中和情感世界中处处玩不转、挣不脱的困境描述，也可以说是那个来自阿拉伯世界的占卜者、神秘的老太婆之预言的次第展现与精准灵验。《别人》中的何小船，小船驰向何方，也有一种飘零感。

卜零和何小船在作品当中一露面就已经是四十岁上下这样一个微妙的年龄。这个年龄，在孔子的《论语》当中，二十而冠，三十而立，四十而不惑，五十而知天命，应该是已经获得了人生的基本定格，未来的前景，目标的设定，都已经清晰而定型，就好比爬山过了大半，攀登的峰顶已经在目，尚需有限的距离，人生的图像已经有了明确的轮廓。就像人们感叹的那样，人过三十天过午。这不仅是因为，在过去的时代里，人们的寿命比今人要短暂许多，更为重要的是，农耕文明的社会里，人生的选择本来就非常有限，二十岁结婚，到三十岁已经儿女成群，是一个有一定规模家庭的家长，是成熟的父亲母亲，是一个有经验的农民。时势变化的周期，一个人的一生中所能够遭遇的，也就一两次而已。徐小斌笔下的女性，不管是卜零，还是何小船，她们年届四十，未能进入不惑之境，却突然遭遇到人生的一个三岔路口——多歧路，今安在？

这是因为，现代的教育和社会体制当中，人们的成长周期大大地延后了。普遍而言，要接受完整的大学学历教育，从学校毕业已经是二十三四岁，然后开始进入社会生活，进入职业生涯。初生牛犊的勇气、初出茅庐的青涩，与对于人情世态的懵懂、对于职场生活严厉苛刻的规训的茫然，形成鲜明的对照。经过一定时间长度的历练和揣摩，经过几次人生的失败、个人理想的破灭，才能够摸得清其中的脉络与诀窍，才能够切实有效地设计自己的人生蓝图，并且将其确实有效地实行，时间的成本一定是要照付不误的。

这是因为，她们都是有独立的经济地位的白领女性，都是在人生与爱情的领域里非常晚熟的，如今忽然遭遇到新的冲击，面临着精神和肉体新的喧哗与骚动，面临人生的新的危机如卜零或者人生转机如何小船，面对着巨大的人生漩涡，她们有勇气一跃而下再度搏击吗？

这是因为，她们的成长过程，与社会现实生活的演进交互前行，第一个周期尚未完成，就遇上第二个周期的到来。卜零所遭遇的是九十年代初期，市场经济大潮的到来带给人们的新的困惑，何小船遭遇的则是互联网时代之人际关系的疏离与隔绝。先前的成长阵痛没有消除，新出现的转型之艰难又让她们雪上加霜。

波兰的伟大诗人米沃什（1911—2004）长寿，活到九十三岁，晚年有一首诗作《晚熟》，开篇的诗行写道：

> 迟至近九十岁那年，
> 一扇门才在体内打开，我进入
> 清晨的明澈。
>
> 往昔的生活，伴随着忧伤，
> 渐次离去，犹如船只。
>
> 被派诸笔端的国家、城市、庭园、海湾
> 离我更近我并未隔绝于人们，
> 悲伤与怜悯将我们联系在一起。
> 我持续地诉说，我们已经忘却自己都是王的子民。
>
> 因为，我们来自一个地方，那里，我们并不区分
> 对与错，也不区分现在、过去和未来。
>
> 我们如此不幸，用于漫长旅途的
> 恩赐，我们只使用了很少一部分。①

---

① ［波兰］切斯瓦夫·米沃什：《晚熟》，胡桑译，"豆瓣" https://www.douban.com/note/356958807/。

在卜零和何小船这里，迟到四十岁，才体察到自身的情欲，才有了奋力一搏的勇气，才具有自我认同的能力，也是因为，"我们来自一个地方，那里，我们并不区分／对与错，也不区分现在、过去和未来"。至少，在许多年里，像卜零和何小船这些出生于二十世纪五十或六十年代的孩子，在情感教育、性教育方面的匮乏，乃至关于人心叵测、残酷竞争等理念，的确是需要在后来的"漫长旅途"中逐渐体察的。无论早晚，觉悟了就比不觉悟要有价值得多，尽管觉悟之后往往会是悲剧的揭晓。

从这里，我们切入两部作品的人物关系解析，去揭示卜零和何小船及其相关的人们如何应对时代、个人、灵与肉的爱情方程式。

第二节　五重异象遮蔽下的欲念浮动

卜零还没有出场，就先声夺人，身为双鱼星座的"小人物"，却与那些同一星座的爱因斯坦、雨果等大人物一样，分享该星座的宿命：

> 出生在这一生辰星位的人，敏感、神秘、耽于幻想，经常在只有冥想而无行动的特殊意境中生活。假若他是男性，则有一种天真、忠厚的气质，有乌托邦思想倾向，但也常常会有一种惰性和优柔寡断；假若她是女性，则有一种奇异的魅力，她异常渴望爱情，她的一生只幻想着一件事，那就是爱和被爱——爱情，是她生命的唯一动力。她虽然聪明绝顶，但很可能一事无成：因为脆弱、漫不经心、自由放任会毁掉她的灵性；而她幻想中的爱情则充斥着危险——那是所罗门的瓶子，一旦禁锢的魔鬼溜出瓶子，便

会在毁掉别人的同时，毁掉她自身。[1]

不但是分享其耽溺于乌托邦境界的痴迷，身为女性，还要在爱情与毁灭这样巨大的悲欢哀乐之间折冲往返，这样的卜零，可以说就是一个危险分子了。

为了强化这一宿命，作家还特意让卜零进行自我认知，她是来自异乡异域的外来种族，在行为和心理方面不同于本土性的生民。"一个同事借给卜零一本书。这是一本奇怪的书，上面画满了各种各样的图像，那是女性分解了的各个部位。这本书囊括了全球各个人种、各种肤色的女性。卜零对着镜子一个部位一个部位地对照，终于发现自己接近西亚、北非那一族的女性。书上写着：地中海式体形，丰乳，突臀，细腰，腿肥硕，略短，肤色较暗，毛发浓密。卜零于是开始冥想：或许她的某个祖先来自古埃及或古波斯"[2]，是一个阿拉伯人的后裔。这样的遐想看似不着边际，但是在卜零这里，却为她的特立独行提供了新的契机。她把自己想象为被来自阿拉伯世界的武士所征服的东方舞姬，由此又触发其深潜经年的被遗忘的女性欲望。

这还不算告一段落。卜零还要接受另一种启示。来自阿拉伯或者波斯的女巫，给卜零算命，得出的结论非常惊人：第一，卜零命不长；第二，卜零并不爱她的丈夫韦；第三，卜零在本年度会遇到另一个男人。最致命的是仿佛无可更改的一句判词："巫师笑起来，用极难听的汉语发音慢慢地说：你真的不知道吗？你一生都在想男人。"[3] 在此之前，卜零还处于懵懂状态，被巫师一语惊醒梦中人，她的许多行为因此获得了特别意义上的合理性，大胆妄为了。

还有第四条反常现象，卜零的眼睛出毛病了，视觉有问题——

---

① 徐小斌：《双鱼星座》，徐小斌：《迷幻花园》，作家出版社 2019 年 9 月，第 68 页。
② 徐小斌：《双鱼星座》，徐小斌：《迷幻花园》，作家出版社 2019 年 9 月，第 72 页。
③ 徐小斌：《双鱼星座》，徐小斌：《迷幻花园》，作家出版社 2019 年 9 月，第 76 页。

"卜零眼里的星星似乎蒙上了一层陈旧的颜色，她看不见那银色甲壳虫似的闪烁，只能看到失去光泽的星体，蒙受着一层陈年旧色，像一张旧照片那样平面而泛黄。"①

开篇之处的这一系列叙述，四重异象叠加，不对，还要增补为五重异象——后来成为卜零的恋慕对象的司机小石，也是属于双鱼星座，还和卜零是同一天的生日，这让卜零的情感纠结添加了新的合理性——到底要表达什么呢？

无爱的婚姻，久旷的身体，被遮蔽的真相，一直就存在于卜零的生活现实之中，但是，在许多时候，卜零采取的都是回避与自我欺骗，是对无奈现状的忍耐与驯从。时间已经运行到二十世纪九十年代初期，妇女解放、爱情自由的倡导已经在中国大陆回响了大半个世纪，茅盾《动摇》中的秦舞阳，丁玲《莎菲女士的日记》中的同名主人公莎菲，李劼人《死水微澜》中的邓幺姑，这些女性解放的先锋，在其后的历史进程和文学演进中却鲜有后继者。现实的社会处境，传统文化的积淀，主流意识形态的引导，都是排斥人们的正常欲望的。就像徐小斌《吉耶美与埃耶美》中写到的一个细节，二十世纪六十年代前期，在中学课堂里上生理卫生课的时候，美丽的泰国公主吉耶美准确地画出了男女两性的生理解剖图，让在场的中国学生感到非常吃惊又撩人心魄。须知这些正处于青春期的少男少女既要承受生命力的涌荡，又要在革命氛围浓郁的校园做出自我克制和回避异性的尴尬状态。吉耶美在同学们面前向严丰讲述自己的痛经及其原理，让徐茵和同学们都感到非常难堪，徐茵感到就像自己做了贼似的："现在回想起来，也许倒是吉耶美是自然健康正常的，不正常的是我，是我们，和那个时代。"②从通常所说的"十七年文学"，到"文革"十年间的样板戏，都是非情灭欲的。对于卜零和何小船这一代人，她们进入青春期、走入爱情走入婚姻，

① 徐小斌：《双鱼星座》，徐小斌：《迷幻花园》，作家出版社2019年9月，第69页。
② 徐小斌：《双鱼星座》，徐小斌：《迷幻花园》，作家出版社2019年9月，第128页。

对于身体和欲望，都是所知甚少。于是，就出现了巨大的时代落差。一方面，进入九十年代，市场化大潮将人们的身体和欲望也变作一种商业消费，就像卜零的丈夫韦所认知的那样，在奢靡的歌舞厅中，把妙龄少女变作了可以等价交换的商品，犹如一只绵羊等于两把斧头；或者像何小船的助手铃兰一样，纵情任性地挥霍青春。一方面，卜零和何小船却是刚刚接受欲望的萌动，战战兢兢地接受性爱的启蒙。《双鱼星座》中的卜零，要冲破自己心中预设的种种禁忌，却没有足够的力量和勇气，不得不繁复地寻求各种因素的召唤，在这多重驱动下，开始了她的冒险之旅。同理，在老姑娘何小船那里，她不过是非常被动地接受了当年的同学任远航的爱情，却要一次一次地通过一副塔罗牌占卜吉凶预测未来。现代女性，而且是知识女性，要打破社会的和内心的禁忌，要去追求自我的幸福，何其艰难啊。

第三节　在市场化时代遭遇重重混乱

如果说，我们曾经长期地生存在一种绝对平均主义的社会中，那么，市场化带来的一个重要现象，就是社会各阶层的重新划分，权力与财富的重新分配。在许多年间，人与人之间的差异并不很明显，但是，在市场为王的情境中，社会的等级化和权力的异化，却使得整个社会生活发生了重要的断裂，凸显出人际关系的不平等，尤其是女性地位坠崖般地再一次沦落。卜零的丈夫韦，从政府部门抽身投入商海，坐上了专车，拥有了显赫的社会身份和家庭地位，他为卜零举办生日宴会的得意风光，他在卜零家人眼中地位的耀眼提升，就是鲜明的例证。相应地，在歌舞厅中正当锦绣年华的少女的反衬下，卜零在婚姻和家庭中的地位却是日渐不堪，成为备受冷落的"商人妇"（这是《双鱼星座》中的用语，来自白居易《琵琶行》中"弟走从军阿姨死，老大嫁作商人妇，商人重利轻别离，前月浮梁买茶去"），以至靠自慰来缓解肉体的焦渴。

在工作单位中，身为电视剧本编辑的卜零，也遭遇到新的危机。明明是电视台的工作人员，但是卜零称呼其上司为"老板"，就像许多硕士生博士生称呼其导师为"老板"一样，称谓的变化标志着彼此之间关系的变化——市场化的漫溢，使得卜零和她的部门领导由风雨同舟的上下级关系，变成了老板和雇员之间的关系，而电视台也确实在减员增效以应对市场化时代的冲击波，老板手中的权力因此得以放大了许多倍。围绕着一个电视剧剧本《南国红豆总相思》，发生了许多的纠葛，老板对卜零的肉体的觊觎也一直未能得到满足，于是决定将卜零除名。丈夫韦的帝王君临一样的气派让卜零痛感家中地位的不堪，老板的出尔反尔、将卜零玩弄于股掌之上——一方面已经决定让卜零下岗，一方面又安排卜零代表单位参加献血，将她的可利用价值榨干用尽，则尽显出卜零在社会上的可悲处境。

然而，卜零的失败又是必然的。她通过对双鱼星座特有的属性，开始了解自己，体察到自身欲望的汹涌与无法满足的饥渴，却将这样的焦灼感转向给韦开车的青年人小石。她对于身材高大的小石（身材矮小的丈夫韦在小石的比照下相形见绌，就是卜零对于小石的第一印象），对他的纯朴与内在的高贵气质，非常欣赏，以致产生了混乱的判断："卜零从没见过这么漂亮的男人。更奇怪的是他身上有一种与身份不相符的高贵，虽然他羞涩谦卑又小心翼翼，不留神的时候仍会流露出一种落难王子般的高贵气质"[1]。漂亮是确实的客观存在，但高贵却纯属主观臆想，就像卜零会把自己想象为高贵的阿拉伯公主或者以色列公主莎乐美一样，都是某种浪漫的幻想，却也足以把小石拔高到足以和自己相匹配的高度而不自知，是

---

[1]　徐小斌：《双鱼星座》，徐小斌：《迷幻花园》，作家出版社 2019 年 9 月，第 76 页。

一种潜意识的美化与自我美化。但是，她仍然是处于踌躇不前、进退维谷中，虽然几次在小石的面前难以自控，却都是及时地终止了她的身心表达，全身而退。她也曾经信口说出小石会有三个女人的预言，却又仅仅是从她自己的视野之中看到小石的一个侧面。她还冒着生命危险走过佤寨的晃晃悠悠高悬在峡谷上的吊桥，去满足小石要求她带一瓶香水回来的说辞。她哪里料得到，她眼中的高贵气质，不过是因为彼此的地位悬殊，让小石懂得克制与隐忍，不会忘乎所以为所欲为。她更不曾料到，她自以为是冒着生命危险带回北京而取悦小石的一瓶香水，却被小石送给他的婚外情人莲子，香水又成为小石和莲子疯狂欢好的催情剂。小石不是个轻薄子弟，他从心眼里喜欢卜零，但是，这种喜欢，就和卜零的上司对卜零暗自动心一样，他们见惯了常规常态容易理解的女性，对于不谙世事、不懂得按规矩出牌，而显得奇特莫测，长得又富有异国情调堪称性感的卜零，都有一种强烈的好奇心，这与两性间的爱情，相去甚远。小石也确实有其可敬之处，因为卜零在高速公路上的突然跳车，小石紧急制动急速刹车，卜零不过是擦破一点皮，小石却因为刹车过猛导致严重受伤，让卜零对他更加感激和爱怜。直到她撞破小石和莲子的好事，被香水和精子混合的气味激怒，这才有接下来的情节突转。还有更为啼笑皆非的事情，卜零为了小石的喜好自降身份屈尊去向老板借当时难以看得到的影视剧录像带，被老板乘虚而入地驱使她去献血，为电视台完成献血任务，同时，老板心中却已经做出辞退卜零的决断——本来不搭界的小石和电视台老板在此发生了交集，他们都是在彻底地利用卜零，在尽量地榨取其剩余价值，卜零却直到最后的时刻才识破其庐山真面目。对他人的真实面目如此懵懂无知，卜零如何能够做出正确的判断和选择呢？在爱者和不爱者之间，她又何以从容自处呢？

第四节　好男人的童年记忆与现实"报应"

《别人》的主角，当然是何小船，但是，我更加关注的却是任远航，那位身处妻子郎华、情人何小船和远距离地对何小船与任远航的关系产生影响的铃兰这三位女性的关注与纠缠中的中年好男人。

卜零面对的是市场化浪潮带来的社会与人群的重新洗牌，人们的社会地位随着财富多寡与权力大小发生悬殊的变化，也深刻地改变了两性之间的强弱对比。何小船遇到的是电脑和互联网大普及造成的人际关系的隔离和孤独症。这位一直处于单身状态的老姑娘，是一位电脑游戏的设计师，借助于电脑和网络，她成功地逃避了众目睽睽的关注与非议，困守在一间小房子中间，和一台电脑、一副塔罗牌为伴，大隐隐于市，小隐也同样可以隐于市。如果不是任远航突然闯入她的生活，她本来可以平平稳稳与世无争地继续过她的独居生活，直到终老。

要是说，卜零是个几乎没有缺点的女性，何小船的毛病就足以令人避之而不及。她不但抽烟喝酒，而且自私而自恋，偏狭而激烈，如作品中所言："很久以来，大概从少女时代便开始了吧——她的身体内部同时潜伏着两个人：天使与恶魔。每个人的心里可能都同时潜伏着同样的两个人，但人家都能自我调整到和平共处，她却相反，她身体内部的两个人经常在恶斗——她对这两人的喜爱同样强烈，于是唯美与邪恶便同时出现在她身上，令她两极分裂。在貌似温和的外表下，她常常担心她会精神分裂，但有时也想，用不着那么自作多情，说不定还没等到分裂就痴呆了呢。"[①]

但是，何小船比卜零要幸运很多。卜零只是在本能欲望与行为决断之间反复挣扎，在心灵世界中开放自己，在现实中依然蜷缩

---

① 徐小斌：《别人》，徐小斌：《别人》，作家出版社2020年1月，第4页。

着一个弱小的灵魂而无力伸展。何小船有幸遇上任远航这样的好男人，正派，有责任感，内敛，羞涩。如前所述，这一代人是在一种扭曲的学校教育和社会氛围中长大的，他们的精神世界中打下了时代的烙印，不仅在社会生活中是如此，在情感领域中同样如此。任远航在少年时代为曾经非常优秀的何小船所吸引，也被她身体中独有的异香所魅惑。追溯起来，《红楼梦》中的林黛玉就是身体有异香的女性，《情切切良宵花解语　意绵绵静日玉生香》的下半回让贾宝玉来做"闻香识美人"的知己，可谓恰到好处。少女的体香，只有最投契的恋人才够资格加以评说。对于何小船，任远航也可以说是少年时代的"粉丝"，而且把这种偶像崇拜情态保持了三十余年而未曾忘却，真是稀世难得。而且，在与任远航的交往中，何小船从一个呆滞僵硬的肉体中超拔出来，得到了身心的滋润与爱抚，"从一个老姑娘变成了真女人"，干涸的心灵、未老先衰的身体都被激发出新的活力。这让我们想起莫里哀的一句名言，爱情是一所学校，它让我们重新做人。"我们的何小船，我们自私而又矜持、视男人于无物的准女权主义的何小船，终于在自己拟造的爱情中低了头，变成了一个地地道道的温柔的、女人味的、三从四德的标准乖乖女了！"[1] 对于何小船来说，她心目中盼望的仍然是琴瑟和鸣的家庭生活，她的女权主义不过是无奈万般中给自己戴上的一副假面具而已。她与任远航的邂逅，成为她生命中重要的一根稻草，将她拯救出人生苦海。

对于任远航，何尝不是如此呢？任远航从小就被灌输了工作为重的理念，家庭、妻子等都可以置之不顾，他的身体衰弱的妻子郎华对于性事的冷漠，以及生育的格外艰辛，对一心投入工作的任远航反而是一种成全。他也不像韦那样，野心勃勃地要在个人事业上大展宏图，为此而不择手段，失去做人的底线，可以乘人之危上下

---

[1]　徐小斌：《别人》，徐小斌：《别人》，作家出版社 2020 年 1 月，第 46 页。

其手，也可以为讨好他人把妻子卜零推向前去。任远航也不是情色场上的老手，不会逢场作戏，不会始乱终弃，而是在热烈而认真地投入他与何小船的恋情，并且在这样的"越轨"中逐渐地认识和理解何小船，也重新进行自我认识。这当然也是一种成长，在爱情学校中的成长。

这样的成长，又是异常沉重，需要付出惨痛代价的。自私自利的何小船，借用子虚乌有的怀孕和流产事件，逐渐地在两人关系中占据了有利地位，获得了对任远航的谴责批判的权利。对于无辜的妻子和儿子，任远航萌生出强烈的负疚感。生活中的阴影，在父亲被告知罹患晚期肺癌之际，给他以更强烈的警示，让他觉得这是婚外情得到的"报应"。

第五节　一面是爱，一面就是伤害

何小船和任远航，就这样陷入了欲爱不得、欲罢不能的困局之中。一张张塔罗牌的预言，一次次的见面和怨怼，都带有了互相摧残和自我摧残的意味。纯粹的两性激情，在现实的种种障碍和围堵中，开始变味，他们各自的理由让我们都觉得很充分很值得同情。何小船一直有一种悬置的玄虚感，得不到爱情的稳定与生活的保障，让她产生新的焦虑，对于两个人的未来根本无法把握，因此急于促使两人的关系更上一层楼。但任远航面对工作中的不顺遂，面对病危住院的父亲，以及不得不用谎言欺骗的妻子，报应感和自我谴责越来越强烈。任远航到医院看望何小船的那个场景，确实有撼人心魄的力量。这场戏，基本上是从任远航的角度进行叙述，看到昔日丰腴的何小船变得消瘦憔悴，焉能不动真情。但是，两个人的情感投入和聚焦之点却不尽相同——

她也努力地做了一个笑的表情，却不是笑，那两颗硕大的泪珠突然承受不住似的滴下来了。她定定地看着他，定定地说："我爱你，有生以来我还没这么爱过别人。"

而他的反应却是首先吓了一大跳，环顾四周，在确信无人之后，他才缓缓地说："你现在生病，就别想那么多了，先把病养好了再说。你们这些人哪，就是老爱胡思乱想……起来吃点东西吧，我给你买了凉瓜炖排骨。"

"你别打岔，我说，我爱你，你听见了么？你说我眼里藏着两个人，不对，只有一个，那就是你，知道吗？你呢？你爱我吗？"

"好了好了，这是在病房，咱们别说这些了好吗？"

"不，我今天就要你说！"[①]

在这里，两个人的心灵异同尽数凸显。但是，请不要简单化地谴责任远航没有何小船那样全身心投入。他唤醒了何小船沉睡多年的生命意识，带给何小船以前所未有的快乐，而且非常郑重地对待这种情感，就已经可点可赞。回到两个人交往的起点，何小船几乎是身外之物一无所有，任远航却是有家庭牵挂有工作前程的。我们可以批评说任远航不能抛弃其余的一切而继续他和何小船的爱情，但是，在作家的笔下，我们也可以看到，所谓情投意合，所谓心心相印，可以用来形容宝黛爱情，却难以放在任远航和何小船身上。作为两个现代人，他们爱的仍然还是自己。何小船又能够高明到哪里去呢？

在这里，我不得不感到文学批评的苍白无力。《别人》中的精彩之处，不在于勾勒这种互相需要又互相错位的灵肉冲突，而是蕴含在一个个精心设置的场景，一个个跌宕起伏的情节，一段段对话

---

① 徐小斌：《别人》，徐小斌：《别人》，作家出版社 2020 年 1 月，第 68 页。

与内心独白中。将情感性、描述性的语言建构起来的七宝楼台再拆解开来，以理性的方式再度搭架一番，就远远地不及对原作文本的阅读。尤其是何小船的心灵历程，起起落落，悲悲喜喜，在作品中可以说是力透纸背。假孕与真病，夸张与谴责，欲擒故纵，虚实相间，何小船的战略战术无师自通，收放自如，自己的心灵在泣血，她也一定要让任远航遍体鳞伤，创痛锥心。许多时候，她近乎以命相搏，但她不是要置任远航于死地，而是软硬皆施亲仇并举地力争捍卫自己这一生中唯一的爱情。何小船一番歇斯底里疯狂发作，将隐忍多时的内心积郁向任远航暴雨倾盆一样倾泻而下，本来是想拼个鱼死网破，撕破脸皮，没有想到将错就错地再一次把想要逃离退却的任远航拉回到自己身边。但她毕竟只是凭自己的性格与直觉行事，而不是老谋深算的情场高手。"她原来并不知道爱注定就是双刃剑，一面是爱，一面就是伤害。"[1] 她没有足够的心机把欺骗进行到底。本来已经相当程度上修复乃至巩固了两个人的关系，她却画蛇添足地向任远航和盘托出假孕事件的原委，一着不慎满盘皆输，彻底地输掉了这场充满玄机和诡异的情场战争。

于是，在作品中时隐时现的铃兰，有了足够的表演空间。在此之前，铃兰曾经做过何小船的工作助手。这位年轻时尚的女子，陪伴何小船前往 H 城公干，见到过任远航；当何小船遇到玩不转的事情时，比如说怎样确认是否怀孕，也向铃兰求教；还有，何小船到医院去做胃镜前后，也是铃兰动了恻隐之心，出手相助。何小船最终输掉全局，陷溺于自责和怀恨之中，又是铃兰的恶作剧，让何小船茅塞顿开，幡然醒悟：何小船自己和任远航，原先以为是如胶似漆福祸相依，蓦然回首，才发现彼此之间，不过是互为别人而已。"对于她来讲，他不过是别人，始终是别人，而对于他来讲呢？她不可抑制自己好奇的联想，答案是：对于他来讲，她也照样是别

① 徐小斌：《别人》，徐小斌：《别人》，作家出版社 2020 年 1 月，第 74 页。

人，别人就是别人，别人永远也不可能成为自己。"[1]

最终帮助何小船打败和摆脱任远航的，是与任远航距离最远的铃兰。在流了那么多的眼泪以后，《别人》翻转为喜剧和闹剧，但是，这真的是作品的落脚点吗？

第六节　世界上最亲密的关系莫过于血缘关系

比《双鱼星座》和《别人》更为复杂也更为惨痛的，是《吉尔的微笑》。

"吉尔的微笑"，具有双重的意蕴。故事叙事人"我"的妹妹佩淮，是马戏团的一名驯兽师，她给与她搭档演出的一只狮子起名为吉尔——"这名字来源于她对美国大明星理查德·吉尔的崇拜。妹妹佩淮说在所有的大明星中，理查德·吉尔的微笑是最有魅力的。'他就那么微微一笑，就可以让所有的女人都去为他死！'"[2] 二十世纪八九十年代，凭借《美国舞男》《风月俏佳人》等电影，理查德·基尔曾风靡万千女性，成为好莱坞炙手可热的明星。佩淮为狮子起名，则是非常郑重的事情，她竟然为此要和她的姐姐，小说的叙事人"我"商议，虽然说，"我"起初并没有细想个中情由，但是，当整个故事都真相大白的时候，这才正好应和了当下的一个流行词，"细思恐极"。对电影明星的崇拜不算稀奇，能够说出愿意为他去死的恐怕就少而又少了。做姐姐的"我"就明确表示，她也喜欢吉尔，但她绝对不会为他去死——佩淮是能够倾情投入，舍得出自我的，姐姐"我"却是非常自我的。而把一头狮子命名为吉尔，可谓偶然，但是佩淮最终是死于狮子吉尔的微笑，就更加令人悲叹，又回过头来寻思这最初看似随口而出即成谶语的一句话，而反

---

[1]　徐小斌：《别人》，徐小斌：《别人》，作家出版社 2020 年 1 月，第 86 页。

[2]　徐小斌：《吉尔的微笑》，徐小斌：《迷幻花园》，作家出版社 2019 年 9 月，第 150 页。

思这语言的魔咒了。

卜零有过一段基本正常的婚姻，虽然看上去不冷不热，却也和大多数家庭没有大的区别。何小船遇到任远航，也有过两情相悦非常投入的时光，如两个人的名字所寓示，小船也有过情海远航。佩淮和卜零一样，同样需要面对一个女人和三个男人的恩怨纠葛，但她的遭逢是如此不堪，从初始到结束，都处在一种扭曲畸形的状态。陈志、吴限和卫朋，这三个分别处于老中青之不同年龄段的男性，把佩淮的生活搅扰得一塌糊涂，却没有一个是真正带给她爱情快乐的。

比起安静知命的姐姐，佩淮在短促有限的生命中，可以说是很能折腾，很爱表演的，但她的那些折腾，并没有给她带来幸福。刚刚十三岁年龄，就因为喜欢出风头喜欢被人关注而率先报名到黑龙江生产建设兵团去当知青，可以想见这个未脱童蒙的小女孩在黑土地上将遭受什么样的严酷岁月。几年后回京探亲，在孤寂和苦闷中，竟然和姐夫陈志搞到一起。虽然说，一只巴掌拍不响，"我"对这件事情的缘由也不是很知晓，但是，以陈志的年纪和身份，当然要承担主要责任。出此丑闻，佩淮在父母家的地位降到最低点，再加上一心想要调回北京，嫁给年龄老到足以充当其父亲的吴限，也是无奈之举。然后是身为军队高官的吴限家中调来一个帅气高雅的公务员卫朋，连"我"都为之赞叹，何况是夫妻生活有名无实的佩淮呢？身为首长的公务员，不可避免地要为首长的夫人服务，有很多彼此近距离接触的机会，这也让佩淮几次想入非非，却又可望而不可即。卫朋反应敏捷及早抽身，不但退出现役，还及时地与年轻女友结婚，杜绝了佩淮的痴情妄想——确实是走火入魔的痴情，也确实是不着边际的妄想，卫朋出身于军中高干家庭，因为痴迷于新兴的电脑行业退伍改行，他的新婚妻子也是电脑工程师，卫朋年纪轻轻，前途无量，他也不是一个浅薄的登徒子，贪恋皮肉滥淫，何以会蹚佩淮这潭浑水呢？

如果故事到此为止，还不算是最糟糕。要命的是佩淮不依不饶死缠烂打，使得她和三个男人之间开始新一轮的恩怨纠缠。如果说《双鱼星座》和《别人》的爱情方程式是三元一次方程（如前所述，我把《双鱼星座》界定为一个女人和三个男人的故事，《别人》则是三个女人和一个男人的故事），《吉尔的微笑》就不止于三元二次方程——所谓二次方程，是说佩淮还要和陈志、吴限和卫朋再度展开新一轮的矛盾冲突，佩淮为了她的不可能实现的爱情费尽心机频出狠招，但她不知道自己的能力毕竟有限，在第一轮角逐中即便是切腕自杀以死相威胁也未能得到卫朋的爱情，在新一轮斗智斗勇中将自己向卫朋和盘托出忘我奉献的时候，却遭到三个男人不约而同的抛弃与摧残，也是"机关算尽太聪明，反误了卿卿性命"。

但是，造成了佩淮之死的要素，除了陈志和吴限，还有没有更多的力量，更多的"元"呢？仔细读来，作为佩淮的姐姐，"我"在作品中的处境一直是很暧昧的。作者写起来有些不动声色，吞吞吐吐，但把"我"在小说中的所有表现整合起来，就足以看出这位姐姐的心性狠毒，看出她在佩淮的命运和死亡中不可推卸的责任和罪错。十三岁的佩淮要报名到东北去当知青，就像她后来要给和她同台演出的狮子取名叫吉尔时一样，她和自己的姐姐"我"商量，问题在于，比她大三岁的姐姐并没有阻止她的莽撞无知，除了佩淮的幼稚和固执难以说服，有一个明晰可见的理由，按照当时的有关政策，佩淮上山下乡了，"我"就可以不用离开京城去当农民。还有一个说不出口的原因，发育不良的"我"对妹妹佩淮发育充分的丰硕胸脯的嫉妒。接下来，佩淮和陈志发生绯闻，"我"还特意说明："两年来我一直在想念她。我总觉得，夫妻最亲密这种说法应当是一种谬误，正确的说法应当是：世界上最亲密的关系莫过于血缘关系。"[1] 事实也证明了这一点："我"和陈志基本决裂，但对于

---

① 徐小斌：《吉尔的微笑》，徐小斌：《迷幻花园》，作家出版社 2019 年 9 月，第 160 页。

佩淮却仍然视同亲人，虽然在谈到佩淮的丈夫吴限的时候"我"总是免不了毒舌，对佩淮造成无情打击。与此同时，"我"还一直受到佩淮的羡慕与崇拜："当然我肚里还有句潜台词憋着没说，我想说的是我有什么值得羡慕的我又没嫁给高干。佩淮说姐姐你的心真静，我真羡慕你的心静，我怎么就做不到呢。"[1]

这真是"人心隔肚皮"。佩淮对于周围的人们，包括自己的姐姐，认识都非常肤浅，她哪里知道她也是"我"羡慕的对象——

> 你坐呀姐姐，你随便坐，想吃什么你自己拿。佩淮跷着二郎腿摇晃着。想起她成了这样一座大房子的女主人，一种不可言说的滋味再次从我胸中升起——这正是我一直梦寐以求的一种生活，一种对于我来讲可望而不可即的生活，却被妹妹佩淮轻易地得到了。想到陈志的那些令人恶心的事，想到佩淮正是那件事的当事者，想到自己的生活变得乱七八糟一塌糊涂，情绪一下子跌落下来。[2]

徐小斌的文字，许多时候看似漫不经心，反复揣摩，才知道她的用心精细，草蛇灰线，伏脉千里。金圣叹在《读第五才子书法》中说："有草蛇灰线法：……骤看之，有如无物，及至细处，其中便有一条线索，拽之通体俱动。"[3] 前引姐妹二人在吴限家中的小楼中对谈，也许就是《吉尔的微笑》中的关节点所在，又最容易被人忽略，因为它的风轻云淡不动声色。"我"在心中羡慕这一栋小楼的主人，口中却说出让佩淮扎心扎肺的话——"我冷冷一笑说他们（指佩淮姐妹的父母亲很少到吴限这边来——引者）可不愿意来，他们面对一个年龄和他们差不多的女婿无话可说。佩淮的神色一下

① 徐小斌：《吉尔的微笑》，徐小斌：《迷幻花园》，作家出版社 2019 年 9 月，第 164 页。
② 徐小斌：《吉尔的微笑》，徐小斌：《迷幻花园》，作家出版社 2019 年 9 月，第 163 页。
③ 朱一玄、刘毓忱：《水浒传资料汇编》，南开大学出版社 2012 年 5 月，第 223 页。

子暗淡了，她关掉了电视机。"[1] 你可以解释说这是当姐姐的霸道，说话不管不顾，口无遮拦，给妹妹造成严重伤害，让佩淮无地自容。但是，到作品接近结尾的地方，才写到"我"已经取代佩淮而与吴限结婚，"我"如何向父母、向读者交代？这样的严厉抨击如何抹平？为何同样的事情发生在佩淮那里就令"我"愤愤不平，发生在"我"身上却连一句解释都没有，就让人感到其中有深意藏焉。

更让人大跌眼镜的是，"我"有意无意之中参与了吴限的阴毒计谋，让佩淮惨死而又不露痕迹，在惨剧发生之后，"我"还与吴限结成夫妻，在心知肚明事件真相的前提下贪恋个人生活的荣华富贵，瞒天过海——"世界上最亲密的关系莫过于血缘关系"，也成为绝妙的反讽。行文至此，我以为全文就可以打住。人物形象和故事始末都已经完成。但是，作者为了要给读者一个交代，要完成惩恶扬善的结局，又让佩淮惨死事件构成刑事诉讼，让吴限和"我"都将面临被揭露被惩处的危局，善则善矣，却有蛇足之嫌，将心灵探索变成探案小说，惜乎。

第七节　从"径直道来"到"背面敷粉"

在对三部小说文本的人物关系做出一种递进式的描述之后，我们进而要对作品的叙事特征略述一二。这就是小说的叙事人与作品之情感关系之辨析。

徐小斌的作品，叙事的角度轻灵多变，目的是服从作品主旨的需要。第一人称叙事如《吉尔的微笑》，是以作品主人公佩淮的姐姐"我"的角度为主，同时也夹杂着第三人称的客观叙事而构成的。还有准第一人称叙事，就是像《双鱼星座》那样，故事讲述者

① 　徐小斌：《吉尔的微笑》，徐小斌：《迷幻花园》，作家出版社 2019 年 9 月，第 163 页。

隐身幕后，将卜零推向前台，以第三人称的方式讲述她的情感浮沉，但是，一旦将情节予以展开，作品的讲述者就将讲述的任务悄悄地转移给了卜零，按照她的生活逻辑和情感律动而一一道来，不加掩饰，褒贬分明。《别人》是以何小船和任远航两个人的视角交叉进行叙事的，前半部主要讲述者是何小船，后半部则渐渐地以任远航占据了较多的篇幅——这也容易做出理解与阐释，作家写作分先来后到，先把何小船写出来，再去打理任远航。

细究起来，这三部作品在叙事特征上还是有着更为重要的区别的。《双鱼星座》基本上是沿着卜零的视线延伸的，对人物与事件的评价也是从卜零那里径直道来，主宰和调谐着读者的思路与情感。于是，韦、石和老板次第出现，与卜零形成各种利害相牵、感情相激的场景，即便是卜零有时候不在现场，但每一场面的落脚点也都在卜零这里。于是，我们不由自主地跟从卜零，和她同悲同乐，心潮起伏，在她于幻觉状态下惩处伤害过她的三个男人的时候为她扼腕叹息，又在知晓这不过是一次灵魂出窍的幻觉之后为其长出一口气。在作家笔下，卜零工作上任劳任怨，家庭中是烹饪的一把好手，人到中年仍然丰腴而性感，几乎是没有缺点的。如果要指责她，那就是她对自身欲望的体认和缺少控制力吧。

《双鱼星座》的这种表述，和徐小斌强烈的女性立场分不开。在现代的商业化社会中，女性不再因为体力不如男性而受到鄙视和排斥，她们有了足够的独立自主性，能够确认自己的基本权利包括性权利，但是，在根深蒂固的男权社会传统文化遗存和制约下，可能性与现实性之间的差距，会一次又一次地凸显出来，所谓男女平等，还是一个遥远的梦幻。韦、石和卜零的老板，就是这样一次一次地击碎卜零的梦幻，一次一次地让卜零认知自身的困境。为了能够自我拯救，作家赋予卜零诸多的优秀品格，为她争得众多读者的同情，赋予其挣脱现实的勇气。如同《双鱼星座》的副题所示，这是一个女人和三个男人的古老故事，因其古老，所以强大，因其古老，所以很多人熟视无睹，因其古老，挑战者要付出更多的血泪和牺牲。如果卜零没有那么优秀，她何以同不堪的处境——就此而言，韦代表家庭，老板代表工作部门，石代表的是社会环境——决裂呢？

这是一次男女两性的对决。《双鱼星座》表现出的决绝姿态——无奈而强悍，因为无奈，所以柔弱者也不得不变得强悍起来，连身体的骚动都无法从异性那里得到抚慰，不得不自行慰藉以平复，女性主义的挑战，何其强悍！

到《别人》中的何小船这里，事情变得不这么泾渭分明、爱憎两清。何小船在作品的起始处，比卜零还不如，这个四十多岁的老姑娘，还是处女之身，她有充分的理由自怜自叹——

> 大部分的时间，她总是在半夜里醒来，与黑暗对视，或者抚摸她的塔罗牌，因为所有的塔罗都有一个特性，它需要不断地抚摸，否则，你就无法把灵魂赋予它，它就不准，换句话说，你不抚摸它，它就死了。
>
> 塔罗还有人抚摸，比我还幸福呢。她悲哀地想。[1]

如果我们一直顺着何小船的视线前行，这样悲凉凄苦的氛围将会持续多么久？但作家有意识地调整作品的叙事视点，任远航、郎华和铃兰都成为作品中的叙事人，成为何小船的观察者和评说者，这就和卜零在《双鱼星座》中独一无二的话语权拉开了距离。极而言之，《双鱼星座》中，卜零对自身欲望骚动的描述，常常是带着主观性的感情，很容易赢得读者的认同。何小船对于她的性事的感受，没有直接抒发，而是将其转换为思路清晰的文字，将欲望客体化，成为何小船自己以及读者可以冷静观察的远距离对象。相反

---

① 徐小斌：《别人》，徐小斌：《别人》，作家出版社 2020 年 1 月，第 19 页。

地，当任远航的活动半径渐次展开的时候，他就取代了何小船，成为我们观察和同情的对象。何小船是一个无亲无友没有父母的单身女性，工作上也没有更大的野心，她唯一关心的就是如何把任远航留在身边，而且也有过计谋得逞的时候。任远航的妻子和儿子都属于身体状况不佳的一类人，这让任远航在小家庭中的位置更其重要。任远航的老父亲晚年罹患癌症，也是需要格外地加以关照的。任远航的工作前景阴晴莫测，工作上的压力却不断地加重。在处理与何小船的关系问题上，他也不是个高明者。加上他因为陷溺于对何小船身体的迷恋无法自拔，因此产生强烈的负疚感和报应心理，他的笨拙无助、内外交困，显得比何小船还要可怜无辜。尽管说，作品中分量最重的叙事人是何小船，但读到作品终局，读者会选择站在哪一边，将谅解与关切投给何小船还是任远航？

因此，叙事视点何在，这看似一种叙事技巧，却总是和作家的情感投射纠结在一起。《吉尔的微笑》，故事的讲述者和场面的控制者，很多时候都是姐姐"我"。从"我"眼中见出的佩淮，无论是其长到十三岁就不再长高的身体，还是她缺少审美能力因而把衣服穿得乱七八糟和自己的年龄身份都不搭配，无论是她与陈志的一团乱麻般的性关系，她与吴限的"老少配"，还是已过而立之年却对英俊少年卫朋的一厢情愿死不松手（死不松手不仅是修辞意义上的，为了胁迫卫朋佩淮竟然以切腕相要挟），都显露出佩淮的身心缺憾，自我认知和认识社会认识他人的能力的缺失。可以说，佩淮从一登场的时候起，就被"我"肆意地丑化了。"我"总是居高临下地看待这个缺心眼少见识的妹妹，很少说她一句好话。相反，佩淮对"我"一向是崇拜有加，从来没有说过"我"的任何坏话，从来没有看穿"我"的真实心态。

这就是所谓的"背面傅粉"法。金圣叹在《读第五才子书法》中总结小说技法时指出：《水浒传》中有背面傅粉法。如要衬宋江奸诈，不觉写作李逵真率；要衬石秀尖利，不觉写作杨雄糊涂是也。在姐姐"我"对佩淮的任意涂抹和丑化过程中，在"我"逐渐走向吴限的暧昧过程中，原先是一目了然的美丑妍媸、慧愚清浊，却失去了清晰的边界乃至调换了位置，拥有绝对话语权的"我"，本来可以尽兴地给佩淮编排出各种出乖露丑的段子，但"我"终于忍不住说漏了嘴，把自家的丑陋不堪冷酷内心也牵扯出来。就像何小船，本来已经吃定任远航，却终于无法承受内心的压力，把自己编造的怀孕故事的底牌翻开给任远航察看。而且，"我"比何小船更为丑恶。在何小船那里，她编造假孕的故事，是想借此巩固与任远航的关系，她的歇斯底里大发作，也是因爱生恨而失去自控，最终失去任远航，已经让她遭受惨重的打击。"我"的所作所为（包括言说）却是置佩淮于死地的重要因素，何况"我"还在心知肚明的情况下，与吴限结成夫妻，更坐实了"共犯"的罪行。

在这样的叙事脉络中，我们也可以看到，徐小斌对于女性的自我审视，怎样从一个单纯的受害者卜零，转身成为两性战争中没有胜利者的何小船与任远航，再将女性分化为同胞姐妹，"我"的可恶、佩淮的可笑，都显露出女性自身的深刻缺憾，需要自省和自赎，从而也将女性文学生发到新的高度。

第五章　塞壬的歌声，自然的召唤
——《海火》的人性剖析及其他

读小说是需要方法的，如果说我们先前对此不曾注意的话，要么是我们面对的作品过于简陋，要么是我们自身的阅读能力过于寒碜。这是我在读徐小斌的长篇小说《海火》时所想到的。这是一部不曾引起过热烈反响的作品，却又是一部可读性和耐读性都很强的作品——它的耐人寻味，首先意味着，它是对读者的能力提出了挑战的，类似于某种智力测验。而我自己，在多年的阅读和评论中，亦非常看重由作品而破译作家心灵的猜谜式的快感。于是，当这位以《对一个精神病患者的调查》而引人注目的女作家，想就《海火》对我说些什么的时候，我要她什么也别说，且让我自己去读。

它是一部描写二十世纪七八十年代之交的大学生活的作品。这是一个特定的历史时期，即我们通常所说，十年动乱结束、拨乱反正和改革开放的航船起锚扬帆的日子，这是曾经在喧嚣与骚动中荒芜了十余年的大学校园，这是一群在血水中泡过、在碱水中浸过的、在某种意义上来说是空前绝后的"老学生"……作为曾经跻身于其中的一员，我一直希望看到描写七七、七八级大学生的作品，这不只是因为它维系过我的生命和情感，更是为了能在一定的时间距离之外对此进行回味和反思，去识得庐山真面目。但是，尽管这一代人才济济，出了许多有才有识的作家，却鲜有寄情于校园者，《海火》正好在一定程度上满足了我的这种期待感。

它是一部描摹世态人心的社会小说，这是相对于心理探索小说而言。天真无邪的少女方菁，以初涉人世的幼稚和无知，感受着作为社会群体和个体的人们之间的恩恩怨怨、浮浮沉沉、熙熙而来攘攘而去——如果说，作为书中人物的方菁，显得那样少不更事，那么，作为小说的叙述人，她却取一种佯谬的态度，在装痴作呆中，烛见着人情冷暖，世态炎凉，仿佛一面镜子，正因为其晶莹澄清，才使每一位过路人都留下了清晰的投影。

它是一部荟萃了大量信息，同时又透露着作家才情的力作。时代转折之际关于社会发展的政治策略和经济变革的讨论，历史蜕变之中人们关于生活价值的思考和迷惘，北京街头个体商业街区的匆匆掠影，银石滩这昔日的荒凉之地在时潮冲击下的惊人变迁。诗歌、音乐、美术等融入小说而绝无卖弄和掉书袋之嫌，却提高了作品的典雅风度，评茶、品酒、谈玄、说佛，则充实了作品的丰厚性和生活情趣。它可以置于"成长小说"的序列之中，讲述一个少女的青春觉醒和人生感悟的成长历程。它或许还有着女权主义的色彩，尽管作品中并不掩饰对于某些女性的鄙薄之情，但它却的的确确是站在女性的视角看人生与世界的。这不只是表现在当唐放（尚未显露其丑陋面目之前）肆意褒贬全班女同学时遭到方菁的严厉斥责，还在于作品中对女性肖像的描写上——在男权社会里，男性作家在描绘妇女形象时，都是自觉不自觉地含有潜在的性意识的，甚至许多女作家也往往采取同一话语，《海火》中的女性形象，却是纯净的，纯美的，用作品中的话说，"美得令人丧失了情欲"……

然而，这种"八面受敌"法固然帮助我们拓展了思路，廓清了作品的外围，却不能切中作品的内核，拨动它最直指人心的那根弦。最重要的在于，由雾霭和朦胧中把握主要人物郗小雪的精神气质，厘清她与周围人物的关系结构，从而发掘出作品的深层蕴含——海火何谓？

第一节　"咱们都是海的孩子"

郗小雪无疑是作家最用心刻画的人物。虽然她的往事遮遮掩掩、断断续续，但这种欲显还隐、欲盖弥彰法，反而使这一部分格外地得到强化。一个因爱情而出生的私生女，一个在爱与恨、阴暗与猜忌、谋杀与复活的矛盾纠织中成长的孩子，一个过早地用自己稚弱的肩头担负起家庭重负的少女，一个因深味辛酸而变得我行我素、玩世不恭的现代"嬉皮女"，一个以美艳和才情征服社会、以摆布和戏弄他人为乐事的骄横女王……总之，她的社会性的一面虽然扑朔迷离，但仍是有迹可循的。

困难在于较深入地理解她的亦人亦巫性。指出这一点，不算费解，她先后几次出现在银石滩，都给它带来恐怖而又惊奇的景观。全班同学的快乐野餐，被一阵狂风恶浪、飞沙走石搅得粉碎，方氏兄妹与小雪三人露宿银石滩，使方菁得以看到辉煌而神秘的海火。在小雪与方菁交恶、与方达决裂的夜晚，银石滩遭到了毁灭性的自然力的扫荡，屋陷陆沉，面目全非。

需要进一步探讨的是，这种巫性的真谛之所在。

姑且让我们承认这并不完全的解释——小雪是采珠的海女所生，并且是在海中出生的，奇特的身世给她以奇特的禀赋。姑且让我们相信小雪所言——"'因为我就是在海里生的，将来也会死在海里——'看见我们惊奇的目光，她又急忙温柔地一笑，'咱们都是海的孩子，人类的祖先不就生在海里吗？'"[1] 她的玲珑剔透、晶莹皎洁，经常会使我们想到安徒生笔下的白色的美人鱼，仿佛海的女儿并没有化作泡沫飞向太阳，而是死里逃生地寄形于人间。

这样说开去，恐怕有溢美之嫌。值得注意的是，作品中对小雪

---

[1]　徐小斌：《海火》，作家出版社 2019 年 9 月，第 126 页。

的描写，总是在交错地使用两种话语系统，与"美丽的精灵""美人鱼"等并行而且出现频率更高的，是"魔鬼""恶""斯芬克斯""莎乐美""蛇发少女"，最恰当的，则是海妖——

> "海妖的歌声。听……"她仿佛随着什么声音低唱起来，那是一种不优美却很古怪的单音节，有些像杜鹃的腹语术，很难判断声音的方位，很有欺骗性……"4"和"7"两个音符重复地出现，主题也非常简单，仿佛只有两句，只不过用不同音部在重复地歌唱，那音部是递增的，像是在无限升高，然后神不知鬼不觉地进行变调，使结尾又很平滑地过渡到开头，就像用一种特殊的卡农技巧构成的怪圈。[1]

这里所说的海妖，或许便是古希腊神话中的塞壬。她们以优美的歌声捕获过往的水手，奥底修斯为了能平安通过，不得不用蜂蜡把同伴的耳朵封住，又让他们把绑在船桅上，才闯过难关。神话的时代，人们创造出斯芬克斯、莎乐美和海妖的时候，似乎都是表明，人在从自然界中分化出来、逐步认识自己和确证自己旅途上的艰难险阻，人对于随时会吞噬自己的大自然无限恐怖同时又是无限乐观的心态。黑格尔说过："狮身人面的斯芬克斯，正是表明人类的灵魂已经从自然挣脱出来，他的肉体却依然受着大自然的束缚之矛盾境地。"孰料，距老黑格尔之后不足二百年，这一命题在《海火》中忽然倒转了。人们对于斯芬克斯、对于海妖们，忽然感到新的诱惑力，先前是或趋避之，或征服之，如今却不由自主地向之倾倒，为之迷恋——准确地说，它并非始自今日，但今天这种倾向却分外强烈。陷入情网的袁敏承认"恶有一种魅力"[2]。似乎为了应和

---

① 徐小斌：《海火》，作家出版社 2019 年 9 月，第 78 页。
② 徐小斌：《海火》，作家出版社 2019 年 9 月，第 105 页。

她的论断，"我心里一震。忽然听见海潮声汹涌澎湃，海风发出一种怪异的噁哨声，天色陡然变得黑暗，海那边是一片灰红色。她的发被风吹得直刺刺地立起来，像一丛乱蓬蓬的灌木"[1]。"我"——方菁，在多次窥见小雪的隐私和无端受到她的伤害之后，却依然为她的神秘、为她的气度所迷恋，亦是不能不如此。在小雪那里，她感到了一种超乎常人的力量，一种与大自然浑然合一的质性。她很难以世俗的价值观去评判她，她无法像厌弃袁敏一样厌弃她，虽然后者给方菁的伤害要比袁敏所造成的苦痛更为严重。正如小雪所断言的，她"是自然之子"。当人面对自然的时候，不得不产生某种无力摆脱的被吸附状态，而且在人类文明摆脱自然的拘禁、自以为是步步登高地上升的时候，他却在给自身和环境带来无穷的灾难，正在滑坠向可怕的深渊，因此不能不向往和追慕上古人与自然相近相通、宇宙万物同生同息的和谐。这或许可以解释何以海妖的歌声是一个首尾相续相合的怪圈吧。

第二节 "我们的爱之舟触礁沉没"

自然之子，在文学中是一个饶有兴味的命题。它不等于老庄的人法地地法天天法自然的清静无为，也不只是陶潜那种"久在樊笼里，复得返自然"的悠然自得，它更多地包含的，是一种个人与社会积极的对抗，是人凭借自己的生命潜能而张扬个性、体验人生，体验人生的无限丰富性和可能性。

如果笔者的判断不为错的话，《海妖的歌声》是在中国当代文学中率先描写和塑造自然之子的艺术形象的，只是不知她是否受到过世界文学的启示。无论如何，把小雪放入自然之子的人物画廊

---

[1] 徐小斌：《海火》，作家出版社 2019 年 9 月，第 105 页。

中，加以考察和比较，足以使我们在某些方面的思考得到深化。

易卜生把他笔下的《培尔·金特》剧作中的同名主人公称作自然之子。剧本的第一句台词是："培尔，你在撒谎。"用我们通常的观点看，培尔无足称道。他与女友索尔薇格相爱，却在他人的婚礼上诱拐新娘出走；他曾经陷入山神的王国，并当上国王的女婿；他也曾被囚于埃及的疯人院，参与一场疯狂的闹剧；直到老年，他才一事无成地回到索尔薇格身边，带着悔恨和悲伤。但是，易卜生所赞赏的，是他与贫乏而平庸的市民生活格格不入的、生气勃勃的想象力即他被别人视作"撒谎者"的那些丰富幻想，和他的类似于浮士德式的不避邪恶和沉沦的不懈追求，虽然他是失败者，但他的天性却得到充分的展示，走了一条与世俗的人生截然相反的道路。

《培尔·金特》是易卜生剧作中的皇冠——被称为"现代戏剧之父"的挪威剧作家亨里克·易卜生（1828—1906）一生共创作了二十五部各种体裁的戏剧作品，如《人民公敌》《群鬼》《玩偶之家》《野鸭》《建筑师》等，诗剧《培尔·金特》是他的所有剧作中最具有文化内涵和哲学底蕴以及阐释空间的一部。[1] 二十世纪八十年代将《培尔·金特》搬上中国大陆话剧舞台的徐晓钟教授对于《培尔·金特》的导演阐述，有助于我们更好地理解"自然之子"的蕴含：

> 开始分析剧本时同学产生了一个问题，索尔维格为什么会爱上了这么个人人奚落、极不得人心的"二流子"。即使是以诗的意境来解释，这诗的逻辑是什么？我们的回答是，因为索尔维格从培尔堆满污垢的灵魂中看到了闪光的金子！
>
> 从剧本看，培尔是一个单纯的小伙子。他对大自然的

---

[1] 《话剧〈培尔·金特〉易卜生简介》，"新浪娱乐"http://ent.sina.com.cn/j/2009-11-01/19552752691.shtml。

美有特殊的敏感，他热爱大自然中一切有生命力的东西：美好的早晨，在沙土里打滚的屎壳郎，从壳里伸出头的蜗牛，那爬来爬去的壁虎（四幕五场）。他能在激流里游泳，可以把杉树连根拔起来，他确实"可以叫整个世界翻个过儿"（二幕三场）。他能识别美与丑、圣洁与庸俗。在母亲面前他是一个赤子。他充满着青春的活力，他热心于追求美丽的欢腾的生活（并非都是堕落的情欲）。在他身上有一股和森林、江河一样永不止息的生命力，他是大自然之子。①

当代法国戏剧家克洛德·普兰把他笔下的爱丝贝塔（同名剧作中的主人公，中译本译作《浴血美人》）称为自然之子。爱丝贝塔美貌非凡，为青春永驻，她用少女的鲜血美容和沐浴，消除皱纹，红颜永驻。她的古堡里尸骨累累，她狂吟的是："洗一场青春浴，沐浴在鲜血中。"剧作家克洛德·普兰说："爱丝贝塔惊扰着我们的时代，尽管我们毫无意识。我也一样，终于抵不住她致命的魅力。这个女人狂热地为自己的姿色拼斗，一道道皱纹，一滴滴鲜血，使人们瞬即领受到一种不可名状的吸引力。……事实上，她就是宇宙的化身，弱者被强者吞噬，滚滚血流，从最弱小者身上流向最强大者，其中的原因以及最后的结果是那美不胜言的自然的存在。"② 血泊维系的青春梦、恶之花，在剧作家笔下，既残酷又瑰丽。当国王审讯爱丝贝塔时，她尖刻地反讥道："您犯下的罪行与我相等！"那么多的君王，为了拓土开疆，为了维持统治，杀人如麻，还冠以各种崇高的名目，那么，为了维护美丽青春而浴血杀人，可能就是一个最为合宜的选项了。

易卜生是以天赋的幻想和冒险精神鞭挞社会的委顿和心灵的麻

---

① 徐晓钟：《再认识易卜生——〈培尔·金特〉的主题、体裁和结构》，中央戏剧学院官方网站 http://www.chntheatre.edu.cn/xqzl/xxjj/zxjslxj/zyxjxyjslmj1/2913.html。
② 《浴血美人》1988 年北京演出节目单。

木，克洛德是在对人类社会的残暴血腥抱取以恶抗恶、为美而恶的态度。《海火》中的小雪，在某些方面与他们有相近之处，譬如说，她的关于"进化偏袒骗子"和关于目的与手段之关系的论述，她的为了个人需要而不惜损害他人乃至最要好的朋友方菁，她自己所意识到的血液中充满毒药、只毒杀他人、不毒杀自己。不过，她毕竟是东方女性，她毕竟出自一位当代中国的青年女作家之手，她永远无法像培尔·金特和爱丝贝塔那样走得极远极远，那样以生活的征服者的面目出现，那样冥顽不化、一意孤行。小雪是一个弱女子，她不单单曾经饱受过社会与家庭的侵害，而且，在她与生活搏斗、损害他人的同时，邪恶，如一柄双刃尖刀，也损伤她自己。因此，她不只是在天性上属于自然，还多次地投身于大海中，获得新的力量和支持，在面对方菁之时，她又会情不自禁地进行忏悔。她在自我辩护时所言，她之所以破坏方菁与祝培明的爱情，是害怕因此失去方菁的友谊，虽然显得勉强，却也符合她的关于只计目的不计手段的行为逻辑。更为重要的是，她的种种劣迹，说到底不过是她对于社会加诸她的伤害的一种反拨，一种自卫。她的骨子里，仍然是软弱而善良的，她所寻寻觅觅的，是至高的爱，天然的爱，是世事沧桑未曾磨洗尽的少女的纯情。方菁说她有时像十七岁的少女，有时像七十岁老妪，此言极是。

于是，在秘密地追求她的唐放和郑轩那里，她可以像调教弄臣一样摆布他们，在她想以自己的魅力诱惑之却未能奏效的祝培明那里，她不惜使用造谣诽谤的手段报复他。但是，当她真正地忘情投入与方达的相爱中，她却显得那样专注和认真——她以独特的借书方式去吸引他的注意，她几乎搭上性命地参加运动会的长跑比赛，同样是"意在沛公"。她与他在对人与自然的关系上找到那么多共同的话语，甚至以自己做裁缝的收入去支持方达的海洋生物实验室；当方达为海洋污染愤怒不已却又一筹莫展时，又是她从中斡旋，求得解决……她本来是父母之爱的产物，但母亲早逝，父亲死因诡异，不知是自杀还是他杀，却因此而失踪。她在极度的伤惨之中，为了拯救自己，给自己想象出一个她深深地爱着的男子，自恋而又自欺。"真是，你难以想象。我的一半生活都在幻觉里，不然就没法活……我从来不信有什么人会让我动真情……直到碰上你哥哥，我对他还不仅是爱，我明白只有他才能救我懂吗？是他把我从地狱里救出来！"[1]

由于这种爱，海妖的歌声才获得了充实的内涵——

> 爱
>
> 啊爱
>
> 啊无爱之爱
>
> 我们的爱之舟触礁沉没……[2]

由于这种爱，海火燃烧之中方达和小雪的结合才显得那样纯真，那样迷人，充满一种非人间的魅力："那男人和女人慢慢地向海走去。在这个发光的夜晚他们又返回到人类的童年，像刚刚生出的婴儿，赤条条毫无牵挂，就像走进母亲袒露的怀中那样自然。他们走进去了，走进去了，他们的肉体也在发光了，和海洋一起发光。他们自由舒展地和海浪一起嬉戏，自己也变成了海浪。冥冥中的那扇门似乎又打开了，那神秘的音乐又在回旋。这时我看清原来有无数的小精灵在海面上伴随着他们，那发光的便是它们嗡嗡振响的深金色的翅膀。"[3]

自然之子，享有自然的爱，伊甸园中的爱，海妖的歌声，便是生命之火，纯爱之光，至此，应是不难理解的了。

---

[1]　徐小斌：《海火》，作家出版社 2019 年 9 月，第 231 页。

[2]　徐小斌：《海火》，作家出版社 2019 年 9 月，第 1 页。

[3]　徐小斌：《海火》，作家出版社 2019 年 9 月，第 220 页。

第三节 "伴随着我的难道竟是我自己的影子?"

在理出了小雪的秉性和蕴涵之后,我们便有可能重新构建起小雪与其他人物的结构图了。即是说,在作品的情节冲突后面,有着深层的人物关系网。

首先应当述及的,是方达。他从数千里之外来到银石滩,就是为着大海而来,为着这奇特的海岸线和古老的海生物而来。他和小雪一样,都是自然之子,不过,一个是固守着自然的本性而未曾迷失,一个是企图以现代科学方法重新进入自然——他尝试着以实验的手段揭开海妖的歌声的成因,她却用直观的自然的生命和自然的爱去说明它,二十世纪的科学精神和神秘主义在某一点上契合,这便是他们并肩奔向大海的辉煌之夜。

小雪和唐放的共同之处,在于他们的不加掩饰的"恶",他们都赋有"恶"的毒性——这是作品在评述二者时都使用过的一个词,他们也都具有玩弄他人于股掌之上的才能,都是逸出社会常规而追求自己的目标的倔强强者。二者的优劣,不只是清浊高下之分,而是骨子里的不同,一个是会流眼泪会装可怜的"狼",一个则是清纯的为爱而存在的海妖;同属自然,却迥然有别。

梅姐姐也是一条"狼"。这是就她的强悍、她的凌厉而言。有趣的是,在方菁看来,她和小雪不知在哪点上有点儿相通。是的,在她们的美丽、丰富的多层次的性格侧面,以及她们的优雅的风度上,都有相通之处。若不是因为方菁的从中作梗,方达选择小雪是自然而然的,比起梅姐姐的赐予者地位来,小雪的能施能受、能妖能痴,更容易接受,何况,选择梅姐姐意味着要在现代生活中永远做不倦的弄潮儿,选择小雪,则是归依自然的。

方菁与小雪的关系是最为复杂的。天真未凿与洞察人生,善良无知与工于心计,孤独无援与生活导师,构成她们的友谊之基础。

但是，她们毕竟是同龄人，面临着共同的人生课题，都在尽力地寻觅和争得爱情，都把爱看得无比珍重，并且为此产生冲突。但是，忽然间，她们之间的关系发生了转换，小雪所使的小手腕最终并没有切断方菁与祝培明的情愫，小雪却由于方菁之故永远地失去方达，她们之间，到底谁善谁恶，谁强谁弱？

把她们连接在一起的另一个带结，是生活的真与幻的重重迷宫。在小雪看来，方菁往往是把幻影当作生活真实，却把真实当作一种幻觉，这话不无道理。方菁不晓得人情世故，不明社会真相，只是依据自己的善良心愿去判断，因此才一次又一次地被同一块石头绊倒。在方菁看来，小雪似乎过着一种多重的生活，是魔鬼和天使所生的女儿，从其表象到进入其心灵，是如此艰难。直到最后的时刻，小雪向她袒露自己，却使我们觉得，原来一直嘲笑别人是生活在幻想之中的小雪，自己却也一直是生活在幻想的天地之中。她对方达的爱，便是由幻想中挣脱，去获得一种真实，却又未能如愿，幻想又一次破灭，她追求的真实仍然只是一个幻影而已。

此乃是真真幻幻真真幻，幻幻真真幻幻真。

且让我们根据作品提供的蛛丝马迹做一次大胆的假设，小雪和方菁，也许只是同一个人物的两种不同形态，两种不同的可能性。当方菁与小雪同游于大海的时候，作品中有一段颇费琢磨的文字："我想抓住她，我碰到了那白色的影子，可什么也抓不住。就像是一缕月光，一丝清风。我望望她，她也望望我，我伸展双臂，她也做出同样的动作，刹那间我惊疑不已。难道这是一面巨大的魔镜，伴随着我的难道竟是我自己的影子？"[1] 这种奇特的恍惚迷离之中，却可能藏有作家的机心，以一种有魔力的分身术，以一种隐隐显显的投影法，把一个人的生活劈作两半，如同贾宝玉与甄宝玉的互生互补那样。

---

[1]　徐小斌：《海火》，作家出版社 2019 年 9 月，第 213 页。

方菁自认"我的被捆过的手脚仍然不知道怎么使用。我恨那捆住我的力量，但最恨的还是自己。当一个人被外部角色分裂时，即使在自省时也充当着一种角色，无法还原自我"[1]。小雪却是从小就承受生活的重负，并以独特的自我放纵的方式与之抗争的。方菁感觉到自己心灵的老化，新鲜的细胞一个个死去，沉淀成岩石状的物质，如同古老的银石滩一样，小雪却是洋溢着生命的活力，给这片海滩带来蓬勃生机。方菁不谙人事，小雪练达世故。方菁几乎没有自己的历史，却醉心于了解小雪的以往。甚至，在她们追求的祝培明和方达二人那里，也可以看到一种偶生性，他们分别代表生活的两极——这里不适宜于再用相当篇幅去论述这一点，只看他们二人对银石滩的态度，一个要开发新旅游区，创造经济效益，一个却要保护古海岸线，建海生物博物馆，便可见一斑——但又难脱对立的两极相通的定律，都是变革时代杰出的青年思想者。同理，外显与内隐，显性行为与潜在本性，现实生活与幻想天地，也许便是方菁与小雪合二而一又一分为二的生存方式，对海滩奇景的一次又一次的认同和融入，则是她们的共生状态。要不，为什么由小雪所导源的海妖的歌声，也永远地注入方菁心头？要不，为什么在小雪吟诵过"你不知道全部历史 / 就是 / 因为照下太多面孔而发疯的一面 / 镜子"这样以自然生命嘲弄所谓历史的诗句之后，方菁会以"废墟是标准的——魔鬼的著作 / 连续而缓慢——没有人能够在片刻中 / 溜走——是毁灭的法则？"这样充满不祥之音的诗作为远远的回应呢？

让我们也引几句诗，作为对海妖之歌声的回应——

宇宙的竖琴弹出牛顿数字，

无法理解的回旋星体把我们搞昏，

① 徐小斌：《海火》，作家出版社 2019 年 9 月，第 194—195 页。

由于我们欲望的想象的潮水，

塞壬的歌声才使我们头晕。

——［美］威尔伯《闲述拉马克》①

补论一 英雄·女神·母亲：三个三重奏

《海火》的人物结构有个重要特点，就是相关的人物都是三个一组地出现的。

有几千年的文化积淀，许多自然数字都被赋予了特定的感情色彩，其中的三，是蕴含最为丰富者之一。三人成众，是会意的造字法；三人成虎，是流言的群证法；事不过三，是总结经验教训的试错法；天地人三才，概括了世间万物及其中的内在联系；正反合，是对立统一法则。在文艺作品中，三也是个屡试不爽的构造方法。唐伯虎三笑结姻缘，刘关张桃园三结义，孙悟空三打白骨精，三打祝家庄等。简而言之，三是一个最为经济的传达方式。它是最小又最能够代表一个普遍层面的数字。

《海火》中的主要人物，可以简括为三个英雄，三个女神，三个母亲。孤木不成林，一个人的行为举措，是偶然现象；两个人产生差异和矛盾，形成冲突，但容易产生简明的二元对立；三人一组地出现，在对立中产生中间色，在冲突中产生缓冲，可以有不同的组合方式；他们的共同趋向所在，三足鼎立，则具有了一种普遍的趋向性。

三个英雄，是唐放、祝培明和方达。在《海火》中，他们相继出场，都带着自己的灵光，都吸引了女性的青睐。最先出场的唐放，以一个初中生学历，站上大学的讲台，当然有他的才气与见识。他

---

① 本章的以上内容，曾经以《海妖的歌声》为题发表在《小说评论》1993 年第 6 期。以下的两节是这次撰写书稿时增补的。

给学生们布置自由命题的写作课作业，非常有个性。他发表《论陀思妥耶夫斯基》的论文，引起相当反响，毁誉参半，证明他的学术创建能力。连方菁也不得不承认："至于唐放，我该说句公平话，他确是个挺有魅力的男子，皮肤黝黑，看上去挺结实。"[①] 在另一处，叙事人方菁又写道："我承认唐放有一种特殊的本事，他极善于融会贯通各个名人大家的理论，然后使之变成自己的。"[②] 在一个愚民政策被贴上红色标签大行其道、知识和才华都被视作剧毒与鸦片的时代，能够接触那么多的书籍并且能够有所心得，就是非常优秀了，比同代人高出一大截，而真正的创造，标的高悬，不要说在二十世纪八十年代前期，即便是将近四十年过去，在高等教育空前普及、各种名目的人才标识熠熠生辉之际，又有多少论著可以称之为智慧创造的成果呢？综合名家大师，应对现实需要，可以说就是学界能够做到的最好成绩了。

唐放作为一个从社会底层打拼出来进入学术殿堂的青年学人，他所信奉的为了目的可以不择手段的信条，也是那个年代流行的一种"奋斗哲学"——在一个崇尚进取与成功的年代，在不拘一格降人才的急切呼唤中，人们的某些缺失都会被他获得的成就所遮蔽，宁愿要有缺憾的人才，不愿做平庸的好人，是时代的价值取向。十年动乱刚刚结束不久，十年间停顿的高等教育和人才培养机制，导致各行各业都人才奇缺，唐放这样的人物应运而生，也得到最大的生长空间和足够的保护与尊敬。"你们以为一个木匠的儿子一直爬到真正的上流社会不需要一种惊人的勇气和毅力么！一切为目的服务，为达目的可以忍受一切痛苦屈辱，不惜采取各种方法手段，顽强抗争，我认为这样的人就是英雄！"[③] 这是唐放在评论《红与黑》中的主人公于连·索黑尔时的愤激之言，是对曾经被批判

① 徐小斌：《海火》，作家出版社 2019 年 9 月，第 32 页。

② 徐小斌：《海火》，作家出版社 2019 年 9 月，第 77 页。

③ 徐小斌：《海火》，作家出版社 2019 年 9 月，第 33 页。

清算的"个人奋斗"之路的强力辩护,于连·索黑尔也确实是八十年代前期许多大学男生的崇拜对象——作为那个年代的过来人,我还记得大学中有这样两句话,叫作"男生必读《红与黑》,女生必读《简·爱》"。从社会底层一路打拼过来,跻身大学讲台,唐放确实有他的不凡之处。班上的诸多女生,都对他投以钦羡的目光,甘于被他驱使,争宠斗艳,甚至为之献身,情有可原。方菁因为书香人家的洁癖,以及自身的与世无争,对唐放持有异议,小雪作为另一个从社会底层打拼出来饱经坎坷的青年人,却同样会对于连做出积极正面的评价,就印证出唐放此言的合理性。问题在于唐放后来走得太远,与袁敏的绯闻闹得很大,还嫁祸于方菁,污蔑方菁的人品;在论文写作中袭取他人的观点,也是学术研究的大忌。

方菁的哥哥方达,和唐放一样,都是没有高等院校的学历,自学成才的。"文革"十年的时势动荡,早早地把这一代人抛向社会,荒废他们的宝贵青春,却也让其中的佼佼者学会了自我管理自我提升,从同代人中脱颖而出。如同唐放所言,他是初中未毕业就下乡当知青,三十三个男同学,大都死于非命,只有七个人生还。方达也是艰难生长起来的,高考制度恢复后不愿像乖乖女方菁一样去报考大学,从北京远赴东南沿海的小城,在大学里做图书管理员,动手能力极强,是优秀的科学实验人才,一心想要探索海洋的秘密,力主保护海洋环境,牵头组建隶属于大学的海洋研究所。方达是唐放的对位镜像,他见多识广读书众多,这从他在参观法国画展时给同学们讲解大卫的画作《马拉之死》时口若悬河渊博详尽可见一斑。他的才情使得身为同类的唐放感到威胁,在画展上对他进行很不友好的挑衅,也被他机智化解。方达也没有唐放那么强烈的功利心,这也许和方达方菁兄妹同样出生于书香人家感染父辈淡泊名利的气性相关。他的率性和呆气,也让他在现实中缺少有效的行动能力,当银石滩的保护遭遇危机的时候,方达愤怒非常,却投诉无门,还是小雪利用她曾经给大学副校长和他的太太制作衣服的情面，去恳求副校长太太，得以化解危难。

在积极进取和抓住一切机会实现自己的目标上，祝培明和唐放可以有一比，只不过两人的目标设定各不相同，唐放的目标过于狭隘，个人利益高于一切，祝培明却是八十年代的"时代青年"，他力主改革开放，为中国的经济变革殚精竭虑，呼风唤雨，个人的志向和时代的趋势合二而一，得到普遍承认，成为主流话语，也是必然的。他崇尚的是经济领域的自由竞争，以发掘出其中的最大潜力，不放过任何可以发展经济的机会，因此与方达在如何对待银石滩的态度上产生根本的分歧——

> 祝培明高高挽起袖子，露出筋节突起的双臂，很有精神地伸了两下说："这种地方要是开辟成一个旅游区，一年不知可以为国家赚多少钱！前途不可限量。你们能不能拉几个年轻人先搞个帐篷公司什么的？我赞助，怎么样？"
> 哥哥慢吞吞地摇着头："在这点上我跟你们这些改革家不大一样。我认为这种稀有的原始海岸需要重点保护，绝不能开发，也不能搞什么旅游区，顶多建个海生物实验站就行了。自然对文明已经让步很多了，文明不能得寸进尺把自然全部吞掉。"①

祝培明的追求，尊重经济规律，推动时代变革，这需要高度的理性与意志，他的现实表现，也证明他确实是足以充当青年领袖的人物。但徐小斌笔下的人物从来就不是只有一个面相的，当方菁讲到神秘莫测难得一睹的海火时，他却非常肯定地讲到自己独自观看到的海火美景，不可思议之事发生在这位苦苦寻思时代难题的理性主义者身上，意味深长。

---

① 徐小斌：《海火》，作家出版社 2019 年 9 月，第 82—83 页。

袁敏、小雪和方菁，成为作品中的女同学三人行。袁敏崇拜唐放，以各种方式讨其欢心，她正在给唐放抄写文稿时，小雪和方菁应唐放的召请去见老师，这引起袁敏的敏感反应。暑假期间，同学们都离校探家，袁敏留在学校，这为她接近唐放提供了极好的机会。袁敏的阅历足以骄人，二十五岁，不高不矮不胖不瘦，皮肤黝黑，胸脯丰满。从小便争强好胜，事事争先。她以勤补拙，学东西虽然慢一拍，却因为能够持之以恒，有志者立志长，最终总比人强。学游泳学进业余体校的游泳队，下乡插队时是坚定的"扎根派"，学校里所有的老师给她的评语都有这一条："做事踏实，肯吃苦，有毅力。"[1] 这是个非常优秀的女性。但是，她落入唐放彀中，进入一种饮鸩止渴的危险状态，就是明知其恶却无法自拔："我早就知道，早就看出他……他是个魔鬼，可我没法儿摆脱，真不知是怎么回事……方菁……从小就知道善良是美德，可……可现在才发现……恶有一种魅力……真的，不知你发现了没有……"[2]

　　"恶有一种魅力"，这样的论断对于小雪也是适用的。随着对小雪的隐秘世界进入得越来越深，方菁对这位兼有孩子和恶魔二重性的奇女子的好奇心越来越重。方菁本来和袁敏一样是单纯的女性，但是，在小雪的诱导下，她逐渐地背离了自己的本原，就像袁敏在唐放的误导下逐渐变得奸诈阴骛一样。方菁从小雪那里，开始通过书籍和谈话接近性的话题，在袁敏这里则得到一种现实印证。此后在唐放事件中，看到了同学间的反目无情，但这种视方菁为诬告者的神圣同盟中，也有她视为最好伙伴的小雪的身影。在接受这些无法承受又不得不承受的现实时，对于这种现实背后的恶，她有了新的体认，也逐渐认可这种恶的合法性，同时自己也不由自主地坠入其中，这确实是一种成长的悖论："我知道自己正在慢慢变坏。可'好'和'坏'的界线究竟在哪儿？一个人不可能从不跨越界线而

---

①　徐小斌：《海火》，作家出版社 2019 年 9 月，第 101 页。

②　徐小斌：《海火》，作家出版社 2019 年 9 月，第 105 页。

靠经验去寻找界线在哪儿。也就是说，要知道界线便必须越界。人大概常常把自己陷入这种悖论中而无法摆脱尴尬的处境。"[1] 坚守少女的纯真善良，让方菁面对唐放和袁敏的无端指控与污蔑只能失语，恶可以变化多端，善却只有一种本相，这让方菁失去力量，无法反击无法自卫。然而，正是这种对于恶的习得，让方菁拉开成长和成熟的帷幕——这种恶的习得，却是一经接触就难以摆脱的。小雪对自己的反省，非常犀利，富有启示性，她把自己称作毒药，能够毒死他人却毒不死自己的毒药。这样的坦率，又构成小雪的孩子气的一面——如果她真是邪恶之辈，她还会这样痛切地诉说吗：

> "他？……不，我的悟和他的悟不一样……他并没有改变什么……我却是被什么毒化了……我总怀疑我的血里带着毒素……"她的眼睛变得亮闪闪的，嘴角上挂着笑，"有毒你明白么？可只能毒死别人不能毒死自己！像蓑鮋那样，哈哈哈……这样我就再不怕了！……哈哈……什么都不怕了！……"[2]

或许"像个女中学生"的方菁就是中了小雪的毒，变得不那么单纯稚嫩，开始成长，不避邪恶，但她对方达与小雪爱情的刻意破坏，却伤害了两个热恋中的青年，也是她最亲密的兄长与朋友。致命的是，小雪是视爱情为人生最高使命的，失去她相互匹配志同道合的爱人，对于她的打击是毁灭性的。

小雪对于方菁的影响，既将这位有待成长的中学生引导到正邪相形、真伪相生的社会生活中，又让她得以亲近自然，引导她向着天人合一的自然状态前行——

---

[1] 徐小斌：《海火》，作家出版社 2019 年 9 月，第 58 页。
[2] 徐小斌：《海火》，作家出版社 2019 年 9 月，第 109 页。

我站了许久。半晌才从幻梦中醒来。雨水大概是从星星上摇落下来的，还带着一丝冰凉的寒意。雨水落在我身上的时候，我觉得自己也变成了石头，变成树，变成蛇，变得和它们一样美丽而崇高伟大。银帘样的雨水使天空变得朦胧，天地万物似乎都在这雨夜里萌动，舒展，自由地交配。我把那来自人间的不愉快忘掉，竭尽全力搜索来自天上的爱。我是幸运的。独自享受了一个石林的夜晚。谁也没见过这情形，谁也没尝过这滋味儿。石林依然在老地方。我可是一下子年轻了许多。一切不快都被雨水冲刷掉了。心里像被水洗过似的那么明净。我一定是看到了一个美丽的幻影，一定是发现了一个自然界的秘密。这种幸运在人生中是不多见的。感谢神祇的启示。[①]

　　这样的境遇和体验，难能可贵，确实是可遇而不可求，但方菁需要感谢的不仅是神祇，那毕竟不可把握，她首先要感谢的是小雪，是小雪下意识或者有意识的诱导，让她进入银石滩的神秘之境，前面说到方菁在游泳中看到自己的影子，产生扑朔迷离之感，同样是在小雪的相伴同游之际。小雪就是她和大自然亲近乃至反观自身的"灵媒"和"萨满"。

　　再一个三人组，是母亲们：小雪家的阿圭和老妇人，以及方菁的母亲。阿圭是小雪父亲的结发妻子，却因为惠安地面的苛刻风俗，已婚女性在结婚之后，与丈夫厮守未久，就得返回娘家，在没有生育之前一直无法回到丈夫身边。阿圭终身为此深受痛苦，后来以做佣人的方式来到北京进入夫家，却无法名正言顺地做合法妻子，北京的邻居说她不守妇道多出绯闻，是不明就里，不知道这样的乡俗对她的摧残。老妇人也就是小雪名义上的母亲，她的父亲依赖家境丰裕而将小雪的父亲招入家中为婿，她却既没有得到他的心，也没

---

① 　徐小斌：《海火》，作家出版社 2019 年 9 月，第 113 页。

有得到他的子嗣，同样是深受父权体制之苦。面对刁蛮的小雪，这两位养母的尴尬与卑微处境令人同情，却又因小雪父亲莫名其妙的死亡而受到谴责。方菁与母亲的关系，与小雪家中恰成对照，母亲的强势让方菁难以真正成长和成熟，延误了她的长大成人，以至直到她离家远行上大学，才进入成长的快车道。

以这样的方式描述《海火》中的人物结构，是要冒胶柱鼓瑟、方枘圆凿的很大风险的。这样的排列组合未免太机械了。我们的化解之法是，择出外在于这三人组又打通这三人组的关联者。沟通三英雄和三女神的，是方达的女朋友梅行若。她可以厕身于英雄之列，她曾经是红卫兵头头，是"女革命党"，后来又在改革开放大潮中成为弄潮儿，在中外文化对比研究中崭露头角，与祝培明和方达的才情并驾齐驱；她又在性格上与小雪有某些相类之处，对于目标的达致过于迫切，像方菁所说："不知为什么，我觉得她和郗小雪不知在哪点上有点儿相通。她们两个如果认识会成为好朋友吗？"[1]

激活与映衬三个母亲的，是小雪的生身母亲，那位年轻美丽的采珠女，尽管她始终没有在作品中有正面的出场与表演，对她的描述是通过相关者的只言片语进行碎片化建构的，但她的存在，既粉碎了小雪的家庭，又黏合了小雪的家庭，还用一个牺牲者的母亲形象将三个现实中的母亲比照得黯淡无光。她的怨恨转生在小雪身上，对于家中两位女性长辈时时显示着她的在场，执着如怨鬼，纠缠如毒蛇，让后者灵魂不得安生。

补论二　生态女性主义的内在化

《海火》的再一个亮点，是它所蕴含的生态女性主义的内在化。这在作品发表三十余年后，在生态文明建设的命题空前彰显的时

---

① 徐小斌：《海火》，作家出版社 2019 年 9 月，第 89 页。

候，它的重要意义才彰显出来。

二十世纪八十年代，中国大陆处在改革开放的第一次浪潮中，建设、发展、现代性成为时代的主题词，经济发展的迫切需要，遮蔽了人们的目光，生态环境的严重污染，在当时刚刚露头，很难进入人们的视野，很少被提上各级政府部门的议事日程。就像今天经常采用的一种描述方式，中国要用四十年的时间，走过西方近代以来二百年的道路，狂飙突进，不及其余。所谓"先污染，后治理"就是一种急功近利的思路。这要到经济建设进入加速度发展的二十一世纪以后，环境污染的恶果才凸显出来，空气污染、河流污染、大地塌陷和物种灭绝的危机，才有了社会的普泛共识和"绿水青山就是金山银山"的鲜明论断。《海火》在八十年代末期就鲜明地提出海洋生态问题，具有强烈的超前意识，未能得到及时的社会与文坛的迅即反馈，也是情有可原。

造成批评失语的障碍还在于理论的滞后效应。歌德有句名言，生活之树常绿，而理论则往往是灰色的。作家的创作紧紧追随时代，甚至能够得风气之先而做出时代的预言，但读者的反应和文坛的评价却未必能够及时做出回应，及时地予以准确到位的评价。这样的例子屡见不鲜。陶渊明田园诗歌的艺术价值，就要延后到唐代以后才能够确认。拉伯雷的《巨人传》，更要到几个世纪之后遇到天才的哲学家、理论家巴赫金，才真正得遇知音。对于生态文学和女性文学而言，这样的理论滞后状态也屡见不鲜。梭罗的《瓦尔登湖》，最初出现在中国读者眼中，不过是一种闲适小品，从1978年到1999年有五个不同版本，但这一时期外国文学的出版趋向是从现代派到后现代派大行其道，《瓦尔登湖》这样的湖边漫步的随感录几乎不入时人之眼。同一时期出版的讨论人类未来生态危机的《寂静的春天》，也像天边的流星一样瞬息而过，没有什么余响。从2003年到2012年，不同译者、不同出版社出版的《瓦尔登湖》就多达三十多个中文版本，成为生态保护的"圣经"，令人惊叹，书籍有自己的命运。① 在最为活跃的青年读者中间，《瓦尔登湖》同样有着强大的号召力，在百度贴吧"《瓦尔登湖》吧"中发帖数超过两万条，即可为证。再说到女性主义小说的延后认知。丁玲《莎菲女士的日记》和萧红《生死场》，多年间都没有得到应有的阐释，以至于丁玲不无抱怨地说，《莎菲女士的日记》发表之后反响热烈，但她期待中的评论却没有出现，包括她认为最能够理解自己的茅盾、瞿秋白、冯雪峰等著名文学评论家——茅盾和瞿秋白是丁玲在上海平民女子中学和上海大学时的老师，冯雪峰在北平教过丁玲日语并且两人相爱甚深，他们都熟悉胸无城府精神明澈的丁玲，按理说也应该能够深入地理解丁玲的作品，但他们都对这部出自熟人之手的当红之作不予置评。萧红的《生死场》《呼兰河传》遭遇的是另一种误读，鲁迅从《生死场》中读到"北方人民的对于生的坚强，对于死的挣扎"，更多的人如胡风是将其作为抗日题材小说加以诠释的，虽然《生死场》中写到日军暴行的篇幅寥寥；茅盾对《呼兰河传》的评价也不是很到位，他批评萧红寂寞地蛰居于大动荡的时代，既没有表现出反封建的趋向，也与抗日战争没有关联。革命与救亡的主导型话语，占据中国社会与文坛的制高点。直到二十世纪九十年代，女性主义理论旅行到中国大陆，我们才对丁玲、萧红等女性文学的先行者有了新的理解。

因此，将《海火》列为中国大陆生态女性主义的奠基之作，才能将这部力作安放到应有的评价高度上。

1974 年，法国女性主义者奥波尼首先提出了"生态女性主义"这一术语，她提出这一术语的目的是想使人们注意妇女在生态革命中的潜力，号召妇女起来领导一场生态革命，并预言这场革命将形成人与自然的新关系，以及男女之间的新关系。② 在生态女性主义

---

① 《瓦尔登湖》出版信息参考了百度百科词条"瓦尔登湖（亨利·戴维·梭罗创作散文集）"https://baike.baidu.com/item/%E7%93%A6%E5%B0%94%E7%99%BB%E6%B9%96/2755634?fr=aladdin#5。

② 曹南燕、刘兵：《生态女性主义及其意义》，《哲学研究》1996 年第 5 期。

的发展与更进一步的分流中，出现了文化生态女性主义。文化生态女性主义强调女性通过身体功能与自然接近，认为女性与自然的这种联系应当得到张扬，把建构和弘扬女性原则、女性精神、女性文化作为解决生态危机和实现妇女解放的根本途径。文化生态女性主义认为，父权制社会中的妇女和自然都处于被贬抑的地位，男女在体验、理解和评价自然方面存在差异性，女性比男性较容易接近自然，女性是大自然的最佳代言人。它强调与女性相关的传统特征，认为养育、关怀和直觉是女性实际的胜利和心理体验的产物，否认女性与自然低劣而男性与文化优越，坚持自然与女性以及文化与男性是平等的。它将人与自然的关系比喻成母子关系，相信女性与自然之间有着生物学上的关联，认为月经使女性与自然过程（月亮圆缺）保持着有规律的联系，使得女性天生比男性更接近大自然，更能体验这种关系以及与女性经验密切联系在一起的关怀。其主要代表人物苏珊·格里芬在其著作《妇女与自然：女人心底的怒号》中用诗一般的语言来表达女性与自然之间的特殊关系："妇女与大自然共语……她能聆听来自地球深处的声音……微风在她耳边吹拂，树向她喃喃低语。"[1]

从这样的角度切入，我们能较为容易地对小雪、银石滩和海火的关系，产生新的理解。《海火》中对于小雪的描述和修辞方式，都是有意识地以贴近自然的语言加以表示的——

> 我心里一震。忽然听见海潮声汹涌澎湃，海风发出一种怪异的嗯哨声，天色陡然变得黑暗，海那边是一片灰红色。她的头发被风吹得直刺刺地立起来，像一丛乱蓬蓬的灌木。[2]

---

[1] 郑湘萍：《生态女性主义视野中的女性与自然》，《华南师范大学学报》2005年第6期。

[2] 徐小斌：《海火》，作家出版社2019年9月，第105页。

她看上去比白天要漂亮得多。穿着一件白色长睡袍。头发披着，像水母的长须似的，还真的湿漉漉的呢。[1]

她好像和那遥远的海有着一种神秘的默契——他们在互相呼唤着。她的内心世界无法识破。她那双黑天鹅绒一般的眼睛便是遮蔽她内心的帏幕。她站在那儿，像一棵安静的孤零零的植物。[2]

"是吗？这很有意思。"她的声音低下来。"我倒是……有个发现，我发觉……很多海生物在交配期发光，这种发光有助于雄性寻觅雌性，比方说蠕虫的交配期，雌虫先游到海面，发出明亮的光，然后雄虫就向那光球游去，它们在共同旋转中向水中散出精卵，这时它们的色彩变得异常美丽鲜明，交配之后，它们很快就停止发光，死去了。甲藻和它们的精卵相撞，继续发出火一般明亮的光。每一次海火将有许许多多的海生物死去。对很多海生物来说，交配生殖是它们生命的最后行动，无论是鱼还是浮游生物都呈现出美的极致。这时候，'海火'就出现了。……"[3]

乱蓬蓬的灌木，孤零零的植物，都是在说小雪像海滩上的灌木、植物在守望大海。水母式的长须，进而将小雪描述为海中的生命。将交配和生殖作为生命的最后活动，在小雪的生身母亲和阿圭那里，都可以得到印证。小雪就是与大自然共语，能够聆听来自大海的声音，甚至可以将娇弱的生命与大海共舞，在大海中体会自由生命之辉煌啊。

① 徐小斌：《海火》，作家出版社 2019 年 9 月，第 42 页。
② 徐小斌：《海火》，作家出版社 2019 年 9 月，第 61 页。
③ 徐小斌：《海火》，作家出版社 2019 年 9 月，第 125 页。

第六章　穿越释海与人生的梦幻之旅

——《敦煌遗梦》的新解读

　　重读《敦煌遗梦》，并且写出上面这个题目，忽然想到了杜甫的诗作《赠卫八处士》："人生不相见，动如参与商。今夕复何夕，共此灯烛光。少壮能几时，鬓发各已苍。访旧半为鬼，惊呼热中肠。焉知二十载，重上君子堂。昔别君未婚，儿女忽成行。怡然敬父执，问我来何方。问答乃未已，儿女罗酒浆。夜雨剪春韭，新炊间黄粱。主称会面难，一举累十觞。十觞亦不醉，感子故意长。明日隔山岳，世事两茫茫。"

　　1994 年《敦煌遗梦》问世未久，我就是最早一批读者和评论者之一，不但参加过在北京友谊宾馆召开的《敦煌遗梦》研讨会，还写过一篇从艺术论角度阐释《敦煌遗梦》的文章《在智慧的迷宫里徜徉——〈敦煌遗梦〉的结构艺术》，发表在《当代作家评论》1996 年第 6 期上。时隔二十余年，要对其进行一番新的解读，不禁想起杜甫的诗句："焉知二十载，重上君子堂。"杜甫与久别重逢的卫八处士相逢在一个春夜，他的感慨是"今夕复何夕，共此灯烛光。少壮能几时，鬓发各已苍"。从 1994 年到 2020 年，四分之一的世纪过去，初读此书时刚刚进入不惑之年，如今尚不敢言老，也是鬓微霜了。当年还是憧憬大于现实的心态，还有勃勃雄心，如今渐渐开始沉静，进入"天凉好个秋"的心境。如同一个老朋友在隔绝多年之后的重逢，这次的新解读，能够有什么样的心得呢？

　　作为一个评论家，需要及时地捕获当下的文学动态，对作家作品进行快速追踪，为文学新潮推波助澜；作为一个文学史家，则需要经常地返回到过往的历史流脉中，对曾经的作家作品予以文学史的定位评说。这样两种不同的言说时空，在文本问世的第一时间是无法预料的，在"二十载"后，同样有怎样入手的困扰。简而言之，可以"照着说"，可以"顺着说"，可以"比着说"，可以"绕着说"。

"照着说"，就是照着原先的说法，再次肯定自己的早先论断，对当年的自我，信心满满，"江流石不转"，正确如初，洞见如初。我也会经常做这样的回望，也自信当年的眼光经得起时光的考验，但是到了落笔写作时，却会设想新的写法，新的角度。究其实，已经书写过的文字，轻易不愿意重复，不愿意"照着说"。于是就会选择"顺着说"。顺着原先的思路，做出新的延伸思考，去建构和阐发新的论断。如我在二十一世纪初所做的莫言研究，没有简单地重复我在《莫言论》中提出的若干观点，而是把生命的本体论拓展为生命的英雄主义，生命的理想主义，并且以此阐释百年中国历史进程和乡土社会变迁的内在根源。"比着说"也是有的。此前，在二十世纪九十年代初，我就写过解读《海火》的论文《海妖的歌声——〈海火〉杂识》。此番为了写作本书，就一边重读《海火》，一边翻看我的旧作，做一些新的增补。此刻写作本文，却是一种新的尝试，"绕着写"。

"绕着写"，也是要有条件的，它产生于我的阅读体会。重读《敦煌遗梦》，让我产生一种恍惚感，这还是我当年阅读和评论过的小说吗？"乍见翻疑梦"。不仅是说这部作品写得恍惚迷离，还在于它再一次地让我坠入五里云雾中，让我再一次地为寻找它的迷宫之径颇费心思。这样的感觉，非常有趣，与其径直去查看当年所写《在智慧的迷宫里徜徉》，不如先把它搁置在一边，重新再进行一番新的梳理，幸好，直到目前为止，在重读《敦煌遗梦》时，我还没有翻阅我的旧作，不至于大范围地受到它的影响，等到写完本文，再把新旧两篇文字重新看一遍，比较其异同，这不也是一种阅读和写作的乐趣吗？

第一节　众说纷纭话"遗梦"

讲到《敦煌遗梦》，就想起作品问世之初的作品研讨会。在北京这样的文化中心，在许多时候，每一月、每一周，都会有大大小小的若干作家作品研讨会在进行中，但并不是每个研讨会都像《敦煌遗梦》的研讨会这样，让我有很深刻的记忆。一部小说，能够引出那么多有趣的话题，让在座者众说纷纭而又笑逐颜开，让我当时就想写一篇关于文学研讨会的纪实小说，作品蕴含的解读、文学思潮的流变、言说者的各自神态，让我至今想起来都不禁莞尔。

那一次研讨会，可谓是群贤毕至，老少咸集，妙趣横生。姑举例二三。

老作家林斤澜的发言，采用了"关键词"阐释的方式。他从"接轨"与"见鬼"讲起。林斤澜说，当下的文坛，都在讲要和世界文学"接轨"（从二十世纪八十年代开始，重新复苏的中国文学就急于追赶当代世界文学潮流，"走向世界"，而且是以最为时尚的世界文学新潮为标的，从结构主义到解构主义，从现代派到后现代派——引者），林斤澜风趣地把"接轨"阐释为"见鬼"，就是循着时下风行的后现代主义理论，所谓解构、碎片化等，不按规矩出牌，不那么如实地以现实主义和日常生活逻辑去结撰作品。其实林斤澜自己就是这种不按常理出牌、时有跳跃性和神秘性闪现的作家。

时为中国作家协会领导人的陈建功，提出了"苦主是谁"。我还记得陈建功举例说，老北京人家出丧哭灵，首先要弄清楚"苦主是谁"，别误打误撞弄出笑话来。写小说也要先想好了，是写给谁看的，是要写给专家看的，还是要写给大众看的。这显然是要讲《敦煌遗梦》写得太专业太纯粹，可读性不强，不合时代潮流，只能够做小圈子的读物，无法在众多普通读者间流通。时当九十年代中期，上一个十年间文学的风生水起吸睛无数已成既往，市场化时代对文学造成的冲击和挑战非常严峻。许多作家为了作品能够赢得读者，都在作品的可读性上下了不少力气。比如1993年的"陕军东征"。《白鹿原》的起笔就是"白嘉轩后来引以为豪壮的是一生里娶过七房女人"，然后逐一叙述白嘉轩因为性器异常凶暴伤害致死诸位妻子，情色意味一目了然。《废都》的出版宣传词是现代的《红楼梦》加现代的《金瓶梅》，具有相当的诱惑力。《敦煌遗梦》这样的以敦煌壁画和佛教历史为背景、以人物的心灵探索为主旨的作品，其"卖点"何在呢？

是时也，正是后现代主义在中国大陆大行其道的时候，于是，几位年纪较轻的"后学"专家都在会上大放光辉。A教授是英语专业出身，英文的口语和写作都身手不凡，得以较早进入国际化的行列。在我的印象里，他出席当代作家作品研讨会的场合不多，但此次的发言，给我以深刻记忆。他的预设是《敦煌遗梦》在国际上获奖，A教授为此代表颁奖方拟写了一篇颁奖词，并且认认真真地宣读起来。其具体内容记不起来，他的发言方式则可谓是别具一格。而从"接轨"到"获奖"，中国文坛对于走向世界的迫切与焦虑既真切又荒诞，在后现代主义摒弃一切价值的语境中，凸显出来。

徐小斌也在研讨会上作了发言。其发言比较简短，给我留下印象的是，其时正流行一部美国畅销小说《廊桥遗梦》，徐小斌很为自己的作品篇名与之重合而烦恼，她说，要是早点知道这部《廊桥遗梦》，那《敦煌遗梦》就会换个名字了。《廊桥遗梦》是美国作家罗伯特·詹姆斯·沃勒的畅销言情小说，1992年问世，1994年6月，北京外国文学出版社推出了中文版《廊桥遗梦》，一时大卖，其译者为梅嘉，即著名的美国政治、文化研究学者资中筠，在读者和学人中都有很好的口碑。紧接着好莱坞改编的同名电影问世，由克林特·伊斯特伍德执导，梅丽尔·斯特里普、克林特·伊斯特伍德等主演。该片于 1995 年在全球上演并且风靡一时。徐小斌的烦恼是，害怕别人误会她的作品命名为《敦煌遗梦》是想搭《廊桥遗梦》大红大紫的顺风车，更进一步地推测，她心中恐怕对《廊桥遗梦》很不以为然，努力拉开两者的距离——这是我的私下猜度。就我的阅读经验而言，《廊桥遗梦》所写充满煽情意味的短平快的爱情，和它的中篇小说的篇幅，容易满足"白领""小资"的凄美感伤的期待情调，电影的走红则是导演和演员的功力所致，它恐怕离经典作品还有很大的距离，畅销与否并不就决定其艺术水准的高下。

和林斤澜联袂出席研讨会的汪曾祺，在会上也有发言，但在我的记忆中淡然无痕。为了提供研讨会更多的信息，我将原载《中国作家》1995 年第 2 期的一则会议信息附录在本文的结尾，以客观的会议报道修正我的主观印象。

第二节　难陀故事与天女绮梦

在《敦煌遗梦》的新解读中，我首先关注的就是作品的目录编排，并且将其视作一个轮回，怎样从外在的对佛的崇拜和质询，逐渐地将佛性内化为自身的血肉，从"我佛如来"进入"我心即佛"的更高境界。

《敦煌遗梦》结构谨严，全文共六章，皆以佛家用语命名，然后在文本的第一节，援引各家说法，佛教、密宗、印度教等，对文题进行若干阐释，将各家说法中内在的关联与矛盾呈现出来，展现历史、宗教与人心的丰富复杂。

这当然是得益于敦煌文化的独特性。敦煌地处大西北，是中原文化与西域文化、印度文化的交汇之处，不明就里的人们，简单化地以之为是佛教文化传播的枢纽，却忘记了历史的潮流波涛滚滚泥沙俱下，是很难将其提纯化的——在敦煌传播和融合的，既有以汉族为主的本土佛教和藏传佛教，也有印度教和伊斯兰教，是多种教派教义的交错混杂。纯洁少年向无晔所负有的基督教背景，让这场心灵的对话变得更为错综复杂。有一句名言，历史是层层累积而成的，就像一座宫殿的废墟，在普通人眼中那就是一片荒芜之地，在考古学家看来，它却可以考证出不同断层与历史的深刻关联，考证出曾经兴废盛衰的时代之风貌。在《敦煌遗梦》中，徐小斌贴近了敦煌，贴近了历史，将在历史中已经沉淀定型的诸种教义、理念重新激活，将其融入当代人的生活与思考中，化为作品中的主要人物的血肉，其重要的手段之一，就是关于宗教词条的精心梳理，这梳理，不仅是考辨析义，还有作品叙事人"我"的介入。"我"在作品中，是一个可疑的叙事者，他在作品中几乎没有正面出现，只是作为张恕和肖星星的朋友，对他们的行迹与心态做一点交代，或者在宗教词条辨析中现身说法，而且，后者的功能更为重要。在"我"的加入中，那些看似遥远的词条，都被拉到近旁，获得了生命的温度。

第一章《如来》的条目下面，就有着这样纷繁的义项：

如来，据说是指佛祖所云绝对真理。

藏密传人月称说过：凡如来均为五色之光。

而宗喀巴大师则进一步说：绝对的真理，便是对于这种光的神秘的领略。

很久以来，我一直误以为如来是释迦牟尼的别称。小时候，我指着释迦牟尼像说："这是如来佛。"

这并没有错。在大乘佛教中，释迦牟尼已成为绝对真理的化身。

小时候，我以为真理只有一个。但后来听哲学老师说，绝对真理是一切相对真理之和。你有你的真理，我有我的真理，加起来就等于绝对真理，这似乎有点儿滑稽。[1]

　　这里的症结在于五色之光与绝对真理的悖反。五色之光丰富多彩，绝对真理所含蕴的却是单一和绝对化，如果不便于使用"僵化"一词的话。从宗教信仰的角度去考察，许多事物和理念都是不容置疑绝对合理的，是每个人入门该宗教的信条。要解决"信"与"不信"的难题，绝非轻而易举。尤其是张恕和肖星星这样从"文革"中走过来的历经沧桑的一代人。他们前往敦煌，各有各的理由，他们来此朝拜文化的圣地，不曾想到要皈依佛门。但是在敦煌的浓郁的宗教氛围中，他们不能不为之吸引，不能不在欣赏敦煌的彩塑和壁画，接受古代艺术之美的同时，去寻味个中的宗教情怀。

　　张恕感受到的是敦煌艺术的巨大冲击力——"张恕没想到莫高窟带来的体验完全是一种荡魂摄魄的震撼。他忽然感到许多年来他梦寐以求的便是这样的瞬间。他无法形容自己当时的感受，仅仅想起头一次见到大海的情景：那时第一个强烈冲动便是想赤身裸体地投入海洋，变成汪洋中的一朵小小的浮沫。"[2] 在众多的画面中，偏偏是那幅新近被盗窃的尉迟乙僧的《吉祥天女沐浴图》，凭其遗存的边缘一角，给了他更大的想象空间，让从不做梦的张恕做了一个绮梦，沉迷于东方维纳斯诞生的梦境中，他深深迷恋吉祥天女，却又被吉祥天女的惊惧、迷茫中埋藏着一种邪恶的眼神所吞没。也许是身处亦真亦幻的情境中，这样带着邪恶的眼睛，很快就得到印证。张恕迷恋《吉祥天女沐浴图》，开始孜孜不倦地向肖星星了解它的作者尉迟乙僧，还从肖星星那里借到一本印有《吉祥天女沐浴图》的画册，观看画册的感觉，却让他惊觉此梦不虚。"他全神贯注地研究她的眼睛——只有这双眼睛属于他的那个梦——大而迷茫，

---

① 徐小斌：《敦煌遗梦》，作家出版社 2019 年 9 月，第 1 页。
② 徐小斌：《敦煌遗梦》，作家出版社 2019 年 9 月，第 6—7 页。

惊惧而邪恶——那是一双活人的眼睛。"①

这或许是一场新的爱情历险记的预兆。张恕的妻子王细衣，是省委书记的女儿，嫁给张恕是出于对张恕相貌堂堂的误读。没有想到张恕在世俗意义上是个不求上进的男人，自动地放弃了参加刚刚恢复的高考以改变命运的宝贵机会，工作表现平平，直到他来到敦煌，所为何来，都说不清楚：他本来对陈清老人讲述的敦煌民间故事有很大兴趣，但收集故事的过程有一搭没一搭，相反地，对《吉祥天女沐浴图》意外消失之谜却非常投入，他的行踪和故事也因此而展开。

与之相比，从事美术工作的肖星星，已经做了二十年的敦煌梦，此行就是前来圆梦。"这地方对我有一种神秘的感召力。这儿是佛的领地。既是人杰地灵的风水宝地，又是神秘莫测的中国'百慕大'。"② 初到敦煌，她观看北朝时期的洞窟，专注于对壁画所载佛本生故事的思考，去探寻在舍身饲虎割肉贸鸽的背后的逻辑性与合理性何在，自愿做出的牺牲和被迫做出的牺牲，其终极意义何在。什么样的付出是有价值的，什么样的牺牲是确实有必要的，都是需要思考，而不是服从于佛本生故事的绝对真理。对于善恶之互为依存的辩证法，也是其思考的人生命题之一。这些带有浓重形而上意味的思索，因为附着在敦煌壁画的图景上，有了具象和感性，融入了敦煌特有的宗教氛围中，发人深思。

第三节　女画家的不祥梦兆和直男的擦肩而过

肖星星还有一个隐秘的理由，如其所言，她来到敦煌，除了画家的职业驱动，还为了一个充满凶兆的梦，发生在敦煌石窟中的血

---

① 徐小斌：《敦煌遗梦》，作家出版社 2019 年 9 月，第 15 页。

② 徐小斌：《敦煌遗梦》，作家出版社 2019 年 9 月，第 10 页。

腥场景："一个年轻人。也可以说是个男孩。那男孩有十七八岁的样子，个子高高的、瘦瘦的，肩膀特别宽，特别平……哦，那男孩用一把小刀慢慢地割开自己的手腕，血就像喷泉似的朝外涌，那男孩笔直地站在水中间，简直成了一个血的喷头，那血很快就把池水染红了，周围的壁画也慢慢变成猩红的颜色"[1]。这样的梦境，神秘而残暴，常理常情无法解释，在张恕看来荒诞不经，但肖星星却心存畏惧，她此前做过的不详的怪梦，最终都应验了。新近所做的大男孩切腕自杀的梦，变成她前往敦煌的驱动之一。她的艺术家的梦想，她的"佛国之旅"，她对于丈夫牟生所做的要画几幅让其吃惊的新作的承诺，和她的前来"证梦"的动机并行不悖，显示了人的动机的多元驱动。

《如来》的第一节，提出了绝对真理与相对真理的关系，至此落到了实处。肖星星就是一个相对真理论者，她并不世故，但她极好的天性颖悟给了她辨析人和事的能力。比较起来，自以为年长许多且阅历丰富的张恕，是个"一根筋"的直男（这是在原始意义上，即佐藤隆太主演的日本电视剧《直男》的意义上使用），是绝对真理论者。在这一话题上，两个人的梦境是最佳的明证。张恕因为观看已经被盗窃的洞窟中《吉祥天女沐浴图》被盗后留下的空白与残留画面，印象深刻，夜间就梦到"东方维纳斯的诞生"的画面，这是简单的条件反射式的心理活动。肖星星的梦境与此不无重合，大男孩站在洞窟里水池中的场景，可以说是男版的"东方维纳斯的诞生"，其场景和氛围可以移植到张恕的梦境之中——

"……最近这两年的梦尤其奇怪……我常常……常常梦见我来到一个巨大的石窟，里面全是壁画，隐隐约约的像是画着飞天、菩萨、天王、力士……我知道那就是莫高

---

[1] 徐小斌：《敦煌遗梦》，作家出版社 2019 年 9 月，第 29 页。

窟⋯⋯可是石窟中间有个很大很大的水池子，水池子中间站着一个人⋯⋯"[1]

请注意，上面的引文中，那屡屡出现的省略号，不是笔者为了节省引文笔墨而采用的，省略号的存在，是徐小斌借此以透露出肖星星说话时断断续续犹疑不决的神态。水池中所站着的，可以是吉祥天女，"东方的维纳斯"，也可以是年轻的男神，比如"东方的阿波罗"。这本来可以看作非常对称的画面，却有不同的来源与走向。张恕是日有所思及所见，夜有所梦，路线清楚，逻辑分明，肖星星却是毫无由来地做了一个怪诞的梦，凶险万分，而且难以分说。如果一定要说出个子丑寅卯，也可以说，那个尚未成年的大男孩，其现实中的原型，是那个在少女肖星星面前，在地铁车站被抓获然后第三天就被以"反革命"罪名枪决的青年人，和肖星星曾经的青年恋人严晓军，这也是一位十七岁的少年郎，尽管他想显示其男子汉气概，喜欢用大茶缸喝烈酒，但"在她眼里，他始终是个大男孩。一个长着淡金色眼睛的大男孩"[2]。

证明张恕是个直男的，还有他和肖星星彼此之间的感觉与判断。张恕前往敦煌，很大原因在于他遭遇到的婚姻危机。张恕特立独行，甚至不屑于去赶恢复高考制度之后的高考末班车，但他后来的生活道路并不平坦。王细衣最初会为他的相貌堂堂和个性卓然所吸引，结婚之后才发现他除了心高气傲并没有什么过人才能（在《敦煌遗梦》中，从头至尾，他也确实没有什么醒目的突出表现），而是逐渐退回家庭充当"相妇教子"的贤内助角色。在寂寞的敦煌，张恕和肖星星偶然邂逅，有了一些日常的交流和互助，他就莫名地认为肖星星会是他新的情感伴侣，为之怦然心动。在他眼中的肖星星，美得飘然若仙——"月牙泉的黄昏的确有一种迷人的美，

① 徐小斌：《敦煌遗梦》，作家出版社 2019 年 9 月，第 29 页。
② 徐小斌：《敦煌遗梦》，作家出版社 2019 年 9 月，第 62 页。

周围似乎洋溢着谈情说爱的特殊气氛。张恕望着骑骆驼的星星的背影，心里有一阵阵的热情向外涌动着。那背影娇俏而丰满，而且柔若无骨，短发在黄昏的风里被染得金黄，花裙飘飞着，如天女从空中散出的花。"[1] 被他看作幼稚如小女孩的肖星星，却根本没有把他列入自己的情感系列——

> 不知为什么，她不愿对张恕讲述往事。她凭直觉感到张恕实际上是那种自我中心的男人，他之所以对她这么好完全是由于她对他的距离，如果一旦她完全投入或者靠近了他，那么他会很快感到厌倦的。
>
> 她认识和熟知的男人很多，因此简直能在几分钟之内做出准确无误的判断。[2]

非常明显，肖星星比张恕有心机。她的判断力比张恕要高出很多。后来被事实证明，张恕果然是错的。或者说，他们两人都是错的。他们的相逢是个美丽的错误。在张恕眼中，肖星星是个可爱的未曾长大的女孩，在某种意义上，这不过是张恕的一厢情愿。这样的判断，可能不算全错，但是他也潜在地显露出张恕的情感所向。

其一，他只看出了肖星星的单纯与娇媚的一面，却不曾看到她生命中的许多痛切与无助，不曾窥见其历经沧桑的一面。

其二，张恕不是偶然的失察，而是相由心生。苏轼与佛印和尚的一则故事，经常被人们讲述。一天，两人同游，苏东坡对佛印说："以大师慧眼看来，吾乃何物？"佛印说："贫僧眼中，施主乃我佛如来金身。"苏轼听后大笑，对佛印说："然以吾观之，大师乃牛粪一堆。"佛印不自觉吃了哑巴亏，但并不见怒色。苏轼回家就向苏小妹炫耀这件事。谁知苏小妹却一语道破天机："佛印心中有

---

① 徐小斌：《敦煌遗梦》，作家出版社2019年9月，第26页。

② 徐小斌：《敦煌遗梦》，作家出版社2019年9月，第28页。

佛，所见万物皆是佛；你心中有粪，所见皆化为牛屎。你明明是落了下乘啊！"在《洛丽塔》中，在大学教授法文的亨博特少年时期曾有一段刻骨铭心的爱情经历，当年的初恋情人不幸夭亡，令他此去经年依旧对那些充满青春气息的少女有着别样情感。先有对未成年少女的迷恋，然后才有洛丽塔的出现。张恕将肖星星看作不曾长大成人的女孩，这是现实的判断，还是他内心中对未成年少女的迷恋而不自知呢？

其三，一个三十多岁有家有口的男子，同样是依照境由心生、相由心生的原理，让他怦然心动的是个虽然体态丰腴却又是未长大成人的女孩，可以见出他在两性的交流与博弈中对女性和自我的定位问题。他的智商和情商都非常有限，所以不会把阅历丰富心智成熟的女性作为自己的情感投射对象，他无法掌握她，所以他才寄希望于未成年的少女，后者可以得到他自己的帮助和指导，他可以在这种不对等的思想与心灵状态下比较轻易地充当两人关系的主导者。这也就是肖星星所认为的张恕之自我中心的表现之一。张恕没有完全看错。尽管肖星星也是有丈夫有儿子的，但因为少女时代的特殊经历，在十七岁时遭遇了晓军的意外死亡，她的情感就熔断在那个时刻。但是，这个未成年的女孩，并不因此就会去迷恋可依赖的老师或者大叔般的男人，相反，尽管往事已经过去十三年，晓军这样的大男孩仍然是她心目中的生死恋人。所以她才会选择向无晔而不是张恕。这或许是阐释张恕、肖星星和向无晔之间的情感纠葛的心理原因："无晔清洁健康的体味使她感觉到他的纯洁。她喜欢这种纯洁，甚于喜欢那种成熟。在她心里，严晓军始终是个没长大的纯洁的男孩。而她自己，也不过是伴在他身旁的一个小女孩而已。她的这种长不大的潜意识在很大程度上影响了她的全部行为模式"[1]。

---

[1] 徐小斌：《敦煌遗梦》，作家出版社 2019 年 9 月，第 119—120 页。

140

第四节　善恶之辨与爱欲之思

第一章中的如来之释义，带来的是关于绝对真理与相对真理之思辨。第二章名之为《吉祥天女》，在对吉祥天女的释义中，层层累积的历史文脉，则让张恕产生了善恶妍媸之困惑。"尉迟乙僧画中的美丽的吉祥天女是怎样变成藏传佛教中的恶鬼的？他想起来便毛骨悚然。"[1] 婆罗门教、佛教、印度教、藏传佛教和中原佛教的不同教义中，都有吉祥天女的身影，从地位卑微的"乳海之女"，到功劳显赫的"功德天"，从凶残狠毒、手执人头骨碗、以人皮为装饰衣品的恶鬼，到主管人间财运的"财神"，她在不同语境中有各种不同的功用；当她来到中土，则意外地凸显其女性的角色，她是多闻天王即通常所言托塔李天王之妻，哪吒的母亲。但在尉迟乙僧的画笔下面，她是那样婀娜多姿摇曳生辉。以此引发的又一重困惑，是尉迟乙僧与吉祥天女的关系，他是出于什么样的心态去画出他心目中的爱与美的女神的？已经被盗取的《吉祥天女沐浴图》后面又隐藏着哪些秘密？

吉祥天女的话题，让张恕和肖星星在第一章中有了共同的兴趣，搞美术的肖星星自然比张恕对此有更多的发言权。她拿出自己的画册，给张恕看尉迟乙僧画的另一幅吉祥天女图，给他讲相关的知识。同时，在张恕的影响下，肖星星也对吉祥天女有了更多关注。张恕思考的是吉祥天女的善恶妍媸，肖星星关心的是她的地位的主从尊卑，"在星星的想象中，吉祥天女想必是个很厉害的女人。首先，她竟能把知名度极高的北方天王管得服服帖帖；其次，她竟能同时成为印度教、婆罗门教、佛教与藏密的主神"[2]；为此，肖星星用组画的方式将吉祥天女的演变过程展现出来——乳海诞生的女

① 徐小斌：《敦煌遗梦》，作家出版社 2019 年 9 月，第 32 页。

② 徐小斌：《敦煌遗梦》，作家出版社 2019 年 9 月，第 59 页。

童，情定天王的少女，志得意满的婚礼，大权在握的女主。从一个貌不惊人、位阶很低的少女，到成为各教门中的主神，要用什么样的心机与手段，才能够跻身于上流诸神，这样的智能恰恰是肖星星所匮缺的，她才华横溢，但是缺少在人世间纵横捭阖上下其手的手段，正是这样的遗憾投射到她对吉祥天女的思考上。反之，张恕会去思虑其善恶妍媸，这和他作为男性而对女性的观察特别敏感密切相关吧。

如果没有向无晔，张恕和肖星星之间，总会发生什么故事。在这荒凉孤寒之地——说来令人费解，敦煌莫高窟这样的旅游胜地，游客络绎不绝，但发生在张恕和肖星星视野中的情景，少见人声嘈杂熙熙攘攘，而是关山冷月，驿舍夜话，二三会心人，谈佛经义理，辨石窟壁画，完全沉浸在一种心境之中，敦煌莫高窟，几近他们的世外桃源——张恕和肖星星前来此地，确实都是一种"逃禅"，暂时抛开尘世的种种拘牵，可以在一种漫游的状态中翩翩然欣欣然，人的情感也意外地得到了释放的机缘。

向无晔的意外到来，先是让肖星星震惊，她梦中的主人公在现实中出现，后来又因为肖星星的猝然发病，使得身为中医学院学生的向无晔留在她的身边为她治疗。在出行中遭遇沙尘暴出车祸受伤之后，又是向无晔不顾自己受伤比肖星星还要严重，"英雄救美"，背负肖星星行走出困境，让她终于无法拒绝向无晔。肖星星也是很自我的，按照作品中的描述，她的成长，充满了一种灵与肉的分裂：肖星星属于那种身体发育很早很充分的女性，很早就有了身体的欲望，但她在现实中又是非常拘谨保守的，谨守着贞洁，从不做越轨之事。她喜欢张恕和别的男性一样，向她献殷勤，说情话，但她又不敢越过雷池，害怕忘我投入恋情燃炽之后可能要面对的情感废墟，为了避免受到更大的伤害，肖星星总是要把自我包裹起来。她对张恕基本上就采用了这样不即不离的方略（如前所述，她认为张恕是自我中心主义者）。如果不是向无晔在短短几天中两次给她以及时的救助，以及他对她的毫无保留的赞美，肖星星仍然不会向他打开自我。"她被那年轻的胸膛里散发的热气笼罩着，感动着，泪如泉涌。不，她还想活一次，还想再爱一次，完整的。哪怕是炼狱，她也要再入一次。释迦牟尼用炼狱来威胁难陀，难陀便就范了。这证明难陀对于妻子的爱仍然不够深厚。也许爱情已经不符合现代社会瞬息万变的节奏，但是真正的爱情有它自己独特的节奏，它不断地从各种音响中挣脱出来，无视他人，撕开甲胄，哪怕被伤得鲜血淋漓也无怨无悔，你想恋爱么？你就必须是一个勇敢者，冒险家，同时又要打破一切美好结局的幻想。真正的爱都是没有结局的。"[1]请注意，在第一章《如来》中，肖星星在和张恕的对话中，也曾经对释迦牟尼用各种手段威逼利诱难陀皈依佛门发表过相应的议论，让我们对徐小斌叙事中的严丝合缝前后照应有新的感知。但此前的评说中，批评所指向的是佛陀的手段过于残忍和强硬，肖星星批评的是他者，而且是超级的他者，无可违抗；但是在上面这一段引文中，肖星星显然是将自己的位置和难陀并置在一起，是一种对自身行为的高度肯定。难陀事典的两次言说，参照的是肖星星自我身心的位移。

第五节　辩难录：极权宗教与人文宗教

向无晔把他背负肖星星在风沙滚滚遮天蔽日中跋涉，比作耶稣背负十字架前行。这位在基督教家庭中长大的男孩——他确实可以被称作大男孩，刚满二十岁，信奉基督教，这让已经被婆罗门教、佛教、印度教、汉传佛教、藏传佛教充塞的嘈杂喧哗的狭小空间，更为拥挤不堪，除了伊斯兰教，世界上的几大宗教都在此聚齐，在

---

[1]　徐小斌：《敦煌遗梦》，作家出版社 2019 年 9 月，第 75 页。

此进行微型对话。

想起一句俗话，是金子总会发光的。张恕出场以来，一直是资质平平，未露峥嵘。直到向无晔的出现，引发了肖星星与向无晔关于佛教和基督教之优劣的论辩。肖星星的外婆笃信佛教，潜移默化地给了与她同居一室的童女肖星星很多熏陶，加上后来的修为，肖星星的佛教知识非常了得。她在月黑风高浓云如墨的荒野上夜行，通过念诵《往生咒》而摆脱恐怖的夜景。向无晔出生在信奉基督的家庭中，对于《圣经》及现代基督教神学都烂熟于心。两人一个搬出《旧约》，一个搬出《新约》，各不相让。没有想到的是，张恕非常平易地接过向无晔的话题，开口给他们做评判，出语惊人：

> "你们这样吵下去不会有结果的，"张恕慢吞吞地说，"你们俩的根本分歧，无非一个欣赏极权宗教，一个欣赏人文宗教，所谓极权宗教，就是承认有一种不可知的力量主宰着世界，人类对这种力量必须崇拜和敬畏，神全知全能，人则卑微渺小；人文宗教则强调人的力量，人要了解自己与他人的关系以及自身在宇宙中的地位，人应当去实现理想而不是盲从，人要去发挥力量而不是无能……我理解得对么？"[1]

张恕此语分量之重，需要一种文化语境的还原。改革开放的时代，是竞为新奇的时代，来自欧美学术界的新名词新概念大轰炸，让人应接不暇，形成了许多热词，也有许多都化作过眼烟云。极权宗教与人文宗教之辨析，似在尚未被人们完全领悟到个中分量、知之较少的状态。它导源于心理学家弗洛姆的《精神分析与宗教》，该书 1988 年出版中文译本，在其时的"尼采热"和"马克斯·韦伯热"中显得缺少被人们所关注。它将宗教与现代政治结合起来，对

---

[1]　徐小斌：《敦煌遗梦》，作家出版社 2019 年 9 月，第 67 页。

极权宗教的批判和对现实生活的批判互相启发，其批判性不仅是指向基督教，在中国的语境中，它可以有更深刻的指向。就像马克思所言，对宗教的批判是对现实的批判的前提，对神的批判是对人的批判的前提。这样的命题，不在这里展开，但这再次表现出徐小斌对心理学和精神分析学说的敏锐关注。

第六节 "现在宁愿喜欢美善与丑恶互相渗透"

接下来又是吉祥天女的话题将张恕引向新的方向，因为表现出对被盗画作的特别兴趣，先后遭遇敦煌文物管理处长潘素敏、衰老的裕固族女性果奴和她的两个女儿玉儿和阿月西。潘素敏因为发现张恕是某省委书记的女婿而对他前倨后恭，为他在敦煌的活动大开绿灯；果奴给他出示一幅据称是尉迟乙僧真迹的吉祥天女画作，并且坦承自己是尉迟乙僧的后裔；两位青年女性玉儿和阿月西则都把张恕作为密宗中修瑜伽女的交媾对象，张恕的身心都被引导向新的方向。

向无晔引导着肖星星走出身心的自我封闭，走向新的爱情。当肖星星向他诉说自己的困惑，担忧爱情烈焰燃烧尽净后的荒凉冷寂时，向无晔反驳她这是胆小鬼的论调。玉儿走进张恕的生命，也让他的绝对论逐渐消解。玉儿的人生对他来说是个谜，她的诡秘与奇行中掩藏的邪恶，他也有所觉察。张恕对于善恶美丑的绝对论，却发生了新的认知。本地民间故事传人陈清所讲故事中，美就是美、丑就是丑、善就是善、恶就是恶的理念，对张恕失去了吸引力。"张恕现在宁愿喜欢美善与丑恶互相渗透的混合体。每当他从美中发现丑或善中发现恶的时候，总有一种莫名的欣喜。他觉得，吉祥天女之所以吸引他，正因为她的面目变化万千，在尉迟乙僧的笔下可以和儿子共浴嬉戏，而在藏传佛教中竟披着'亲子之皮'，而且她在婆罗门教、印度教、佛教和藏传密宗中都是身份显赫的主神，应付裕如，游刃有余，这本身便可以说明一切。"①

"张恕现在宁愿喜欢美善与丑恶互相渗透的混合体。每当他从美中发现丑或善中发现恶的时候，总有一种莫名的欣喜。"② 这一段话是有所实指的。他在壁画上发现的吉祥天女的眼睛，就是这样——"他全神贯注地研究她的眼睛——只有这双眼睛属于他的那个梦——大而迷茫，惊惧而邪恶——那是一双活人的眼睛。"③ 随后不期而至的玉儿，更加坐实了他的判断，并且逐渐取得了现实中的吉祥天女化身的寓意。当然，这种投影与化身并不是严格对位，不是严丝合缝的，恰恰相反，人和神之间是彼此错综的。玉儿的出现，证实了吉祥天女形象的人间本体，让张恕最初因为吉祥天女引发的倾慕与焦虑得到缓释，但是，当她不动声色地与张恕男女双修时，她就变身为明妃，如张恕所感。"恍惚间他忽然感到她仿佛是一条神秘的黑鳗，是水族的后裔，她正在把他引向一个邪恶的迷宫。在这个迷宫里，他找不到一切人和他自己。到处都是她的折光，她的茶褐色的金属一样寒冷的光。他满眼里见到的，都是这个金色的女人，一个金光灿烂的裸体女人。是明妃吗？还是劝善的观音？他觉得这个女人十分神秘，她貌似少女却好像已活过了一千年。"④ 这里的叙述用的是虚拟语气——在藏密典籍中，明妃或者观音，她们都曾经和明王或者欢喜王双修（见《敦煌遗梦》第三章《俄那钵底》第一节），也可以理解为吉祥天女曾经做过明妃。无论是耶非耶，在张恕眼中，前来与他做爱的玉儿都是一尊佛——"那一头黄金般的茶褐色头发沉甸甸地覆着她的身子。在那无数根头发的黄金雨中，他仿佛步入了一个金光灿烂的殿堂，在那里，有一个镀金的女佛正向

① 徐小斌：《敦煌遗梦》，作家出版社 2019 年 9 月，第 78—79 页。
② 徐小斌：《敦煌遗梦》，作家出版社 2019 年 9 月，第 78—79 页。
③ 徐小斌：《敦煌遗梦》，作家出版社 2019 年 9 月，第 15 页。
④ 徐小斌：《敦煌遗梦》，作家出版社 2019 年 9 月，第 71 页。

他张开朱唇。"① 这样，就既照应了第二章的"吉祥天女"，也关联着第三章的"俄那钵底"，即密宗中的欢喜佛。

第七节　释家众佛的人间投影

是的，在《敦煌遗梦》中，几位重要人物，都有他们在宗教世界中的投影，都和小说每一章的题目有着对应关系。观音大士当然是敦煌文管处长潘素敏，她在张恕、肖星星和向无晔眼中都是一副观音之相，肖星星在不知如何称呼她的时候，就直接称之为"大士"——

> 这时女人已挪到灯下的一个位子上坐下了，他看清了这张脸。这简直是一张观音大士的脸，透着一种悲天悯人的神色。那双眼睛垂顾似的看着他。这种垂顾的目光使他恼火。"先别急着说没带，找找看。"那女人的软语又响起来了。他注意到她在说话的时候，嘴唇的动作十分微小，仿佛怕动作太大会使嘴角起皱纹似的。这是那种保养过度的脸。两片桃叶似的唇十分肉感。他脑子里忽然掠过一个奇异的幻想：仿佛这位观音大士可以用轻微的嘴唇动作从容地吞下一只牝鹿。②
>
> 一个女人探出头来，在车灯的反光下星星看到一张极其和善宽厚的脸，长长的下巴双了两层但并不难看。眼睛是秀长的、眉毛是疏淡的，看不清表情，她只觉得那脸矜持、端庄，活像观音大士本人。③
>
> 当时天已大亮，钥匙孔响了一下，一个慈眉善目的

---

① 徐小斌：《敦煌遗梦》，作家出版社 2019 年 9 月，第 92 页。
② 徐小斌：《敦煌遗梦》，作家出版社 2019 年 9 月，第 33 页。
③ 徐小斌：《敦煌遗梦》，作家出版社 2019 年 9 月，第 90—91 页。

女人推门而入。那女人好像穿着玄色的衣服，因此把脸衬得雪白。鹅蛋形的脸上弯眉疏朗，一双秀目似睁非睁，嘴唇的线条十分柔和，紧闭着的时候，右腮便现出淡淡的酒窝。他摸不准她的年纪，他从来猜不出女人的年纪，只觉得她很像观音菩萨。当然，是259窟的媚观音而不是马头明王式的怒观音。[①]

这是张恕、肖星星和向无晔三个人在不同场合不同心境下遇到潘素敏的各自印象。张恕似乎更老到一点，善于从美善中发现丑恶，这当然也和下文中潘素敏得知张恕岳父身份后的拙劣表现相关，也许是一种后设叙事。肖星星和向无晔在第一印象中则对潘素敏毫不设防。潘素敏所为令人不齿。她监守自盗，然后用催眠术控制了向无晔，留下他盗取敦煌洞窟中《吉祥天女沐浴图》的口供。这和她观音大士般的外表与谈吐形成鲜明的反讽，却印证了张恕对她的观察，可以不动声色地吞下一只牝鹿。但她在当地民众包括果奴和陈清眼中，都是一副救苦救难弭平争拗的慈悲形象。

玉儿和阿月西的母亲果奴，既是于阗古国王族尉迟氏的后裔，又与尉迟乙僧画作中吉祥天女的人物原型同名，亦可看作吉祥天女的又一化身，惜乎其出场时已经年纪近老，又因为失去一目而毁容，无法重现陈清口中所描述的她魅力四射光彩照人的绝色美女风采。她是裕固族人，第一个丈夫是西藏贵族子弟扎西伦巴，扎西伦巴出车祸死去后委身于大叶吉斯，此后仍然有很多情人，陈清即是之一。

寺庙住持大叶吉斯那一身肉的堆积，令张恕几次联想到难陀的形象，就是在第73洞窟中挡住了被盗《吉祥天女沐浴图》的难陀塑像。依照作品中的叙述，"难陀是释迦的亲兄弟，家有美妻，不愿出家。释迦领他遍游天宫，观诸天女，复游地狱，见汤镬之刑，示以因果报应。如此反复再三，难陀才潜心佛法，成为罗

---

① 徐小斌：《敦煌遗梦》，作家出版社 2019 年 9 月，第 113 页。

汉"②。大叶吉斯有过自己的高光时刻，他曾经是藏传佛教中位阶很高的喇嘛，给很多西藏贵族进行灌顶仪式，所获的报酬非常丰厚。他曾经是风华正茂的果奴的第二任丈夫（是否设计了对果奴的第一任丈夫西藏贵族子弟扎西伦巴的谋杀存疑），是玉儿的生身父亲，在作品所描写的当下时间中，果奴已经离开他甚久，但从他那里得到大量钱物的玉儿仍然对父亲追随左右不离不弃。原因不明地，他后来转身为汉传佛教的寺庙住持。这种在情感、欲望与教义中的辗转，即是大叶吉斯与难陀的内在关联吧。

在某种意义上，肖星星也有些类似于难陀。她最初与张恕谈论佛教之善恶观与绝对真理的对错时，批评佛陀不该为了让难陀皈依而使出各种计谋，不达目的不罢休，根本不曾考虑难陀与妻子的爱情。到她终于冲破自我禁锢，接受了向无晔，体会到新的炽热爱情时，佛陀与难陀的同一故事，她进行评判的角度和结论都发生了新的变化："释迦牟尼用炼狱来威胁难陀，难陀便就范了。这证明难陀对于妻子的爱仍然不够深厚。也许爱情已经不符合现代社会瞬息万变的节奏，但是真正的爱情有它自己独特的节奏，它不断地从各种音响中挣脱出来，无视他人，撕开甲胄，哪怕被伤得鲜血淋漓也无怨无悔，你想恋爱么？你就必须是一个勇敢者，冒险家，同时又要打破一切美好结局的幻想。真正的爱都是没有结局的。"① 第一次思辨佛陀与难陀的关系，肖星星是一个外因论者，是客观的评说，是弱者的抱怨；第二次涉及这一命题，肖星星变为内因论者，是把自己摆在难陀的位置上进行设身处地的考察，是强者的自觉选择与担当了。

在《敦煌遗梦》中，每个人都可以是多个神灵的叠加。肖星星在向无晔眼中，可以融入他们面对的壁画之中成为其中一员，她是佛界与人间之间的交接点，是打通人神两界、沟通善与恶的人间之神。再后来，陷溺于与肖星星的爱情，向无晔则感到："星星这样

② 徐小斌：《敦煌遗梦》，作家出版社 2019 年 9 月，第 8 页。

① 徐小斌：《敦煌遗梦》，作家出版社 2019 年 9 月，第 75 页。

的女人，他简直认为她是女神，司智慧和生命的女神。他爱她，敬她。在他这个年龄常有一种忘我的热情。他想如果星星能为他掉上几滴眼泪，他就能为她去死。"[1]

第八节　如来怎么样遭遇绿度母

继续讨论下去，一个重大的难题出现了，张恕和哪位佛教人物相关联？回看一下全书目录：一、如来；二、吉祥天女；三、俄那钵底；四、观音大士；五、西方净土变；六、我心即佛。按照上述的阐释，吉祥天女、俄那钵底、观音大士乃至榜上无名的难陀都有了相对应的人间俗子，唯有如来尚无着落。

说张恕对应如来，第一个怀疑就是，如来那么高位阶的佛，与释迦牟尼等列，张恕何德何能，堪与之相匹配？我的回应是，是法平等无有高下。观音菩萨在佛界那么高的层级，在中国人心目中更是家喻户晓，几乎会遮蔽佛陀的光芒，但《敦煌遗梦》中确确实实是将潘素敏的形象反复地向观音投射。作家不是在做佛经的通俗性阐释，不是按预定的比例严格进行投影，而是要在佛界与人间进行虚实相生的叠影，做若有若无的对话，这是为其艺术目标服务的。张恕当然有资格对应如来。第一章中讲到如来的绝对真理，后来又引申出美丑妍媸善恶的截然两分，这都是张恕出场时的某些思维特征。张恕的主导倾向是有佛性，有佛缘的。大叶吉斯就说他"是贵人之相，早晚要入佛门的"[2]，大叶吉斯这话不是当面恭维，而是私下里对玉儿说的，就更增加了此语的可信性。张恕本来是因为与妻子的感情破裂离家出走，连工作都辞了。须知这还是八十年代中期，大约在 1986 年到 1987 年间，拥有一份稳定的工作是许多人

---

① 徐小斌：《敦煌遗梦》，作家出版社 2019 年 9 月，第 113 页。

② 徐小斌：《敦煌遗梦》，作家出版社 2019 年 9 月，第 102 页。

求之不得的事，张恕到敦煌，当然有寻求精神安慰和解脱烦恼的用意。[1] 然而，他六根并未清净，观看吉祥天女的壁画，让他感到美丽饱满的异性的诱惑力，然后他在肖星星、玉儿和阿月西三位女性之间体验到情感、欲望、身体、灵魂诸多要素的纠结与撕裂，还深度参与到与玉儿和阿月西的双修之中，对自己的生命有了新的体悟。

在这一过程中，玉儿和阿月西姐妹两人承担了不同的使命。玉儿生性活泼、青春靓丽，她的美丽连肖星星都想要把她带回美术学院去给各位老师做模特儿。玉儿在释放张恕压抑很久的欲望的同时，让他感到与王细衣各自对婚姻的背叛彼此彼此，相互抹平，让他失去批评王细衣的理由。张恕的再一条收获是，他在放纵青春的玉儿身上得到启示，一个文明人最好是和一个自然人在一起，玉儿的无所顾忌自我张扬也给张恕带来生命和欲望的飞扬。像张恕和肖星星这样两个文明人虽然彼此都有好感，但是很难真正走到一起。他也注意到，玉儿自己明显地表现出在教义与欲望之间的纠缠，野性勃发的生命如何纳入宗教的规约，还有待修炼。在经受过严格的藏传佛教教养的阿月西这里，张恕则体会到了贵族气象与宗教追求在后者身上的精彩表现，他对于双修有了境界的提升，超越了欲望。"在那一段时光里，张恕常常恍然若梦。和玉儿那次完全不同，这次的经历几乎没有什么肉欲的成分。阿月西是安静的，即使在高潮迭起的时候也总是一声不吭，好像真是达到了'静修'的高度，这使他似乎有了一种'性交崇高感'。"[2]

阿月西是《敦煌遗梦》中的重要人物中出场最晚的，对于张

---

[1]　确定张恕、肖星星和向无晔来到敦煌的年头，有几个表征：肖星星向张恕所言，她的画作参加"半截子"美展，张恕也确认在该美展中看到她的作品。现实中的"半截子"美展是在 1985 年。这是故事发生的上限。作品叙事人"我"讲到张恕前往敦煌时已经接近不惑之年，然后讲到三年以后的张恕已经四十开外，那么他到敦煌时应该在 38—39 岁之间。此时肖星星 31 岁，回退 13 年是严晓军死难之年，作品中又讲到过晓军死于 70 年代初期，按理说不会晚于 1973 年。这也规定了作品中诸人的敦煌之行基本可以确定在 1986—1987 年间。

[2]　徐小斌：《敦煌遗梦》，作家出版社 2019 年 9 月，第 138 页。

恕，她却是最为重要的引导者。她出身非凡，佛性深远，很小的时候，父亲就对她说："孩子，你和我们不一样，你是有眼通的人，在布达拉宫，保存着你的转世记录……你要吃很多苦，但是最终，你会成功的……"①

阿月西出现在张恕的身边，她的佛性鲜明地显露出来。"有一天，夕阳西下的时候，张恕看见她端坐在月牙泉旁边，夕阳的余晖给她的轮廓镀了一层金，满头深灰色的头发，在黄昏的风中飘曳，散发出淡淡的香气。她面容恬静，双眸半闭，像一尊庄严而有个性的女佛。"② 更确切地说，阿月西对应的神佛是藏传佛教中的绿度母——"阿月西对他说，她之所以选择绿度母修持法，是因为上师曾告诉她，修持绿度母可以不但为自己，还能帮助他人脱离苦海。"③

她的出现，还诠释了张恕心中对于宗教与善恶关系的百思不解：

> "恕哥，你再好，到底是个汉人。你只知道汉人的佛祖，不知道我们的佛祖。你们的释迦牟尼，变成了我们的毗卢遮那，你们的观世音变成了我们的观自在，就连吉祥天女的面目也……哦，罪过，还是不说了吧。"
>
> "我知道你的意思。你是说，在藏传佛教中，很多佛和菩萨都塑成了狰恶的忿怒相，包括美丽的吉祥天女，是这样吧？"
>
> "恕哥，你很聪明。"
>
> "可……这是为什么呢？"
>
> "我觉得……我们的佛祖更真实。佛祖是有各种法身的……"④

---

① 徐小斌：《敦煌遗梦》，作家出版社 2019 年 9 月，第 139 页。
② 徐小斌：《敦煌遗梦》，作家出版社 2019 年 9 月，第 154 页。
③ 徐小斌：《敦煌遗梦》，作家出版社 2019 年 9 月，第 157 页。
④ 徐小斌：《敦煌遗梦》，作家出版社 2019 年 9 月，第 156 页。

如果《敦煌遗梦》有什么内在的关节点，那是要花开两支。在情节的层面，是第六章《我心即佛》中那个庆祝《西天净土变》临摹复制完工的庆功宴会，先是玉儿的盛装出场与演唱，让肖星星再次感受到自己与向无晔之间的年龄差距与由此造成的裂痕，玉儿与向无晔才是青春年少、天作之合的佳配，肖星星从宴会上抽身而去，迅即黯然离开敦煌，继续远行到印度去，理由是要前去印证她的另一个预兆性的梦境。她走得太早，没有看到接下来的一幕，阿月西突然出场，在大庭广众之下怒斥玉儿和果奴，还和同样身手不凡的玉儿进行了短暂的功夫比拼，直到大叶吉斯赶到，对其厌恶至极的阿月西悻悻然离去。要说内在的思想脉络的至高节点，就是张恕和阿月西的这一场充满智慧和思辨的对话了。

　　要对《敦煌遗梦》做出一个不容置疑的高潮节点来是比较困难的。它的情节复杂缠绕，张恕、肖星星、向无晔，加上阿月西，都具有相当的学养，在许多问题上，都能够生发、碰撞出灵感与顿悟的火花来。《敦煌遗梦》的篇幅不是很长，但阅读起来并不轻松，就是需要读者经常地要在故事情节和相关的理性思辨之间沉吟和思索，尤其是几个聪明人的对话，有特定的情境，又有无尽的联想。但是，我把张恕和阿月西的上述对话看作作品至关紧要的节点，这也是对作品进行了全盘考察之后得出的结论。张恕、肖星星和向无晔，三个北京人，他们彼此的故事不是一定要发生在敦煌，但张恕和阿月西的故事，却是非敦煌莫属。因为敦煌石窟艺术将古老的已经沉淀在历史记忆中的宗教故事激活在眼前，因为敦煌的历史凝聚易于展开对汉传佛教、印度教、藏传佛教和密宗的比较和辨析，地域文化的规定性，丝绸之路和西行拜佛的朝圣之路，让张恕和阿月西成为身心一体的交流者，也在对于不同教义的辨析中获得关于善与恶的新境界。

第九节 "我心即佛"与"印度梦寻"

这也就是第六章《我心即佛》之第一节，何以要花费很大力气去讨论否定之否定规律的落脚点之要义了。在详尽地引述了禅宗公案中看山看水的三段论，并且证之以黑格尔的否定之否定的辩证法之后，接下来的是这样一段话，将否定之否定推广到世间万物和人类众生：

> 稍加留意便会感觉到，人类社会的发展便是一个肯定—否定—否定之否定的怪圈。在巴赫举世闻名的主题乐曲《音乐的奉献》中，利用了"无限升高的卡农"——即重复演奏同一主题，却又神不知鬼不觉地进行变调，使得结尾最后能很平滑地过渡到开头。这里充满了音符与文字的游戏。这里有各种形式的卡农，有非常复杂的赋格，有美丽而深沉的情感，也有渗透各个层次的狂喜。它是赋格的赋格，是层次的自相缠绕，是充满智慧的隐喻。人类社会正如这样一首赋格曲，它不断地变调却又回复到原点，构成一个个智慧迷人的怪圈。其实，它回复的绝非真正的原点。[1]

既然如此推崇否定之否定的法则，对它的称赞几乎无以复加，"这里充满了音符与文字的游戏。这里有各种形式的卡农，有非常复杂的赋格，有美丽而深沉的情感，也有渗透各个层次的狂喜。它是赋格的赋格，是层次的自相缠绕，是充满智慧的隐喻"，那它就应该落到实处，应该在作品中得到印证。

从第一章《如来》到第六章《我心即佛》，有内在的完整关联

---

[1] 徐小斌：《敦煌遗梦》，作家出版社2019年9月，第149—150页。

性。而在宗教的背景下展开对善与恶的思考，是《敦煌遗梦》的一条主线。从第一章《如来》开始，肖星星就提出了佛教经典中讲述的善与恶的绝对选择。肖星星批评的是佛陀的强人所难，剥夺难陀的自由选择权。张恕困惑的则是吉祥天女身上同时带有的美丽、诱惑与邪恶的交织。美与恶，善与恶，就这样纠缠着张恕，作为一个很难坦承地接受的现象；在张恕的敦煌词典中，邪恶一直居于关键地位。这是他无法直面的一种肯定，对邪恶渗透在美与善之中的事实想回避也回避不了。然后，他见证了大叶吉斯、潘素敏的伪善下面的邪恶，体验了同样有几分邪恶反而更为真实也更为诱惑人的玉儿给他带来的极乐的刺激，进而从阿月西身上体会到宗教的庄严，性事的庄严。这是进入自我否定的第二阶段。更为重要的是阿月西给他分辨了藏传佛教和汉传佛教之间对待善与恶的命题的不同应对，这就是否定之否定的第三阶段。

比这种显性的否定之否定的辩证法更需要关注的，是张恕和肖星星两人同时展开又分道扬镳的内在的心灵历程。从《如来》到《我心即佛》，这样的题旨都是指向张恕的。和大多数男性一样，张恕是一个"美女控"：妻子王细衣是个美女；他第一眼看到肖星星是恰好看到她最有魅力的眼睛而一见生情[1]；玉儿和阿月西更是具有异族风情的野性女子。张恕在敦煌接近佛教的路径也很奇特，他最先关注和一直寻味的就是壁画上的"东方维纳斯"之吉祥天女，由此渐渐进入佛家境界。可以说，他在敦煌经历了人生最惊心动魄的事情，爱与死（不是张恕自己的死亡，而是更为年轻和无辜的向无晔的死亡），他的生命的巅峰状态至此已告终结（假设要给《敦煌遗梦》写续篇，张恕的故事还能让我们有什么更为曲折激烈的想

---

[1] "他首先看到的是她的眼睛。那双眼睛又大又亮，黑如点漆。许多年之后他才明白他的错误：他不该先看她的眼睛！因为她五官的其他部位都很一般。假如当时他首先看到她的鼻子，或是前额，大约就不会有那种近似荒唐的悸动了。"徐小斌：《敦煌遗梦》，作家出版社 2019 年 9 月，第 3 页。

象吗），就此而进入"我心即佛"，阿月西的佛性传导到他的身上而不自觉。此前，他曾经为了自己在红卫兵和知青运动中的狂热与忘我深感追悔，在他和肖星星最为深入和私密的谈话中提出应该为自己做些打算。说穿了，这样的说辞，就是想以此打开通向肖星星身心的屏障。阴差阳错地，他没有得到肖星星的身心，玉儿和阿月西带给他的身心激荡和启悟让他意外地获得加倍的补偿。这也就是作品开篇之处，妻子王细衣和情夫一道死于车祸，他并没有感到多少身为丈夫的屈辱，也不曾陷溺于悲伤。这样的心如死灰，在作品叙事人"我"看来是衰老、僵死的不祥征兆，但是，经历过在敦煌的奇特遭遇，还有什么东西能够激活他的寂寞与低迷呢——

> "人已经死了，你也不要太难受了，多想想孩子！"我重复着这时需要的老生常谈。
>
> 他冷冷地笑了笑，用粗糙的手指慢慢地摩挲着儿子发黄的头发，"我这两天忽然在想，"他闷闷地说，"人类表达悲痛的方式太贫乏了，除了同样的哭、同样的掉眼泪之外还有什么呢？"他的话让人有寒冷侵入骨髓的感觉。
>
> "也许在三年前结束对你会好一些。"我说。
>
> "谁知道呢。我现在相信定数，'自古穷通皆有定，离合岂无缘'。"他的眼光有些游离，"我没有离开她和孩子，这点我至今不悔。"[1]

穷通有定，离合有缘，换句话说，这不就是看破红尘了吗？

在心灵的层面上，张恕是因为家庭生活中的压抑与困惑而出走，是想要逃离那种僵持而无法打破的家庭冷战氛围，摆脱家庭中"男主妇"的尴尬格局，前往敦煌，心目中并没有明确的预想，

---

[1] 徐小斌：《敦煌遗梦》，作家出版社 2019 年 9 月，第 2 页。

具有很强的随机性，遇到肖星星，他为之"惊艳"，玉儿和阿月西走入他的生活，他也顺水行舟，随遇而安。张恕对吉祥天女一见倾心并且开始他的参禅之旅——"印度教、婆罗门教、佛教对于吉祥天女的描述都很不同，藏传佛教把天女描绘成一个狰狞可怕的妖神，到底什么才是她的本来面目？为什么她是这么多教派的女神？……"[1] 由此而走向他的顿悟，走向"我心即佛"的心境。

和张恕不同，肖星星前往敦煌参观，她最初的感想，就是关乎爱情与宗教禁欲主义之关系的激烈思考。这一命题集中在关于佛陀诱导难陀皈依的故事中。肖星星作为一个画家，前往敦煌是不需要理由的，她恰恰有一个最深刻的理由，就是前面所讲，在类似于敦煌洞窟艺术的场景中，一个大男孩切腕自杀。这和张恕所迷恋的《吉祥天女沐浴图》的画面如出一辙，只是主人公的性别发生了置换。因此，敦煌之行，对于张恕来讲这是偶然邂逅，对于肖星星却是预谋很久。这个怪诞而血腥的梦境已经纠缠肖星星两年有余，而且，依照一向的经验，肖星星的梦都非常灵验——"从我很小的时候起就常常做梦，做怪梦。最奇怪的是，我的怪梦总会应验，应验之后就不再做这个梦了……"[2] 这样的噩梦，还得到了大叶吉斯的预言印证，后者成功地指出十余年前肖星星爱慕的严晓军的死亡，并且断言她在当今之年会折损一位心爱之人。肖星星梦境中那个高个子宽肩膀的大男孩，尚且没有与梦到他的肖星星发生什么直接关联，大叶吉斯的断言，明确地揭示了他和肖星星的爱情关系，将问题的严重性又向前推进了一大步。

这当然可以说，是严晓军形象的投射，是生命成长停顿在少女时代的肖星星对于严晓军"不思量自难忘"的心理活动。但是向无晔的到来，似乎打破了这一假设，似乎他真的是应约而来。在发生一系列的风波之后，离那个梦境揭晓的结果越来越近，肖星星却开

---

① 徐小斌：《敦煌遗梦》，作家出版社 2019 年 9 月，第 38 页。

② 徐小斌：《敦煌遗梦》，作家出版社 2019 年 9 月，第 29 页。

始一个新的梦境——

　　当她不再重复那个关于男孩割腕的梦的时候，她的梦又有了一个崭新的内容：在一个陌生的国度里，她徘徊着。阳光十分明亮，亮得把路上的行人都幻化成透明的光影。而街道上那一座座奇怪的城市雕塑在一片明亮之中却显得浓黑沉重。那是一对对青铜色的男女在明亮的阳光下做爱。[①]

　　从解梦的角度讲，这一新的梦境不算费解。第一重解释是，当现实中的大男孩向无晔来到身边，并且很快地陷入对肖星星的狂热恋情之际，肖星星当然希望他不会死去，而且还会和自己投入轰轰烈烈的性爱；那么，怎么破解前梦中注定的厄运呢，就是离开敦煌这片是非之地，生活在别处。第二重解释是，张恕和玉儿、阿月西的双修，肖星星是否得知，作品中不曾揭晓，但是，在那么窄小局促的招待所中，一次再次发生的事情，肖星星总应该有所觉察。在另一处遥远的异国，那些城市雕塑的佛像，青铜色的男女在阳光下做爱，就是此事的一种隐喻。还是张恕，告诉她这样的国度就是印度，于是有了肖星星离开敦煌后的印度之旅，而且在印度停留甚久。其后续故事，则是在《蓝毗尼城》中发生了。

　　最后要找补几句的，是向无晔。他是什么神灵的人间对应物？比较起来，这是个没有什么成年人阅历的大孩子，他面对世界的方式过于单纯，来到敦煌以后，一头扎进与肖星星的恋情中，又被潘素敏的法力操控，失去警觉与自卫能力，身处险境而不知逃走。因此，要做人物分析，他似乎很难被发掘出多少深度来。但他又是作品中的结构性人物，他与作品中的诸多人物都有互动关系：大而言

---

① 徐小斌：《敦煌遗梦》，作家出版社 2019 年 9 月，第 83 页。

158

之，没有他的出现，作品中一个至关重要的环节，《吉祥天女沐浴图》被窃案件就无法了结；小而化之，玉儿主动向他示好引起肖星星的敏感反应，放弃了关心和引导他的责任独自离去……在这样的浑浑噩噩中，向无晔走向了他的生命尽头。

相应的困惑是，从他第一次被潘素敏用催眠术录了莫须有的口供，到他最终遭到法律拘捕，在两个节点之间，他还有足够的时间可以离开，张恕和肖星星分别向他示警要求他逃离，但他却一直拖延到命运来敲门而陷入毁灭的罗网。向无晔的一句话，似乎是解开这个谜的密钥。他和肖星星一道乘坐大巴车出行，遭遇沙尘暴，出了车祸，向无晔自己受伤比肖星星还要严重，但是他背负肖星星返回他们住宿的招待所。他对肖星星说："我背着你，就像耶稣背负着十字架那么迫不得已。""她惊奇地望着他。他满脸严肃没有一点点开玩笑的意思。"[1] 纯洁的向无晔，受到基督教世家的家庭氛围的影响，虽然他没有厕身教徒之列，但他的自我牺牲精神却是基督徒式的，即使不曾把他置放到耶稣的高度去评价，他的牺牲精神也是至高无上的。他就是那只赎罪的羔羊，用其鲜血与身体为他周边的人们的邪恶与懵懂进行救赎。他的死亡，不但是潘素敏、大叶吉斯、阿月西、果奴等要进行悔罪，张恕和肖星星也要为他们的救援不力一再延宕而承担各自的责任。说到底，向无晔的死亡，就是要印证作品中一直在进行的关于善与恶、美与恶的辨析与对话吧。

附录　本刊组织座谈长篇小说《敦煌遗梦》

长篇小说《敦煌遗梦》研讨会日前在北京举行，是由本刊主持召开的。与会专家们就这部小说进行了非常充分

---

[1]　徐小斌:《敦煌遗梦》，作家出版社 2019 年 9 月，第 73 页。

和深入、细致的讨论。会议气氛自始至终热烈而严肃，发言踊跃，不少人认为，这是近年来很难得见的成功的作品讨论会。

专家们从各个角度、各个层面、各种阐释代码对作品进行了分析。老作家林斤澜认为，女作家徐小斌在进行一种雅与俗、虚与实、美与丑的"接轨"的尝试。而自古人以来，"见鬼"是接轨的唯一办法。《聊斋》就是这样。而徐小斌也正是用"见鬼"的办法来接轨。徐小斌的"鬼"就是运用在小说中的宗教神秘。雷达认为这是一部很有意思、很有才气的，具有浓厚的精神分析色彩和哲学品格的作品，同时保持着作者一贯的自我分析、精神分析、潜意识分析的特色，很吸引人又有相当深度，具有目前小说中很少见的品格。他特别强调指出作者丰富的想象力，认为她把西部风光、宗教知识及哲思玄想、爱情与死亡、文明人与自然人等糅合得非常自然，创造了一个既空灵又有思想内涵的美丽梦境。他认为先锋小说的演变缺乏一个中介，即对当代人精神思考的中介。这部小说好就好在有对于当代生活的思考，对自我、对人本身、对人的两重性、对意识与潜意识的思考。他认为现在的小说往往停留在现象层面上，所以这部小说使他感到惊喜。冯立三认为一部优秀的作品应当经得起多种分析，他读完小说后感到作者很值得尊敬。他认为作者把历史、现实文化对人的影响，将灵魂逼得走投无路写得很精彩。秦晋则从社会学的角度阐释了作品的主题。他认为作品是东方神秘主义与现实主义的结合，两者结合的方法是作者对于生命意义的理性探索，这正是这部小说比一般作品的高明之处。张锲感到这部作品很有震撼力，作者的才能是多方面的，具有很大潜力。青年批评家张颐武、陈晓明、王宁等则从后现代的角度对作品进行了分析。与会专家一致认为：在 1994 年近千部长篇小说中，《敦煌遗梦》是一部具有特色的作品。比起同辈女作家来，徐小斌是很有才华、很值得重视的一位作家，她具有浓厚的文化素养、艺术功底和丰富的想象力，她抓住一九九〇年代的文学主潮，把一种精神化的探索与女性经验结合起来，把轻与重、雅与俗、形而上和形而下结合起来，提供了九十年代小说创作的一个梦想。

（阿玫撰文，原载《中国作家》1995 年第 2 期。）

第七章 "世界失去了它的灵魂，我失去了我的性"

——《羽蛇》：女性的报复与救赎

> 自从夏娃的堕落（由于我们经受不住诱惑）以来
>
> 我们犯下多大的过失，就承受了多大的痛苦。

这是英国女诗人安妮·芬奇的诗句，被《阁楼上的疯女人》的两位作者桑德拉·吉尔伯特、苏珊·古芭引用到她们的名作中。徐小斌在《羽蛇》的扉页上也有两句话，可以与之相对应——

> 世界失去了它的灵魂，
>
> 我失去了我的性。

要比较清晰地对《羽蛇》做出阐释，是一件很困难的事情。它有三重门槛：

第一，作品中繁复的人物关系，所谓五代女性的恩恩怨怨，要梳理出基本的头绪，需要很多的功夫；

第二，作品的文字互相缠绕，前后交错，不但互相补充，还互相否定，需要沉下心来，条分缕析；

第三，作品的情节、意象繁杂错综，尤其是其中的一幅幅画面（包括陆羽看到的和她画出来的多幅画作），都是难以用语言加以阐释的。《周易·系辞上》记载，子曰："书不尽言，言不尽意。然则圣人之意，其不可见乎？"子曰："圣人立象以尽意"。据此，所谓言不尽意，还可以追加一句，意不尽象。但我们做文学研究，却是逆向而行，尽力地要用习用的语言去阐释故事、情节、画面和意象，其难度自不待言。

下面，就让我们一起跨越这三重门，去揭示《羽蛇》的言外之意、象外之旨。

第一节　母系家族"皇后群体"的悲情

《羽蛇》是徐小斌的第一部家族题材长篇小说。而家族小说，是二十世纪九十年代以来长篇小说的一大类型。

进入二十世纪九十年代，曾经的狂飙突进浮躁凌厉的理想追求遭遇到新的顿挫，自以为是继承"五四"时期启蒙主义和个性解放的宏大思潮，在时代的突变面前失去了耀眼的光环，人们热烈急迫地改变社会现实、改变自身命运的浮泛向往，也被代之以新的迷惘和困惑，一蹴而就、全面更新的幻想消退了，从紧密地关注现实、投入现实、改变现实的狂热中冷静下来，作家们的视线投向历史深处，对百年历史风云和家族命运的思考凸显出来。这不能不说有一种"世纪末"的心态。临近二十世纪末，而且是千禧年，作为舶来品的这些观念也曾经风行一时。同时，这个"世纪末"的蕴含又不仅仅是自然时间状态中走过的百年。行将告别的二十世纪，对于中华民族来讲，对于许多生存与思考在这百年间的人们来讲，都是一个非常独特的历史时间段落，是"数千年未有之大变局"的一个标志性的时间段。1840 年以来，列强的坚船利炮打开了封闭已久的东方民族的国门，东来的欧风美雨激荡着以农业文明傲视全世界的古老帝国，也激起了中华民族寻求独立、自由、民主、富强的新的旅程。陈忠实的《白鹿原》、莫言的《丰乳肥臀》、周大新的《第二十幕》、张炜的《家族》、铁凝的《玫瑰门》、刘醒龙的《圣天门口》

等，就是家族小说的第一批重要收获。

徐小斌的《羽蛇》在这样的潮流当中应该予以怎样的评说呢？

这要从陆羽和她的家族树说起。这个女性家族，前后传承了五代人，在参差错杂中，走过了从十九世纪中期到二十世纪九十年代近一百五十年。

五代女性的家族树

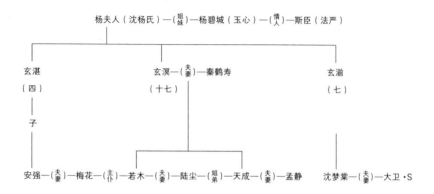

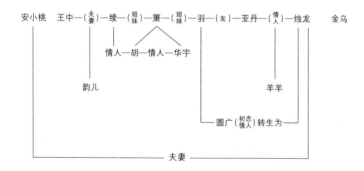

上面的图片，借自网络上细心的网友①，谨此致谢。这位化名"猜猜裁纸"的网友真是用心，不但梳理出《羽蛇》中的人物图谱，还对作品中几个重要人物的年龄做出精细的辨析。为了能够把这个

---

① 佚名：《〈羽蛇〉：羊羊究竟是不是玄溟的嫡亲侄孙？》，"简书" https://www.jianshu.com/p/2bbfe924b621。

家族树关系梳理清楚，我们做一点笨功夫——

第一代：杨夫人，玉心阿姨，珍妃。

杨夫人是家族树上的第一人。育有玄溟、玄湛等十七个儿女。她随着一度受宠而为官的丈夫入京，经常入宫去服侍慈禧太后。她又是戊戌变法六君子之杨锐的远亲，为此在慈禧面前提心吊胆。

玉心阿姨原名为碧城，曾经怀着理想跻身于太平天国，但这已经是定鼎于南京、日渐懈怠腐败的太平天国后期，她凭借超群的刺绣技艺引人注目，被视为"针神"，得到天王洪秀全的赏识，却因为不肯向洪氏宠臣蒙得恩的淫威屈服遭受迫害。她与太平天国将领斯臣一道逃亡，曾经在遥远的西罩山金阙寺短暂停留，然后寄居于杨夫人处，斯臣出家为僧，即法严大师。

珍妃是杨家的远房亲戚，杨夫人的小女儿玄溟叫她"姑姑"。

第二代：玄溟，四姐玄湛，七哥玄湔。

玄溟嫁给铁路工程师秦鹤寿，生若木、天成。四姐玄湛嫁给安捕头，生子安强。七哥玄湔生女沈梦棠。

第三代：天成与孟静结婚，生女丹丹，天成早亡。若木嫁给大学同学陆尘，生女绫、箫、羽，一子早夭。安强落草为寇，颇具儒盗风范，又与曾经在若木那里当过丫环的梅花成为夫妇，生女安小桃。沈梦棠同样是越出生活常规之辈，参加中共后曾经在上海做情报工作，在延安遭遇"审干""抢救"运动，备经摧折，后来与美国记者史密斯结缘，生金乌。

第四代：绫，箫，羽，陆氏三女。金乌。丹丹。安小桃。她们都出生于二十世纪四五十年代，《羽蛇》的故事情节基本是围绕她们的人生成长而展开的。

第五代：绫与王中之女韵儿，丹丹与烛龙之子羊羊。分别生于二十世纪七十年代和八十年代。

从上面这个家族树可以看出，它的主干是由女性组成的，男性本来就人数稀少，要么不曾正式出场如玄湔，只是暗中略述几笔，要么如天成，正当青春年华遭遇日军侵华战争死于霍乱，陆羽的弟弟在婴儿期夭折，少年羊羊遭遇车祸侥幸活下来，高位截瘫。只有陆尘是贯穿全篇的在场者，但他在家庭生活中的地位却非常边缘化，一直遭受岳母玄溟和妻子的语言暴力，对于家庭事务和孩子们的命运，都没有什么话语权，终生抑郁孤独，无处倾诉。

陆尘本是一位出色的大学教师，但作品却将描写他的笔墨聚焦于家庭内部的落魄相。徐小斌自述说九岁就读《红楼梦》，不知道《羽蛇》中的人物设置是否会受其影响，陆尘在这个"女儿国"中是唯一完整存在的男性，他在进行自身活动的同时，也映射出这个"女儿国"的基本生态。

在《羽蛇》中，这个女性群落被作者称作"皇后群体"——

> 经过多年的研究，我终于了解了我的母系家族产生的树形结构图。或者说，皇后群体。在这张树形结构图中，羽蛇是最孱弱而又最坚韧的枝条，她颤巍巍以醉酒者的步伐起步，还没有成为皇后就夭折了。
>
> 但是羽蛇的夭折并不影响我这个家族的其他女人。金乌、若木、玄溟……她们都是远古时代的太阳和海洋，她们与生俱来，与这片土地共存。[1]

请体会一下这叙述语言中的庄重与悲情。这样的女性家族，理所应当地值得尊重。在进行了五代女性人物图谱即"皇后群体"的脉络传承梳理后，我们可以进入这个群落，解析其内在的纠葛，揭示其内在的恩恩怨怨、报复与救赎了。

---

[1]　徐小斌：《羽蛇》，作家出版社 2019 年 9 月，第 2 页。

第二节 "对我来讲就是现实，对你来讲就是梦"

近代以来中国的历史进程风云跌宕，女性的命运主动地或者被动地卷入时代风潮，让她们体验到革旧鼎新之艰辛与无法回避的代价。这是《羽蛇》描摹"皇后群体"的第一个层面。

循规蹈矩的杨夫人，因为亲缘关系，要为同姓远亲杨锐的行为担惊受怕，这位经常出入慈禧太后的宫禁之地的官员之妇，害怕因之遭受牵连。富有叛逆精神的碧城，投身太平天国去寻找新的道路，但是，无论是治国理政，还是妇女解放，都未见新政权给她带来什么新的气象，仍然是纲纪崩坏，仍然是男权至上。沈梦棠在另一个时代中继续寻找人生与民族的新路，在现代政治运行的严酷规则中，在反复地要求进行"忠诚证明"的自我清算中，还是无法证明自己的清白无罪，她使出浑身解数，也只能是远走异国，下落不明。到陆羽和丹丹这一代，她们都曾经热血沸腾地投身于时代大潮奋起抗争，这也和她们的爱情追求融合在一起。为这两个目标中的每一个，她们都奋不顾身，不惜做出自我牺牲，但是，她们在时代的潮起潮落中经历和收获的，和她们的追求背道而驰。她们的情感都真挚执着深入骨髓，但最终却不过是镜花水月难逃幻灭之厄运：丹丹为烛龙生了一个儿子，烛龙对此却一无所知；陆羽为了救助身陷大狱的烛龙费尽心血，舍出一条命去，她也无法得到一个完整的烛龙，终落得两手空空……时代使命的召唤，曾经把大量的青年女性激励到街头和广场，但是，在严酷的斗争中，无论丹丹还是陆羽，她们终究只是时代风雨的有限度的参与者，她们所能够做的，只是用自己的伟大母性去庇护那些运动领袖，反之，烛龙这样的男性，既不能做一个合格的丈夫，也做不了称职的情人。

这与其说是丹丹和陆羽的运气不佳，遇人不淑，不如说是时代的另一种悲哀。研究政治领袖与围绕在其身边的女性的关系，不是我们设定的课题，但是，仅就我的阅读视野，革命与女性的关系，许多时候都是让女性陷入新的困境（就像近些年读到的董竹君《我的一个世纪》、秦德君《火凤凰：秦德君和她的世纪》、黄慕兰《黄慕兰自传》）。无论政治斗争是胜利还是失败，也无论政治领袖是英勇牺牲还是登上高位，他们的女性伴侣都未必有什么美妙的结局。

政治斗争的承诺是无法兑现的，政治领袖的承诺也是无法兑现的。何况，烛龙从来就没有对丹丹和陆羽做过什么承诺。丹丹对烛龙是飞蛾扑火，一厢情愿地诱惑烛龙与其做爱，然后就痴痴地守着羊羊，一厢情愿地沉溺在有朝一日与烛龙再度重逢的期待中，并且将羊羊呈送到烛龙面前。陆羽对于烛龙，同样也是一种一厢情愿的诱惑，不是用身体，而是用话语，反复地讲述那个在西覃山金阙寺刺青的故事。但烛龙也好，读者也好，都很难把那个年轻的僧人和后来的青年思想者合二为一地整合起来。

我愿意将烛龙称作思想者，就像罗丹所塑造的那位绷紧了全身肌肉而投入深沉思索的男子一般。他不是鲁莽冲动的堂吉诃德，又比哈姆雷特多了几分行动的力量。有勇无谋，暴虎冯河，固然是不足取的，多谋寡断，则只能证明他的思想缺少决断力和行动力。烛龙在他卷入的几次政治风潮中，能够挺身而出甘做前驱，也可以做出审时度势的判断反对盲动。他在政治斗争中是堪为楷模的。他的悲剧，不在于对局势与前景的把握，而在于曲高和寡，皎皎者易污。

在情场上，烛龙却不能说是个合格者。对于丹丹的一厢情愿献身于他，还可以说是他的瞬间动摇，但他后来和安小桃结婚，并且从安小桃那里感染性病，就完全令人匪夷所思了。陆羽对他的不离不弃舍命救助，与其说是今世的情缘，不如说是对前生中圆广的刻骨记忆。这个在特殊时刻集残忍与悲悯于一身的青年僧人，无情地进入刚刚成为少女的陆羽的身体，不是为了满足淫欲，而是遵从法严大师之命，帮助其完成为陆羽刺青的艰难任务。这样的交合，在作品中也是陆羽平生的第一次性经验。对于圆广，则是促使他从圆广到烛龙的身份转换的决定性原因，如果真的存在过圆广的话。

对于真实世界与梦想世界的辨析，就是陆羽与烛龙的根本差异所在——

> 烛龙轻轻抚摸着羽的长发，泪光闪烁，"现在我告诉你实话吧，我在少年时代曾经做过一个梦，梦见你，我为你的胸前，纹了两朵梅花，你是我的第一个女人，我也是你的第一个男人，可是梦里的你，根本就没把我放在眼里，你非常骄傲地离开了我，当时我心里非常非常难受，后来梦醒了，梦醒之后我的胸口还在隐隐地疼。……可那毕竟是梦啊，你几次问我，我都不敢承认……"
>
> "你为什么也要像别人一样，把现实和梦分开呢？告诉你一个秘密，现实和梦，本来就是一回事，因为灵魂和肉体一样，有工作也要有休息，灵魂工作的时候，就是现实，灵魂休息的时候，就是梦，你细想想，是不是？我灵魂工作的时候，正好是你的灵魂休息的时候，所以对我来讲就是现实，对你来讲就是梦，是不是？"[1]

与其说他们两个人孰对孰错，不如说是他们生活的世界有所不同。陆羽是个沉溺于内心世界且富于幻想的女性，梦是心中想，也是一种心灵的真实。烛龙自诩为祝融，就是中国神话中的火神，是要在黑暗中带来光明的。烛龙有强烈的政治抱负，有无畏的献身精神，也有冷静的现实认知，懂得政治斗争的可行性与分寸感，懂得适可而止过犹不及。他不是没有幻想，而是懂得必须把理想与现实分开，必须会看火候能进退，争取最大的利益。他也不惮于自我牺牲，所以才会在风潮结束后一片空茫之中挺身而出，为这段历史担当职责。他必须把梦想与现实分开，这也许就是鲁迅先生所言文艺

---

① 徐小斌：《羽蛇》，作家出版社 2019 年 9 月，第 209—210 页。

与政治的歧途。陆羽就是一个中国本土的超现实主义画家。她可以将梦中的圆广与现实中的烛龙融合为一人，寄情终生。烛龙却是一直在寻找理想与现实的最佳契合点，也就是那位古希腊科学家所言的撬动地球之杠杆的支点，去改造现实。两者的差异一望可知。

第三节　角色意识："你得学会戴上面具"

两个人面对现实生活的态度也是有根本差异的。陆羽沉溺于自己的内心世界，不关心世态人心，不懂得有效地调谐人际关系，而是以本真的面目示人，没有心机，不懂得自我保护，不懂得分寸感和公共环境中的交往原则，我行我素，一骑绝尘。这对于一位孤傲的艺术家而言，可能是率真、本色，也是古往今来诸多伟大的艺术家用以示人的一面。从屈原的芳草美人修洁独立、陶渊明的不为五斗米折腰到曹雪芹自嘲无材补天、蒲松龄与狐魅花妖为伴，都给后来者树立了超脱尘俗的榜样。但是，文本中塑造的自我与现实中的自我是有区别的，何况一个人写下的多种文本，只有全面阅读才能够掌握其人的多个侧面。就是伟大如李白，以"安能摧眉折腰事权贵，使我不得开心颜"而传唱千古，他也有在《与韩荆州书》中对韩朝宗的极度夸奖，不但是借他人之口吻说："白闻天下谈士相聚而言曰：'生不用封万户侯，但愿一识韩荆州。'何令人之景慕，一至于此耶！"还直接地向韩朝宗献上颂词："君侯制作侔神明，德行动天地，笔参造化，学究天人"。这当然是言过其实，过誉之词。

我们没有理由指责李白，而是想要说明，每个人在社会生活的不同场合中要充当不同的角色，需要不同的应对方式，需要不同的面具。陆羽的特征却是不加掩饰，不戴面具，任性而为。对此，金乌是非常赞赏的——"为此金乌对羽格外宽容。为了羽的幽闭悲伤孤独倒霉不受宠爱不受重视，为了羽的可怕的秘密，更为了羽的不戴假面。"丹朱却指出，这样的不戴面具，是难以在现实中立身的：

> "你得学会戴上面具，那样你的日子可能好过点。"
>
> 她惊奇地看着他。
>
> "真的，你得戴上面具。并不是让你有意作假，那不过是社会的人格面具，那也是游戏规则的一种，都在社会上生活，你不能太个别。"
>
> 她仍然不解地看着他。[1]

人们需要面具，是因为他们需要在现实中扮演不同的社会角色。文艺复兴时期的英国戏剧家莎士比亚在其剧作《皆大欢喜》中写道："全世界是一个舞台，所有的男人和女人都是演员，他们各有自己的进口与出口，一个人在一生中扮演许多角色。"后来，社会学家们在分析社会互动的过程中发现，社会舞台与戏剧舞台具有某些相似之处，于是把戏剧中的"角色"概念借用到社会心理学和社会学中来，产生了"社会角色"概念，其核心的问题是"我是谁"，是对一个人的自我定位和社会定位。社会角色理论把人们的社会角色划分为规定性与开放性两种类型，"所谓规定性角色指有比较严格和明确规定的角色，即对此种角色的权利与义务、应当做什么、不应当做什么都有明确规定。所谓开放性角色，指那些没有严格、明确规定的社会角色，这类角色的承担者可以根据自己对角色的理解和社会对角色的期望而从事活动"[2]。

烛龙自己就是一个角色意识非常强烈、行为规则严谨的人。他在大庭广众之下极富鼓动性地宣讲自己的政治主张，和在陆羽面前无所顾忌倾诉肺腑之言，就完全是两种话语方式。"广场演讲""沙

---

[1] 徐小斌：《羽蛇》，作家出版社 2019 年 9 月，第 221 页。

[2] 见"MBA 智库·百科"条目"社会角色"https://wiki.mbalib.com/wiki/%E7%A4%BE%E4%BC%9A%E8%A7%92%E8%89%B2。

龙放谈"和"密室私语"这几种界限分明的话语方式就表现出他强烈的角色意识。但"角色意识"同样不是个贬义词。在风潮中，烛龙是明确地否定这种激进的运动方式的，但是在风潮落定之际，他又舍身前往，自蹈死地，要为这段历史担当应有的责任。

两个人的差异，由此表现得非常鲜明。陆羽就是那种不守游戏规则、不按规矩出牌的开放性的社会角色。在她的心目中，根本就没有角色意识，也不会区别不同的社会场合。她从小就"不讨人喜欢"，这是母亲对幼年陆羽的指责。"羽很想做讨人喜欢的孩子，但她做不到，她很小的时候就发现要想讨人喜欢得会说假话，可那样的话还不如杀了她。别说说假话，就是让她说真话她都难受，因为她发现心里想着的一旦变成了语言，就不那么珍贵了，而且或多或少都有虚假的成分，因此她很少说话。"[1] 在她的画展开幕式上，陆羽本来是观众和媒体的聚焦点，可以借此暴得大名，她却因为疲倦钻到签名桌下酣然入梦，衣冠不整，脸上还带着油彩，让影像时代的媒体人士大为扫兴。在面对年轻有为的医生丹朱时，她曾经有过情感的表露，却因为演技拙劣而被丹朱识破，丹朱揭穿其别有所恋。她的社会角色，显然是扮演非常不成功的。

这就关联到社会角色理论的相关命题：先赋角色与自致角色，自觉的角色与不自觉的角色。

先赋角色，也称归属角色，指建立在血缘、遗传等先天的或生理的因素基础上的社会角色。自致角色，也叫自获角色或成就角色，指主要通过个人的活动与努力而获得的社会角色。自致角色的取得是个人活动的结果。根据人们承担社会角色时的心理状态区分则是自觉的角色与不自觉的角色。自觉的角色，指人们在承担某种角色时，明确意识到了自己正担负着一定的权利、义务，意识到了周围的人都是自己所扮演的角色的观众，因而努力用自己的行动去感染周围的观众；不自觉的角色，指人们在承担某一角色时，并没

---

① 徐小斌：《羽蛇》，作家出版社 2019 年 9 月，第 17 页。

有意识到自己正在充当这一角色，而只是按习惯性行为去做。[1]

陆羽就是先赋角色和不自觉的角色型的。她的人际关系，除了烛龙，基本上都是建立在血缘关系上的，家中的外婆、父母与姐姐、弟弟，以及彼此关系密切的金乌和亚丹。她的下乡当知青和在工厂当装卸工，都不是自觉的意愿，而是迫不得已无可选择。她的绘画才能，也不是后天习得，不是主动设立目标然后努力去实现，而是天赋奇才，如李商隐诗云"我是梦中传彩笔"（李商隐《牡丹》）。在她人生的轨迹中，大半时间她都是以其昏昏使人昭昭的，是不自觉的角色。与烛龙相对应，作品中引用了北岛的著名诗句，"卑鄙是卑鄙者的通行证，高尚是高尚者的墓志铭"（北岛《回答》），强化其自觉选择的形象。在西覃山金阙寺，他本来可以与陆羽相互厮守，遁形世外，了结心中夙愿，但他认为必须有人为刚刚发生的历史震荡负责，在他人纷纷作鸟兽散之际慨然前往，不避斧钺。

这才是陆羽与烛龙最为深刻的内在分野，是一个难以分解的悖论。

与此同时，在陆羽和烛龙这里，都可以看到他们的社会角色的混乱。通常而言，每个人都不止一个社会角色，而是根据不同的环境与人际关系充当不同的社会角色，形成一个角色集。在不同的社会角色之间，可以彼此协调，也可以内在分裂。在金乌那里，就看到陆羽的角色分裂："金乌久久地看着羽，忽然觉得，羽身上同时有着一种小心翼翼的秀美和放浪形骸的决绝，她可以清淡成一滴墨迹，又可以纵身大水，溺水而歌。她的血管，好像入冬的花茎，干涸的河床，只有在有爱的时候才是美丽的，而现在，她只是像一匹进入冬季后被束之高阁的丝绸，沉睡着，万般无奈。"[2] 烛龙的社会公众角色可以说是表演得非常成功，但他处理爱情与婚姻的方式，

---

[1] 见"MBA 智库·百科"条目"社会角色"https://wiki.mbalib.com/wiki/%E7%A4%BE%E4%BC%9A%E8%A7%92%E8%89%B2。

[2] 徐小斌：《羽蛇》，作家出版社 2019 年 9 月，第 33 页。

他对待亚丹、陆羽和安小桃三个女性的弃取去留，则不能够被称作成熟男性的慎重选择。

第四节　五代女人一台戏：悲剧及其成因

女性主义理论的创始人之一波伏娃说："女人不是天生的，而是被塑造成的。""我和所有人一样，一半是同谋，一半是受害者。"[①]前一句广为人知，被学人反复引用，后一句则很容易被人们忽略。个中的原因可能很复杂，难以一一诠释，其中很重要的一点就是，在女性的社会地位、经济地位和家庭地位都很卑下的时代语境中，首先要做的，是要为女性减负，是要尽力改善她们的生存环境。既然女性是被塑造成的，那么，当务之急就是要改变这塑造女性的模板。

但是，环境与人是相互塑造的，环境塑造人，人也创造环境。正是在这一意义上，我们对于《羽蛇》的解读，找到了自己的言说方式。尽管，它已经被很多研究者反复陈述过了。

第一代女性杨夫人和杨碧城，似乎是个引子，她们的命运分殊，预示着被鸦片战争揭开序幕的中国近代化现代化进程对女性命运的改变。受到慈禧太后宠爱而跻身于宫廷的高官夫人每日提心吊胆战战兢兢，号称解放妇女的草莽天国容不得碧城这样的刚烈挚情。杨夫人留下了玄溟等子女，杨碧城留下的是她的绣品和那一盏紫色的水晶吊灯。

第一代人毕竟离当下过于遥远，到第二代玄溟这里，才会感受到切肤之痛。玄溟才情和容貌都很出众，尽管她只是拥有十七个子女的大家庭中最小的孩子，小小年纪就受到父亲器重，管理这个家庭。嫁给秦鹤寿，就是话本小说中夸奖的天造地设的一对佳偶。秦

[①] 《波伏娃经典语录汇编》，百分网 http://www.oh100.com/yulu/1258248.html。

鹤寿出身名门，是二十世纪初年留学日本的铁路专家，而且满怀革命热情支持孙中山领导的民主革命，是时代的领新潮的人物。玄溟嫁入秦家，本来想着要进新学堂读书，弥补自身新知匮乏的短板，却再度受命管理另一个庞大的家庭，从早到晚地操持家务。好不容易有了建立小家庭的机会，秦鹤寿却在灯红酒绿的世界堕落了，吸鸦片，吃花酒，捧戏子，再一次地毁灭了玄溟人生中的希望。

玄溟没有被这样悲苦的命运压倒，在与丈夫的斗争中，她养成强悍的性格，女强人的姿态，却又让她在秦鹤寿缺席的家庭中独立撑持，造成儿女们的弱势性格。天成和若木都是抗战时期铁道学院的大学生，都没有多少在社会上打拼的经历，一个在青年时代感染霍乱死亡，一个在婚后不久就居家做了享受清闲的主妇。玄溟将天成之死迁怒于若木，她变相包办的若木的婚姻也没有给女儿带来幸福的家庭生活。但玄溟的强势也有受挫的时候，因为在若木与钱润的少年游戏的处理上被若木击败，玄溟此后在与女儿的关系上一直处于下风（尽管在表面上，玄溟在一边给这个家庭劳碌操心，一边在口头上不停地诉说为了女儿而失去儿子的悲伤，若木却没有还击与辩白，让陆尘看错了强弱之别）。但玄溟的重男轻女的观念，既给若木造成伤害，也让若木铭刻在心，"传承有方"。在对待幼年陆羽的态度上，她和若木一样拙劣，她的那盏紫水晶串花吊灯却让陆羽念兹在兹。玄溟也有过人的见识，她断定羊羊是天成的后裔，早在众人都不明就里的时候就明确地要把紫水晶串花吊灯遗赠给他。而且，她具有可贵的反思意识，如作品中所言，玉心阿姨把水晶灯交付给玄溟，要她把水晶灯送到西覃山金阙寺，交给法严大师。玄溟违背了自己的诺言，把那盏灯留了下来。"她这一生坎坷颇多，连亲生儿子也死于战乱，不知是不是与她违背诺言有关，老年的玄溟反省到了这一点，因此把这一切通通告诉了外孙女，希望外孙女羽蛇能够分担自己的罪孽。"[1] 这让我们对晚年玄溟的认知有了极大

---

① 徐小斌：《羽蛇》，作家出版社 2019 年 9 月，第 65 页。

改观——无论什么时候，能够反省自己的重大过失，总是一种值得赞美的品格。

这一代人中，还有玄溟的姐姐玄湛。她在作品中着墨不多，但正是她为儿子主办婚事，迫使安强为反抗包办婚姻在新婚前夜逃亡，落草为寇，改变了安强以及梅花等下一代人的命运。这也是对玄溟形象的一种补充吧。

玄溟有个终身未能实现的梦想，她因为得到慈禧太后的宠爱，以为自己可以成为宫中的格格，但时不我待，剧烈的时代变迁，打破她的痴心念想，也让她一双精致的小脚失去了意义。若木也传承了这样的公主梦，妆容、衣着和做派，处处精益求精，殊不知，她们的家族和满族不沾边，只是当过清廷的官员，这样的想象却足以让若木形成鲜明的贵族气。若木还是个小女孩时，和邻居男孩钱润好奇地探索两性的身体秘密，被玄溟撞破，母女二人角力，若木以死抗争，占得先机，逼得玄溟向女儿下跪求情，并且一生都是做女儿的服侍者，当若木在悠闲地用一只纯金的耳勺掏耳朵，玄溟却在忙碌着操持一家人的饭食，然后心有不甘地在餐桌上抱怨不休，若木却一声不吭地享用她精心烹饪的美味佳肴，以软弱的面目示人。若木对于曾经解救过自己的梅花恩将仇报，深知她暗恋陆尘，却强行把她指配给比她年长许多的四十六岁的男佣老张，绝情寡义，将自己的不幸造成的畸形心态暴露无遗，自己没有幸福可言，就肆意地破坏梅花的幸福。天成弥留之际想要吃橘子，若木上街去买橘子却还要跟商家讨价还价，无意识中流露出她对于天成的嫉恨——她无力反抗男权社会和玄溟的重男轻女思想，只能把怨恨发泄在天成身上，破坏天成与梅花的情感，延误天成最后的心愿，皆是由此而生。"29 岁尚待字闺中在当时几乎令人难以置信。就连最贫穷最丑陋甚或是残疾的姑娘也难得如此。——恰恰相反，若木出身豪门容貌端严秀丽皮肤白如凝脂头脑和身体都十分健全。若木所以 29 岁尚未婚配仅仅由于母亲的极权。洞察一切的玄溟严禁儿女与异性朋友的交往。"① 抗战时期食品短缺饥肠辘辘，她在玄溟精心设置的美餐陷阱中捕获了金龟婿陆尘，但陆尘在发现她比自己年长五岁后深感被骗，夫妻二人感情不睦，多年冷战，若木也没有过上几天舒心的日子。反过来，对母亲、对丈夫、对女儿们，若木都是以控诉者的姿态出现，以弱胜强，所向无敌。为了陆羽造成若木新生男婴的死亡，她更是冷酷地斩断母女亲情，几十年间都不曾忘却仇恨（不过，这样的事情放在哪个母亲身上，也很难轻而易举地忘记幼子天亡之痛，而且是家中的唯一男孩呢）。然而，若木对于陆羽，并非像她在后者眼中表现出来的那样无情无义，她曾经对韵儿等说道："论才华，你们都比你的小姨差远了，她六七岁的时候就会画雪花，画得很美。"② 而陆羽耿耿于怀的就是她六七岁时精心画出一幅雪花飘飞的图画，在得到老师高度肯定之后一心要送给爸爸妈妈表达爱心，没有想到这一天恰巧若木分娩生男孩，全家人围着若木转，把她忘却到一边，连每天要到小学校去接她放学回家都几乎忘记了，让她遭受人生第一次冷落。孰能料到许多年以后，若木仍然记得这幅雪花图画呢。

与若木同辈的还有孟静，一个身份不明的女性。她自称和天成有事实婚姻，而且生了女儿亚丹。但是这些事实都是口说无凭，难以坐实的。这种"妾身未分明"的处境，对于很多人都是非常尴尬的，但孟静颇有大将风度，在大饥荒的年代，身处饥饿困境的她带着亚丹来投奔玄溟和若木，面对怀疑和排拒，她神情淡定，从容应对，迫不及待地加入她们的午餐中，反客为主。数年过去，她又嫁给学院的院长，再一次改变了她的命运。她可以收容无人疼爱的陆羽，富有同情心，却也幸灾乐祸地把陆家的灾难当作兴奋剂，表现出性格的另一面。

---

① 徐小斌：《羽蛇》，作家出版社 2019 年 9 月，第 23 页。

② 徐小斌：《羽蛇》，作家出版社 2019 年 9 月，第 308 页。

第五节　血缘混杂的奇葩与灵肉纠结的姐妹

这一代人中还有沈梦棠，她的故事太纠结。做地下情报工作，不但要在险恶环境里面对付占据优势的敌人，即便是回到根据地，回到自己人中间，也会遭遇许多的不虞事件。沈梦棠在情况复杂的白区可能游刃有余，到了延安也不知收敛，把大小姐做派张扬得淋漓尽致，将对自己非常友善的罗冰的未婚夫乌进抢夺过来，还写过文章批评延安文化生活的低劣单调，这当然是以她经验中的西化家庭背景和大城市文化生活为参照的，殊不知这却有逆鳞之嫌疑，从而在审干—"抢救"运动中落入危难，被关押审讯，受尽折磨。她的浪漫不羁让她落难，却也是让她自救的路径。她抓住难得的机会，和一个访问延安的美国记者史密斯交好，寻机离开延安。这当然是革命的另类，如金乌的养父所言："孩子，说实在的，我们和你妈妈的感情很深，我们喜欢她，敬佩她，那时候，她非常漂亮，会三国外语，会弹钢琴，跳很美的现代舞，在边区的女同志里，没人能比。但是她革命的意志不坚决，受不了委屈和误解，后来跟一个 M 国佬跑了，这件事情，对我们打击太大。多少年了，我们不能原谅她。……"[1] 时隔多年，政治正确的理念已然淡化，沈梦棠在动荡世事中顽强的生存与自救能力不能不令人赞叹。《羽蛇》中反复强调"血缘"二字，是碧城—玉心（她应该叫姑姑）的叛逆禀赋传到了她的血脉中吗？

还有不曾被论者关注的梅花和香芹。她们都是服侍玄溟和若木的下人，地位卑下，在作品中处于边缘位置。但她们也因此没有上流社会和知识分子的各种行为准则，没有什么脱离现实的幻想，她们接地气，懂生活，在相当大的程度上自主地掌握自己的命运，具

---

[1]　徐小斌：《羽蛇》，作家出版社 2019 年 9 月，第 41 页。

有很大的主动选择权。梅花被若木恶毒地指派嫁给男佣老张，这是无法摆脱的桎梏；她被安强掳去做压寨夫人，这也是不能自主的枷锁；但是在如何处理与安强的关系上，她却是可以有回旋余地的。这是她仅有的一次机会。她不但在安强面前显露了自己的聪明智慧，还主动地承继了安强的神盗才能，成为远近闻名的西覃山梅姑——安强不是贪得无厌的庸俗盗贼，而是将盗窃当作竞技游戏，有一种落拓不羁之美。在全国数千万知识青年上山下乡的年代，梅花竟然能够把女儿安小桃办回城市安排工作，虽然不落笔墨，却也再次证明她绝非寻常之辈。香芹曾经给陆绫当奶妈，这个奶妈当得非常独特，她只负责哺乳，不打理其他，享受着准产妇的待遇，连夜里给陆绫换尿布都要玄溟颠着一双小脚奔忙。香芹还好整以暇，哺乳期间在陆家还悄悄与相好相会做爱，什么都不耽误。许多年之后，人到中年疲惫不堪的陆绫前来投奔香芹，两人之间有一段对话：

> "可是嬷呀，我都奔五十的人了，谁还要我呀?!……"
> "瞎说！只有没人要的男人，哪有没人要的女人?！女人多大岁数都是宝，嬷都奔七十了，不是也没断了相好儿?"
> "谁能跟你比呀，嬷！""傻孩子，女人都是一样的，都是你们念书多了，念傻了，踏实儿在嬷这儿住着，看它一年半载，嬷把你调理成啥样儿?"[1]

这样的心境和生存状态，足以称作潇洒。相反地，香芹指责陆绫们"念书多了，念傻了"，也不是毫无道理。也许还是近代以来的社会现实过于严酷，无论是自命为贵族血统的玄溟、若木，还是陆绫、陆羽这些其实没有读过多少书的共和国同龄人，以及陆尘这样在历次政治运动中反复被清算的知识分子，他们的人生都经历了

---

[1] 徐小斌：《羽蛇》，作家出版社 2019 年 9 月，第 287 页。

太多的坎坷，梅花、香芹们依靠直觉和生活本能欲求展开自己的人生，却可以活得有声有色、风流倜傥吧。

读书人也不是个个无能。金乌就生活得非常爽气。她是陆尘的学生，年龄介乎若木和她的孩子们之间，在辈分上和陆家三姐妹及亚丹是同一代人，也是同代人中唯一活出了自我的一位。她继承了母亲沈梦棠和美国人父亲的血统，具有明显的混血儿特征，这让她物以稀为贵，大学毕业后，早在五六十年代之交就演过电影当过明星，七十年代末还在美术学院当过模特儿。她从容游走于社会与诸多男性之间，却不会轻佻浮浪，而是进退有节，把握住自己处理异性关系的底线。她当模特儿是因为收入丰厚，但她并不是拜金狂，她先知先觉地向玄溟归还那只二十克拉重的钻石白金戒指的情节，就足以令人动容，也赢得玄溟的真诚与尊重。她也是陆羽毕生中唯一可以信赖的人，陆羽唯一一次讲起家中的剧变和自己的罪过，就是向金乌讲述的。而为了唤醒委顿不堪的陆羽身体的活力，金乌对她进行了一次身体与性的启蒙。在八十年代，又是金乌为仍然在做零工的陆羽操办了一次相当规模的画展，这也是陆羽人生中仅有的一次高光时刻吧。

绫和羽姐妹二人，性格有很大反差，在她们生命的起点上，却有重要的相同之处，她们最早的人生梦想，就是穿着美丽旗袍的美丽的中年女性，就是她们的母亲若木。再一个共同点是她们获得性启蒙，都是来自女性。"我们当然记得羽童年时常常在幻想中出现的女人，她和绫的梦中女人一样成为一种意义不明的象征，如果我们肯费心去了解一下，那么就会有一个十分令人惊奇的发现：在许多女童的幻想中，都有着一个美丽或者特别的成年女人，她是她们的母亲的原始心象，也是她们一切欲望的缘起。是她们的同性唤起了她们最初的欲望，但她们很难接受这个事实。"[1]

---

[1]　徐小斌：《羽蛇》，作家出版社 2019 年 9 月，第 98—99 页。

我们通常会说，男孩子的第一个崇拜模仿的对象是父亲，女孩子第一个膜拜的偶像是母亲。因为这是孩子在极为有限的生活环境中最为亲近最为熟悉也最崇敬的人，父亲和母亲是孩子的生活中得到帮助指导最多的人。这不难理解。但是，说母亲和同性"唤起了她们最初的欲望"，就颇费心思去加以破解其中的谜团了。

把中年时期仍然女性魅力十足的母亲作为自己的人生理想，绫和羽盼望着自己长大。接下来出现的香芹和金乌，取代了母亲，完成她们的性启蒙。关于女性成长中性心理的发现，这是性心理学家的研究命题，对此我无由置喙，只是在《羽蛇》的解读中讨论之。《羽蛇》中有一章的标题叫作"缺席审判"，就绫和羽的性意识唤起而言，这或许是对男性的缺席之审判。在这个女性家族中，没有强悍的男性显示出性别差异与男性魅力，父亲陆尘也显然无力充当这样的角色，在姐妹二人童年成长中缺少可以仰慕的男性。这和若木的性启蒙有鲜明的对照。若木是在和邻家男孩钱润对异性的探索与互动中认识自己的身体的，这一进程被玄溟粗暴地打断，种下了若木终生性格扭曲母性缺失的悲剧。绫的性意识萌发，是她在偷看奶妈香芹与情夫的偷欢之际，再往前推，则是她在香芹哺乳期间对香芹丰满双乳的恋慕。绫是早慧的，她在偷看香芹做爱的时候，不过五六岁年纪，是自发的主动的。这也让陆绫后来的人生中，性欲的满足成为其重要的内容，有丰富的性经验，在作品中称其为"性解放的先锋"。陆羽的性启蒙是被动的，到中学时期，身体发育迟缓，仍然是没有什么性征，加上她严重的心理抑郁，身心交瘁。金乌为了激发她的生机，在浴缸中与她相互抚摸嬉戏，唤醒她的身体。于是，痴心的陆羽对金乌产生强烈的依恋感。活跃而成熟的金乌当然不做如是想，她很快地转移目标，去诱惑陆羽的同班同学、M国左派领袖的儿子，停止了与陆羽进行同性恋的"行为艺术"。

陆羽从此以后，再也没有什么深刻的性体验，圆广进入她的身体，不是为了性的欢愉，而是为法严大师能够顺利地完成其纹身过程——这真是对陆羽的救赎意愿的根本颠覆。陆羽要为她的杀死男婴弟弟的罪过进行赎罪，但这一过程却要用男根来辅助完成。陆羽在这一交合过程中只有痛苦毫无快感，却因为圆广在交合过程中表现出对自己的同情怜惜甚为感动。她在叛逆女性家族的同时仍然对圆广念念不忘，以至当烛龙出现，尽管烛龙对西覃山金阙寺的往事毫无记忆，陆羽却一厢情愿地爱上了他，两次舍命去救他。但这种爱仍然停留在精神的层面，是陆羽的单边行为，很少有两个人的真正交流沟通，烛龙除了在流亡中在西覃山金阙寺与陆羽有深度交谈，看不出他为陆羽做过什么。这样的爱情恐怕也不能说是理想的爱情。前面我们是从他们为什么不能够真正结合分析了其中的几个原因，这里是从两个人彼此相对的付出与应答层面上讨论问题。

正如《羽蛇》扉页的题词所言："世界失去了它的灵魂，我失去了我的性。"这里的"我"应该是复数。绫曾经充当"性解放的先锋"，人到中年却一无所获，除了满满的身心疲惫与衰老。陆羽基本是在形而上的层面理解爱情，同时她也笨拙地利用过对她有很多好感的丹朱医生为父亲陆尘治疗提供方便。介乎于绫和羽之间的是亚丹。少女时期的亚丹在欲望的促使下，无师自通地学会了自慰，但这样的行为同样带来后患无穷。虽然明白了此中利害，明白了需要真正的两性交欢才能归返正途，亚丹还是非常不幸——她和烛龙有过性爱生下羊羊，在更多的时间里就是守着羊羊而想象与烛龙重逢。为了生计她与阿全结婚，不料阿全却是阳痿患者，不知这是幸还是不幸。这个世界对于女性太残酷，在妇女解放的口号已经叫响多年的时候，这一群女性却连基本的性需求都难以满足。问题也可以倒过来，在妇女解放的口号已经叫响多年以后，这些女性是太超前还是太落伍呢？

要是把陆羽比作"世外仙姝寂寞林"，亚丹就好比"山中高士晶莹雪"。她们都痴恋着烛龙，就像钗黛都痴恋贾宝玉。她们也像钗黛一样，一个是精神的绝对追求，一个还育有一子。这样的比拟还有一重意思，"世外仙姝"可以不考虑现实的需要，"山中高士"却需要算计柴米油盐。于是，亚丹的别一困境是精神与金钱的冲突。亚丹是有才华的作家，她写的剧本和小说，都是有内涵有追求的。但是，她的特立独行，在八十年代，没有追随当时的文学潮流，不合群，不行时，没有大红大紫。到市场化时代，文学写作在某种意义上蜕变为商品，是迎合市场需要获得丰厚的经济回报，还是执着初心甘守清贫，让需要抚养孩子的亚丹颇费心思，进退失据。为了保护羊羊，她被逃跑途中的安小桃驾车撞死，直到死后她的作品才意外地得到文坛的高度评价，就像王小波一样，她在电脑中敲下的未刊稿都成为抢手的佳作。这对她一生的追求和坚守，是肯定还是嘲讽？

安小桃呢，生于那样一个奇特的家庭，"母亲平时沉默寡言，从不刻意教诲认真规范，便形成小桃无拘无束的性格，在小桃的血液中，兼有父亲的侠义放荡和母亲的聪慧灵逸，加上自小便从不拘泥于任何游戏规则，所以她的生活方式，实在是一片天籁"[①]。她不但承继了安强和梅花的高智商盗贼的血脉，还是烛龙正经八百的妻子，真正享受到与烛龙的性爱，还把性病传染给了烛龙。三个围绕着烛龙而旋转的女人，她们的命运再一次地重蹈上一代人中若木与梅花、香芹的覆辙，岂不令人深思！

下一代人中，羊羊是一个中学生，他的人生还没有展开就遭罹车祸，虽然存活下来，但高位截瘫的状态让他的前景不容乐观；韵儿却是市场化时代的弄潮儿，毫不掩饰自己的欲求，刚刚十六岁就开始用自己的青春美貌换取物质利益和奢华享受。这也许是这个女性家族的一个变异，改写了"皇后家族"的新一页。

---

① 徐小斌：《羽蛇》，作家出版社 2019 年 9 月，第 217 页。

第六节 为爱而生，有羽难飞

对《羽蛇》的诸多女性来说，陆羽是其中生存最艰难的，一生坎坷，几死几生，而这一切的缘起，不过是她对于爱和被爱的极度渴求。可以说她就是为爱而生的精灵。陆羽曾经在少女时代得了怪病——"医生说，羽是全身性内分泌紊乱。医生为她开了许多药。可是许多年之后她再与金乌相遇的时候，金乌告诉她，她缺少的只是一种药，那就是爱。"[1]

孩子需要衣食，也需要关爱。每个家庭都负有这样的责任。但是，对于每个孩子而言，对于这种关爱的体验不同，渴求与满意度不同，有的浑浑噩噩，有的粗粗拉拉，有的非常敏感，陆羽就是这类非常敏感的孩子。在她出生之前，家中已经有两个姐姐绫和箫，父母和外婆都希望这一次迎来的是男婴，陆羽的出生就显得不合时宜。她的被忽视被排斥，都不令人惊诧。到她六岁的时候，若木终于生出男孩，陆羽不过是好奇地按了按弟弟的鼻子，就被若木劈头盖脑地痛打一顿，怕她伤害到新生儿。在此之前，陆羽在学校里画的雪花图得到老师的褒扬，她兴高采烈地要把精心画出的图画送给亲爱的爸爸妈妈，没有想到这一天正是小弟弟出生，全家人都赶到医院去，连接小陆羽回家的事情都无暇顾及。陆羽无法接受新生男婴夺去父母之爱的现实，不辨现实与艺术，学着她从电影上看到的扼杀新生儿的情节，致小弟弟死亡。

扼婴事件，可以列为女性文学的一大母题。武则天扼杀亲生女婴，嫁祸于王皇后，虽然只是一桩疑案，却传说了千余年。麦克白夫人没有形成事实上的扼婴惨案，她的这段台词却总是被举例说明其残忍冷血：

---

[1] 徐小斌：《羽蛇》，作家出版社 2019 年 9 月，第 108 页。

现在你有了大好的机会，你又失去勇气了。我曾经哺乳过婴孩，知道一个母亲是怎样怜爱那吮吸她乳汁的子女；可是我会在他看着我的脸微笑的时候，从他的柔软的嫩嘴里摘下我的乳头，把他的脑袋砸碎，要是我也像你一样，曾经发誓下这样毒手的话。

——《麦克白》第一幕第七场

陆羽的扼婴，半是嫉妒半是无知，是孩子为了争夺父母之爱。这和那些成人的目的明确的行动差之甚远，但是，从此她就背上了沉重的罪孽，就像鲁迅《祝福》中的祥林嫂那样，用她后来的几十年的人生去进行漫长而沉重的赎罪。她和祥林嫂的不同之处在于，祥林嫂的赎罪是出于恐惧，害怕鲁四老爷夫妇将嫁过两次的她视作不洁不得参与年末的祭祖活动，害怕她嫁过的两个丈夫在她死后要求阎王爷将她用大锯锯成两半；陆羽的赎罪却是为了爱，为了用自己的赎罪行为重新赢得父母家人的爱。所以她才会向金乌倾诉说："……你别说了，我知道，我是永远不会被原谅的……他们把一切都告诉你了，是吧？是的我犯了罪，是我杀死了我的弟弟，可是……可是我那年只有六岁，我什么也不懂，……我……我真的不知道，我怎么才能赎罪？只要能够赎罪，就是死一千次，我也愿意！……"[1]

《羽蛇》是个非常复杂的文本。在许多场合，我们读到的是陆羽与若木的冷战，是陆羽为了维护自己在家中非常卑微的地位不至于继续沦落而做出的自卫。田姨就劝诫她说："何苦呢？一个女孩子家，乖乖听话，好好念书，做做针线，干干净净的，嘴甜一点，讨个喜欢，就是父母说两句，做个小花脸儿也就过去了，干吗总那么犟头倔脑的惹父母生气？将来你做了母亲也就知道了，怀胎

① 徐小斌：《羽蛇》，作家出版社 2019 年 9 月，第 56 页。

十月，容易吗？……"[1] 若木的尖刻和敌意，不但自己视陆羽如寇仇，而且容不得陆尘对女儿表示任何关切同情，其毒辣的话语，让陆羽无法忍受。陆羽的口吻之狠毒刻薄，也不亚于若木，苦口婆心的田姨对她开导再三，陆羽的"毒舌"一下子就将田姨的心戳个大窟窿，让田姨饱受伤害。

为了维护自己，陆羽不得不用针锋相对的恶言恶语回击若木，她说出来的最严厉的一句话就是："如果生了我，又不爱我，那还不如不生我！"[2] 这句话她盘旋在心中许多年，终于在与母亲的最后一次冲突中迸发出来。这句话是一把双刃剑，把家人和陆羽都伤害得鲜血淋漓。

回溯到陆羽的幼年，她最崇拜的就是人到中年依然光彩照人的母亲。"羽在心里十分崇拜母亲。那时在她的梦里常常出现一个美丽的中年女人。那女人总穿一件米色起花的丝绸大襟褂子，梳 S 头，皮肤雪白，涂黑色系列唇膏，羽知道自己渴望长大，渴望成为这样一个女人。羽那时的幻想十分单纯。"[3] 为了能够得到母亲和外婆的爱意，幼年的陆羽"其实喜欢生病。因为生病的时候母亲和外婆就会对她好一点"[4]。

家中男婴死亡事件发生后，陆羽自知罪不可恕，在大雪天里投身湖水。陆羽是个暴烈性格，藏在柔弱寡言的外表下。但她的罪过仍然有待救赎，她死而复生，再度出现。但是，就像她在看电影时误解了影片中的杀婴情节，她这一次又错误地接受了外婆的教诲，到西覃山金阙寺去刺青赎罪——本来外婆对她讲的是，要她到那里找到法严大师，代玄溟纾解没有把紫水晶吊灯物归原主的过错，陆羽却认为接受刺青的痛苦可以救赎自己的罪过，就像祥林嫂那样，

① 徐小斌：《羽蛇》，作家出版社 2019 年 9 月，第 106 页。
② 徐小斌：《羽蛇》，作家出版社 2019 年 9 月，第 110 页。
③ 徐小斌：《羽蛇》，作家出版社 2019 年 9 月，第 15 页。
④ 徐小斌：《羽蛇》，作家出版社 2019 年 9 月，第 10—11 页。

在柳妈的劝导下到土地庙去捐门槛，用承受一次全身心的剧烈痛苦的方式洗涤自己的灵与肉，而圆广的加入，更是加重了年仅十三岁的少女的另一重痛苦。这样的死去活来，只是发生在陆羽的生命中，她的刺青，直到死后才被若木发现，更何谈要用此举向父母向世人洗刷她的杀婴罪过？

再一次的死亡发生在陆羽在北大荒当知青的时候。陆羽是连队知青中最年幼的，严格地说还不能算是青年人，超体力极限的劳动强度让她不堪重负，浓烈的阶级斗争氛围更让她身背资产阶级知识分子家庭出身的污名，被划入另册。她帮助安小桃逃回京城，自己遭受大会批判之时，突然发生火灾，她和连队知青都奋不顾身投入救火行动，却消失在烈火中。

比这次意外火灾更惨痛的是陆羽在和安小桃一起等火车时做的一个梦：

> 她和小桃背着行李到了火车站，她觉得很累很累，好像腿都快迈不动了，但是她们都看见火车站的月台上有个女人的背影，很风韵的，小桃就叫上了："妈妈！是我的妈妈，妈妈！"羽不知道怎么了，也跟着一起叫，叫妈妈。妈妈这个字眼对于羽已经很陌生了，一开口叫妈妈，便有两道温暖的泪水慢慢从眼角淌下来。可是，那个女人一回头，却是一张没有五官的白脸，羽惊叫了一声醒来，看见小桃还在香香地睡着。羽回忆梦中的情形，做出叫妈妈的口形，她发现自己真的在流泪。她真想像别的女孩子一样倒在妈妈的怀里撒一回娇，要妈妈来哄她，小桃这一回去，她的妈妈还不知怎么疼她呢，她想。[1]

从农场火灾中死而复生的陆羽回到家中，于是在陆绫即将临产

---

① 徐小斌：《羽蛇》，作家出版社 2019 年 9 月，第 87 页。

的时候，在家中再度爆发一场剧烈的冲突，让陆羽痛不欲生——究其实，若木这一次的发难，本来是指向绫的婆婆，作品中称作王中妈的。迫于面子，若木指桑骂槐，借呵斥陆羽抨击王中妈，偏偏犟丫头陆羽听不出话中有话，把若木的诛心之论接过来，让本来希望努力证明自己对父母之爱的陆羽彻底失望：

> 她毕竟还是个 17 岁的少女，她一直努力想做个好姑娘，她一直抱着一个最纯朴的幻想，想让她的爸爸妈妈爱她，可她一次次地心碎了。她甚至听到了自己心脏碎裂的声音，她知道自己的心正在被一种坚硬的金属活活地绞碎，母亲的游戏或许是陆家永远的周而复始的游戏，但在羽看来，这是一种血腥的游戏，这种游戏的残酷就在于它永远闻不见血腥味，却把一颗年轻的心活生生地绞碎了。[1]

对母亲之爱的一再失望，陆羽似乎不再对自己的赎罪抱有希望。此后，她经历了更多的历练和磨难，为了替烛龙声辩清白愤然跳楼，接受了母亲安排的切除脑胚叶的手术，听从母亲的要求去为羊羊输血导致失血过多而死亡，等等。直到临终的一刻，她最后想到的是，终于可以重新被母亲接纳为亲爱的女儿：

> 在一片白色中，羽慢慢睁开了眼睛，她看见自己亲爱的妈妈，就坐在身边。慈母爱女的图画，终于在羽生命终结的时刻出现了。
>
> 羽看着妈妈清晰地说："妈妈，我欠你的，我还了。你满意了吗？"
>
> 若木慈母的泪水再次涌流出来："孩子，过去的事就

---

[1] 徐小斌：《羽蛇》，作家出版社 2019 年 9 月，第 110 页。

不要提了。你是妈妈最爱的孩子。"

　　羽听了这句话就心满意足地闭上了眼睛。她想，她用整整一生的工夫来赎罪，这代价也太大了，假如有来生，她一定要过别一种生活。[①]

第七节　黑色巨蚌：意象是怎样炼成的

　　陆羽几死几生，不能以常人视之。她的人生轨迹，经常是跳跃的断片，是无法加以一气贯通的。作品中的人和事，也有许多的破绽，很多地方经不住推敲细考，而是将读者引向神秘之境。

　　比如说，陆羽在杀婴之后的去向，就很难描摹出具体的路径。再比如说，陆羽投奔金乌，是在她于西罨山金阙寺刺青之前，作品中明确地讲到，刺青一事发生在 1969 年[②]。否则，当金乌与她在浴缸中嬉戏时，必定会发现之；这时的陆羽的同学迈克有多大年纪，竟然会让金乌去诱惑他呢？还有亚丹，如果她真是天成的女儿，她怎么会和陆羽年纪相仿，生于五十年代呢？——天成死于抗战末期，亚丹是他的遗腹子，也应该生于 1945 年或者 1946 年。

　　《羽蛇》具有强烈的现实关怀，举凡近代以来的诸多历史事件，太平天国运动、维新变法、辛亥革命、国共内战、抗日战争、延安的"抢救运动"、"文革"、知青上山下乡，直到"四五"天安门诗歌运动和八十年代的校园生活，市场化时代与拜金主义对人心的侵蚀，都有所涉及。同时，它也是一部具有浓重的神秘色彩的小说，

---

① 徐小斌：《羽蛇》，作家出版社 2019 年 9 月，第 307 页。

② "羽的经历得到了老方丈的证实。老方丈说，法严大师圆寂于 1969 年秋天，享年一百三十九岁，他一生所做的最后一件事，就是给一个女孩子纹身。法严说，那是他做的最美的纹身。他做完了这件事之后就走进禅堂不再出来。法严大师圆寂之后，他的亲传弟子圆广也离开了山门。"徐小斌：《羽蛇》，作家出版社 2019 年 9 月，第 256 页。

不能以常规的写实作品看待。就像《红楼梦》，曹雪芹在人物的一颦一笑、一诗一文上刻意求工，却在一些明显的地方留下破绽，使得人们至今都在贾宝玉林黛玉的年龄求证上费尽心思。"贾宝玉初试云雨情"到底是什么年龄，有人以古代医学所言"男子十六精通"为依据做出自己的判断，但这样进行推理，就会发现贾宝玉是"逆生长"，因为后来贾宝玉和凤姐遭到赵姨娘等作祟中魔魇，茫茫大士渺渺真人前来救助宝玉，口称一别十三年，明确地说出宝玉时年是十三岁。还有王夫人和贾母的年纪也都前后不一，相互矛盾。认真读书，却不必胶柱鼓瑟。在神秘主义弥漫的作品中，时空的交错，生命的颠倒，都是其特权所在。

陆羽的得名，是因为她出生时，眼睫毛又黑又长，像鸟的羽毛一样浓密。这是若木的精心命名。在此之前的陆绫和陆箫的命名，就显得漫不经心，随意得很，绫是一种织物，箫是若木当时很喜欢的乐器，都和孩子本身没有什么关联性。而且，依照田姨的描述，绫和箫都是奶妈带大的，只有陆羽是若木自己哺乳长大的。还有一件怪异的事——"若木怀着羽的时候常常吃一种毒鱼的眼睛——那时，若木并不知道那是毒鱼，只知道那鱼的味道鲜美异常，鱼眼尤其鲜美。若木吃了很多次，什么事儿也没有。后来忽然看见报纸上说那鱼有毒，当天若木就把刚刚吃过的鱼吐出来了。"[1] 作家还特意强调，若木读到报纸停止吃毒鱼的眼睛是在陆羽出生之后。

这也许就是陆羽天赋异禀的根源所在，是理解《羽蛇》的神秘性的肯綮。徐小斌的许多作品都具有神秘性，《羽蛇》就充分地显示出作家的这种意向，"皇后家族""太阳家族"莫不如是。为了强化这种神秘性，作品之开端就从非常诡异的一个湖，它的超现实的蓝色，湖水中的巨型蚌壳讲起。若木对这湖水心存畏惧，陆羽却和它具有天然的契合。

---

① 徐小斌：《羽蛇》，作家出版社 2019 年 9 月，第 58 页。

从此，这只巨蚌就一直伴随着陆羽的人生而反复出现，而且不停地转换它的寓意。

　　在门口那个清澈见底的湖里，在有一些黄昏（说不上来是哪些黄昏），她会看见湖底有一个巨大的蚌。那蚌颜色很黑，有些时候它会慢慢地启开一条缝。[1]

　　那个无星无月的夜晚湖水一片黯黑，就在她穿行在那片奇怪的花丛中的时候，一个巨大的闪电照亮了整个湖面，她看见那只巨蚌慢慢打开了，里面是空的，什么也没有。[2]

　　从很小的时候羽就知道，母亲和外婆并不喜欢她。外婆一见她就唠叨："家要败，出妖怪……"母亲就转过头来，盯着她。她很怕母亲的那双眼睛，那双眼睛里，什么也没有，再也没有比空无一物更可怕的了。她想起那个巨蚌，它打开，是空的，一下子就断了所有的念想，那种空让她害怕，她吓病了。[3]

　　坐在黄昏的湖边，总是想发现点什么。有些时候她会看到那只巨蚌在悄悄地开启。她总是看不清那里面到底藏着什么，有一天她忽然觉得那其实不是一个蚌，而是一些黑色羽毛粘在了一个蚌形的金属架上，那是一个戏剧，是一个女人的披风。躲在里面的女人是真正的幕后人，她自愿地把自己封闭在羽毛的监狱里，是一种隔离，更是一种保护。[4]

　　在这场旷日持久的战斗中，羽是注定的牺牲者。羽依然在梦中常常见到那口幽蓝的小湖，就是她出生的那块地

① 徐小斌：《羽蛇》，作家出版社 2019 年 9 月，第 7 页。
② 徐小斌：《羽蛇》，作家出版社 2019 年 9 月，第 8 页。
③ 徐小斌：《羽蛇》，作家出版社 2019 年 9 月，第 10 页。
④ 徐小斌：《羽蛇》，作家出版社 2019 年 9 月，第 31 页。

方，那湖中缓缓张开的巨蚌，她一定是孤独的，不可救药的孤独。但是她一定珍爱、维护和纵容着自己的孤独。她摆脱了她的血脉，她一无所有，什么也不是，她的心里，是个零，一个永远的零，就是这个零，在顽强地同一个世界在抗衡。①

她注意到床上有一套蓝丝绸的睡衣睡裤。是那种极艳丽的碧蓝，那种蓝使她骤然想起她家门前那口清澈的湖。她曾经在一个黄昏跳进湖水里。她跳湖的时候很平静，她只是想发现些什么。她跳进去了，她看见那个巨大的长满黑色羽毛的蚌慢慢张开了，有一只温柔透明如蜗牛触髭般的女人的手轻轻把她拉了进去，她进去之后就感到了一种清澈的暖意。②

在上述的引文中可以看到黑色的巨蚌在陆羽视野和感觉中几经转喻改写的形象变迁。首先是童年时代，陆羽坐在湖边看到巨蚌神秘地张开，顺理成章地想要知晓巨蚌腹中有什么；然后是发现其空空如也；这是第一个回合。神秘的巨蚌就像神秘的东方哲学一样，可以无中生有，从空无生发出实有，陆羽将其视作孤独女性的保护地；《周易》说，一生二二生三三生万物，幼小的陆羽竟然无师自通地将其再逆推一步，她自认为是个零，这个零压瘪了就是一，一被压断了变作－－，就是易经里的阴爻，在性别上代表的是女性，这是第二回合。从别的女人那里受到保护，到孤苦无依的陆羽想象到自己可以移入巨蚌躲藏起来保护自己，再到被金乌拉拽到浴缸中嬉戏，感到一种清澈的暖意，将自己置入其中，这是第三个回合。到此时，陆羽既是与巨蚌相对视相交流，审视这个给她带来如此多联想的异物，同时又将其视作自己的保护神了。

---

①　徐小斌：《羽蛇》，作家出版社 2019 年 9 月，第 54 页。

②　徐小斌：《羽蛇》，作家出版社 2019 年 9 月，第 92 页。

陆羽眼中和心中的巨蚌，几经辗转和变化，终于有了较为确切的形象，和羽蛇合为一体，出现在她的画作中。"最让钻绿惊讶的，是羽已经画好的一幅画。那幅画很简单，只有一个巨大的蚌形的金属架，上面粘满黑色的羽毛。奇怪的是那些羽毛并不能使人想起飞翔的鸟儿，而是像一层帏幕，使缠在架上的蛇显得格外神秘。画法类似西方的照相主义，蛇身上的每一根花纹都画得纤毫毕现，钻绿觉得那条蛇真实得让人害怕，他简直不能长久地看着它，看一下，就要把眼睛转开去，就像一个少年突然见到了一个成熟的裸体妇人一样。又像是一个孩子，第一次见了鳄鱼，又怕看又想看，只好站在了一个安全的地方，看一眼就缩开去，接着又看第二眼。看着看着，钻绿觉得那条蛇爬到了身上，黏糊糊湿漉漉地粘在了后背，不觉倒吸了一口凉气，全身一激灵，有几滴尿溅在了裤裆里。"①

　　这幅羽蛇的画的冲击力还不止于如此，几年后钻绿和他的同学盗取陆羽的构思，仿制出类似的作品送去参展，这是一个小插曲。更为奇崛的是，许多年之后，陆羽在 M 国最著名的剧场里看到另一部戏剧，那戏剧的名字叫作《黑寡妇》。"她看到在 M 国巨大的纯银雕刻的背景前面，有一只巨蚌慢慢地打开了，那不过是些黑色的羽毛慢慢粘贴在蚌形的金属架上，那里面，是一个裸体的女人。蚌在慢慢收拢，没有动作没有速度，只微微有些颤抖。蚌合拢了。又不断地微微开启。在它微微开启的时候，人们才能看到那里面的女人，她如此隐秘，如此缄默，她把自己深深地埋藏在第二层皮肤里，这黑色羽毛的监狱，是一种隔离，更是一种保护。"② 陆羽惊奇自己的构思何以会出现在另一个大陆的舞台上，我却认为，只有到此时，羽蛇的艺术形象才真正完成，真正获得鲜活的生命，把孤独无助的女性所想象的神奇保护表现得酣畅淋漓。

---

① 徐小斌：《羽蛇》，作家出版社 2019 年 9 月，第 179—180 页。
② 徐小斌：《羽蛇》，作家出版社 2019 年 9 月，第 131 页。

第八节　神秘何以酿制：蓝色的星星纷纷坠落

神秘感在《羽蛇》中贯穿始终。作品中有很多的人物和事件都非常传奇夸诞，都充满了夸张与想象。太平天国后期的宫廷奢靡与"针神"沈碧城的惊奇经历，安强、梅花和安小桃的高智商盗窃的潇洒不羁，金乌从电影明星到异国赌场的冒险之旅，青年僧人圆广到政治活动家烛龙的变身，都具有一种超现实的气息。

还有一些情节，可以称作"幻中幻""奇中奇"，将这种神秘性张扬到极致，却又处理得恰到好处，仍然有一条线是关联现实的，不会变成断线的风筝飘到玄虚飘渺之中。陆羽在 M 国，遇到金乌和她此时的同居男友朋，然后朋有了一段特别的无法说清的经历——

> 他恍惚看见身旁一棵造型怪异的老树，那老树很像是一个巨人，那些树枝像是弯弯曲曲的手臂，树干上那些突起的部位很像是一张张婴儿的脸。天呐！那的确是婴儿的脸！他壮起胆子伸手触碰了一下那树枝，树枝突然像蛇一样地卷了起来。把他卷得紧紧的透不过气来，然后又突然扬起，张开，把他高高地甩了出去。他天旋地转了一会儿，重重地落在一个树桩上，失去了知觉。[①]

这样的细节当然是幻觉无疑，把它安放在整个故事的链条上，却也严丝合缝，富有实感：陆羽为了治疗朋的肾结石，夜间到树林中去采药，不明真相的朋在夜里跟踪陆羽，遭遇如此幻境，失去知觉，也就无法发现陆羽的神奇莫测。然后陆羽炮制她的神秘药材，药到病除，解决了朋的病痛。既然陆羽有那么多的匪夷所思的事情，将此奇观理解为奇迹之一，也是有很大可能性的。但是，在

---

① 　徐小斌：《羽蛇》，作家出版社 2019 年 9 月，第 274 页。

几个章节过后，这个情节又从陆羽的角度讲述了一次，但它不是印证了朋的经历之实有，而是将聚焦点从朋回转到陆羽这里。陆羽捡了一台旧电脑，经常对着电脑键盘敲敲打打，于是奇幻的事情发生了，陆羽被牵引到电脑屏幕中的场景中，童年的陆羽在树林中采蘑菇，忽然发现朋也在采蘑菇，但他采摘的新鲜蘑菇却是一个个小小的婴儿，然后她看到朋被大树卷起来抛向空中的场景。陆羽继续前行，却发现她刚才看到形象狰狞的朋，"他的嘴唇血一样红，他的头发是灰的，眼睛是绿的，他失重一般地飘着"[1] 的朋，竟然就是她自己："有一口湖挡在面前。那分明是童年时代的湖。她趴在湖边寻找，好像那里面应当有一只蚌，一只黑色的巨蚌。但是她没有找到巨蚌，只有一个影像对着她狞笑：血一样红的唇，灰的头发，绿的眼睛，失重一般飘着，像卡通人物似的——那正是她自己。"[2]

从朋的角度写出的情节已经足够玄幻，好在还有陆羽为他治病的前因后果托着。从陆羽的角度再写一遍，没有把这一情节的漏洞补牢，却更加渲染了它的荒诞，看到朋的可怖形象。接下来的场景发生了翻转，可怖形象变成陆羽自己。这样的跳跃幅度过大，难以寻出演变的脉络。但它不是任意和无解的，陆羽童年时期的杀婴行为，是其内核，陆羽的内心里，当然是尽力为自己开脱，于是她将杀害婴儿的罪行认定是朋所为，但她心中的另一个声音却在确认陆羽自己就是凶手，就是那个形象可怖亦可恶的罪犯。于是，曾经被认为有保护作用的巨蚌也消遁无形，不再接纳陆羽。

第九节　善出奇者，无穷如天地

奇中有正，以正为本。幻中有实，虚实相生。这是《羽蛇》的

---

[1]　徐小斌：《羽蛇》，作家出版社 2019 年 9 月，第 273 页。

[2]　徐小斌：《羽蛇》，作家出版社 2019 年 9 月，第 277 页。

一大特征。《孙子兵法》云："凡战者，以正合，以奇胜。故善出奇者，无穷如天地，不竭如江海。终而复始，日月是也。死而复生，四时是也。声不过五，五音之变，不可胜听也；色不过五，五色之变，不可胜观也；味不过五，五味之变，不可胜尝也。战势不过奇正，奇正之变，不可胜穷也。奇正相生，如循环之无端，孰能穷之哉！"徐小斌就是奇正相生、出奇制胜的作家。

将《羽蛇》牢牢地扎根在大地的，除了宏大的历史背景，还有其精微的物质性的工笔细描。在《羽蛇》中，对于美轮美奂的紫水晶吊灯，对于刻有"呆杏"字样的白金戒指，陆家餐桌上的一饭一羹，玄溟的珍宝盒中一物一件，都写得丝丝入扣，历历在目。这些弥漫着世俗生活与市井气息的笔致，让我们沉浸在此岸的红尘滚滚之中。

女性当然是离不开服饰的。女性在某种意义上就是为了华服美馔而存在的。《羽蛇》中的诸多女性，都是"旗袍控"。做工精美、合身合体的旗袍，连带穿它的女性，都是精美的工艺品，都是令许多男性垂涎三尺的。这不是秘密。《羽蛇》对旗袍的着意描绘，却是显示出，在许多小女孩的心目中，旗袍是她们寄托自己的爱心的一个物证。金乌的养母拿给她一件旗袍，就激活了金乌对母亲的爱意和想象。"那个晚上养母把它从箱底拿出来的时候，那些绞丝盘金大花在灯光下亮闪闪地发出樟脑的气息，那气息纷纷扬扬地弥漫了整个房间，那些陈旧的花朵一朵一朵地绽开层层波浪，她在养母复杂的目光下穿上它，在镜中，她分明发现自己变成了一个陈年旧梦，那种美呈现出一种古旧的魅力，盘金的花朵像旧照片一样发出赭石的颜色。"[1] 对于只是在养父母的讲述中了解生母沈梦棠的金乌来说，这样一件穿过时光隧道而可感可触的精美旗袍，带来母亲的感性存在。陆绫在目睹奶妈香芹和男性偷欢之后，深受震撼，她

---

[1] 　徐小斌：《羽蛇》，作家出版社 2019 年 9 月，第 35 页。

的第一反应就是把若木的旗袍穿在身上，以强化自己的女性角色。"绫在发了一分钟呆之后，把房门反插上，飞快地脱光自己的衣服犹如鸟儿褪掉自己的羽毛，然后穿上一件母亲年轻时穿的旗袍，那件旗袍是软缎毛葛的，滚银色灯果边，碧青底子起淡藕色大花，花朵一律用银色镶嵌，铁画银钩，有一种意义不明的质感。镜子里穿旗袍的绫一下子觉得自己成了梦中那个美丽的中年女人，她没有忘记把两块手绢塞在胸前。"[1] 陆羽对于金乌的碧蓝色睡衣裤的眷恋，则是和她童年记忆中的碧蓝色湖水密不可分。她未能见到金乌，却唤醒了她的往事记忆。"她回忆起那个关于湖水的梦之后就觉得心里隐隐作痛。那个梦撕开了她记忆的一角帷幕，那隐蔽多年的帷幕正在慢慢掀起。她无力面对过去的一切。她躺在床上，换上了那套碧蓝的睡衣。她觉得自己正躺在蓝色的湖水上，漂浮着，她看着日升月落，看着绚丽的黑夜与破碎的白昼，在自己的眼前循环不已。"[2] 说她们都有"旗袍控""恋衣癖"，不为过分。三人的区别在于，陆绫和金乌对于旗袍的向往，都具有明确的现实指向，她们渴望成为母亲那样的美丽女人；陆羽除了这样的向往，还有另一重的心灵世界，就是对于那个神秘的碧蓝湖水、湖底藏着一只巨蚌的湖的怀恋，而且，对于后者的神秘境界的追忆，也远远大于前者——这是她念兹在兹的，直到生命的终点，在她的幻觉中，她是再度走入并且沉没到那个湖底的。

与之相适应，很多场景都被描写得亦真亦幻，语言的写实性和魔幻性都被发挥到极致。这是陆羽在西覃山金阙寺接受刺青的场景——

　　　那个冬夜是个极为奇特的冬夜。那个冬夜的天空因
　　为降过一场大雪而变得圣洁而华美，犹如一顶凛冽而无上

---

① 徐小斌：《羽蛇》，作家出版社 2019 年 9 月，第 98 页。
② 徐小斌：《羽蛇》，作家出版社 2019 年 9 月，第 94 页。

的王冠，烛亮了所有清澈与混浊的血液。在那个冬夜，那个叫作羽的女孩或女人是透明的，这证明她的血液是清澈的。她云雾一般的身体已经消散殆尽。她的肉身如同一个神话的形式矗立着，披挂着月亮的银色。那种华美是凝固的。与华美的天空凝结在一起，构成一个死去的幻象。[①]

　　一个人的身体清澈透明，进而消散如云雾，这不是白日飞仙，还留驻在我们的感性经验之中。"肉身如同一个神话"，和这一幕刺青的神话色彩相互应和，而"披挂着月亮的银色"，又把陆羽的肉身拉回了现实之中，不会失诸过分的玄虚而变作所谓的玄幻类作品。陆羽为了赎罪，通过刺青的痛苦进行自我惩罚，法严大师也说她流了很多血，可以赎清任何的罪行。但是，她心目中预想的能够接受她的赎罪、赦免她的罪行的金乌，已经赴美去寻找她的生身母亲。其他人或有看到其刺青，却都不解其中奥秘。可怜陆羽的救赎未能实现，还要在人世间辗转寻求。

　　下面这段文字是陆羽在帮助安小桃逃离农场后回到连队时的感知：

　　　　羽赶回队里的时候已经是晚上十点多钟了。那个晚上的空气特别清明，星星好像是蓝色的，但是有一种潮水般的声音在打破静寂，走近了听，又像是留声机出毛病时的声音，终于，羽看到那个人头攒动的场院了。羽看到了那个场院就开始茫然不知所措，她从攒射的目光中穿过，就像在两面镜子中间的道路行走，那些蓝色的星星好像一颗颗地落了下来，变成蓝色的骷髅起舞，她听见一个声音从天上落下来，落下来之后就成了一声雷："看看，她回来

---

① 　徐小斌：《羽蛇》，作家出版社 2019 年 9 月，第 60 页。

了！她还敢回来！把她押到台上来，让大伙看看！"[1]

　　在这里，大的故事情节都是写实的，这段情节的上下文皆有实实在在的连贯性——上文是用给饭馆老板打一天工的所得帮助安小桃得以返回家中，下文是陆羽因此陷入严酷的大会批判，批斗大会被意外发生的火灾打断，知青们为救火伤亡惨重。但陆羽回到连队的这段文字，却在真切中融入迷幻，蓝色的星星纷纷坠落如骷髅起舞一般，穿过众目睽睽的人群感到自己如面对两列镜子无可遁形，呵斥的声音从天而降让人无可躲藏，真是如梦如幻影，有一种悬浮感。这里对星星的描写又和下文紧密关联："天空原来这么广阔，星星又大又美，依然是蓝色的，那么美丽却又那么冷漠，它们冷冷地俯视着地面上各种血腥的游戏，毫不动容。但是地面却不容它们冷漠，地面竟在突然之间，把它们烧得滚烫，把那些蓝色的星星，烧得通红，就像一粒粒滚烫的炭火似的，爆发了明亮之后，变成了灰烬，一颗颗地陨落了。"[2] 由此回到现实中场院中发生的火灾场景。这也是《羽蛇》中将幻境与现实无缝连接的例证之一。在对火灾以及救火牺牲的知青的三十一座墓碑，但是"阶级异己分子"陆羽被排斥在其外的原委交代完毕后，星星再一次出现在文本中——"但是当地的老乡在那天夜里却看到一个奇异的景观，他们看到一个全身穿红的女孩，骑在一颗星星上，跑了，消失了。"[3]

① 徐小斌:《羽蛇》，作家出版社 2019 年 9 月，第 91 页。
② 徐小斌:《羽蛇》，作家出版社 2019 年 9 月，第 92 页。
③ 徐小斌:《羽蛇》，作家出版社 2019 年 9 月，第 92 页。

第八章　女性的太阳怎样才能升起
——《羽蛇》之九幅（组）画作的解读

　　徐小斌的长篇小说《羽蛇》，以女主人公陆羽的短暂一生为中心，在民族历史的大转型期间，描摹出从太平天国时期到二十世纪九十年代末期女性家族五代人的命运，这个家族被称作"皇后群体"，有高贵的贵族血统，世代相传的丰姿美貌，有高迈超远的心志——无论是齐家或者救国，也有甘居寂寞信守边缘的后人，但在一百五十年的沧桑变化中，大多走向寂寞衰败，在女性与时代、女性与革命、女性与男权等命题上用笔凶悍，刀刀见血，尤其是在母亲与女儿的关系上，撕破温情脉脉相依为命的假面，展现了女性家族最不堪的乖戾狠毒同性相残，在艺术建构上也是摇曳多姿，带有很强烈的梦幻色彩和神秘主义，是中国当代女性文学的典范之作。

　　《羽蛇》的艺术特色之一是浓重的美术元素。徐小斌自幼学习绘画，办过刻纸艺术展，出过绘本，她的美术修为大量地出现在《羽蛇》中，从头到尾，通过学习美术创作的陆羽之手，加入了那么多富有梦幻性神秘性的图画，前后达十几幅之多，营造出重重迷宫，让人费解，难以诠释得清楚。

　　这里的第一重含义是说，文学和美术之间有相当的差别，在两者之间，存在着彼此互换的理解障碍。一方面，文学与美术等各种艺术门类，有着共同的特征，就是以其直观的形象和丰富的情感，激发人们的审美感受。所谓"诗画同源""诗中有画画中有诗"是也。一方面，对文学与美术各自的特性做出明晰的区分，有利于发挥其不同的优长，将各艺术门类的功能最大化。莱辛在美学名著《拉奥孔》中从空间艺术与时间艺术的角度论述了诗歌与雕塑的差异所在。这是一种平行比较。从两类艺术的起源进行考察，则是一种追根溯源。中国古代圣贤对此有精彩的论述。《周易·系辞上》说："圣人有以见天下之赜，而拟诸其形容，象其物宜，是故谓之象"。《论语》记载了孔子的言论："子曰：'书不尽言，言不尽意。'然则圣人之意，其不可见乎？子曰：'圣人立象以尽意。'"这是中国文化的原点，河图洛书。我们引用这两段话语，落脚点是在讲言不尽意，意在言外，所以会有包括美术在内的图像产生。《羽蛇》中大量的绘画画面，确实是难以用文学的语言说得通透的。

还有第二重含义。在美术作品的庞大阵列中，有写实性的作品，也有写意性的作品，后者的理解难度显然是更为繁杂的。有的画家可能循规蹈矩，按照其基本训练和构思落笔，在常情和常规的范围内就可以做出八九不离十的阐释，有的被视作"野路子"的画家，会从画面意蕴与技法等方面设置理解的屏障。何况陆羽这样既无门派也没有同道的画界之外的闯入者，她之所以画画，不是为了做一个扬名立万的大画家，而是随心所欲地进行涂涂抹抹，让人们难以进入其独特的心灵世界。

美术作品在徐小斌的小说中占据非常重要的位置，《羽蛇》为最。为了深入解读徐小斌作品的蕴含，我用了一些力气，将《羽蛇》中描绘出的"元绘画"作品予以梳理和阐释，以求接近作品的底蕴。

第一节　样本一：撕开美艳便发现一只只魔鬼般的怪兽

面对绘画背景来路不明的陆羽，身为美术学院高年级学生的钻绿就遭遇到这样的困惑："羽正在画的那幅画，色彩浓丽得令人恐怖。大红大绿大蓝大紫到了她的笔下，便成为了非人间的色彩。血红浓艳如凝固的血液，湛蓝碧绿又像是浸透了海水，乍看是花朵，再看又变成鸟兽，怪就怪在它们是花朵又是鸟兽。在羽的画中，自然造物是可以转换的。钴绿从瑰丽的花朵里辨认出一只鸟头的时候，他同时发现它又是一只鱼头，于是彩色的鸟羽又转化成了鱼鳍。有无数的眼睛藏匿在这片彩色中，撕开美艳便发现原来那是一只只魔鬼般的怪兽——钴绿惊叹邪恶竟如此容易地潜藏在美丽之后，甚至不是潜藏，竟是中了魔咒似的可以随意变化腾挪。状貌古怪的黑女人，青铜色的魔鬼面具，霰雾般轻灵的鸟，花朵中藏着的彩色蜘蛛，失落在蓝色羽毛中的金苹果……那一片彩色的空气中充满了毒液。"[1]

在这样山重水复变动不居的画面之前，感到困惑的不仅是钴绿，我们也大惑不解。我们从上述对这一画面的描述中，很难理出什么样的有逻辑性的话语，只能说它表达的是一种互相隐藏互相转化亦互相悖反的激烈情绪吧。这也就不难理解，月光画展上，在前来进行新闻采访的记者们面前，陆羽一问三不知，既不知道弗洛伊德，也不曾师法鲁本斯、凡·高，反过来，那些记者也无法真正理解陆羽的画作。讲弗洛伊德，讲鲁本斯、凡·高，这仍然不出常理常情，只不过是二十世纪八十年代艺术界的新潮流。陆羽却是个沉浸在一己内心世界的女性，与其说她的画作要塑造的是艺术形象，不如说她要表达的是内心的心象。要是从艺术源流上加以追溯，它既非鲁本斯，也不是凡·高风，而是来自雷尼·罗纳，一位杰出的女性，超现实主义与维也纳画派的代表画家。[2]

---

①　徐小斌：《羽蛇》，作家出版社 2019 年 9 月，第 178 页。

②　徐小斌在《伊甸园之蛇与禁果》（刊于 2011 年 5 月 22 日《北京晚报》）一文中介绍雷尼·罗纳的画作，其语言就和《羽蛇》中这段文字高度重合。比许多人幸运的是，徐小斌在 70 年代初期就接触到一批西方绘画作品，而且不同于人们心目中的西方美术主流画家如鲁本斯，或者在 80 年代风行中国大陆的凡·高。她非常推崇居斯塔夫·摩罗画面中的莎乐美，此后又逐渐扩展自己的美术视野，赞赏亨利·朱利安·费利克斯·卢梭画作中神奇的热带森林、保罗·德尔沃的"幽灵世界"、雷尼·罗纳"非人间的冥想"，推崇他们笔下的梦幻色彩和幽灵浮动。

第二节　样本二：都是她想象的、心灵和肉体的密码

小说研究中有个术语，"元小说"，就是说作品中的人物在写小说，作家把这写小说的过程乃至完成的作品都写了出来。《羽蛇》中，亚丹写小说，陆羽画画，《羽蛇》因此不但有"元小说"，还有"元绘画"。亚丹写作她的成名作《奶油蛋糕》，很显然是把陆羽与母亲的对立与敌意改头换面地写了出来，而且也把作家写作《羽蛇》的意旨暗隐其中。陆羽参加美术学院入学考试的场景则将陆羽的创作过程及创作心理充分地表现出来，是为"元绘画"。

考场上的这次考试，考官老师要求的是创作一幅命题绘画，就像语文考试中的命题作文。命题是几句"截搭诗"，要点是送别与相思。还给定了几样物体：杨柳树、鹧鸪鸟、杜鹃鸟。四棵杨柳树要分别画出其东西南北四个方位，两只鸟要表达完全相反的啼鸣："鹧鸪啼，子规啼。鹧鸪啼，行不得也哥哥。子规啼，不如归去，不如归去。"折柳送别，是中国诗画的传统题材，要将其分别画在诸多方位，分明是刁难学生；鹧鸪的叫声被解为"行不得也哥哥"，诗文中常用以表示劝阻行人远行或者思念故乡。《文选·左思〈吴都赋〉》："鹧鸪南翥而中留，孔雀綷羽以翱翔。"元陈旅《题雨竹》诗："江上鹧鸪留客住，黄陵庙下泊船时。"子规鸟，也叫杜鹃，传说周朝末年蜀地的君主，名叫杜宇，后来禅位退隐，不幸国亡身死，魂化为鸟，暮春啼叫，以至口中流血，其声哀怨凄悲，啼声被解作"不如归去"，唤人归乡。李白《宣城见杜鹃花》诗云："蜀国曾闻子规鸟，宣城还见杜鹃花。一叫一回肠一断，三春三月忆三巴。"雍陶《闻杜鹃》诗云："蜀客春城闻蜀鸟，思归声引未归心。却知夜夜愁相似，尔正啼时我正吟。"画鸟容易，要画出两种鸟的不同啼鸣，却让人为难。古代帝王考画家，以"踏花归来马蹄香""深山藏古寺"为题；老舍向齐白石索画，名之为"蛙声十里

出山泉";此皆为画坛雅趣。陆羽遭遇的这场命题作画的考试,则有胡搅蛮缠仗势欺人之嫌——以主考官的身份刁难考生。

这样的考试当然是有难度的。陆羽画出的却是一个女人——"一双手高高举起,像是树木的枝丫,那个女人赤裸的身体上,如墙纸一般出现纤细密集的花纹。女人、花朵和树木,都是平面的,没有暗面和高光,平涂的色彩如同一种隐喻。有一颗心画在女人的胸膛,所有内部的经络血管都通向心脏,没有血,在所有该有鲜血的部位都非常冷静地沉寂着,干干净净,就像完全没有情感的图表。"[1] 于是,不仅考官老师要发问,我们也要发问:"这是什么?"陆羽的回答仍然让我们不得要领:"那些杨柳树,那些鸟群,都是她,都是她自己,都是她想象的、心灵和肉体的密码。"[2]

这就是理解陆羽画作的"葵花宝典"、入门之径。王国维说过,诗人分为两种类型。"客观之诗人,不可不多阅世。阅世愈深,则材料愈丰富,愈变化,《水浒传》《红楼梦》之作者是也。主观之诗人,不必多阅世。阅世愈浅,则性情愈真,李后主是也。"(王国维《人间词话》)考场上的命题绘画,本来是一个客观性很强的题材,是要仿照宋徽宗以"踏花归来马蹄香"为题考宫廷中画师的旧例,考查考生们的画意构思的。杨柳,送别,鹧鸪,杜鹃,这些景物都具有古色古香,很明确地与现实拉开了距离。它要求的是客观之诗,是叙事性的。但在陆羽这里,它变作主观之诗,是那位发出送别行为的女性的身心展现,而鸟虫花树,都不过是她心灵的外化。当然,这也是陆羽自我心灵的外化。画面上那个女性的心灵迷宫,含寓着近乎绝望的呼唤,希望有人能够接近和索解自己的心中块垒。她充作通向心灵之路径的透明无血的血管,则让我们想到以刺青方式几乎流尽浑身血液的陆羽自己。

确定了解码陆羽绘画的基本方式,我们可以对《羽蛇》中多次

---

[1] 徐小斌:《羽蛇》,作家出版社 2019 年 9 月,第 182 页。

[2] 徐小斌:《羽蛇》,作家出版社 2019 年 9 月,第 183 页。

出现的绘画样本，做出一些有深度的阐释。为了便于展开话题，我们把钻绿眼中的那幅画和考场上的命题制作分别称作样本一和样本二。所以，下面的样本编号从样本三开始。

第三节　样本三：对于艺术家来说，表达要比构思难

羽蛇的雏形是这样产生的——

　　一个秋风萧瑟的夜晚，我用签字笔在一张仿旧纸上随手划下一些奇怪的线条。10岁的儿子看了，说：这是长着羽毛的蛇。

　　其实是个女人。一双手夸张地画得很长，长到变成了树木的枝条。很美的，枯澹的枝条。又像梅花鹿的一副巨角，在女人头顶的上方绽开，女人的头发像柔软的丝绸一样缠绕在那些枝条上。那些纷繁的线条一根根拔地而起惊心动魄，因此把女人的脸衬得十分漠然。那是一张完全静止的脸。我没有忘记在她的眉心点上一颗痣。我涂抹她嘴巴的时候浪费了许多黑墨水，为的是让她的嘴巴显得妖媚而浓艳。她的乳房自然就是悬挂在枝干上的果实，腰肢的线条闪动了一下在脐部那里消失了，下体变成了蟒蛇规整的花纹，在静静的盘桓中缓缓流泻着美丽。

　　只是因为画手臂上的饰物，一滴墨水慢慢洇开，破坏了画面的整体感。于是我只好顺势把那黑墨水画成黑色的羽毛，许多年之后我才知道，羽蛇，是远古时代人类对于太阳的别称。[1]

---

[1]　徐小斌：《羽蛇》，作家出版社2019年9月，第1页。

有了样本一和二，参照样本三，对于陆羽的绘画手法就逐渐有了规律性的把握。莱辛在《拉奥孔》中，对美术的特征有如下的表述：

对于艺术家来说，我们仿佛觉得表达要比构思难，对诗人却刚好相反，我们仿佛觉得表达要比构思容易。衡量一下构思与表达的轻重，我们总会有一种倾向，越是认为艺术家在表达方面成就很大，我们也就越是降低对他在构思方面的要求。[①]

是的，无论是再新奇的命题和构想，在历经时光的淘洗之后，都会变得陈旧，但是，富有独特创意的表达方式和手段，才是人们更为关注的重点。阳光和麦地，在农耕时代不为少见，我们在凡·高的麦地面前看到的是他神奇的笔触与色彩的绚奇。女性主义的诸多命题，曾经在二十世纪形成强悍的冲击力，时至今日，它的锋芒和震撼力也大为减弱。以羽蛇暗喻女性应有的崇高地位，即"阴性的太阳"，一经说出，在"说破英雄惊煞人"的效应过后，也会"至今已觉不新鲜"。但是，陆羽的绘画特征，仍然值得我们关注。在相当的意义上，解析陆羽的绘画特征，也是我们解析徐小斌创作《羽蛇》的构造方法的重要路径。

从以上三个样本中，我们可以发现，陆羽的绘画构图很繁复，线条交织，互相穿插，图形富有变幻性，人与树木、动物之间没有确切的区隔，而是互相融接。考场上的那幅画作，明明是透明的人体，却要从中脱化出杨柳树、鹧鸪、杜鹃。女性的手臂和树枝互相融合，手臂被拉长，树枝有了人的热力。在样本三中同样处理了

---

① ［德］戈特霍尔德·埃夫莱姆·莱辛：《拉奥孔》，朱光潜译，人民文学出版社1979年8月，第68页。

206

人、树枝和蛇的关系。在色彩上，浓涂重抹，色块彼此之间又有强烈的对比度，将相互对立、冲突的情感表达出来。邪恶与美艳，梦魇与梦幻，彼此失去整一性却又拥挤并存在同一个画面上。同时，陆羽的许多画作，线条感很强，平面化而缺少透视效果，这也许是接受卢梭和比亚兹莱等人绘画风格影响的重要标记。

第四节　样本四：少女与死神

接下来是若木进入陆羽的房间，看到了陆羽的一组画作。这是七十年代中期，陆羽已经从那个遥远的农场连队回到北京，再次回到家中。若木看到陆羽的旧铁丝手工编织品，"大大的蜘蛛、蜈蚣和蝙蝠。那些铁丝生了锈，在这间光照不十分分明的小屋里，成了一道阴暗古怪的风景"[1]。这样一些动物，通常而言，都不是讨人喜欢的，而且多是生存在阴暗的地方的，其张牙舞爪、张开翅膀的姿态，更给人不适的感官刺激。若木看到陆羽的画作，还偷看陆羽的日记，从中发现陆羽对"文革"时期意识形态的激烈批判。一直沉溺于自己的内心，为了进行赎罪、挽回母亲对自己的爱，陆羽一直在艰难地跋涉前行，她并没有多少参与现实政治的激情，只不过因为对圆广——烛龙的倾慕而受其影响，记下烛龙所讲的一些批判性的思想片断而已。

若木看到的这一组画作，我们编为样本四：

第一幅，羽画了一个躺着的木乃伊，木乃伊身披一层青铜的甲胄，正有淡红色的血从甲胄的薄弱处渗出来，有两个长得十分相似的少女一头一尾地站着，俯视着那个木乃伊。

---

① 徐小斌：《羽蛇》，作家出版社 2019 年 9 月，第 149 页。

第二幅，又是两个长得很相似的女人，好像是那两个少女长大了的模样，两个女人全身赤裸，雪白的裸体上装饰着绚丽夺目的阿拉伯珠宝，毫无表情地凝视着一个巨大的鱼缸，那种面无表情构成了一种冷冷的神秘。鱼缸里装着一个没有头颅和躯干、只有四肢的畸形人。那怪物浸泡在液体里，好像正在接受那两个女人的魔咒。

第三幅，正对画面的是一位少女，燃烧的红头发和清冷的面孔构成一种奇异的对比。少女的身体像青白的瓷一般虚假。少女面前摆着五颜六色各式各样的酒杯，而她的背后有一扇门正慢慢洞开，那门用金色和草绿色装饰得十分华丽，衬托出站立在门边那个神秘女人的银光灿烂的皮肤。那女人正在走向这个生日晚宴，却无意理睬红头发的少女。而少女给了她一个僵直冷漠的背影。可以看出少女不欢迎任何人，包括死神本身。她面前的酒便是与死神抗争的最后武器。整个画面一片死寂，仿佛被一种万古不变的浓稠静谧统治着，因此给人带来一种莫名的恐惧。[1]

主题相连续的三幅画作，它的素材来自童年阅读阿拉伯故事集《一千零一夜》，看到其中的插画获得的相关信息。《羽蛇》中明确讲到，陆绫曾经模仿《一千零一夜》的插图，画出被捆绑虐待的丰满女性的画面，遭受到若木的严厉斥责，可以作为旁证。对这三幅画作一一进行确证性的考察不甚容易，大体而言，它记录着陆羽自身的成长，以及成长过程中对于生命与死亡的沉重思考。第一幅画作中的两个少女，是家中最幼小的陆羽和姐姐们的化身，仍然在流血的木乃伊，尚未完全冷却，意味着是一种无法断定的、不彻底的死亡，是否能够死而复生呢？第二幅画作，同样取材于《一千零一夜》，少女长大了，敢于展示自己的裸体，还能够施展自己的

<hr>

[1] 徐小斌：《羽蛇》，作家出版社 2019 年 9 月，第 148 页。

魔力，那个残缺不全的畸形尸体，显然是遭受她们魔咒惩罚的敌人。第三幅画作，从面对死亡的惊愕和报复实现后的冷嘲中走出来，开始冷静地直面自己的死亡问题。此前她和她们都是借助他人的死亡思考生与死，这一次需要自己面对死神。少女面前摆着五颜六色各式各样的酒杯，其中有一杯就是死神送来的，她需要从这些各式各样的酒杯中选一杯饮用，这是一次生与死的选择，是她无可逃避的命运。她的态度很坦然，没有什么畏惧，那个正在走近的神秘女人当然就是死神。这幅画面的色彩比前面两幅画要生动鲜艳许多，少女有燃烧的红头发和清冷的面孔，身体像青白的瓷，五颜六色的酒杯，用金色和草绿色装饰得十分华丽的门，那个神秘女人的银光灿烂的皮肤，缺少必要的调和过渡，画面色彩斑斓，强烈醒目。

第五节　样本五：烛龙与陆羽的生死纠葛

与上述三幅连续性画作相关联，若木还看到这样一幅"阿波罗死了"的画作——

接下来的一幅没有画完：一个身穿古希腊服装的牧羊女，踏在云彩或者水上，羊群闪亮的梅花形蹄瓣浸在水里，看不出是云彩还是水，那女子双手捧着一团迷迷蒙蒙的光，太阳的血色被吸走了，但是在太阳的位置上有一个被剪的男人的头颅，被剪去的空白落到了女人的手上。在这幅画的右下角写着："阿波罗死了。"[1]

---

[1]　徐小斌：《羽蛇》，作家出版社 2019 年 9 月，第 149—150 页。

这幅"阿波罗死了"的画作，早前曾经出现在徐小斌的中篇小说《末日的阳光》中。把它与样本四分别阐述，是因为它的调性发生了根本性变化。很显然，这是陆羽在认识烛龙之后，感受到他强烈的英雄气息和献身精神，替他的命运担心，烛龙，就是火神祝融，也可以说就是东方神话中的光明之神阿波罗。

能够更清晰地表达陆羽这种心态的是若木在她日记中读到的诗句——

阿波罗死了

阿波罗死了吗？

让死的死去吧

生的魂灵

不是已经在晨光中歌唱了吗？

…………①

这样的诗句，把陆羽的情感明确地传导出来。样本四的三幅画，以及陆羽的其他画作，都没有多少色彩强烈的政治批判寓意，唯独"阿波罗死了"的画面，是在她接近烛龙和亚丹之后，对他们的责任担当与无畏挑战感到钦佩——这是"文化大革命"后期，一批有自觉意识和批判精神的青年为冲决暗黑时刻而发出明确的信息，让陆羽为之感到激动，认同之情溢于言表。它也预示了陆羽此后与烛龙的生死纠葛，剪不断，理还乱。一位古希腊的牧羊女，替代了陆羽喜欢画的阿拉伯女人，这是为了和古希腊神话中的阿波罗相协调。承续样本四关于生与死的思考，死亡第一次显出了高昂乐观的亮色，有死就有生，生的灵魂已经迅速接续和成长。

样本四和样本五，都不是若木这样虽然年纪不小但人生经验匮

---

① 徐小斌：《羽蛇》，作家出版社 2019 年 9 月，第 149—150 页。

乏的自私母亲能够理解的。为此，她认为三女儿精神有毛病了，埋下她后来自作主张为陆羽做脑胚叶切割手术的前因。这虽然是一种误断，但请不要怀疑若木身为母亲要为女儿操心和负责的责任感。在若木的思考中，为陆羽做脑胚叶切除，是在要么做手术要么将陆羽送入精神病院的两难选择中做出的无奈决定。而且，若木尽管非常自私，但谁也说不出，她可以从陆羽做手术中得到什么隐秘或公开的利益。

第六节　样本六：羽蛇——脱离翅膀的羽毛不是飞翔

陆羽所做"羽蛇"绘画的完成稿，在他人眼中呈现：

最让钴绿惊讶的，是羽已经画好的一幅画。那幅画很简单，只有一个巨大的蚌形的金属架，上面粘满黑色的羽毛。奇怪的是那些羽毛并不能使人想起飞翔的鸟儿，而是像一层帏幕，使缠在架上的蛇显得格外神秘。画法类似西方的照相主义，蛇身上的每一根花纹都画得纤毫毕现，钴绿觉得那条蛇真实得让人害怕，他简直不能长久地看着它，看一下，就要把眼睛转开去，就像一个少年突然见到了一个成熟的裸体妇人一样。又像是一个孩子，第一次见了鳄鱼，又怕看又想看，只好站在了一个安全的地方，看一眼就缩开去，接着又看第二眼。看着看着，钴绿觉得那条蛇爬到了身上，黏糊糊湿漉漉地粘在了后背，不觉倒吸了一口凉气，全身一激灵，有几滴尿溅在了裤裆里。[1]

---

[1]　徐小斌：《羽蛇》，作家出版社 2019 年 9 月，第 179—180 页。

身为美术学院学生，可想而知，钴绿看到过多少中外名画啊。陆羽的这幅画，竟然让钴绿产生这么大的心理生理的刺激反应，小便失禁尿了裤子，足以见出它巨大的视觉冲击力。钴绿做出的判断是，这幅画作所画的，是羽蛇，是阴性的太阳。这也是《羽蛇》开篇之处，以第一人称"我"出现的叙事人所画的羽蛇的"升级版"。"我"不过是信笔涂抹，随心所欲，连黑色的羽毛，都不是经过精心构思，"只是因为画手臂上的饰物，一滴墨水慢慢洇开，破坏了画面的整体感。于是我只好顺势把那黑墨水画成黑色的羽毛"[1]，将错就错。到陆羽这里，她画的羽蛇却是精心设计精心制作，"画法类似西方的照相主义，蛇身上的每一根花纹都画得纤毫毕现"[2]。更为重要的是，陆羽人生中的两大意象，羽蛇与巨蚌，在这里发生了交集，在巨大的蚌形的金属架上——前面讲到若木看到陆羽用旧铁丝编织蜘蛛、蜈蚣、蝙蝠，显然就是这里画面上出现金属架的前缘，金属架上缠满黑色的羽毛，盘着一条蛇。羽蛇象征太阳；同时，因为《圣经》中夏娃就是受到蛇的诱惑而偷吃禁果，蛇就自然而然地与女性结盟；蚌形在这里则是女阴的隐喻。在前述的那幅黑白两色的羽蛇画作中，"我"是通过画出女性的上半部身体而使其所画的羽蛇具有了女性的性别，陆羽采用了蚌形金属架，更富有隐喻性。就画面而言，它比"我"的画作高明了不是一点半点，一幅是精心的创作，一幅仅仅是信笔涂鸦。

陆羽自认有罪，终身漂泊，几生几死，寻求救赎，却一无所获，遍体伤痕。陆羽在这幅神秘的羽蛇画作中寄予很深的情感，却被烛龙一语道破，脱离翅膀的羽毛不是飞翔，而是飘零；因为它的命运，掌握在风的手中。羽蛇的空幻，是升不起来的太阳。

---

① 徐小斌：《羽蛇》，作家出版社 2019 年 9 月，第 1 页。
② 徐小斌：《羽蛇》，作家出版社 2019 年 9 月，第 179 页。

第七节　样本七：画风溯源——达利、莫罗和雷尼·罗纳

陆羽唯一一次举办画展，引起专业人士和记者的哗动：

> 在这个最高美术学府的画廊里，我们可以看到镶在镜框里的一幅幅展品，那是一些非常古怪的，起码在当时是很异端的作品。有连续不断地变形的一组驴头，像面饼一样搭在树枝上的柔软的电视机，招来苍蝇的腐烂的蝴蝶和残缺不全的尸首，拿着放大的性器官的手和用照相画法画的恐龙的大嘴。一位叫作曙红的美院学生看了一间展厅就到厕所去呕吐了，吐完回来还接着看，临走时在签到簿上写道："令人震惊的弗洛伊德诠释！振聋发聩的俄狄浦斯情结！"[1]

这里一口气说了几幅画作，让我们窥见陆羽画作的来龙去脉。在这次画展上，做新闻采访的记者发问，陆羽是否学习过鲁本斯、凡戴克、凡·高、塞尚等人的绘画，被陆羽一一否认。但是，他们漏掉了超现实主义绘画大师达利，二十世纪最重要的画家之一——当然，要是问到陆羽，她可能会反问：达利是谁？陆羽自己也是个超现实的梦幻者，她的神性表现在各个方面，包括她的绘画才能的无师自通。我们则是从"元绘画"的角度，想要发掘出作家处理陆羽画作的来龙去脉。

作为超现实主义画派的代表人物，达利的画作在现实与梦幻之间穿越，如徐小斌所言：

> 萨尔瓦多·达利（Salvador Dalí）具有非凡的才能和

---

[1]　徐小斌：《羽蛇》，作家出版社 2019 年 9 月，第 198 页。

想象力。他的作品把怪异梦境与绘画技巧令人惊奇地融合在一起……他曾经被内心恐惧和性的焦虑困扰着，画出那一幅幅怪诞的梦境：连续不断地变形的咆哮的狮头，像面饼一样搭在树枝上的柔软的钟表，招来苍蝇的腐烂了的驴子和残缺不全的尸首，紧咬住嘴唇的蝗虫和拿着放大的性器官的手，这一切似乎都是足以引起妄想的持续不断的疯狂，一切主题都脱离了弗洛伊德的诠释而变成完全清醒的梦。可怕就可怕在那梦是完全清醒的——达利在用法兰德斯式的袖珍画技法制造欲望的梦境。①

这和陆羽那几幅画作具有高度吻合，两者间的关联性一目了然。还有一位女性画家，也是陆羽画作的重要渊源。比起名满天下的达利，雷尼·罗纳在中国大陆是没有任何知名度的，连美术界的人士都不曾关注到她。为了做《羽蛇》研究，我在百度搜索引擎检索"雷尼·罗纳"的词条，相关的信息只有寥寥数条，一条是徐小斌在创作谈《我对世界有话要说》中，讲到《羽蛇》时引证了雷尼·罗纳的绘画，徐小斌这段话过于简略，缺少对雷尼·罗纳画风介绍的更多信息。另一条内容比较丰富的信息也是来自徐小斌，是她发表在《北京晚报》上的一篇短文《伊甸园之蛇与禁果》：

> 看到她的色彩我便常常想起我儿时的梦境。也是那么一个神秘的、荒芜的花园。那些奇彩四溢的花因无人看顾而疯长成林，几乎每朵花上都栖留着一只玲珑剔透的鸟。那样的奇花异鸟只属于梦境，如今却在雷尼的世界里找到了……血红浓艳像是凝固的血液，湛蓝碧绿又像是浸透了海水，左看是花朵，再看却又变成为鸟兽，怪就怪在它们

① 徐小斌：《怪才达利》，《新民晚报》2015 年 10 月 28 日。

是花朵又是鸟兽。在雷尼的笔下，自然的造物总是可以互相转换的：当你从那瑰丽的花朵中辨出一只鸟头的时候，你同时发现它其实又是一只鱼头，于是彩色的鸟羽在你眼中又转化为鱼鳍。有无数的眼睛藏匿在这片彩色之中，撕开美艳便会发现原来那是一只只魔鬼般的怪兽——你会惊叹邪恶竟这么容易地潜藏在美丽之后，甚至不是潜藏，竟是中了魔咒似的可以随意变化腾挪。[①]

第三条信息是徐小斌在国家开放大学"五分钟课程网"上讲授《西方美术欣赏》系列中的一讲，《雷尼·罗纳：非人间的冥想》（前引《怪才达利》也是该系列课程之一讲）。它的文字稿和《伊甸园之蛇与禁果》基本相同，重要的是这个视频展露了雷尼·罗纳的几幅画作，《荒野上失去的花朵》《提拉·安古尼塔》《伊甸园》《花朵》，让我们对于这位女画家的个性标识有了感性的认知。

一个作家的作品之所以产生，正如一个画家的师承一样，有着多种渊源。《阿波罗死了》的画面，就是源自莫罗的《幽灵出现》，包括"我"画的羽蛇和陆羽的大量画作在内，达利和雷尼·罗纳的影响明晰可见。两位画家都是超现实主义的画风，以其精致入微堪比照相的现实主义的细部描写，可辨析度很高的人体物体之局部、片断变形，人、花卉、动物等形象的交叠错综，对比度和冲击力甚强的色彩，充满悖谬的物体并置，启示了陆羽的画作。样本四中"鱼缸里装着一个没有头颅和躯干、只有四肢的畸形人。那怪物浸泡在液体里"，和达利"残缺不全的人体"的内在脉络相互贯通，尤其是达利那幅《内战的预感》。钻绿看到的"血红浓艳如凝固的血液，湛蓝碧绿又像是浸透了海水，乍看是花朵，再看又变成鸟兽，怪就怪在它们是花朵又是鸟兽。在羽的画中，自然造物是可

---

① 徐小斌：《伊甸园之蛇与禁果》，《北京晚报》2011 年 5 月 22 日。

以转换的。钻绿从瑰丽的花朵里辨认出一只鸟头的时候，他同时发现它又是一只鱼头，于是彩色的鸟羽又转化成了鱼鳍。有无数的眼睛藏匿在这片彩色中，撕开美艳便发现原来那是一只只魔鬼般的怪兽"，"状貌古怪的黑女人，青铜色的魔鬼面具，霰雾般轻灵的鸟，花朵中藏着的彩色蜘蛛，失落在蓝色羽毛中的金苹果……那一片彩色的空气中充满了毒液"[1]，则是明显地借图于雷尼·罗纳的《伊甸园》。

第八节　样本八：雪花飞飞，雪花飘飘

陆羽画了那么多缠绕复杂让那些专业的画家和记者都埋不清头绪的作品，不是为了炫技，不是为了表现自己高人一等，而是为了疗伤，医治幼年时代的精神创伤；别的画作看不懂没有关系，重要的是它们都是绿叶，都是陪衬——

（幼小的陆羽）在一次上图画课的时候，老师说，今天你们随便画，画你们最喜欢的东西，献给你们最喜欢的人。羽就用广告色在一张大白纸上涂满极艳的蓝。待那蓝色干了之后，羽又用雪一般厚重的白在上面画满一个一个六角形雪花，那些雪花的形状各异，经过儿童的手画出来又透出一种稚拙，稚拙而奇异的美。那蓝色和白色都那么鲜艳，晃得人眼痛。老师从她的座位旁边走过，好像突然被什么捉住了似的，站住了。[2]

这样的儿童画，可以置喙的不是很多。它单纯而热烈，只是用

---

①　徐小斌：《羽蛇》，作家出版社 2019 年 9 月，第 178 页。

②　徐小斌：《羽蛇》，作家出版社 2019 年 9 月，第 12 页。

了简单的蓝色和白色两种颜色，用色鲜艳明丽，情感非常饱满。它的重要作用有二。在情节上，陆羽的这幅画得到老师的高度赞扬，她迫不及待地要把这幅"杰作"献给父母亲表达她的爱心，根本不去理会老师所说要把这幅画作送到国际上去得大奖，没有想到这一天恰逢若木分娩，陆羽被家人冷落，她在家中的地位发生了让她无法接受的变化。在"元绘画"上，它的简洁欣快与陆羽后来的画作形成鲜明的对比，是她的天性的自然张扬，也是她后来的灵魂扭曲命运多舛的鲜明对照。从童年到成人，陆羽经历过多少摧折与梦魇，但心底的梦想却一直存在，那就是回到悲剧发生之前，重新获得母亲的爱——

> 在展览正厅一个最显眼的位置，放着一幅风格完全不同的画。那幅宁静单纯的画与周围形成了巨大的反差。那幅画有着艳蓝的底子，上面覆盖着一朵又一朵放大了的雪花。那是一些六角形的花朵，那些神秘的自然的花朵形态迥异却又惊人地相似。在画的下角，有一双小手，戴着鲜红的手套，在接那些落下的雪花。右下角插着的卡片上写：无题。[1]

这一幅画面是本次画展的主画。它和我们通常记忆中的那幅一个小女孩吹蒲公英的名画——吴凡的《蒲公英》有近似之处，都是表达孩子对自然造物的喜爱之心的。它比幼年陆羽的雪花图画多了一双戴着红色手套的小手，雪花的图形在处理上也别出心裁。如果再引申一下，那双戴着红色手套的双手，渴望承接的正是亲情之爱，天地之爱吧。比起那些繁复纠结的画面，郁闷迷茫的情绪，这一幅《无题》单纯明快，它是画给预想的观众——若木的，但陆羽

---

[1] 徐小斌：《羽蛇》，作家出版社 2019 年 9 月，第 198 页。

分明知道，母亲是不会来看她的画展的，乃至根本不知道陆羽举办画展。因此，画面越是热烈，就越是衬托出陆羽心中的绝望和凄凉感。那些自以为读过几页弗洛伊德，就可以把握画家的创作心理的记者，哪里能够领会，《无题》才是陆羽最重要的创作，她后来的所有尖利、撕裂、枯竭、诞妄、自相悖反、生死追问，都是从这雪花飘飘雪花飞飞的画面中生长起来的，是它的扭曲变形乃至逆向生长。

第九节　样本九：亡魂·苦海·普度

这是《羽蛇》中陆羽画的最后一幅画作：

> 五年以后羽做了一个梦。梦见天上的星星结成了一张网，在漆黑的夜空里，有一只骨殖刻成的小船正在漆黑的深海里颠簸。有一个穿使徒服装的人坐在那只船里，手里捧着一颗头颅。
>
> 羽按照那个梦境的提示作了一幅画，M 国人迈克说，画的名字应当叫"普度"。外婆玄溟生前说过，"普度"是佛教中的一个词。
>
> 羽想，"普度"真是个值得注意的词，它被东西方的宗教文化共同接受和认同。
>
> 后来，她把那颗头颅的脸画成了烛龙，而把那个穿使徒服装的画成了自己。[①]

这幅画显然是此前《阿波罗死了》的翻版，只不过人物的身份和服装换了，作者的心态也换了。在《路易·波拿巴的雾月十八

---

① 徐小斌：《羽蛇》，作家出版社 2019 年 9 月，第 260 页。

日》中，马克思讲："黑格尔说过，一切伟大的世界历史事变和人物，可以说都出现两次。他忘记补充一点，第一次是作为悲剧出现，第二次是作为笑剧出现。"陆羽的《普度》，从东方佛教的普度众生，到西方宗教中的使徒与圣徒，兼而有之。但是，这两张牺牲者的图画，比那两张雪花图之间的差异，要大了许多。说《阿波罗死了》是悲剧，《普度》是闹剧，庶几近之。《阿波罗死了》虽然有死亡，但是色彩很热烈，精神很高亢。陆羽没有多少政治热情，但毕竟是处在血气旺盛的青年时代，容易受到他人的感染，何况感染她的是她念兹在兹的圆广——烛龙；观看烛龙和亚丹演的《铁窗问答》，其中表达出对"文革"政治语境的强烈批判，和英勇无畏的献身精神，这让陆羽显示出少有的热烈投入的激情。那段"让死的死去吧"的诗句，正表明陆羽仅有一次的参与现实斗争的热血冲动。就像作品中所言，一个人总有一次要亮出自己的身份证。

到陆羽画《普度》的时候，星移斗转，物是人非。画《阿波罗死了》的时刻，真正的斗争，"四五"天安门运动还没有发生，所谓牺牲，所谓铁窗，不过是略带夸张的浪漫幻想。烛龙后来的经历确实实现了他的诺言，要用生命的火光驱散黑暗，但在一次又一次的时代风浪过后，牺牲者并没有给社会带来什么明显的改变，他们在像流星一样划破天际之后就迅速陨落，迅速被人们遗忘。就像陆羽所言，这个时代已经不是出现耶稣这样的殉道者的时代。也不必责怪世人的健忘，是中国大陆社会潮流的主题变换得太快了。仿照鲁迅的诗句，梦里依稀英雄泪，城头变幻大王旗。八十年代改革开放的命题尚未充分展开，九十年代的市场化大潮就席卷而来。陆羽做的那个梦，其实是对烛龙黯然离世的一个预兆，可惜她没有感悟到这一点，把现实中的预警当作一个戏剧化的画面。因此，她所画的这幅《普度》，在客观上是对于"不知有汉，无论魏晋"的陆羽的强烈反讽，当她把梦中的使徒画成自己，把那颗头颅画成烛龙的脸，仍然是沉浸在自己的内心世界中。而在此岸，生活常常是高于艺术的，它远远地要比那么多的作家如亚丹、画家如陆羽们的创作更为曲折繁复，远远地将亚丹和陆羽遗忘在很久很久之前。进一步而言，陆羽从来没有什么政治抱负，更没有多少普度众生的伟大梦想。要说普度，是以火神自命的烛龙青年时代的自我期许。但是，最为难堪的不是抛洒"一腔热血"，像秋瑾那样慷慨就义，而是像陆羽所说，有些事情比死亡更残酷。烛龙在经历过生生死死之后，没有换来预期的结果，他的主动担当遇到了"生命中不能承受之轻"——秋瑾诗云，"雄心壮志销难尽，惹得旁人笑热魔"，烛龙生命晚期的状态却是英雄气尽失，灵光圈不再，几至于心如死灰，哀莫大也——

> 她又想起"残酷"这个词，比起"过去"它又显得那么苍白无力，一双眼睛从清澈到混浊，肤色从明亮到灰暗，底蕴从丰足到匮乏，神气从清爽到迟钝，是一个多么可怕的历程，一个美好的造物的破碎，在宇宙间连一点声响也不会留下。破碎了，也就成为"过去"了。破碎的肉体连同破碎的灵魂，都被"过去"隔离在了另一个世界。[1]

亲眼目睹了烛龙的没落，对于陆羽是毁灭性的打击，她人生中的最后一支蜡烛也悄悄熄灭。"她不愿意在 M 国的背景下看到他。她宁可看到他死去，也不愿看到他现在这样子。"[2] 加上父亲的故去，她已经生无可恋。然而，我们仍然是站在陆羽这一边的。因为这个时代不仅需要与时俱进，风生水起，也要有人甘于寥落，持守自我。她成为现实中存活的人们的一面镜子，让有心人警醒或者犹疑，对这个世界产生困惑和焦虑，让人们不能坦然地生活下去。不过，我这里的论述也陷入一个悖论，烛龙那样轰轰烈烈以头撞墙的

---

① 徐小斌：《羽蛇》，作家出版社 2019 年 9 月，第 265 页。
② 徐小斌：《羽蛇》，作家出版社 2019 年 9 月，第 263—264 页。

壮举都没有留下什么痕迹和记忆，陆羽的"普度"又能够度化什么呢？要普度众生的是烛龙，二十年繁华过尽幻影破灭，烛龙在画面中的形象已经黯然失色，如果不是特意将那个骷髅描述为烛龙，它和任何一位死者恐怕都难以做出区别。反倒是陆羽自己，从牧羊女与阿波罗之间的对比，翻转为使徒与默默死者之间的高下之别。欲度众生者，反被他人度。

这不是死者的悲哀，而是时代的没落。

第九章　八方风雨骤　宫中恩怨深

——《德龄公主》：在历史小说与思想论争的
十字坐标上

《德龄公主》在徐小斌的创作中，可以说是一个变数。一向以展示现实生活中的女性困境为创作重点的徐小斌，在完成《双鱼星座》《羽蛇》之后，本来可以趁着这两部作品获得巨大声誉热浪未退，继续在这个方向上乘胜追击扩大战果，出乎所有人的意料，她却笔锋一转，华丽转身，推出清宫题材的《德龄公主》电视连续剧（2006 年，徐小斌、李学兵编剧，韩刚导演，吕中、张晶晶等主演），在电视台热播，让多年任职中央电视台电视剧部而很少有电视剧作问世的徐小斌有了自我证明的力作。随即同名小说《德龄公主》问世，也取得了良好的口碑。我这里讨论的就是后者，小说《德龄公主》。

第一节　在清宫戏与女性历史题材写作中定位

《德龄公主》的问世，拓展了徐小斌的创作界面。当然，这也会让人猜疑，坚持纯文学写作多年的徐小斌，是否也是在顺应斯时正在流行的清宫戏旋风做出这样的跟风之作呢？

二十世纪初期的中国，曾经以"驱除鞑虏，恢复中华"为号召，清帝国作为其尽力推翻的对象，当然不会得到正面的评价。辛亥革命革故鼎新，但先有张勋复辟，后有溥仪出任伪满洲国皇帝，这也只能为刚刚告终的清帝国增加负面评价。新中国建立以来，主流意识形态以封建社会—半殖民地半封建社会—新民主主义社会—社会主义社会作为不断前行的链条，对于从先秦到有清的认知都被封建主义一言以蔽之。因为电影《清宫秘史》引发的"革命与改良"孰为政治正确的论断，阻断了人们讨论、发掘相关话题的路径。《林则徐》《甲午海战》等影片在肯定晚清爱国志士的同时，用了更多的力气去揭露抨击清政府和君主的昏庸腐朽开历史倒车。进入"文革"时期，批判"封资修"，《清宫秘史》成为打倒国家主席刘少奇、将"史无前例的无产阶级文化大革命"推向最高潮的重要战略，文艺被绑定在激进政治的战车上，充满复杂性和曲折性的清代历史叙事，简化为革命与反动的绝对判断。

"文化大革命"结束后，各种相关的禁忌渐渐打破，清宫题材影视剧作和小说在中国大陆的流行，以海外和台港的艺术家作家为先导。八十年代，意大利著名导演贝特鲁奇执导《末代皇帝》荣获奥斯卡金像奖，李翰祥执导《火烧圆明园》《垂帘听政》受到好评，琼瑶的《还珠格格》，金庸的《鹿鼎记》，高阳的《红顶商人》《慈禧全传》等，都为大陆的观众和读者打开了眼界，提供了新的启示。尤其是进入九十年代，曾经取代"旧民主主义革命—新民主主义革命—社会主义革命与建设"的"启蒙主义—现代性"的逻辑，被全球化时代的民族复兴潮流所取代，对民族历史、民族传统的重新梳理，尤其是对曾经被认为是既进行民族压迫，又阻碍了民族现代进程的大清帝国的再评价，也重新进入文学艺术的视野。九十年代中国面对全球化冲击，文化守成主义和大陆新儒家的勃兴，以及对清帝国历史的重新梳理，都助推了文艺作品中清代历史题材的兴盛。清帝国立国时期的孝庄皇太后，全盛时期的康雍乾盛世，第一次鸦片战争以来的历史大转型，直到慈禧太后和末代皇帝的故事，都不止一次地被人们书写和演绎。二月河的"晚霞三部曲"《康熙大帝》《雍正皇帝》《乾隆皇帝》，唐浩明的曾国藩三部曲《血祭》

《野焚》《黑雨》，都曾经洛阳纸贵，风行一时，前者改编成长篇电视连续剧，也获得很好的口碑。电视连续剧《康熙微服私访记》《宰相刘罗锅》兼有喜剧特色，轻松诙谐中表现出民间情趣。

但是，以清代生活为表现对象的作品，许多时候都有着明显的破绽和弊端。当年曾经把帝王将相统统看作封建力量的代表而一笔打翻，当然不为可取，现在大作翻案文章，大作明君贤臣的颂扬，满台大辫子，满口奴才主子，在帝王面前齐刷刷跪倒一大片，高呼吾皇万岁，不以为耻，反以为荣，不正是"开历史的倒车"？乃至在电视连续剧《康熙王朝》的片头引吭高歌，"向天再借五百年"：

沿着江山起起伏伏，温柔的曲线，
放马爱的中原，爱的北国和江南。
面对冰刀雪剑，风雨多情的陪伴，
珍惜苍天赐给我的金色的华年。
做人一生肝胆，做人何惧艰险，
豪情不变，年复一年。
做人有苦有甜，善恶分开两边，
都为梦中的明天。

这样的歌词，让一位帝王充满占有者的狂傲，将大地山川都看作曲线玲珑有待他征服的女性，假使圣明豪迈霸气十足的康熙能够活到今天，那我们还得五体投地大练跪拜之功吗？也有人揭秘说，这首歌本来是歌唱收复台湾的英雄郑成功的，是胎死腹中未能播映的电视连续剧《大英雄郑成功》的主题歌。移花接木到康熙身上，则似乎更为高亢狂放，却很少有人去挑剔其帝王专制霸权之巨大的危害性。这还只是许多清宫戏的表层。更进一步地，清宫戏对于宫廷斗争的黑暗血腥，对于权谋文化的毫无保留的颂扬，在盛世明君的遮蔽下，将人性之恶无限度地予以肯定和张扬，一时间也吸引大量的关注，潜移默化地影响读者和观众的心灵。如同文学评论家王彬彬批评二月河的创作所言："二月河以康熙、雍正为主人公的小说，着力于写清代宫廷中、官场上的明争暗斗，而诡谋，则在各种争斗中起着巨大作用。在表现诡谋方面，《雍正皇帝》之第一卷《九王夺嫡》最具代表性。《九王夺嫡》写的是康熙的九个儿子争夺皇位继承权的故事。小说以四皇子胤禛即后来的雍正争夺皇位的过程为主线。这些皇子为争夺最高权力机关算尽，而所有的机关都是针对自己的骨肉兄弟。胤禛在谋士邬思道的筹划下，以一个接一个的诡谋，击败了对手，最终获胜。这些诡谋，往往让人毛骨悚然、心惊胆战。可以说，《九王夺嫡》把中国传统的诡谋文化表现得淋漓尽致。"① 《步步惊心》《金枝欲孽》《甄嬛传》等以清代后宫女性为生存自保为争宠上位所进行的互相绞杀，同样是权谋文化对诸多女性的毒化，被陶东风称作"比赛谁比谁坏""坏者生存"的作品，也是恰如其分。

考察《德龄公主》的另一个向度，是二十世纪八十年代以来女性作家的历史题材写作。以姚雪垠《李自成》第二卷的问世为起点，历史题材小说在新时期取得长足的进步。在荣获"茅盾文学奖"的作品中，就先后有《李自成》《少年天子》《白门柳》《张居正》等。在摆脱了阶级斗争—农民战争、进步—反动等阐释历史的狭隘框范后，历史题材长篇小说获得了极大的表现空间。女作家凌力是较早进行清宫历史的小说创作的，《少年天子》就是她创作前期的力作。但是，这一时期的凌力，在处理历史题材方面，并没有鲜明的女性的独特性，写帝王，写将帅，只是比男性作家的历史书写更加注重人物心理情感的细腻刻画和对主人公爱情婚姻的推重强化。在后来的《暮鼓晨钟》《倾国倾城》等皆是如此。直到她以两位蒙古族女性为主人公的《北方佳人》才显示出其鲜明的女性主义

---

① 王彬彬：《当代中国的诡谋文艺》，《文艺研究》2012 年第 8 期。

立场，如季红真所言，凌力是从建构历史到解构历史，以女性在历史上的弱势地位、命运悲剧指控历来被男性历史学家和文人墨客书写的宏大叙事："借助历史的场景，抒发现实的悲愤几乎是她创作的基本冲动。而且随着整个民族历史进程的发展，她不断修正着自己的坐标。以'百年辉煌'为总题的明清之际的三部曲，顺应着改革开放的大趋势；《梦断关河》在鸦片战争的大背景中，表达了在外来文化的强大冲击下民族的奋发与苦痛，与进入全球化时代的现实情境相呼应；最近的《北方佳人》则是在席卷全球的女权主义思潮中，对于女性精神的诗性抒写，颠覆的是男权文化的大历史观。从建构历史开篇，到解构历史结束，她艰难跋涉四十年，借助众多的场景与人物完成精神的自我确立。"①《少年天子》以满族入主中原后立国时期的小皇帝顺治为主人公，力图塑造其少年有为开创新局的雄主形象，和后来的康雍乾三帝题材的处理不同，凌力的笔墨着力点不在于其如何弄权有术、霸业有成，而是摹写顺治皇帝为了励精图治殚精竭虑，在对汉文化认同的同时逐渐疏离保守颟顸的满族权贵，他想要推行的新政遭遇危机，在后宫，顺治又为了一段无法完美的爱情悲剧耗尽心血，最终内外交困自动退出宫廷政治并且英年早逝。这样的构思显然是在呼应八十年代的改革历程，是将顺治作为满人入关后顺应新形势需要改革满人文化传统的变革者进行刻画的。这样的命题是时代的召唤，显现出凌力的女性气质的，一是对于顺治与乌云珠爱情曲折有致的描写，二是对于真正主宰清初政坛的孝庄太后不经意间写出的风采和智慧——这位心思缜密有勇有谋又有疼爱儿孙之情的老牌政治家，虽然不是作家最关注的人物，却成为《少年天子》中最为丰满的艺术形象。比较起来，顺治就显得太稚嫩了，徒有良好的改革愿望却动辄得咎，率性而为的结果是众叛亲离，黯然退场。这仍然是以男权视角写作正史的方式。

---

① 季红真：《穿越历史烟尘的女性目光——论凌力的历史写作》，《文学评论》2008年第6期。

到《北方佳人》，作家的眼光发生根本的扭转，洪高娃和萨木儿两位女性成为作品的主人公。她们出自名门，拥有高贵的血统，有才有识，美貌出众，本应享受充裕快乐的贵族生活。但这两位蒙古族女性偏偏生在元末明初，蒙古草原上内乱频仍、外患迭生的年代，她们高傲的内心和美丽的身体饱经蹂躏，成为各个权势人物的争夺对象，甚至她们认为真情相爱、可以托命倾情一生的男性，都将她们暗中出让并且隐瞒终生。两个互相青睐的女性，在世事转蓬血雨腥风中，唯有用彼此的情谊相互支持，尽力让对方脱罪脱难，以她们跌宕坎坷的生命血泪，控诉群雄割据成王败寇的大历史。

　　与凌力充满理性思索的历史题材写作不同，比她晚一代的"五〇后"作家赵玫，在九十年代开笔写作"唐宫三部曲"《武则天》《高阳公主》《上官婉儿》，从欲望、身体与政治的关系入手去拆解初唐往事。凌力笔下的洪高娃有着内在的高贵气质，同时，也绝对不做红颜祸水的背锅侠，她傲然声称："我是好女人，也是骄傲的女人，为了争夺我，他们付出代价，那是他们的事情，我永远不承担妖孽魔鬼、祸国殃民的罪名！永远也不！"[1]赵玫笔下的武则天，却是用被欲望的身体交换权势，又用手中的权势满足身体的欲望。"然而，她依然执着于那神圣的权杖。她认为，其实那才是人类最伟大的诗篇。结果，当有一天，她终于坐在了那把至高无上的皇椅上，她才得知了她所面对的，不是生，就是死。那便是唯一的法则。她别无选择。她已登上了战车，所以她唯有竭尽全力。是她女人的天生丽质帮助了她。美丽使她获得了成千上万的机会。于是，她一次又一次走近龙床，同那些能给予她生存权利的男人们同床共枕，不管他们是父皇还是太子。"[2]但她毕竟代表数千年历史中的女性，登上高高在上的帝王宝座，证明和享受了自己的存在，"有天命在召唤她。于是她英勇地走进了男人的世界，并成为了那

①　凌力：《北方佳人》，北京出版社 2008 年 1 月，第 22 页。

②　赵玫：《武则天》序言，赵玫：《武则天》，译林出版社 2012 年 4 月，第 1 页。

个男性世界的主宰"①。武则天和上官婉儿，都是不由自主地陷身于权力斗争的漩涡中，在刀刃上行走，无法后退，后退就是沦落沉没，于是只能够用自己年轻美丽的身体作为进身之阶，在屈辱与血泪中逐渐前行。高阳公主面对的是另一重困境，虽然是太宗李世民最宠爱的女儿，但却无法主宰自己的婚姻大事，被父亲指令嫁给勋臣房玄龄的儿子房遗爱，对丈夫根本不看在眼中，她却意外地爱上房遗爱的兄长房遗直并且在新婚之夜背弃丈夫与之交欢。房遗直心存恐惧逃身而去，高阳公主饮鸩止渴地陷入一场又一场性爱狂欢中，而且一再挑战禁忌，勾引僧人、道士等化外之徒，以自身的堕落污损这道貌岸然的男权世界。

在这样的格局之下，徐小斌将如何建构她的女性王国，写作《德龄公主》呢？

第二节　看与被看：外来人和他者的视线

德龄公主是一个俗称，严格地说，德龄并没有被慈禧封为公主。为了叙述方便，我们就用德龄称呼她。德龄是大清帝国驻法公使裕庚的女儿，和妹妹容龄一道，曾经跟随裕庚出使日本和法国，在海外生活数年，懂英法日三种语言，了解国外的生活风俗，因此于庚子事变后的 1903 年归国后成为慈禧太后的御前女官，充当慈禧外事活动中的翻译，也在宫中陪侍慈禧的日常生活。深宫禁苑，皇家秘闻，天然具有大众文化的传播热点。德龄和容龄也曾经利用这一点，分别写有多种清宫回忆录出版。处理德龄和容龄宫廷经验的题材，它具有多种可能性，可以向不同的路径演进生发。徐小斌的《德龄公主》，在历史的基本脉络基础上，选取独特的视野，让德

① 赵玫：《武则天》序言，赵玫：《武则天》，译林出版社 2012 年 4 月，第 2 页。

龄姐妹成为考察晚清末日世道人心的一个独特视角，生发出多条线索，在丰厚而精巧的生活细节的编织中，暗寓一个女作家面对历史的多重思考和人性感悟。

第一重视线，当然是描写读者和观众最为关心的宫廷生活场景，导引人们走进颐和园和皇家宫殿，得以窥见其中的日常生活与人情世态。慈禧和光绪上朝时的不同声态，皇后和德龄在幕条后面观看大臣们朝见最高统治者的音容声口，四格格、元大奶奶们为讨得慈禧的欢心而殚精竭虑，过大年时慈禧带领众宫眷狂欢数日，底层的宫女在重重压迫下的卑微生活，都得到精细的刻镂。

这样缜密的写实笔致，对于徐小斌，也是一种自我挑战。自从以《河两岸是生命之树》和《对一个精神病患者的调查》蜚声文坛，徐小斌的作品总是借助各种手段强化心灵世界的揭示，梦幻，意象，隐喻；在《德龄公主》中，对于人物众多的情节与场景的实在描写，是一次新的挑战。

第二重视线，这是复杂交错的"看和被看"。《德龄公主》的写法，仿照《红楼梦》之林黛玉进贾府，是从海外归来的德龄、容龄和母亲一道被慈禧召唤，进入颐和园朝圣写起，让经历过欧风美雨的德龄和容龄用新奇、陌生的眼光，观看古老帝国的末日景象，观看最具特色的东方奇观。深宫禁苑，本来就自带神秘色彩，经过新来乍到的德龄姐妹陌生化的目光，形成的反差就更为鲜明强烈。

时当二十世纪初叶，西方的英美法和毗邻的日本，都已经完成了工业化近代化的过程，民主自由之风劲吹，中国的专制主义和与之相伴随的种种陈腐没落的陈规旧制仍然在扼杀着上至帝王贵胄下至宫女太监的鲜活生命。光绪与隆裕，贵为皇帝和皇后，却没有真实的夫妻生活，两人间的冷漠和拒斥，让德龄和容龄都感到其中的阴冷。还有德龄和容龄看不到却被皇后和大公主看到并且狠毒处置的茧儿和祖儿两位可怜的宫女：茧儿因为看到四格格与以裁缝身份作掩护的日本间谍三木一郎嬉戏交欢的暧昧场景，就被杀人灭口，血染宫苑。苦命的祖儿，在青春的卑微和情感的焦渴中，遭逢潜入宫中的革命义士无玄，与之产生情愫，走上叛逆之路，在逃亡途中也死于非命。

德龄和容龄带着西方生活与文化背景看待宫苑生活，宫苑中以西太后为首的诸人，也在以新奇、羡慕、嫉妒、怨恨的眼光看待这两位外来的闯入者。她们的妆容、她们的言行，自然而然地成为闲居无事的元大奶奶、四格格们的凝望对象。德龄和容龄在宫中教授众女眷跳西洋的交际舞，让她们大开眼界，还要身体力行地下到舞场去实践之，确实是"开洋荤"。更重要的凝视者是慈禧太后。如果说，在人生阅历有限视野狭窄的众宫眷面前，德龄和容龄有着天然的优势，在看与被看中经常是处于有利的地位，那么，在慈禧面前，这种优势与劣势就颠倒过来，不是因为见识的高明，而是因为慈禧手中握有绝对的权柄，可以任意掌控他人的死生升降。如福柯所言的全景敞视监狱，慈禧把后宫打造成唯有她一人可以环视全景的一座环形监狱，"在环形边缘，人彻底被观看，但不能观看；在中心瞭望塔，人能观看一切，但不会被观看到……这些囚室就像是许多小笼子、小舞台。在里面，每个演员都是茕茕独立，各具特色并历历在目。敞视建筑机制在安排空间单位时，使之可以被随时观看和一眼辨认"[①]。初次见面，慈禧就对德龄衣着的红色产生疑问，还亲自试穿她的新款式高跟鞋。此后，在许多场合，慈禧都是最敏锐也最难应付的观察者和支配者，对于德龄和容龄，她既需要她们陪侍在侧，帮助她和光绪应对外国公使和公使夫人，却又对她们负有的西方文化背景心存警觉，对她们在国外接受的种种价值观念无法释然。除了居于高位的权势者普遍地对于他人的猜忌和警觉，慈禧在从政经验中对于帝国列强既怕又恨的仇外情绪也是重要根源。

数千年未有之大变局，让古老帝国面临许多新的冲击，也将慈

---

① ［法］米歇尔·福柯著：《规训与惩罚：监狱的诞生》，刘北成、杨远婴译，生活·读书·新知三联书店1999年5月，第224页。

禧和清末宫廷置于更多的视线之下。在《康熙大帝》和《康熙微服私访记》等作品中，皇帝以超越一切的绝对君主自居，高高在上俯视众生，肆意践踏帝国的土地，《德龄公主》中的慈禧不但是被美国的康格夫人、日本的内田夫人、俄国的勃兰康夫人等各国公使夫人带着各自使命前来觐见的中国最高掌权者，还要会见带着国家秘密使命前来的各种身份的人们——给慈禧画像的美国女画家卡尔、给慈禧治疗牙齿的怀特、给宫眷们制作衣服的三木一郎，个个都被其国家的公使委以重任。抱着各自的政治经济利益进入中国宫苑，他们的心思更为复杂和纠结，他们看待中国事务和慈禧的目光更尖锐冷静更具有功利性。这是更遥远也更促迫的第三重视线。

如此错综交叉的不同视线，头绪众多，如何编织到一起，对于作家来说，是非常严格的检验。徐小斌的笔致干净利落，参差缜密，一支笔略加点染，就将若干不同色系的版块化合在同一场景中，在叙事和对话中对人物性格进行勾勒，不做静态的深描，而是将其分散在不同的场合，一滴一点地逐渐加强，不影响故事情节的推进，节奏很快，点到为止。

> 穿上红色高跟鞋的慈禧在皇后和四格格的搀扶下小心地迈了一步，然后她甩开她们，稳稳地走了两步儿，笑道："这外国的皮鞋，不过就是把咱们满洲的花盆底子鞋改了，把中间的鞋跟挪到了后面而已，他们还是学咱们的！"
>
> 众人都笑了，其他人都在笑洋人，而德龄姐妹却在笑慈禧。唯有皇后没有笑。皇后的不苟言笑是有了名的，连慈禧有时也深恨皇后，常常嗔她不讨喜……①

这段文字写德龄姐妹初进颐和园，篇幅不长，将场面和人物写得清清爽爽：扶助慈禧的皇后和四格格，都是慈禧最亲近的女眷；

---

① 徐小斌:《德龄公主》，作家出版社 2019 年 9 月，第 6 页。

慈禧将法国的高跟鞋诠释成满族花盆底的改良版，一下子就显示出她的妄自尊大自以为是；众人的笑声不只是附和慈禧的"高论"，还包含了她们的无知；偏偏皇后不曾发笑，性格中不从众的一面凸现出来。德龄姐妹的在场和观感，更让这场"看与被看"的戏交互性更强。

托尔斯泰说过，在孩子和外来人眼中，一切所见都是新奇的。这就是艺术中所讲的陌生化。他者一词，则是建立在后殖民主义理论基础上的。曾经是殖民地主宰的西方人往往被称为主体性的"自我"，殖民地的人民则被称为"殖民地的他者"，或直接称为"他者"。德龄姐妹看到清宫陋习，她们会有批判，但不会因此产生鄙视，更不会由此而自傲，不会自以为高高在上。那些来自列强各国的外交官员就大为不然了。他们身负国家重任，在积贫积弱的大清帝国，有着高人一等的傲慢与偏见。譬如，日本公使夫妇的一次谈话，就暴露了他们在中国与其他帝国争夺更大利益的竞争，以及展望未来难以克制的勃勃野心——

> "现在谁都在想办法影响中国、控制中国，凭着我们对中国文化的了解，是不可能输给他们的。现在日本已经不是唐朝的时候那个事事都要模仿中国的小国家了，我们经过明治维新之后的实力，总有一天会一鸣惊人的，到了那个时候，别说是中国、俄国，就是整个世界也会吃惊的。"[1]

第三节　深宫禁苑中的渐进启蒙

德龄姐妹进宫，是应慈禧之命，却也有着自己的思考。这就是以德龄姐妹在海外获得的丰富的文化信息和生活体验，对慈禧进行

---

[1]　徐小斌：《德龄公主》，作家出版社 2019 年 9 月，第 80 页。

文明的启蒙，以挽救国家命运，推进历史前行。这在我们前面所论及的诸多历史题材作品中，独标一格。

这样的选择，在原初立意上是来自父亲裕庚的。裕庚道："当此乱世，你们进宫，成了老佛爷身边儿的人，虽说只是做传译，人微言轻，可是一旦影响了掌握国家命运的人，那作用也是不可估量啊。"[①] 容龄年纪尚小，父亲的话应该说是主要对德龄所言。作为一位长期在世界各国停留开阔了视野的忠贞臣子，他得风气之先，是最先实现"洋化"的，裕庚自己对于开启慈禧及众臣的眼界也是身体力行的。在《德龄公主》中，裕庚唯一一次面见慈禧，是因为他参与处理天津教案引发的无穷后患。近代以来，随着列强入侵中国，大大小小的教案层出不穷，经受种种压迫激愤难平的底层民众，教会及入会的华人以及立身其后盾的各国列强，蒙昧无知进退失措的政府官员，各方面的矛盾难以摆平，加上政府怕洋人、洋人怕民众、民众怕政府的强弱循环，因为教案引发的冲突与血案层出不穷。曾国藩就因为处理 1870 年天津教案，被朝中清流众口铄金，一世英名尽毁。义和团运动也是起源于山东教案。养病在家的裕庚响应外务大臣伍廷芳的召请，临危受命，以独特的方式理性、公正地平息一桩头绪繁多难以措手的教案，使得教案的双方当事人，美国的教会人员和当地的中国百姓，都感到满意。回到北京，裕庚却因为其随机应变的灵活策略，触怒诸多保守派大臣群起弹劾，几乎要遭遇身败名裂的惩处。面对可能落在头上的极刑酷法，裕庚处变不惊，在应对慈禧的问询时，仍然会将西方的人权和平等理念转述一番，用一种全新的价值观冲击古老的宫廷——

慈禧不紧不慢地说："哦，那洋人是怎么看的？"裕庚道："回老佛爷，洋人有口号说是天赋人权，尤其是像美国这样的共和制国家，更是说众生平等，因此对他们来

---

① 徐小斌：《德龄公主》，作家出版社 2019 年 9 月，第 8 页。

说，人无论贵贱，生命都是可贵的。假如咱们光是救了洋人，而屠杀了自己的百姓，洋人们虽捡了便宜，他们仍然会瞧不起大清，——中国人自己都不重视生命，他们会更加不尊重中国人。这样一来，他们在中国造次岂不是更加肆无忌惮了？！"[1]

有其父必有其女。于是，利用慈禧和宫眷们的好奇心，想看"西洋景"，德龄竭尽全力地推动深宫里的洋化点滴，愈来愈自觉地从一个个细枝末节做起。她和容龄一起教宫眷们学习西洋舞蹈。她说服慈禧接受卡尔给她绘制肖像油画。她推荐怀特给慈禧治疗牙疼病。她让慈禧接受勋龄给她拍照片。她还拉怀特一起在宫中演出《茶花女》。德龄的聪明才智让她的许多行为都产生了积极的效用。"这样，在二十世纪的初叶，中国的宫廷里就开始了使用法国先进的染发技术，当然，还有咖啡、油画、钢琴、钟表、现代舞、化妆品和照相机——西方先进的事物就这样以一种潜移默化的方式慢慢进入了中国……而德龄姐妹终于欣慰地发现，她们的努力没有白费，她们的报国宿愿正在慢慢地实现……"[2]

今日看来，或许有人会说，德龄这些行为不过是微末功夫，不足挂齿。但是，要让慈禧逐渐接受德龄和裕庚的变法主张，确实要从这些细微的生活方式的变化做起。总不能让德龄像康有为一样给慈禧献上一部《日本变政考》吧。中国的现代化进程，就是从器物—体制—文化依次递进，逐渐展开的。诚如梁启超所言，近五十年来，经过三次中心命题的转换，中国人渐渐知道自己的不足了。"第一期，先从器物上感觉不足。这种感觉，从鸦片战争后渐渐发动，到同治年间借了外国兵来平内乱，于是曾国藩、李鸿章一班人，很觉得外国的船坚炮利，确是我们所不及，对于这方面的事

---

① 徐小斌：《德龄公主》，作家出版社 2019 年 9 月，第 171 页。
② 徐小斌：《德龄公主》，作家出版社 2019 年 9 月，第 199 页。

项，觉得有舍己从人的必要，于是福建船政学堂、上海制造局等等渐次设立起来。"① 第二期，是从制度上感觉不足。第三期，便是从文化根本上感觉不足。……革命成功将近十年，所希望的件件都落空，渐渐有点废然思返，觉得社会文化是整套的，要拿旧心理运用新制度，决计不可能，渐渐要求全人格的觉悟。②

德龄在她力所能及的范围中，可以说是超额完成渐进启蒙的任务了。在猜忌、尖刻、疑虑重重的慈禧面前，德龄费尽心机，巧妙地周旋于她与众宫眷之间，在卡尔、怀特等与慈禧的交流中，上下斡旋，消除彼此的误会，化解慈禧的不快，谈何容易！在大的方面，她也做得不错，能够说服慈禧接受向日本派出女留学生的方略，不仅是帮助秋瑾实现留学东洋的愿望，更开启了二十世纪中国女性求学海外的大闸，就是一大功绩。

更为值得称道的是，德龄在父亲裕庚的引导下，逐渐树立了报效国家的坚定信念。德龄进入宫禁，她的日子并不就是荣华富贵奢侈享乐的。相反地，她和容龄一起生活在众多人们的凝视之下。伴君如伴虎，何况她们陪伴的是阴鸷老辣、喜怒无常的慈禧，时时处处要她们做出对慈禧的"忠诚证明"，小至于德龄姐妹不习惯睡硬板床而多垫几床褥子就被监视她们行止的小太监密报上去，大到于慈禧与众臣讨论如何判断和处理裕庚平息教案功罪而故意让德龄在场以测试其态度。好在德龄姐妹除了报效国家，并没有多少个人的私利可图，入宫未久，德龄就用她的才华赢得慈禧的褒奖。慈禧赞赏德龄的一段话，可以说是出自肺腑，又有自我嘉许——"慈禧正色道：'我的簪子留了那么多年，就是想送一个合适的人。瞧了多少年，我瞧上了你，你是个诚实的姑娘，不会骗我，你传的那些外

---

① 梁启超：《五十年中国进化概论》，梁启超：《饮冰室合集》（第五册），中华书局1989年3月，第44页。
② 梁启超：《五十年中国进化概论》，梁启超：《饮冰室合集》（第五册），中华书局1989年3月，第45页。

国话儿，我虽一句不懂，可是我心里明白，你爱大清国，你有心气儿，就像我年轻的时候一样。'"① 爱大清，有心气儿，慈禧从眼前的德龄回看到年轻的自己，这也是看与被看的一种特殊方式，凝视是对自我的凝视（拉康语），是通过他人而重新体认自身。

德龄也不是只会在口红、染发剂、西洋舞蹈等方面用力气。关于发生在中国东北——这是满族的龙兴之地——的日俄战争，她犯颜直谏说出的一段话，不仅让慈禧暴怒，也会让有心的读者感到震惊："蒙您恩典，奴婢做了御前女官，前些时，您又封奴婢与妹妹为郡主，您的恩情奴婢没齿难忘，可即使如此，奴婢仍要对您说真话，那就是：假如戊戌年您能够支持皇上变法，中国目前的国力绝不至于贫弱如此，更不至于眼睁睁地看着别国在自己的领土上打仗，竟然无可奈何！"② 这就是冒死进谏，要对慈禧扼杀戊戌变法的行为进行追责。须知，关于戊戌变法，正是慈禧最痛彻的心病，是她的死穴，德龄的进谏引得她勃然大怒，几乎动了杀心。在这样的威慑之下，德龄仍然没有退让，将生死置之度外而继续进言。待到慈禧冷静下来，一番回想，再一次在德龄身上看到自己的影子："慈禧这才叹了一声，自语道：'这个小妮子，有胆识，有担当，还真有些像我年轻的时候！……'"③

光绪与皇后、四格格与元大奶奶，也都是从各自利益需要的角度去观察和对待德龄姐妹。奉命服侍姐妹俩的小太监小蚊子，同样有自己的基本立场——

　　容龄把小狗从铜盆里抱了出来，德龄赶快用毛巾一把裹住它。旁边的太监小蚊子想帮忙，却被德龄谢绝道："谢谢你，我自己可以。"小蚊子呆立在那里，半天说不出

① 徐小斌：《德龄公主》，作家出版社 2019 年 9 月，第 48 页。
② 徐小斌：《德龄公主》，作家出版社 2019 年 9 月，第 340 页。
③ 徐小斌：《德龄公主》，作家出版社 2019 年 9 月，第 341 页。

话来。容龄问："小蚊子，你怎么了？"小蚊子扑腾一下跪了下来，道："奴才从入宫以来，从来没有主子谢过，这，这是折杀奴才啊！"①

事情虽小，却有着人人平等的大的思想背景，怎不令被主奴等级制度规训多年的听者大吃一惊？同样是平等理念做基础，德龄姐妹对大小太监的态度可圈可点，让李莲英成为她们的宫中盟友。李莲英有自己的独特角度，他是听从慈禧指派暗中监视德龄姐妹的，有时也不免有身为太监的自惭形秽，尽管他的权势炙手可热——他询问小蚊子，从海外归来的小姐妹会不会像洋人那样将太监看作怪物，得到否定的回答之后，他从此对德龄姐妹心存好感，尽量给她们提供方便。在裕庚遭遇众臣弹劾的危机时，他还会提醒德龄怎么样选择最佳时机，去向慈禧为父亲求情。

这样的来自不同角度不同人物的互相凝视，让我们想到拉康的凝视理论。拉康要强调的是凝视的先在性，与此相对应的是"惯于被看"（given to be seen）相对于"被看"（seen）的先在性。"惯于被看"意味着，不管主体愿意与否、意识到与否，他注定要被观看。凝视的先在性或者说"惯于被看"是主体存在论意义上的基本处境。"惯于被看"是根本性的，它无所不在，因而被排除出了意识。正是在这个意义上拉康说："就我们与事物的关系而言，因为这种关系是通过视觉方式构成的，并被组织在一些表象性的形象中，因此始终有某种东西在不断地溜走、滑脱并被传输，并总是在某种程度上逃避进了这种关系——这种东西就是我们所说的凝视。"也就是说，眼睛屏蔽了凝视。因为"视觉满足于把自己想象为意识"，处于无意识维度中的凝视自然要被排除了。②将其引进到《德龄公主》的阐释中，它可以给我们带来很多的启示，揭示了"看与

---

① 徐小斌：《德龄公主》，作家出版社 2019 年 9 月，第 13—14 页。
② 马元龙：《拉康论凝视》，《文艺研究》2012 年第 9 期。

被看"的复杂关系。在德龄的处境中，人们并不是出于一种客观认知的需要去观察德龄姐妹的言行举止，而是先在地设定了一种观看的态度，一种维护和争取自己最大利益的凝视。这对于拉康来讲可能不公平，是颠倒了拉康的"眼睛屏蔽了凝视"的命题，将其翻转为"凝视屏蔽了眼睛"。我们要表明的是，这样的理解同样得自拉康的启迪。

德龄的处境危机还不止于被慈禧和宫眷们交叉凝视，她面临的一个两难选择是家国情怀与爱情召唤的取舍。慈禧一再表示要为她选择丈夫，这样的选择是无法抗拒的，好不容易才在皇后的帮助下侥幸逃脱被指派给醇亲王之子的命运，可是婚配问题一旦提上慈禧的议事日程，不虞事件就随时可能发生，继续留在宫中就仍然前程黯淡。一边是每天战战兢兢如履薄冰险象环生，另一边呢，德龄与怀特的爱情波澜起伏，当她面临是走是留非此即彼的两难选项时，也曾经有过抽身而退的退缩——"德龄忽然从床上起来，扑通地跪了下来，道：'阿玛、额娘，求你们想办法让我出宫吧！宫里太可怕了，我想过普通人的生活，我要和怀特结婚，我们要到美国去！经过了这么多事儿，我发现我已经……已经离不开他了！'"[1] 正是经过了这样的精神濒临崩溃，然后重新回到宫中，再次确认自己对国家命运的担当，经历过波折，自觉性才更为增强。在与怀特私奔的事宜周密安排万事俱备的时刻，德龄选择了继续留在危机四伏的宫中，坚守自己对国家的责任，放弃与怀特已经安排好的私奔。这样一位女性，显然是值得我们尊重的。非凡的人物，不是没有动摇、困惑、畏惧、退缩，而是在闯过这些难关之后，更上一层楼，心灵和境界都得到新的提升。

---

[1] 徐小斌：《德龄公主》，作家出版社 2019 年 9 月，第 223 页。

第四节　风雨飘摇中的天潢贵胄女性众生相

德龄启蒙理想的失败，乃天败之，非战之罪也。二十世纪初的中国危机重重迫在眉睫，正在以高山坠石不断加速的频率运行，根本容不得按部就班稳步渐进，容不得夜雨润物细无声的潜移默化。外有瓜分危机日甚一日，日俄战争在中国东北的土地上进行，西藏遭英军入侵，皆是国之大患。内有各种新兴的政治力量，康有为领导的保皇党和孙中山的革命党虎视眈眈，要想在风雨飘摇山河破碎的时势中完成国家的现代转型，怎能按部就班次第而行？

慈禧太后在庚子事变后回到北京，她采取的一系列新政措施，已经远远超出康梁变法的主张，建立京师大学堂，废除酷刑，推行立宪新制，开放女性海外留学，这对于晚清朝政，当然是大为有利的。而身为女性文学作家，徐小斌的宫廷故事独具慧眼，给她笔下的众多女性以同情与理解，揭示她们在男权社会中卑微可怜的地位。这种同情与理解，首先就表现在慈禧形象的刻画上。

慈禧的形象出现在诸多文艺作品中。蔡东藩撰写的《清史演义》、姚克编剧的《清宫秘史》、高阳的《慈禧全传》、李翰祥的《垂帘听政》等，基本上都是从负面的角度批判慈禧的擅权误国的。《德龄公主》采用抵近观察的角度，在德龄姐妹的视野下，窥见这位一生经见过三位皇帝并且在自身的蜕变成长中稳坐在最高权位上的特殊女性。她的狡诈和阴冷是不容回避的。大公主、元大奶奶和四格格，本来都有着各自的丈夫和家庭，且正值青春年华，但慈禧将她们掌控在宫苑中，无法回家与丈夫团聚，长久地陷于情感与肉体的焦灼中，以致三位丈夫都抑郁身亡。如果不是个中人说出内情，谁会看得出整日在慈禧面前承欢争宠强颜欢笑的宫廷贵妇还有这样的痛苦？谁会看到在青春芳华的年纪就失去丈夫的慈禧内心嫉妒他人夫妻生活圆满的阴暗心理呢？慈禧处理朝政，处理外交和宫内事务的霸道无理，也在德龄姐妹眼中折射出来。最为不齿的是，慈禧居然以众目睽睽之下发布将德龄白绫赐死的命令与李莲英做赌博，赌资是二百两白银，如果不是德龄临危不乱，应对得体，换一个人呢，当场吓死或者吓傻都是很有可能的。

但也不能不承认时代潮流和政坛风云对慈禧的改变。她是个绝顶聪明的女人，能够在最高权力的宝座上稳坐四十余年，当然有着足够的才智。她应对前来刺探大清帝国顶层机密的日本裁缝三木一郎的手段，就令人叫绝。她在庚子之变后对光绪态度的某些改变，虽然来得太晚，但也可圈可点。也无法否认她为大清帝国的生存殚精竭虑的事实。

> 她跪在那儿，泣不成声，半晌才喃喃说道："先皇帝，我对不起你！我也想保住大清的江山，像康熙帝乾隆帝一样建功立业，让大清再现康乾盛世的景象！可是，这内忧外患不尽而来，我五十寿诞遭遇中法战争，六十寿诞遭遇中日战争，今年七十寿诞，虽未与别国交战，偏偏那日俄两国竟将我辽东作为战场，我该怎么办？我该怎么办哪？！"她燃上了三炷香，在正中的垫子上跪了下来，磕了三个响头，祝祷道："大清列祖列宗在上，保佑大清于乱世之中安然无恙，重振朝纲！"[1]

长久以来，从国家政治上，从性别歧视上，对于慈禧的妖魔化，形成一种僵化的观点。比如至今都有人在传播的所谓慈禧私生活秽闻。在徐小斌的笔下，她并不刻意做翻案文章，而是注重写出慈禧性格的丰富性复杂性。她带给读者的是多面慈禧——这位大清帝国最后的统治者，同时还是一个年近七十岁的老妇，孤独中有着

---

[1] 徐小斌：《德龄公主》，作家出版社 2019 年 9 月，第 341 页。

自省，有着对亲情的渴望，有着重振朝纲的心有余而力不足，也有调整与光绪之紧张关系的心境与举动。她把光绪和隆裕皇后带到蚕斯门前，要求他们尽快生育，是人之常情。她因为咸丰皇帝最喜爱她的一头青丝，所以直到晚年仍然刻意打理维护她的头发，希望她死后能够被咸丰一眼认出来，煞费苦心，其情可悯。唯其如此，当怀特和勋龄在德龄的同意下策划了周密的逃亡计划，德龄才会在"最后三分钟"改变主意，继续留在慈禧身边："原来我出逃的犹豫是出于对家人安全的担心，可现在这个问题完全可以排除，因此我认识到，我的确是对太后有一种复杂的感情。这是个奇怪的事实，不要说你，就是连我在今天以前都不相信这个事实，可它的确是真的！"[①]

还有隆裕皇后，在今人的笔下，多认为其平庸无能，没有才学，在袁世凯的胁迫下同意小皇帝溥仪逊位，却糊涂到不知道清帝逊位的真实意义。这当然是一心要为光绪与珍妃相爱让出地盘找出理由。在《德龄公主》中，隆裕皇后的才学和气度都是非寻常宫眷可比的。她不但读过许多翻译成中文的时政著作，在心胸上也非常开阔。容龄导演小太监在光绪面前表演西式婚礼被皇后撞见，德龄担心皇后会向慈禧报告，皇后的端庄雍容和自我要求，作为后宫领袖的宽容大度，让人刮目相看。皇后对光绪的维护，也着实令人惊叹——自从婚嫁之时起，皇宫内外都知道光绪独宠珍妃，对皇后万般冷落，在珍妃死后，两个人的关系也没有任何改善；光绪宁可一个人独守空房也拒绝皇后伴宿。但当四格格讲起戊戌往事臧否光绪，隆裕皇后马上不遗余力地为光绪辩护——"皇后脸沉下来，道：'你知道什么？万岁爷是谁？他也是随便听信人的？只怕是他看过的书，满朝文武加起来也比不上呢！一个康有为就能左右他了？不过是甲午海战之后，他的心太急了些儿，总想着堂堂大中华，不能

---

① 徐小斌：《德龄公主》，作家出版社 2019 年 9 月，第 246 页。

让小鬼子给治住了，方才有变法之想，变法之初，老佛爷也是支持的，不过后来越闹越乱，刚毅那些人总到老佛爷那儿上眼药儿，还有袁世凯袁大人……唉.'"① 其见识与应对能力，都不容小觑。皇后和大公主主动担承，分头负责宫苑内部的安全，并且亲自拿获从暗道逃亡的无玄和祖儿，开枪击毙无玄；这一场景传奇性强了一些，但此一事件最后的落足点是皇后对与光绪有名无实关系和不堪处境的哀伤，对隆裕这个悲剧人物的塑造也是一以贯之的。同时，人血不是水，对无玄和祖儿死于自己之手，隆裕也是有着内心的愧悔的，就像麦克白夫人一样，洗去双手沾满的鲜血，成为她无法实现的心愿——"上天作证，她本是不想杀他们的，起码，是不想让他们死在自己手里，但是现在，一切都完了，她的双手染了血，她哭着，反复洗着自己的手，然后又吸纸烟，点燃，又掐灭。"② 回溯其气急败坏地开枪的原因，恰恰是无玄在生命最后时刻当众嘲笑抨击她与光绪有名无实的夫妻关系，这正是隆裕生命中最致命的阿喀琉斯之踵。

细看起来，《德龄公主》中的女性，无论宫内宫外，上下贵贱，几乎就没有一个坏人，也没有什么人是罪有应得遭受应该的惩罚。与三木一郎偷情的四格格，是容龄为她求情解除禁闭。嫉恨德龄姐妹在慈禧面前得宠赐封而无端发难的元大奶奶，也是慈禧和德龄为她化解心结。底层的宫女茧儿、祖儿，先后死于非命，都非常值得同情。天津教案中的受害人秀儿，在无法指认出真正凶手的时候，愤然开枪自尽，她的死亡超越出简单的节烈观念，对于平息民众的骚乱愤激，产生了积极的作用。康格夫人为了利用怀特搜集情报，用美国政府可以和怀特家族主办的汉克斯公司合作利诱之，但怀特没有径直视之为卑鄙小人，而是充分地理解她为美国利益的全心投入——站在美国的立场上，她理所当然地是国家功臣，尽管怀特自

---

① 徐小斌:《德龄公主》，作家出版社 2019 年 9 月，第 93—94 页。
② 徐小斌:《德龄公主》，作家出版社 2019 年 9 月，第 264 页。

己并没有接受她提出的骗取情报的要求，不屑于用个人爱情换取家族利益。

第五节　女权、人权、国权，新政、改良、革命

徐小斌是一个心很大的作家，她会将笔墨推向两个极致，一端是个人心灵的隐秘深处、潜意识和梦境，一端却无法舍弃"五〇后"这一代人的家国情怀和历史视野。《德龄公主》的这一番苦心，识者有限，以至于徐小斌不得不现身说法。在《英伦十二日》中，她和一位客居海外的澳大利亚华人读者的对话耐人寻味：

> "其实我选择哪种写法，是按照题材决定的呵。比如《德龄公主》是晚清的故事，如果再按照《羽蛇》的写法写，是不是不合适呢？再说，那个小说的核还是有些别的意思的。"
>
> "这我当然看得出来！所有人都看得出来嘛！小说从头到尾都在讨论中国的去向问题，君主制、君主立宪制、共和制……这还有什么看不出来的吗？！"①

不能不说这位隐姓埋名的对话者眼光很高。在整个对话中，他对徐小斌的创作历程和全部作品烂熟于心，许多点评都很到位。但是，他对于"从头到尾都在讨论中国的去向问题，君主制、君主立宪制、共和制"之命题与现实中国的关联性之紧密，却是隔了大海大洋，不懂得这一命题的重要现实性的。身居海外，对中国大陆的思想界风潮起落总有很大隔膜。

---

① 徐小斌：《英伦十二日》，《长江文艺》2016 年第 9 期。

徐小斌在《德龄公主》的后记中写道：

在读史料的过程中我发现，有很多历史人物历史场景
的描写在历史教科书中是有问题的。譬如对光绪、隆裕、
李莲英，对庚子年，对八国联军入侵始末，对慈禧太后当
时的孤注一掷，对光绪在中日甲午战争中的勇敢表现和之
后的奋发图强，对隆裕和李莲英的定位等等，都有很大
出入。

我写这部小说的初衷是：让小说仁者见仁智者见智，
表层的故事力求做到轻松好看，而内核却是厚重、凝重，
而又沉重。不同层面的读者可以有不同层面的享受。[①]

二十世纪初的中国，面对着太多的使命与选择，外有庚子事变
后列强压境瓜分中国的危机日甚一日，内有康党和孙党的"图谋不
轨"。不仅德龄及她面对的慈禧、光绪、隆裕，会因此焦灼不安，
忧虑重重，在宫廷之外，从南方到北方，从日本、新加坡到欧美，
到处都是求变图强的思潮风起云涌，各种路径的选择都逼近在国人
面前。

就像德龄结识的秋瑾，就是最好的例子。秋瑾初到北京，因为
丈夫王廷钧的修身不严参加官场同僚进出风月场所吃花酒等造成夫
妻感情破裂。自号为鉴湖女侠、具有强烈独立意识的秋瑾不甘居于
家庭中的屈辱地位，要为自己争权利，为女性争自由，可谓是二十
世纪中国最早的女权主义者。到她第二次出场，内田夫人劝她到日
本后去学习男女平权的学问，秋瑾的思想已经有了新的界面——

秋瑾微笑道："男女平权，的确是我一直关心的一个
问题，但不是目前中国最急需要解决的问题。连人权还谈

---

① 徐小斌：《德龄公主》，作家出版社 2019 年 9 月，第 396 页。

不到，哪里谈得到女权？在中国的正史中，女人只是陪衬，虽然男人们偶尔也要称颂一下巾帼不让须眉的花木兰、穆桂英，但那不过是一种点缀，换换口味而已。中国妇女实质上需要完全丧失自己的主张，三从四德，结婚以后要随夫姓，连自己的姓氏都没有了……"[1]

国难当头，要先争取人权和国权，秋瑾的思想演进是阅读陈天华的《警世钟》等引起的。但总体上仍然没有超出教育救国的疆域。德龄第二次见到秋瑾是在京师大学堂组织的妇女座谈会上。此时秋瑾已经获准留学日本，她的心愿是："目前我最大的心愿是东渡日本留学，然后回国办女子学校，把西学的精髓广泛传播。中国有一两个勇敢的女子是不够的，只有办学校、办报纸，才能带动和激发更多的女子，改变更多的孩子和家庭。"[2] 到日本后，她受到东京留学生中革命思潮的影响，更加激进化，由此走上依靠暴力手段推翻清政权的道路，从教育救国论者跨越到了武装起义的先行者。

戊戌变法失败后一直被慈禧打压的光绪，也在静默不语中继续思索中国的未来。他借助于德龄和容龄，千方百计地获取海外的各种信息，阅读外文报刊，也一直专注于康有为的海外行踪。在许多人的印象中，光绪是被慈禧规训拘禁的孱弱男人，动辄得咎，处处碰壁，无所作为。《德龄公主》没有回避这一点，对光绪面对慈禧时的唯唯诺诺写得非常到位。他在陪同慈禧上朝时，寡言少语，尽量顺应慈禧的旨意，简单表态而已。但是，他也有无法沉默奋然拍案的时候。在君臣们廷议怎样应对日俄在中国东北开战和英军入侵西藏的难题时，光绪忽然发难，怒斥袁世凯的世故圆滑见风使舵，永远不做出头鸟，在国难当头时只求自保平庸误国，不肯提出应对危机的计策，这让在场的大臣们大跌眼镜。这其中当然有为戊

① 徐小斌：《德龄公主》，作家出版社 2019 年 9 月，第 133 页。
② 徐小斌：《德龄公主》，作家出版社 2019 年 9 月，第 175 页。

戌变法时期袁世凯密告荣禄的一箭之仇进行报复，却让人觉得痛快淋漓。在才学和相貌上，光绪都得到了相当高的评价，隆裕皇后就认为他是大清诸位皇帝中最为英俊的。他会摆弄各种机械，会修钟表，有音乐天赋，对海外的新信息抱有很高的求知热情。光绪对珍妃的怀念绵延不绝，从西安移驾回京后一直守着珍妃留下的一床旧帐子做纪念，不肯接纳皇后，也拒绝了容龄的真情表白。他对于康有为的关注一以贯之，用各种方式去打听其最新动态。最为重要的是，光绪为这个动荡和残破的国家的命运自责不已，他一直在做相关的心理准备，希望有朝一日能够挣脱慈禧的掌控，真正站在中国和世界历史的舞台上，做一个有作为的君主。他能够得到德龄姐妹和她们的哥哥勋龄的尊重和帮助，并非毫无原因。

尤玄、唐大林和唐大为，以及在作品中没有直接出面而是借助他人转述得以在《德龄公主》中留下侧影的康有为、孙中山，都是苦难中国的仁人志士，他们的献身精神令人敬仰。就像是怀特在看到唐大林兄弟因为政治志向不同而断绝兄弟关系时发出的感慨——

> 怀特叹道："天啊，中国人真是很特别。唐先生，我碰到的中国人无论男女，为什么都对国家或者信仰充满了神圣的使命感？"
>
> 唐大林道："因为我们的国家正处在危难之中，是政治的危机，更是古老文明的危机。"
>
> 怀特若有所思地看着他的脸，他的脸在阳光中有一种虔诚的圣洁的表情。怀特心道，原来中国人是这样的，特别是中国的优秀人物，尽管有各种不同的追求方式，可他们有着共同的宗教，那就是国家。他好像突然明白了，德龄——那个他曾经爱过并且一直爱着的姑娘，那个古老东方的仙女，也许他并不真的了解她。[1]

---

[1] 徐小斌：《德龄公主》，作家出版社 2019 年 9 月，第 293—294 页。

作家将众多风云人物引入作品，更是一种对于新的时代潮流的及时切入。在二十世纪相当长的一段时间里，革命具有唯一的合法性，对于慈禧的全盘否定自不待言，即便是持改良立场和主张君主立宪制的康梁和光绪，都被认为是落后于历史潮流，阻碍而不是顺应历史的需要。经历过八十年代狂飙突进的变革浪潮和随后出现的市场经济转型之时代命题转换，关于革命与改良，关于君主立宪制在清末实现的合理性可能性，乃至关于明君贤相可以给历史提供正向能量，都在反思二十世纪激进主义思潮的背景下浮出水面。

　　在文学艺术的界面上，先有作家张建伟推出《温故戊戌年》《最后的神话》《流放紫禁城》《世纪晚钟》到《老中国之死》，描绘"大清"这个东方天朝从坠落到覆灭的过程。其中的《温故戊戌年》荣获第一届鲁迅文学奖，也引起重新评价戊戌变法及康梁一辈的争议。其中最重要的是，被"告别革命"后的李泽厚给以极高评价的康有为（李泽厚赞扬康有为是近代以来三代历史—思想界人物之首），在《温故戊戌年》中被刻画为"历史巨骗"，由康有为主导的戊戌变法也就成为一场闹剧。2003 年，张黎导演的电视连续剧《走向共和》，在第一轮播出时即引起很大争议，个中原因之一，就是对于康梁、慈禧、李鸿章、袁世凯等人物的形象塑造。作为《走向共和》的审片专家，雷颐对该剧从正面角度塑造李鸿章有积极评价，同时也批评其对维新派的贬抑和漫画化："《走向共和》最大的失败是对维新派完全进行了漫画化。这部电视剧反对对袁世凯、慈禧的塑造漫画化，但是对维新派却完全脸谱化，这可能和这一段的作者对维新派个人的反感有关系。比如贪财，维新派、洋务派、顽固派都有，但是对洋务派没有触及，对维新派却予以夸大。再比如，梁启超被完全矮化了，这个近代中国相当伟大、相当重要的人，成了唯唯诺诺的年轻学生，孙中山和梁启超见面都是孙中山侃侃而谈，好像梁是个小学生，实际上恰恰相反。保皇派和革命派的争论，剧中是孙中山口若悬河教训梁启超，梁启超好像若有所悟，这也是简单化。如果能够表现他们针锋相对，互相冲突，各有各的道理，但历史最终走向辛亥革命，就会更加深刻。因为历史复杂性往往表现在进步和进步之间的冲突，进步和反动之间的冲突则比较简单好理解。正因为特别推崇这个戏，所以我也为这个剧有那么大的缺陷而感到遗憾。"[1]

深入梳理相关话题，不在我们的论域之内。但关于"告别革命"、渐进、变法、立宪、革命，确实是近些年间回望历史无法回避的话题，一直延续到今天，仍然是思想界的重要热点议题。一切历史都是当代史。召唤历史的亡灵，是与对当下中国发展的路径选择隐隐呼应的，有切近的现实关照。因此，作家艺术家们面对这段历史，在简单化地"翻烙饼"、做翻案文章之外，还有没有一种新的视野呢？

《走向共和》的制片人说过，此剧的主题是"找出路"："我们要抓住的是历史的内在发展进程，所以把主题线索确定为'找出路'，所有人物的出场、事件的选取都为这个目的服务。每一个阶段最主要的人物交错出场，共同构成电视剧的主角。"[2]《德龄公主》的硬核，也可以看作"找出路"的另一个版本。

自从第一次鸦片战争以来，中国被动地卷入全球化的大潮，曾经的历史发展阶段论的理论描述，半殖民地半封建社会的没落腐朽，有名无实的民主共和国，新民主主义和社会主义社会，是后一阶段不断地否定前一阶段的过程。"找出路"的思路则是我们前面说过的"现代性进程"的一种通俗说法，是将光绪、慈禧、康梁、孙黄等都置身于具体的历史语境中，将各自努力的他们都看作为衰

---

① 杨瑞春：《历史观的决胜：历史学者纵论电视剧〈走向共和〉》，《南方周末》2003年5月8日。

② 裴艳：《揭秘〈走向共和〉之制片人篇：剑走偏锋找出路》，"新浪娱乐"http://ent.sina.com.cn/v/2003-04-25/1234146908.html。

败濒危的近代中国寻找拯救和自强寻找出路的前赴后继的探路人，处在后浪超前浪的序列中。

由此生发开来，《走向共和》作为一部历史大片，它的站位就是宏大叙事正面强攻式的政论片，《德龄公主》却是一部从德龄个人视角展开的日常生活化的作品。更为内在的区别是，《走向共和》在褒扬李鸿章等洋务派和慈禧新政的同时，对光绪、康有为、翁同龢等维新派的贬抑非常鲜明。《德龄公主》与之相反，它对于慈禧是有相当保留的，它的同情与敬重，都放在光绪和康有为身上。对于光绪的最高评价，就是让容龄无法遏制地爱上光绪。一个纯真无邪的美丽少女，分明看到光绪身处的严峻困境，也看到光绪对于珍妃的一片深情，但她仍然深深地陷溺于自己的第一次恋情中："她的内心深处，依然涌动着一股无法抑制的爱，那种爱能在转瞬之间化作泪水，如倾盆大雨一般倾泻而出，淹没了他也淹没了她自己。那泪水在促使她成长，她再不是那个不谙世事的小淘气儿，而是地地道道的少女容龄了。"[①] 而对于孙中山、秋瑾、无玄、唐大卫等以激烈的流血牺牲为杠杆撬动大清王朝底座的革命者，《德龄公主》同样有着足够的理解与激赏。怀特对唐家兄弟二人一视同仁，无论他们是康党还是孙党，他们舍生忘死地为拯救中国命运的努力，为理想追求付出个人生命的牺牲精神，都是可歌可泣的。怀特为参加广州起义负伤的唐大卫做掩护并且给他疗治伤口。德龄在光绪相问她到底是赞成立宪还是拥护共和制时，也非常坦诚地回答，只要能够挽救中国的危亡，那就条条大路通罗马——

　　光绪急得用英语说道："请你坦白地说，用你最不加修饰的诚实！"德龄也恳切地用英语说道："陛下，我不懂政治。如果哪一种制度能使国家富强，我就认为它是好

---

① 　徐小斌：《德龄公主》，作家出版社 2019 年 9 月，第 318—319 页。

的。记得过去我对您说过，虽然共和制看起来更加自由和民主，但是像英国日本这样的君主立宪也是很成功的啊！所以……我现在真的不知道哪一种制度更好。"①

换言之，寻找出路，目的在于改变中华民族积贫积弱落后保守的危机状况，但是都要接受现实的检验：慈禧的渐进转型，走到终止科举制度和兴办新学，走到立宪制度建立的节点，所谓皇族内阁的组成，就因为失去民众的信任无法继续推进（这或许怪不得慈禧，是在她去世之后发生的）；康梁的势力主要是在各级官员和读书人之中，很难形成大规模的社会运动，有理论而没有行动力；革命就成为唯一的选择，同盟会发动的十几次武装起义前赴后继，武昌起义一举获胜，得到天下响应。这些情形，都是后来者言。对于德龄，能够走到对共和制不持反对意见，就已经足够。

以此而言，《德龄公主》对事关中国历史与现实的思想制高点的思考与回应，可圈可点，而且它自然而然地和作品中慈禧、光绪、隆裕、德龄等人的身份、地位、既往经历等融会到一起，避免了常见的生硬的说教和思想的拼贴，亦值得积极肯定。是耶？非耶？

---

① 徐小斌：《德龄公主》，作家出版社 2019 年 9 月，第 322 页。

第十章　对生态保护与人性改良的痛切呼唤

——《炼狱之花》：小美人鱼来到人间

　　安徒生《海的女儿》倾倒了多少小女孩，在她们童蒙未开的时候，就把一个美好的梦幻深深植入她们的幼小心灵，成为她们相伴终生的一个美好幻影。这个故事不只是属于小女孩，读到小美人鱼化为泡沫升到天空，它的诡谲凄美，也让喜爱童话故事的男孩充满内心的惆怅。

　　安徒生的伟大作品就是如此，简洁，动人，悲情而唯美。即便是死亡，也难以减褪爱情的纯真。但是，人们无法询问，如果小美人鱼没有死去，而是赢得了王子的爱情，接下来的故事又会怎样呢？它是能够继续保持在纯真童话的高度，继续向前推进，还是像当下人们经常感叹的，这样的故事会从幻境降落到人间，用一句话，从此王子和小美人鱼过上了幸福生活，作为无可奈何的结尾呢？

　　徐小斌的《炼狱之花》，可以说就是小美人鱼上岸之后，进入人间的童话故事的延续。

第一节　讲一个童话是需要勇气的

　　在互联网和信息爆炸横扫一切，也粉碎人心的时代，讲一个童话，而且是向成人世界讲一个童话，是需要绝大的勇气的。

　　民间故事和神话研究权威普洛普指出，只要匆匆翻阅一下故事，就可以说资本主义不会产生神奇故事，当然这不意味着资本主义的生产方式不能用故事来反映。相反，在这里，我们能找到残酷的农场主贪心的故事，中校军官，欺压人的老爷，逃兵，一贫如洗、酗酒破产的农民。此处必须强调的是，我们说的是神奇故事，而非一般的故事，真正的神奇故事是有着长翅膀的马，喷火的蛇，幻想中的国王和公主等等。这显然不是资本主义所能产生的，是在前资本主义生产方式和社会生活的基础上创作出来的，而这样的生产方式和生活究竟是什么样的，需要去研究。[①]

人们接受童话，无论是丹麦的安徒生，还是德国的格林兄弟，以及曾经风靡过一代人的俄罗斯童话故事，回想起来，都是处于十九世纪中后期，其所产生的社会环境都是比较闭塞的，农业手工劳动仍然是这些国度的主要生产方式。民间故事和童话，都是有其特定的文化氛围的。农耕文明和乡村生活，森林、猎人和大灰狼、小白兔，君主政体下的王宫，国王、王子和白雪公主，都是作品的主要角色。那些讲故事的人，如本雅明所言，是历尽沧桑年事已高的老农民和行走四方见多识广的工匠，他们自然而然地赢得读者和听众的天然信任。时至今日，信息化，网络化，高科技，现代生活对于纯朴童话故事的摧毁力和脱魅化，让人们再想进入一种纯真而专注的阅读中，去接受一个新的海的女儿的到来，谈何容易。要继续讲述王子与美人鱼公主的童话故事，就要大费心思了。

退一步而言，当下的社会语境中，童话和魔幻故事，仍然有着广大的读者。英国女作家凯瑟琳·罗琳的"哈利·波特魔法学校"系列，在二十一世纪风靡全球。当下方兴未艾的网络文学中，玄幻、重生与穿越是其中的支柱类型。但是，无论是哈利·波特，还是唐家三少的《斗罗大陆》，它们的共同特点都是将作品发生的空间设定在一个远离人间烟火的玄幻世界中，人物的行为方式，手中

---

① ［俄］弗拉基米尔·雅可夫列维奇·普罗普：《神奇故事的历史根源》，贾放译，中华书局 2006 年 11 月，第6—7页。

器具，也都迥别于现实生活中所采用者，"别有天地非人间"，各种规则也自成一体，让作家具有充分发挥想象力的先决条件。《炼狱之花》却是让小美人鱼海百合径直走入人间，让混沌未开的海的女儿，在熙熙而来皆为利来攘攘而往皆为利往的人世间，东一头西一头地以头撞墙，在一个个挫败中去接近和操练此间的游戏规则，但是仍然要保持在小美人鱼童话的高度上，在人间与童话两者间左右逢源，游刃有余。这对于作家是一个非常严峻的考验。就像鲁迅在评论《红楼梦》等作品时所言："我宁看《红楼梦》，却不愿看新出的《林黛玉日记》，它一页能够使我不舒服小半天。《板桥家书》我也不喜欢看，不如读他的《道情》。我所不喜欢的是他题了家书两个字。那么，为什么刻了出来给许多人看的呢？不免有些装腔。幻灭之来，多不在假中见真，而在真中见假。日记体，书简体，写起来也许便当得多罢，但也极容易起幻灭之感；而一起则大抵很厉害，因为它起先模样装得真。"① 反之，鲁迅盛赞的《红楼梦》就是"假中见真"的典范。对于从小就把《红楼梦》读得烂熟的徐小斌，如何处理"假中见真"的问题，她应该也很有心得吧。

第二节　上升的螺旋：从《海火》到《炼狱之花》

　　《炼狱之花》也可以看作徐小斌问世于 1989 年的第一部长篇小说《海火》的姊妹篇。

　　《海火》所写，就是海的女儿来到人间的故事，而且更富有传奇性。小雪是采珠女的女儿，出生在大海中，她因此被赋予了浓郁的神秘性和异质异能，具有大海的自然生命气息，和银石滩濒临的大海的命运兴衰有着内在的共同感。她有自己独特的爱情追求。她

---

① 鲁迅：《怎么写》，《鲁迅全集》第四卷，人民文学出版社 2005 年 11 月，第 24 页。

没有像她的同学那样，被青年教师、因为写过几篇文学评论而名声乍起的唐放的一层镀金表象所迷惑，而是将唐放这位惯于借助有限的才学而利用和玩弄女同学的流氓才子玩弄得团团转，让觊觎她的美貌的唐放欲进不能，欲退不忍，丑态毕露，最终铩羽而归。相反，在并没有耀眼光环的图书馆管理员方达那里，一没有学历、二没有名气的他却被她认作知己，而且果然就是知己——方达对保护海洋之重要性的超前意识，正好和来自大海而本能地将自己和银石滩的命运融会在一起的小雪，达成高度的默契，并且在银石滩一带的海面上上演了一出灵肉交融的天地大交欢壮剧。

此后二十余年，在写出具有女性文学标高的《羽蛇》，写出二十世纪初年清末宫苑后庭日常生活的《德龄公主》等作品之后，小雪的姊妹海百合进入我们的视野。二十余年的时间不算很短，这恰好是徐小斌从葱俊生猛到炉火纯青，是从心所欲不逾矩的自由创作阶段。

海的女儿再度浮出海面，来到人间，让我想到马克思主义的辩证法所揭示的事物的辩证发展，就是经过两次否定，出现三个阶段即"肯定—否定—否定之否定"，形成一个相对完整的周期。事物的这种否定之否定的过程，从内容上看，是自己发展自己、自己完善自己的过程。从形式上看，是螺旋式上升或波浪式前进，方向是前进上升的，道路是迂回曲折的，是前进性与曲折性的统一。从小雪到海百合，也是一个上升的螺旋。

小雪充当海洋保护的使者，是她发自本心。她的生命节律，自然而然地和银石滩之海洋形成共振。而且，从作品中读出来的暗示说，她有一种独特的能力，能够引发银石滩海面的波涛翻卷星光失色，暴风骤雨或者凄风苦雨，也可以海天一色，霁云朗月，海面上的点点海火形成一种奇幻的美景。作品中还有一支环绕不已的歌，被称作海妖的歌声：

爱

啊爱

啊无爱之爱……

我们的爱之舟触礁沉没……①

《炼狱之花》中的海百合踏上陆地，具有更为自觉的使命意识，她是大海的使者，面对二十一世纪初年日渐逼近的生存危机，她为了拯救海洋向人类和亲而来——

> 我们是无法抗拒人类的——海王最后想到了一个妥协的办法，就是"和亲"。据他说，人类过去常常用这种方法化解与敌国之间的矛盾。他们会把他们的公主嫁到一个鬼不下蛋的地方去生儿育女繁衍后代，尽管那个公主内心很痛苦却懂得为一个国家或者民族献身，这被人类叫作"深明大义"。正巧，现在人类世界有一位青年在向我们海洋世界求爱，这是个千载难逢的机会。②

生命来自大海，海洋远比人类的出现要早数万年或者更为久远。在中国的版图上，有广袤的海洋，人们与海洋之间和平共处地存在了漫长的时间，直到现代性的大潮席卷东方大陆，人与海洋的关系出现严重危机。小雪所生活的七八十年代之交，一方面是全社会刚刚摆脱十年"文革"的噩梦，改革开放的新时期揭开序幕，人们生活在一个理想主义和浪漫主义高扬的年代，另一方面是发展经济，开发海洋，宁静苍凉的银石滩之海也必须面对保持荒僻遭受冷落抑或旅游开发尽享繁华的两难选择。小雪和方达全力合作，调动各种关系，使出浑身解数，让银石滩之海免予被经济发展的大趋势

---

① 徐小斌：《海火》，作家出版社 2019 年 9 月，扉页题记。

② 徐小斌：《炼狱之花》，作家出版社 2019 年 9 月，第 3 页。

裹挟而去的厄运，使他们的全部心血和努力有个差强人意的结局。

小雪所处时代的海洋环境污染破坏尚且是"风起于青蘋之末"，是大开发和大破坏之先声。海百合出场，已经是二十一世纪之初，市场经济、商品化和拜金主义的"狂澜之既倒"，人们的价值观发生了剧烈的颠覆，现实的种种诱惑，导致了人性的畸形扭曲。海洋的生存危机刻不容缓，令人不忍目睹。不过数日之间，海百合第一次返回海底世界后重新来到人世间，眼前的景象就面目全非。东方大陆的发展速度令举世称奇，它造成的海洋灾害也积重难返——

> 曙色微明的时候我浮出海面，这才觉察到风景的改变：海边从前是树林的地方现在变成了工厂和瓦斯槽，夜的芳香没有了，我必须捏住鼻子，海面带有油污、氯，和甲醇化合物，当然，还有粪、尿，与死去的精液。一定有人造的着色剂毒死着我们世界的鱼。而从前港湾的岸边长满了灯心草。被毁弃的机器、石灰和砖变成了一片铁锈色，代替了过去原野的纯粹碧绿。那里充满了一种化肥的味道，鸟和昆虫似乎已经绝迹，我默默地站在那儿，为之哀悼。①

正是意识到情况的危急紧迫，深海中的海底世界也被贪婪的人们所抵达，海底众生无能力抵抗毁灭的威胁，才有海王代表海洋世界向人类世界的努力争取妥协退让，所谓"和亲"，颇有一点知其不可而为之的悲凉了。

在小雪那里，她具有良好的直觉和行为能力，作为大自然的孩子，却形只影单，孤立无援。海百合是自觉地领受了海洋世界的委派，这也使得海百合"不是一个人在战斗"，她可以得到整个海洋世界的保护和支持。用当下的流行语言来说，小雪是海洋使者的 1.0 版，海百合则是 3.0 或者更高级的版本了。

---

① 徐小斌:《炼狱之花》，作家出版社 2019 年 9 月，第 42—43 页。

还有两个少女的身份识别和生存环境。小雪身为"文革"结束后的第一代大学生，她的活动空间主要是在大学师生之间。她复杂的成长经历，小小年纪就遭遇到家中父母双亲的离弃与死亡，家庭生活始终笼罩在一片怨恨与猜忌的乌云下面；小雪还要独自担负起维系一个家庭的经济收入的重负，让她比同龄人、比她的同学们多了些历练，多了些生存智慧，率性而为，不避邪恶。在"风刀霜剑严相逼"的险恶环境下，如果一味地温良恭俭让，她根本就无法在这个世界上立足。但她要处理的难题，主要还是如何协调校园与家庭中的人际关系，如何在极为有限的生存条件下，应用自己的美貌与才能，为自己争取最大的机会，最多的快乐。请注意，是快乐，而不是利益。她靠自己的缝纫才能，赢得经济上的回报，这是自食其力，凭本事吃饭。大学校园也不是争夺金钱和权力的舞台。校园内外的恩恩怨怨、明枪暗箭，都让《海火》中的另一个人物同时也是作品的叙事人方菁感到无力应对，计穷智竭，转而羡慕小雪对付这些情况的从容进退、游刃有余。但比起复杂的社会生活，校园中的种种矛盾冲突就显得云淡风轻，不过是前者的游戏版的预演。

　　徐小斌写作《海火》的八十年代后期，她刚刚离开大学的学生生活，随即进入中央广播电视大学当老师，对大学师生的工作和学习空间有连续性的体验，记忆犹新，就近取材也是题中应有之义。小雪的成熟老到与自然天成，擅弄小手段而不失大格局，一派神秘状，撒谎不脸红，捣鬼不心虚，却一往情深地守望纯真的爱情，这样独特的人物性格也自有其魅力所在。但放到更大的空间与时间中，回望大学生的校园生活，就会比照出它的单纯与洒脱。在徐小斌和她笔下的小雪、方菁等徜徉于大学校园的新时期伊始，大学生中的大小纠葛，当时当地都会令其人烦恼不堪，但拉开一段距离，经历过更多的人生坎坷，就会觉得校园的生存环境一定是最好的。就如苏轼的诗作所言，"不识庐山真面目，只缘身在此山中"。

　　笔者的亲身经验，有助于理解这一点。我也是这一时期经历我的大学校园生活的。对于那一代大学生，大学读四年或者五年，大半时间都是非常轻松自在的。事关每个大学生命运抉择的，是大学毕业之际的工作分配，是留在京城、省城，还是派遣到基层和边远地区，这会对当事人的未来走向产生很大的影响。在计划经济的时代，工作单位条件和待遇的好坏，城市是中心还是边缘，个人很难自行选择，一旦离开中心城市，再想调动回来就谈何容易？除此之外的大部分时间，读书、考试、放假，都有一定之规，考试成绩的高低，并不像中小学生一样关联到中考和高考，也很少会导致留级或者退学；更多的时候，它是对一个人的自尊心和好胜心是否那么强烈的一种测试。同学之间的亲疏恩怨，处于一种松散状态，同声相应同气相求的同时也可以老死不相往来。更为重要的是，在各种社会关系中，大学同学彼此之间的利益争夺是最少的，是最缺少直接的功利算计的，也是最容易相处的。围绕着专业老师和班主任转，固然会有知识和利益的捷足先登，每天泡在图书馆，也自有求知的乐趣。大学时光对于当事人来说，有人感觉过于漫长，有人感觉稍纵即逝，但毕竟是可以把握的，也可以在走出校园之后有一个新的开始，重新调整自己的人生姿态。这或许就是反映大学生校园生活的作品，尤其是规模较大的长篇小说难以出彩、难以写出人性与历史的深度的原因所在。

以此考察小雪的大学生活，她没有关于毕业分配到什么高端机关或者利益丰厚部门（像如今上百万本科生硕士生报考公务员）的过分奢望，对于听课和考试，没有力拔头筹的拼搏精神，也就不必殚精竭虑处处惊心。在同学中间，小雪本来无所用心，与世无争，又善于揣测同学们的心思，恰到好处地对他人释出善意，施以小惠，因此八面玲珑，广结人缘。因为唐放的存在，无端生出许多是非，冰雪聪明的小雪，也总是嫁祸于方菁，使自己置身事外，居于上风。她和方达的恋情如火如炽，却无法终成眷属，这是她生命中的最大挫折，是《海火》中最用力的一笔，却只属个人事务。她最醒目的标志，却是她与银石滩之海的同呼吸共命运。

从更为廓大的宏观图景来看，改革开放初期到八十年代末，是中国大陆社会各阶层都在时代转型中普遍受惠的时期，实现了所谓的帕累托最优效应，就是在不损害任何人利益的前提下，使大多数人的生存状况得到积极的改善。同时，社会各阶层也形成齐心努力推进时代变革的普遍共识。"文革"十年造成的伤痕与积弊得到迅速清除，大刀阔斧的经济变革改变了生活用品的生产和供应，也大面积地增加了人们的经济收入。小雪、方菁和她们的同学，新一代大学生，更是被视为天之骄子，得到全社会的褒扬，校园中发生的种种矛盾冲突，不过是"茶杯中的风波"吧。

以此看来，海百合来到人间，她要面对的生存空间已经面目全非，她的成长蜕变格外艰难。小雪一出场就很是成熟老到，有一种历尽沧桑后的通透感。海百合带着一颗纯真的童心来到人世间，完全无法应对复杂而贪婪的现实生活，却一脚就踏进名利权色加上迷药之五毒俱全的影视公司，陷入人事关系之利害和剧本创作之优劣两股紊流的激荡折冲。这也是 1.0 版和 3.0 版的重要分野。

第三节　面具、羊皮书与不可能完成的神圣使命

告别海洋之前，妈妈对海百合百般叮嘱，最核心的就是这一段落——

妈妈突然站住了，久久地看着我，捧起我的脸轻轻地亲了一下，低声说："记住，你在人类世界，依然要保持自己纯洁的心灵，要用善良和悲悯对待一切，甚至恶行。不然，你就再也回不来了。"

"为什么？妈妈？"

"因为在那时候，你的面具就再也摘不下来了。"①

　　以纯真的本我，去与戴着各种面具的人类周旋，可以说，这也从另一个层面证明了海洋众生所处的弱势地位。于是海百合也得到一副人类的面具，以便自我保护隐藏真实身份，妈妈的告诫是，戴着人类的面具，不能被人类的恶习所皲染，否则就会将假面具弄假成真，摘不下来，无法回归大海。海百合以一人之力，去与心思各异的人类进行沟通和解，几乎就是不可完成的使命。只是她确实年幼无知，意识不到个人的付出与牺牲并不能换来什么实际的价值，她注定要做的是一次世道人心的测试。而要把自己化作这一道测试题，她首先要从海的女儿进入红尘滚滚的人世，首先要熟悉的就是人类的行为规则。

　　海百合的第一位人间导师是一本羊皮书。这本书图文并茂，既有关于男女两性的基本知识，也有如何应对生活、工作难题的人生指导，它还有各种各样的知识，几乎可以断定，这是一部珍贵的人生百科全书。海百合初到人间，得到作家金马也就是天仙子的哥哥的赠书，不知道如何回应，就是求助于这部"宝典"，依照羊皮书上所写接受他人赠物需要有感谢的表示而行事。羊皮为书，可以说明它的珍贵，它也确实珍贵，世间只有一部，本来是安放在作者天仙子的书柜中，非常意外地被海百合在路上捡到，其中的奥妙，只能说是海百合得到天助。

　　然而，这本羊皮书并非"葵花宝典"式的武林秘诀，也不能为处处感到迷惘的海百合指点迷津。她要在人世间生存并且完成和亲的使命，就需要有相当大的活动空间，要有娴熟的生存技巧。于是，人世间的众生相，就逐渐地进入了她的视野，现实生活这部大书，才是她在人间进阶的最重要的教材。

---

① 徐小斌：《炼狱之花》，作家出版社 2019 年 9 月，第 5 页。

如作品中所言，金马刚刚认识海百合，就断言她不是来自人类，批评她不懂得人类的游戏规则，"汰优"——

> "懂吗？汰优，就是把优秀的淘汰掉。"他垂下厚重的眼皮，沉重地说。"我们的老祖宗就有'木秀于林风必摧之''出头的椽子先烂'的说法，所以在我们这座城市里，一直讲究中庸之道。现在就更厉害了，假如你不会和领导相处，那就等着被废掉吧！领导可以毫不动声色地把你废了，无论你多么出色。譬如，你看我，"他用手捋了捋已经打了结的头发，"我曾经是个很憨直的人哪！那么早就开始做编剧，可以说是 B 城的第一批编剧了。可是因为不会和领导相处，尽管那么有才华，一直被打入冷宫，领导不用你，可以举出一千个理由，甚至可以装作是为了你好！人哪，不过就是这几十年，能创作的生命更短！把你挂个几年你就废了！……"①

在对海百合的超凡美貌怀有觊觎之心的金马介绍下，海百合进入一家名为巨龙影视发展有限公司的文化企业，进入一个巨大的名利场。在二十一世纪的语境下，这里既有行政权力的争夺升降，有经济效益的算计盈亏，有人事关系的亲疏恩怨，还有艺术品格的竞逐分殊，有暗中进行的权、钱、色、名等复杂交换。

于是，众多的人物走马灯一样在海百合面前轮转。充满了动物进攻性的男子金马、铜牛、老虎、阿豹、小骡，充满了诱惑与迷幻性的女性曼陀罗、罂粟、番石榴，让海百合应接不暇，同时也唤起她强烈的好奇心，让她卷入人间的种种矛盾冲突的漩涡，陷溺于其中，越陷越深。

---

① 徐小斌：《炼狱之花》，作家出版社 2019 年 9 月，第 14 页。

在这样的漩涡中，海百合逐渐认识了人性的本相，还意外地拯救了小小年龄就被人类绑架而失踪的哥哥，被她命名为"脚心"的海百合王子。

同时，巨龙影视发展有限公司也给了她许多便利，让她几次远赴万里之外的摩里岛，得以见到摩里岛的王储，那枚神奇戒指的主人公詹，海百合应约前来和亲的男子，一位忠实于自己的情感的优秀人物。海百合与他有过美妙销魂的快乐时光，也有了一年之期的婚约。实现自己的爱情，实现海底世界的庄严委托，指日可待。

然而，海百合的命运再一次逆转。好奇害死猫，再一次上演。海百合先是为了忍不住的好奇心，激活了摩里岛上的月亮花，后来又为了替天仙子主持公道，争回应有的作品原创权益再度犯禁，用月亮花为之提供证据，彻底断送了她的人间之旅。与此同时，她又因为陷入人间恩怨太深，不但粉碎了海底家族的和亲梦想，还断绝了自己重返海洋的归返之途。

而且，这样的风险是明知故犯，因小失大。个中原因何在呢？

海百合自己有一番自我反省：

"为什么是这样？为什么就不能是这样？！告诉你，当你决定为一件事讨公道的时候，你就得同时决定承担一切负面的效果！因为世界上根本就没有公道！"我终于喊起来。我在骂他的时候心里想着我自己的委屈——好好地生活在海里，非逼着我到人类世界和亲，受尽了艰难困苦，好不容易找到了自己心爱的人，万里迢迢来到摩里岛准备完婚，可又偏偏碰上老王驾崩！——为什么世界上有这么多的挫折？为什么这些挫折都要我来承受，难道就因为我比别人承受力强吗？！

接下来是长时间的沉默。终于番石榴吃完了最后一勺甜品，半眯着她那双刚接完假睫毛的眼睛看着我："百合姐，我真的没有希望了吗？"

　　我正视着她，慢慢地说："这个世界很脏，好人都没希望。"①

　　这样的反省，在海百合是痛心疾首，但是，仅仅是要对人世间的丑恶污秽做出愤怒批判，那么我们可以说，这一命题，已经被言说了无数次，而且还将继续言说下去；如果仅仅是为了抒发这样的愤怒烈火，徐小斌还会费尽心机地写她的《炼狱之花》吗？对社会现实的批判与暴露，是很容易写成黑幕小说、谴责小说，或者二十一世纪兴起的官场小说一类的畅销书的（非常巧合的是，在二十一世纪之初，在一部以反腐败为名的盗版长篇小说中，竟然将徐小斌《敦煌遗梦》的许多篇幅都复制在其中，也是一大奇观）。但这种能吸引眼球而毫无艺术创造新意和想象力缺失的作品，是徐小斌所不屑的。如果仅仅是为了创收的需要，她完全可以利用中央电视台电视剧部的有利条件，多写几部电视连续剧，获得丰厚的稿酬，近水楼台先得月啊。

　　让我们换一个角度，从童话与神性的层面上解读《炼狱之花》。

第四节　曼陀罗与天仙子：三娘教子还是子教三娘

　　先从曼陀罗讲起。在母亲天仙子与女儿的一次偶然邂逅中，天仙子先是谎称曼陀罗在家中，被海百合要求带她前去见之，接下来有这样的描写：

　　　　天仙子百年不遇说了一次谎，还就被将住了。她无法圆谎，只好硬着头皮答应了。她一路上都在想着怎么为

---

① 　徐小斌：《炼狱之花》，作家出版社 2019 年 9 月，第 204—205 页。

自己圆谎，可是打开门的时候，她呆住了，曼陀罗真的在家，穿了个空心T恤、光着两条瘦腿在大吃冰淇淋。

天仙子一向反感女儿的这些不雅动作，可现在她突然觉得，女儿的这些动作，才是人类最初的动作，是自由的动作，尽管天仙子刻意避让，但岁月已经使她清澈的血变得混浊，时间逼着她从一个善良的女子变成满怀恶意、密谋复仇的人。时间逼一切人变成别样的人。[①]

从人世间的目光看，曼陀罗是个品德非常恶劣的青年女性。小小年龄，还不满十五岁，她就迷恋上了迷药，以填补她空虚的心灵，同时靠出售迷药获取暴利。为了制造迷药，她的行为令人发指，她强迫拘禁海百合的哥哥"脚心"，一次又一次地刮掉他脚底的曼陀罗，作为迷药的配料；过三个月，等他的伤口复原，曼陀罗标记再次出现，就要被再次刮削得血肉淋漓。更为不堪的是，海百合把哥哥营救出来之后，曼陀罗又再下毒手，再次抓获"脚心"之后，竟然将他长有曼陀罗花标记的那只脚砍下来去炮制她的迷药。手法之残忍令人发指。为了找到配制迷药中的另一种无名花朵，曼陀罗疯狂地到全世界去寻找，以流浪的方式到处行走，吃尽各种苦头，九死未悔，这是她的本性的另一面，不但对他人残忍无情，对自己也能够下狠手，拼绝境，置之死地而后生。

但是在骨子里，曼陀罗毕竟还有其灵性，她的灵魂没有彻底堕落。她后来痴恋海百合，在对以父亲阿豹为代表的男人们彻底绝望之后，她希望和海百合结成同性恋情，几次遭到海百合的坚决拒绝——海百合是到人世间寻找她的如意郎君的，岂肯轻易放弃其目标呢？为了哥哥"脚心"的遭遇，海百合更是对曼陀罗恨之入骨。但曼陀罗仍然痴情不改，甘愿充当海百合的奴隶，让海百合感到支

---

① 徐小斌：《炼狱之花》，作家出版社 2019 年 9 月，第 136 页。

配他人享受其虔诚服务的快乐。在曼陀罗心目中，海百合的浑然天成，顺乎本心，是最令人迷恋的。曼陀罗对于自己的生活现状充满厌恶却又无力自拔，她向往的是"生活在别处"，她希望借助海百合的帮助能够让自己改弦易辙，弃恶从善，获得新生：

> 曼陀罗扑上来，死死地拉住我："百合，别生我的气，我是个病人，我一直在自我折磨，但是我不知道我得了什么病，要是我知道病因就好了。多年来我无法接受我存在的地方，我只觉得我应该活在别的地方，活在别的人群里，那些人，都是像你这样的人，真的，我一直想应当有个地方，那儿有真正的树木，大海，声音，友谊和爱情。永远免掉那些不必要的奔忙，那些让人恶心的面具，我去找过了，没有。我知道那个晚上是你救了我，我也曾经为你去寻找那个戒指的主人……"①

曼陀罗有些方面让我们想到《海火》中的小雪，少小年纪，就已经见证了人世间的种种不堪与荒谬，让她们都有一颗过于早熟的心灵，敢于逾越善与恶的界限。反之，曼陀罗的母亲天仙子，则显示出一种言与行、知与行的分裂，她的人生充满了独特的悲凉。以她的年龄、阅历和心态，她要写出一部百科全书性质的羊皮书，从书写的材质，到书写的内容，都是很值得怀疑的。但《炼狱之花》是一部万事都有可能的神奇之书，不能以常规常情去理解它。天仙子在写作上可以得到神助攻，她的写作才能和作品成就连她的哥哥金马都心生嫉妒，自愧不如。

她还是曼陀罗的母亲，她和曼陀罗的血脉也是值得玩味的。曼陀罗一出生脸上就带有曼陀罗花的异象，那异象是如何让天仙子附

---

① 徐小斌：《炼狱之花》，作家出版社 2019 年 9 月，第 125 页。

身的呢？这样的奇迹也更增添了天仙子的神秘感。

羊皮书图文并茂，不但讲天地，也讲男女，讲述爱情的纯真，赞美丰盈的肉体，还描述两性间的残酷战争：

> 照羊皮书所写，人类的爱情，不是靠真正的两情相悦，羊皮书说真情是最脆弱的，简直不堪一击，如果爱上一个人，绝对不能轻易表达，尤其不能和盘托出，那样会"非常危险"，一定要先试探对方的意思，几个回合之后，才能在"最不经意"的时刻表达，而且在男人女人之间，主动与被动，控制与被控制的角色转化是极为重要的，百合想，天哪，这哪里是什么爱情，简直就是一场战争啊！她越是熟悉天仙子，就越是怀疑：这书是天仙子写的吗？不对吧？天仙子是很单纯的一个人啊！[1]

羊皮书本来是天仙子写完放在书柜中的，世界上仅此一部，却不知何故被海百合在路上捡到，成为她进入人世间的指南导引。相反地，天仙子这个人倒霉就倒霉在"表里不一""言行不一"，外表很性感，看似很开放，可实际上非常拘谨保守。天仙子就读于电影文学系，丈夫阿豹就读于同一学院的导演系，可以说是都献身于电影艺术，志同道合，珠联璧合，在家庭和事业上，都应该成为最佳搭档。但是，阿豹很快就有了第三者罂粟，还责怪天仙子不解风情，在天仙子发现罂粟鸠占鹊巢以后发生的打斗中，阿豹理直气壮地袒护罂粟，踢了天仙子一脚并斥骂天仙子，这和通常因为第三者被曝光引发的丈夫的愧疚、尴尬，强力为自己开脱或者遮掩过错迥然不同。婚外情霸气冲天，合法妻子遭到罂粟和阿豹的合力暴行，在诸多关于"第三者介入"的故事中，这样的情节也算是别出心

---

[1]　徐小斌：《炼狱之花》，作家出版社 2019 年 9 月，第 55 页。

裁，奇葩一朵了。

阿豹的婚外情，从天仙子怀孕的时候就开始了，这样的故事一直上演了十几年之久，天仙子一直被蒙在鼓里，偶然才撞破。天仙子的麻木愚钝何至如此。悲哀的是，意外事件发生，不但阿豹对天仙子反目相向，连天仙子视若珍宝的女儿曼陀罗都不曾对她表示任何同情。而且，曼陀罗所言未必没有她的道理："天仙子苏醒的时候手里依然攥着女儿的手，女儿坐在旁边，冷冷地看着母亲，她说妈妈你至于吗？你真是个笨蛋，假如那天你不扑上去和那个女人撕打，爸爸也许觉得是他欠你的，也许从此后就会洗心革面，可你上去就把她挠花了，说真的，别说是爸爸接受不了，连我都替你害臊。"[1] 更令人费解的是，合法婚姻遭到破坏，天仙子带着曼陀罗净身出户，房子和钱都留给阿豹。她为什么不能为自己和女儿争取较多的经济利益，如果不曾借此惩罚负心汉的话？一个现代女性何以怯懦如此，比窦娥还冤？

还是天仙子和海百合的对话，揭穿了谜底：

> 天仙子一脸漠然，颓败地瘫在椅子上，"……你说，阿豹还能回来吗？"
>
> 百合惊异地瞪大眼睛："那你还能接受他吗？"
>
> 天仙子呆呆地看着窗外："……我想我能吧，我不知道除了他之外，我还能不能和别的男人相处。"[2]

人世间居然有这样的又痴又傻的女性，不但海百合对此困惑不解，作为读者的我们也替天仙子感到惋惜。《诗经·氓》就描述过这样的情景："桑之未落，其叶沃若。于嗟鸠兮，无食桑葚！于嗟女兮，无与士耽！士之耽兮，犹可说也。女之耽兮，不可说也。"距

---

[1] 徐小斌：《炼狱之花》，作家出版社 2019 年 9 月，第 26 页。

[2] 徐小斌：《炼狱之花》，作家出版社 2019 年 9 月，第 24 页。

今近三千年之前，它就警告说，女性切勿与男子耽溺于爱情，男子也会一时耽溺于爱情，但他是可以从中解脱出来的，而女性天生多情，一旦陷溺于爱情，就不可自拔，遭遇爱情破灭的悲剧。痴情女子负心汉之悲情，并没有随着日月流转时代变迁而远去，而是在当下变得更加频繁密集，令人目不暇接，以至于司空见惯。

我们本来不应该在遭受厄运惨不忍睹的天仙子身上再补一刀，不过以她的情志，确实是不适合生存在这个弱肉强食是非颠倒的浊世。这只要看看《炼狱之花》中别的女性，罂粟，番石榴，怎样为了获取实际利益不断委身于不同的男性，就可以见出，何以有的人春风得意，处处逢源，有的人困于一隅，到处碰壁。天仙子撞破丈夫与罂粟的床戏，结果是丈夫阿豹掉头而去，一去不还。女儿曼陀罗冷言冷语，还自作主张地从母亲钱包里拿钱（如果不用"偷钱"的字眼）。于是在众叛亲离之后，天仙子决定只对自己好，要为自己而活着。

天仙子"痛改前非"，不再持守孤灯。她接受哥哥金马的安排，与巨龙影视发展有限公司总经理老虎偷情。金马也是一个作家，他指望自己的剧本会被巨龙影视发展有限公司接受，以获取名利，把亲妹妹作为礼物献给老虎总经理，天仙子在餐桌上享用了带有曼陀罗花等香料的食物，受到催情迷惑，接受老虎的求欢。事后却再次惊诧地发现，加入了曼陀罗的催情迷药，竟然是女儿曼陀罗亲手制作的。不足十五岁的女儿，靠制作迷药获取了大量金钱，成了奢侈消费骄奢淫逸的少女。迷药在夜总会和豪华酒店等地暗中流行，给曼陀罗带来财源滚滚。

天仙子被女儿曼陀罗指责说，为了写作把老公都丢了，但写作也给天仙子提供了一方世外桃源，让她得以安放那颗在人世间难以安放的纯净心灵。和老虎总经理的欢情不足以慰藉她的悲苦，唯有写作是她的救助之药方。她的尚在写作中的新作，也名为《炼狱之花》，刚写出三四章，人们未曾窥得其真容，就已经声名鹊起。在欲望横流红尘滚滚的时代潮流中，她仍然坚持凡·高式的形而上的写作，不媚俗，不迎合，固守高洁的精神情操——

> "你也别把我的小说说得那么高，"天仙子认真地说，她每逢听到夸奖总是自作多情地很认真，"为这个事我想了很久了，是像老鼠那样贴近地沟，还是像凡·高的向日葵那样贴近天空？也许贴近天空的结果一无所获，可老鼠能在地沟里扒出足够它子子孙孙享用的残羹，尽管这样，我仍然愿意用浓墨重彩去掩埋读者的双眼和呼吸，让向日葵对着天空说话，让风会哭也会笑，让雨会流泪也会流汗，而人类，对着这样的画面，必须哑口无言。"①

这样的追求，也许改变不了现实，改变不了女儿曼陀罗，但它给读者的心灵保留一片高远的星空。为了维护天仙子的创作版权即精神的原创性，海百合不惜违背了人神两界各种戒律，这才是她得到海百合最真切的友谊与帮助的根源。

第五节　曼陀罗之恋：古印度文明的暗影摇曳

《炼狱之花》中，天仙子、曼陀罗、海百合、番石榴、罂粟等众多女性的名字都与具有致幻性因素可以制作迷幻药的美丽花朵合二而一，她们的名字都具有了时下盛行之花语的隐喻，她们的人生也都具有所属花名的特性，使她们都具有一定的超乎人性的非人品格。

曼陀罗的花语就非常令人纠结。"曼陀罗花分为亮色系和暗色

---

① 徐小斌：《炼狱之花》，作家出版社 2019 年 9 月，第 166 页。

系，不同花色代表的花语含义天差地别。曼陀罗阴暗的花语含义是：恐怖、欺诈、黑暗、死亡、复仇等。亮色系积极的花语含义是：希望、幸福、敬爱、理性、尊贵和优雅等。"[1] 如果用来对照作品中的少女曼陀罗，她对应的是阴暗系，恐怖、欺诈、黑暗、死亡、复仇。

少女曼陀罗的来历，也逐渐揭晓。她和海百合一样，都是非人类，所以才能够出手异常敏捷地在一瞬间就把海百合的戒指抢撸到自己手中，并且无师自通地由此走上炼制迷药的不归之路。

同时，作品中两次写到曼陀罗之恋。第一次是由海百合道出，第二次是由海百合的哥哥"脚心"自道——

> 哥哥的脚心上，有着一个记号，是一朵青色的曼陀罗花，那是在哥哥出海前的一个月圆之夜，由人类献给海洋的，有一瓣沉入了海底，镶嵌在了他的脚下，而另有一瓣儿，镶嵌在了一个女孩的脸上。[2]
>
> 直到这时他才朦朦胧胧地感觉到，他与这个女孩的前世渊源，也许就来自于那些人类祭拜月神时供奉的曼陀罗花——有一瓣沉入了海底，镶嵌在了他的脚下，而另有一瓣儿，镶嵌在了一个女孩的脸上。[3]

"脚心"王子的内心在倾诉："是的，无论他多么不愿承认：曼陀罗——那个奇美又怪异、狠毒又冷酷的女孩占据了他的心。"[4] 为此，他在海底世界，每日每时都在怀念那个给他造成巨大身体创伤的曼陀罗，因之失去了对海底的女性的任何兴趣，置父母亲的催婚

---

① 《曼陀罗花语》，花语网 https://www.52zzl.com/huayu/5459.html。

② 徐小斌：《炼狱之花》，作家出版社 2019 年 9 月，第 41 页。

③ 徐小斌：《炼狱之花》，作家出版社 2019 年 9 月，第 220 页。

④ 徐小斌：《炼狱之花》，作家出版社 2019 年 9 月，第 219 页。

逼婚于不顾。这才是问题所在。

　　仔细分辨,《炼狱之花》有着明线与暗线,海百合寻找戒指的主人的故事,是浓墨重彩地写出来的,"脚心"王子和少女曼陀罗的故事则是用侧写或暗写的方式加以处理,草蛇灰线,难以显影。无论曼陀罗如何虐待他,命中注定,"脚心"王子对她的痴情却始终没有改变,所以他才会在曼陀罗濒危之时从海中赶到现场,甚至不惜用自己的牺牲生命以换取少女曼陀罗的生命延续,将自己的曼陀罗花印记传递到正在失去这一印记因而正在死亡的少女曼陀罗身上。

　　"脚心"王子的这一行为,不仅是个人性的感应,他是受到海王的召唤而重返人世间的——

　　　　当曼陀罗如同一片树叶般从楼顶慢慢飘下来的时候,睡在深海海底的海百合王子突然惊醒。他眼前一片强光,原来竟是海王星强烈的光芒,几乎晃花了他的眼睛。接着,他感觉到自己脚心上的曼陀罗花一阵剧痛,同时,他听到海王低沉的声音:"王子殿下,你的曼陀罗花大概要离开这个世界了,我想你应当去看看她。"[①]

　　在海底世界中,海王至高无上,海百合一家都要听命于他。但是,在海百合的故事中,海王很少出面,海百合和家人需要朝拜海王神柱,向他祈求,他才会有所表示。何以在"脚心"王子与少女曼陀罗的故事中,海王会主动地出场发布指令呢?"脚心"王子的少年时代,海百合毫无记忆,对他为什么离开海底世界前往陆地的故事也所知甚少。细推起来,海百合的记忆是靠不住的。"脚心"王子不是意外地被陆地上的人们捕获,而是另一桩事关重大的政治

---

① 　徐小斌:《炼狱之花》,作家出版社 2019 年 9 月,第 219 页。

联姻。只是父母家人不便于对海百合讲明白罢了。

还是从曼陀罗花的起源与流传讲起。

在作品中，海百合从广义的角度叙述了曼陀罗花与古印度湿婆崇拜的关系：

> 曼陀罗实际上是一种神秘的花朵，古印度婆罗门教的湿婆神，手心上有一朵曼陀罗花。曼陀罗每当月圆之夜便发出香气，吸引大批的瑜伽行者。古瑜伽行者们大多消瘦，他们在身体上涂满黑灰，在颈项上挂着一圈又一圈的古德拉什卡项链，双手虔诚地捧着三神一体的符咒，并且缓缓将它举至额际，同时口中吟唱着："本·堂卡尔！本·堂卡尔！"——本·堂卡尔便是湿婆神的别称。[1]

湿婆神的手心有一朵曼陀罗花，这显示出曼陀罗花的来历不凡。少女曼陀罗，从出生起左脸颊上就有一块曼陀罗花形状的青记，乍看起来像个倒扣的杯子。她具有一种奇异的美，"介于妖孽与天使之间，让人看了害怕"[2]。聪慧的天仙子认为，女儿有个非凡的前世，女儿也许是曾经被神抚摸过的女孩。再继续引申，我们是否可以说，少女曼陀罗和湿婆神之间，有着内在的隐秘联系，她的来历中具有古印度宗教中的超凡气质呢？

在海百合为了援救曼陀罗失去全部海底世界带来的珍宝，生活困窘，不得不寄寓在曼陀罗处，生活中的关系越来越紧密的时候，海百合对于曼陀罗有了更为切近的观感，强化了她与古印度教的关联性：

> 这天在她轻轻开了一道门缝的时候，一直等在外边的

---

[1] 徐小斌：《炼狱之花》，作家出版社 2019 年 9 月，第 41 页。

[2] 徐小斌：《炼狱之花》，作家出版社 2019 年 9 月，第 21 页。

曼陀罗箭一般地冲了过来，只觉得艳光一闪，她这才发现曼陀罗竟然赤身裸体地等在外边，只在颈项处，双臂处，手、脚腕处戴了漂亮的首饰，那样子还真像印度阿育王时代的修瑜伽女。曼陀罗如同一枝行将萎谢的花朵，匍匐在了百合脚下，她仰起脸，她的脸让百合吓了一大跳，这还是那个美丽非凡的女孩吗？明明变成了一个饱受摧残的怨妇！那种衰败，那种怨毒，那种已经完全无法自控的欲望！……都让百合害怕，怕得发抖！[1]

　　曼陀罗在对世界、对男性的彻底绝望中，疯狂地爱上来自另一个世界的海百合，以这样一种诡异的形象出现在海百合面前，海百合却看到了她的另一个灵魂，阿育王时代的修瑜伽女。在《末日的阳光》中，徐小斌对湿婆神的故事有充分的展现，在《敦煌遗梦》中铺陈扬厉地叙写了玉儿和阿月西姐妹修瑜伽女的情景。为了对《炼狱之花》做更好的释读，我们也对其中涉及的阿育王、修瑜伽女、湿婆神的新面相略加阐释——

　　阿育王（约前304—前232）是印度孔雀王朝的第三代君主，频头娑罗王之子，是印度历史上最伟大的一位君王，是佛教的积极推广和保护者。记述阿育王弘法护法言行事迹的《阿育王经》七曰："漫陀罗，翻圆华。"法华光宅疏一曰："曼陀罗华者，译为小白团华。摩诃曼陀罗华者，译为大白团华。"法华玄赞二曰："曼陀罗华者，此云适意，见者心悦故。"[2] 适意，心悦，都是说曼陀罗花带给人的舒适喜悦的心境。

　　修瑜伽女和湿婆神的关联性则明晰可见。据有关阐述，公元前五世纪左右，瑜伽诞生于北印度。公元前三世纪，瑜伽思想得到大

---

① 　徐小斌：《炼狱之花》，作家出版社2019年9月，第108页。

② 　百度百科词条"曼陀罗（宗教用语）"https://baike.baidu.com/item/%E6%9B%BC%E9%99%80%E7%BD%97/9827472。

的发展。瑜伽是通过思维超越肉体的训练，所以，瑜伽这个词总是与"苦行"联系在一起。传说中，居住于雪山之巅的大神湿婆就是创立瑜伽的第一人。在修行中，瑜伽是一系列修持行为与过程，并不是现在大部分人理解的只有一些复杂的肢体动作。最早进行瑜伽修行的只有男性，瑜伽女的出现，则是自然界事物中阴性的象征，如同时间上的黑夜与白天，以及各种对立事物的象征。[①]

湿婆神是生殖与死亡、创造与毁灭之神，具有超强的男性生殖能力，他的性力象征林伽，也得到人们的崇拜。"修行者们捧的符咒，是一只烟管，它的外形上端稍大，呈圆锥体状，这只烟管在瑜伽是象征着湿婆神的男性器官。……古瑜伽行者们对于植物充满了敬畏，他们在烟管里塞满了罂粟的雌花和洋金花叶，这两种烟草象征着湿婆神的宇宙根本。因为罂粟象征女性而洋金花叶象征男性，两性生殖力同时融于湿婆神，于是，从太古以来，湿婆神就是两性一体及宇宙创造力的象征。"[②] 洋金花，就是曼陀罗的别名。在这里被作为男性的象征。更多的时候它是和女性关联更密切的。曼陀罗花，在天仙子的羊皮书中，是和美丽的女阴同形的，也是女性崇拜或者说阴性崇拜的对象。[③] 在深远的古印度文化背景下，少女曼陀罗的身份和意义岂可小觑！

那么，"脚心"王子和他的曼陀罗之恋，使命何在呢？从曼陀罗崇拜的角度讲，这可能是海底世界对于自身阴性之缺失的一种求助与弥补。从智慧的层面讲，海底世界在进行自我拯救时，希望从古印度文化中得到启示。在这样的假设中，我认为我们接近了作品的这种预设。

---

① 李翎：《瑜伽女崇拜与印度文明中的阴阳观念》，《六十四瑜伽女轮》导言，生活·读书·新知三联书店 2020 年 1 月，第 5 页。

② 徐小斌：《炼狱之花》，作家出版社 2019 年 9 月，第 41 页。

③ 曼陀罗在印度教、佛教和密宗中都有非常繁复的语义，因为和本文关联性不强，从略。

第六节　潘多拉打开魔盒之后

海百合来到人世间，以其懵懂、生涩、不谙人事却有着用之不绝的海底宝物财富的混杂，很快就陷入人世间的种种矛盾冲突，进而成为人间灾难的某种成因。于是，海的女儿在某种意义上成为带着魔盒来到人间的美女潘多拉。

在古希腊神话中，普罗米修斯将天火带到人间，损害了宙斯的权威和利益。被激怒的宙斯自己也筹划送给人类新的礼物以报复人类。潘多拉是宙斯创造的第一个人类女人，众神使她拥有诱人的女性魅力，来到人间之际随身带着一个魔盒，宙斯警告她无论如何不得打开它。潘多拉在世间得到国王的宠爱，过上了幸福的生活，但最终难以抑制日益膨胀的好奇心，偷偷打开众神赠予她的魔盒，释放出人世间所有邪恶——疾病、瘟疫、贪婪、嫉妒等等。看到这些危害人类之物纷纷逃逸出魔盒，潘多拉大惊失色，急忙关上魔盒，把未及释放的希望留住。从此人类就凭依这保留下来的希望，与世间的种种灾难作斗争。

海百合为寻求海洋世界的拯救而来，无法遏制的好奇心，却给人类和自己带来灾难。

海百合的魅力让作家金马、老虎总经理等都觊觎不已，她的非人类的身份也很快地被金马等识破，只是因为海百合把一串珍贵的珊瑚项链送给金马，使得后者为其保守了她的非人类身份的秘密。而海百合自己也不曾消停。她的无知使得她戴在手上的珍奇戒指被曼陀罗掠取，戒指中保藏的迷药也被曼陀罗窃取不少，进而流入人世间，成为激发人们放纵享乐的致命毒药。人类固然罪孽深重，但海百合这次不可饶恕的失误，百身莫赎，是助推人们坠入深渊的巨大推动力。（后来，曼陀罗说，她发现另一脉迷药来自摩里岛，和海百合带到人世间的迷药不是一个来源，因此可以为海百合将迷药流传人间的罪孽进行解脱，此论也许可以成立，但曼陀罗的迷药来源是来自海百合的戒指，并且得到大面积传播，是无可置疑的。）

与此同时，幼稚的海百合居然与老虎总经理玩起了感情游戏，这就更为可笑了。以海百合的懵懂无知，遇到情场高手同时还是她的顶头上司的老虎总经理，优劣高下一目了然。海百合竟然还在猜测他是否就是戒指的主人，是自己前来人世间寻找的婚恋对象。这一次，她的运气保佑了她，一方面是老虎总经理经过金马搭桥与天仙子暗结情缘，暂时还顾不上搭理这个青涩的小丫头，一方面是海百合的母亲及时提醒她，戒指的主人另有其人而非老虎总经理，让她及时刹车，不至于一错到底。但是，为此而重返海底世界，耗费了一次宝贵难得的回归大海领受亲长指令解除困惑的机会，其沉重的代价同样令她难以承受。

海百合来到人间，不是为了承担各种痛苦与烦恼，尽管她越是接近天仙子，就越是对她产生同情和理解。她在人世间熟悉其基本的运作规则，并且很有希望地把天仙子的小说版权拿到手，在巨龙影视发展有限公司的工作也逐渐上路，她也曾感受到人世间的快乐与丰实，这极大地满足了她的好奇心：

> 不过此时的百合依然很幸福，起码，人类社会满足了她巨大的好奇心，她无论在哪儿，总觉得天空是彩色的，就像她家门前的院落，即使是凋谢的大丽菊，也会泛出令人意想不到的衰败的紫红色。她会在阳光充足的时候，把一瓣盛开的夹竹桃夹进羊皮书里，做成植物标本，她喜欢植物干枯的过程，她不觉得那是一个凋谢的过程，相反，她觉得越枯澹越美丽。[①]

人类的游戏规则，很快就让海百合适应，而且从中感到惬意。

---

① 徐小斌：《炼狱之花》，作家出版社 2019 年 9 月，第 56 页。

首先是她从曼陀罗的精心服侍谦卑有加中，不由自主地感到权力的诱惑，任意支配他人的快意：“多年之后在回忆中，我才深感那一段生活实际上是我有史以来最惬意的生活。有了那一段生活，我才明白为什么自有人类以来，便不停地为权力而斗争，甚至金钱都没有那么大的诱惑，而且往往是有权便有钱，便有一切。”[1] 人生而平等却无往而不平等。支配他人的权力诱惑无往而不在。上述感慨，就是在曼陀罗匍匐于海百合面前甘愿为其驱使奴役的情形之下有感而发的。连海百合这样单纯的少女都不由自主地坠入彀中，令人感叹世情险恶人心叵测，也让我们对权力腐败的无所不在产生新的理解。

我们也经常听到，草木有本心，何求美人折，喻指人的天性高洁。海百合告诉我们，天性高洁是靠不住的。一个人要在人世间生存，就必须依靠一定的经济来源。海百合初到人间，自恃有丰厚的海底宝物供其支配，常常是一掷千金而不觉其奢华，她颐指气使地给老虎总经理购买高档名牌衣服，请天仙子享用豪华大餐，自己的日常花销也是非常率性，这当然是不值得夸奖的。在此之后，她付出全部宝物以挽救曼陀罗的生命活力，陷入贫困。古人翟公有言：“一死一生，乃知交情。一贫一富，乃知交态。一贵一贱，交情乃现。”生计拮据的海百合，请天仙子吃饭后无法买单，要请天仙子付账，马上遭到后者的斥责。无奈地，海百合只好接受他人的贿赂——当小骡提出他的剧本稿费要与海百合提成，几次整容的“科幻美女”粟儿要给海百合好处费，她都来者不拒，照单全收。她的行为方式越来越像人类，人脸面具越来越难以剥离。幸好她还有自己的底线，有小恶而不忘大义，最终选择为正义而战，给读者保存了最后的希望。

---

[1]　徐小斌：《炼狱之花》，作家出版社 2019 年 9 月，第 93 页。

第七节　闻道海上有仙山：摩里岛之旅及后来

海百合来到人世间，还是一位结构性人物，她把作品中出现的许多人物都串联到一起，而且成为天仙子的好友，老虎总经理的知交。她到摩里岛，和曼陀罗同行，又将番石榴和作家小骡编织进来，还和海岛上的莫里亚酋长做了一次倾家荡产的交易（此后，海百合迫于生计而在街头设摊倒卖她原先购买的高端品牌时尚服装，将罂粟也牵扯到其中，好让罂粟接续她先前的媚色之旅）。

在污秽嘈杂的东方大陆和纯净美好的海底世界之间，有一块"第三世界"，作为缓冲和过渡，也让《炼狱之花》的叙事空间更为丰富驳杂。这就是作品中充满异域风情的摩里岛。摩里岛作为海岛上的国家，它的社会生态淳朴幽静，绮丽的自然风光、单纯的民情风俗，让前往这里的海百合一见倾心。海百合来到摩里岛，是要为巨龙影视发展有限公司策划落实一部具有异域风情的电影剧本，歪打正着的是，在此地，她彻底了断内心的迷惘，斩断对老虎总经理的暗中眷恋。此前尽管海百合已经知道老虎总经理并非命中贵婿，也发现了他和天仙子的暧昧，却仍然被他所魅惑，执迷不悟地尽力讨取他的欢心，海百合到摩里岛来寻找电影剧本作者的根本原因也是为了满足老虎总经理的工作需要。最让海百合意外的是，她在这里不但获得一个精彩的故事轮廓——富有献身精神的东方女性在摩里岛上的动人爱情经历，她在这里还接近于找到那个鬼斧神工制作出来难以仿制的戒指的主人，摩里王国的王储詹。

这也就是小说中经常会采用的峰回路障法。刘玄德三顾茅庐，求贤若渴，先后见到崔州平、诸葛均、黄承彦诸人，最后才得见诸葛亮。这正是人贵直文贵曲之谓。海百合在摩里岛遇到的第一位智者是莫里亚酋长，一位集力量、智慧、权力与邪恶于一身的老人，莫里亚酋长也是唯一一位知晓海百合真实身份和神圣使命的奇人。

莫里亚酋长给她指点迷津，说出了这只神秘戒指的起源及传承，却没有揭晓其当下的主人。但这样的指点，无疑地给海百合提供了最为重要的信息，她正在一步一步地走向她的幸福与使命的峰巅，距离实现目标只有一步之遥。莫里亚酋长的神异能力还在于，他可以让贪婪的曼陀罗自食其果，让她在服食过量的迷药之后，形容枯槁，形同木乃伊。海百合害怕天仙子因为女儿的生命凋零伤心欲绝，要为乍然枯萎的曼陀罗寻找复原之术，求助于莫里亚酋长，为此付出其全部的海底奇珍。她得到的关于戒指及其主人的信息，则是踏破铁鞋无觅处，得来全不费功夫。

第一次摩里岛之行，是作品中的一大关节点。它接近了谜底，也让飘忽不定的几位女性逐渐定型她们的人生。天仙子以写作为疗伤的手段，继续创作其《炼狱之花》，还再版了《海百合的传说》的修订版，并且得到铜牛董事长的称赞。作为影视公司的当家人，铜牛的艺术鉴赏力还是有可信度的。罂粟则再一次施以妙招，做了美容手术，然后将财大气粗的铜牛董事长骗入毂中，又得到足够的巨款让其消费，还有她的前夫阿豹满足其肉欲。"有相当长的一段时间，罂粟的确觉得自己很圆满，花着铜牛的钱，享受着阿豹的性爱，还有，控制他人高高在上的欲望，全部实现了！对一个女人来说，还需要什么呢？"[1] 但很快地，她又发现新的威胁，天仙子的才华成为她潜在的竞争对手。罂粟以粟儿的笔名出现在文坛，靠资金雄厚迅速把 B 城文人搞定。"这个粟儿实在是讨人喜欢，不但能满足男人的欲望，还能满足女人的虚荣，所以，这实在是一个对人性弱点了解很透的人，她掌控了人性的弱点，因此可以对症下药，招招都使在刀尖上，一点也不浪费。"[2] 天仙子也被粟儿的大红包搞定，不但没有认出这位夺取前夫阿豹的情敌，还为她撰写吹捧性文章，传授她创作心得，被她哄得团团转。罂粟需要在编剧上也成功

---

① 徐小斌：《炼狱之花》，作家出版社 2019 年 9 月，第 150—151 页。

② 徐小斌：《炼狱之花》，作家出版社 2019 年 9 月，第 163 页。

压倒天仙子，于是引发了剧本的创作与抄袭的一场恶斗。

海百合在曼陀罗的帮助下，终于在第二次赴摩里岛处理电影拍摄事务时，见到求爱戒指的主人、岛国的王储詹，海百合与之诉衷肠、渡爱河，也得知戒指上所雕镂的月亮花的秘密。如果不是救助"脚心"哥哥重返大海的要务还没有完成，故事可以就此打住，海百合和王储詹可以从此过上幸福美满的生活。为了救助"脚心"，海百合和詹约定等候一年，以结良缘。

但是，海百合的选择再次发生偏差，而且是有意识地发生偏差。如前所述，海百合来到人世间，她的神奇戒指挟带的迷药借助曼陀罗之手流布人间，她在影视公司也卷入权力、金钱、文化、人事、欲望等诸种矛盾冲突。山不转水转，到她接近于实现自己的目的，找到王储詹，她自己毛发无损，还意外地救回"脚心"王子，几乎是超额完成自己的使命，全身而退。她非常得意于自己的作为：

> 我为自己骄傲——我没有智慧，没有技能，没有信仰，但我有一种奇怪的力量，它扯碎了世界，如同一波年轻的浪，冲向海岸，淹去那些衰人的痕迹。这力量不是我的心，不是我的血，不是我的生命，它是一种未知的声音，如同浪的拍击，风的合唱，树的摇曳，崩溃者和离散者最后的呓语。在他们的畏惧和战栗中，我想我会完成使命——揭示这时代的羞耻——它被允许以侏儒和恶魔的舌头喧哗，却毫不留情地禁止真纯的话语，谁敢说出一个字，谁就将成为下一个失踪的人。[1]

在这样的关键时刻，海百合却思维"短路"，搭错线了。她对自己的选择发生怀疑，不但要为海底世界寻找拯救，还要在人世间

---

[1] 徐小斌：《炼狱之花》，作家出版社 2019 年 9 月，第 169 页。

主持公道，扶危救困，帮助天仙子争回被盗窃的作品版权。海百合上岸之前，妈妈告诫她："记住，你在人类世界，依然要保持自己纯洁的心灵，要用善良和悲悯对待一切，甚至恶行。不然，你就再也回不来了。"[1] 但海百合却被人世间的邪恶摧残善良、伪币驱逐良币的悖谬所激怒，在善与恶的交战中愈陷愈深，不但将妈妈的嘱托忘之脑后，轻慢她对海洋担负的神圣使命，还违背了詹不让她触动月亮花的承诺，用月亮花提供的往事记录帮助天仙子与粟儿打官司。最终，这个可怜的小美人鱼，违反了神界的规矩，同样也违反了人间的游戏规则。

老托尔斯泰那句非常有警示性的悖论，幸福的家庭都是相似的，不幸的家庭却有各自的不幸，在此再一次地产生效应。历经各种波折，面对即将来临的与詹的幸福生活，海百合却望而生畏，渴望逃离远遁：

> 我不想再看这个世界了，我觉得恶心。阿豹恶心小骡也恶心，粟儿恶心番石榴也恶心，老虎恶心金马更恶心。我只有闭关待在詹的后花园里，与那些可爱的珍禽异兽为伴，默默等待着一年国丧期满。那时，我将与詹完婚，詹将会把一份新的提案转交给人类的最高法庭，届时，人类世界与海洋世界乃至整个自然界，将会有一个新的约定。那时，我就会圆满完成使命——我将可以自由地穿行于人类世界与海洋世界，而完全不必戴什么面具——那是多么引人入胜啊！过去我每每想到这个，心里就充满了无限的力量，可现在……不知为什么，我打不起精神，我觉得那一切都太遥远、太遥远了……[2]

---

① 徐小斌：《炼狱之花》，作家出版社 2019 年 9 月，第 5 页。
② 徐小斌：《炼狱之花》，作家出版社 2019 年 9 月，第 204 页。

一年为期的等待，让海百合觉得遥遥无期，难以忍耐。为天仙子主持公道打一场版权官司，也是一条说得响的理由。同时，海百合的好奇心，是促使她反转人生走向的重要推动力。如海百合自述："如果说我身上有什么软肋的话，那就是我的无法抗拒的好奇心。"[1] 海百合的好奇心从小就几乎把族群毁灭，因无法抑制对海神柱的好奇，幼小的她悄悄爬到海神柱上，冒犯了海神，差点让她的家族遭受灭顶之灾。但她仍然对海神柱好奇不已，继续进行关注和探秘。"而现在，我对这个来历不明的女人充满了好奇，这好奇心烧灼着我，让我鬼使神差般地来到了詹的后花园。"[2] 好奇于文坛新秀粟儿的横空出世，为了摸清粟儿的来龙去脉，她不惜冒险去打开神奇的月亮花，而且还不止一次。她还复制了月亮花展示的粟儿的行踪，以便在法庭上作为起诉粟儿剽窃天仙子尚未完成的《炼狱之花》的如山铁证。

第八节　曼陀罗·月亮花·炼狱之花

少女曼陀罗醉心于迷药炼制，手段很残忍，很诡异。她对迷药的追求精益求精，为寻找到那枚神秘戒指上所雕镂的花朵，不惜奔走于四面八方，还让迷药成为老虎总经理诱惑天仙子的催情剂。炼制迷药让曼陀罗获利颇丰，让这个十五岁少女过上天仙子无法想象的奢侈生活。

但是，与通常理解的此类事件一味地导向纵欲狂欢不同，在《炼狱之花》中，催情迷药同时具有正负两个方面的作用，可以满足不同人们对淫欲与爱情的不同需要。对于沉迷其中的曼陀罗来说，它还有别一种作用，逃避丑陋现实，进入虚拟幻境：

---

① 徐小斌：《炼狱之花》，作家出版社 2019 年 9 月，第 212 页。

② 徐小斌：《炼狱之花》，作家出版社 2019 年 9 月，第 212 页。

她的脸发生了奇怪的变化，她的一向凶悍孤傲的目光突然塌了下来，变成了一种无助的凄凉。"百合，"她轻声地说，好像声音大一点就要哭出来似的，"你不觉得这个世界很恶心吗？你不觉得待在这个世界很难很难吗？"[1]

不但是狂欢纵欲的人们在寻求迷药，海百合的族人们也参与了迷药的制造。摩里岛的王储詹就指出，神奇戒指中的迷药，不但来自曼陀罗，来自月亮花，也来自海洋世界。那么，海底世界用来制作迷药的是什么材料呢？海百合本身就是一种具有致幻剂的植物。海底世界的生命们用来炼制迷药的，恰恰是曼陀罗。而且，海百合还非常享受曼陀罗的致幻性，在她和詹灵肉交融之际，借助它来张扬生命到极致，海百合也悄悄地使用了她的迷药："月光下詹的脸很美，是男人那种很干净很简约的美。我不知道说什么才好，只是一高兴就把戒指里的迷药拿出了一点——芳香四溢，我看见月神伊库丝契尔悠然降临在月圆之夜的海洋之上，海边突然生长出成片的曼陀罗花。我把盛开的曼陀罗花供奉在海面上——那是我生长的地方。我们互相给对方脱掉了衣裳，宇宙间只剩了我们两个人：我全身赤裸向月神祈祷，美妙的曼陀罗花象征着女人花朵一般美丽的阴部，经过我的祈祷，整个海洋都变成了催情迷药，詹牵着我的手，慢慢走进海洋，把自己融入迷幻的海水中"[2]。

在众多的花朵中，最神奇的是摩里岛上的月亮花。它是独一无二的存在，是少女曼陀罗为了配制顶级迷药不可或缺的核心药物，是海百合的神奇戒指上雕镂的神奇花朵，是摩里岛上的镇岛之宝。这一株月亮花，海百合在结识王储詹之后，就有了一睹芳容并且了解其奥妙的机会——月亮花神奇无比，独一无二，可以做迷药，可

① 徐小斌：《炼狱之花》，作家出版社 2019 年 9 月，第 45 页。
② 徐小斌：《炼狱之花》，作家出版社 2019 年 9 月，第 148 页。

以记录过去和现在，可以预见未来——"远古时代的萨巴族，就曾经凭借着月亮花的神奇，打败过数次敌国的侵略。"[1]"她是真正的炼狱之花，每个人，每桩事，都记录在案，在示巴女王的时代，上帝是专门根据月亮花的记录来进行末日审判的。"[2]

月亮花具有绝美的神姿，有超绝人类的智慧，却别名"炼狱之花"，不仅是指涉小说的书名，还让月亮花具有一种恐怖的意味。我们习惯于讲，美艳的罂粟是有毒的，月亮花被命名为炼狱之花，更令人心灵震颤。在一朵能够洞察过去、现在、未来之事的月亮花面前，"科幻美女"粟儿即罂粟的所作所为当然难以遮掩，但人类的各种事务，如果都可以一一回放，每个人都会有许多不堪回首甘愿忘却的事情，将其一一曝光，让人们何以自处，有多少人会为之痛不欲生？更大的危机在于，如果人们都通过月亮花来窥得各自的未来，接下来的人生还如何进行？请看，近水楼台的王储詹，也没有依靠月亮花的预测功能指导人生。詹最为痛心疾首的往事是，少年时代被三个丑陋的女人以迷药掌控他的行动，以满足她们贪婪的欲望，他的失误令人叹息，却无法规避。对于詹和海百合相认识相结合以后的未来演变，同样是不曾依赖月亮花的预测功能的。如果早已一目了然地看到明天的每一幕人生场景，可以无风无浪永不犯错地生存下去，那人们的好奇心和求知感还怎样实现呢？

即便是从这一意义做出延伸，好奇心也是不可或缺的。对于海百合，是一直生活在海洋世界的保护中，太太平平地走过一生，还是到陆地上进行一番冒险与探索，就像浮士德博士一样，宁肯把灵魂抵押给魔鬼，也要走出书斋，历经沧桑，去寻求心中的美好梦境呢？选择是相同的，好奇心的诱惑是相同的，美好目标的设定也是相同的。只不过，古典时代的歌德给浮士德安排了美好的结局，现代性笼罩下的徐小斌，让海百合失去了最后的归宿。但是，他们要

---

[1] 徐小斌：《炼狱之花》，作家出版社 2019 年 9 月，第 178—179 页。

[2] 徐小斌：《炼狱之花》，作家出版社 2019 年 9 月，第 210 页。

是不曾走出原先的安稳太平，我们的文学艺术会失去多少佳作，失去多少惊心动魄的审美创造呢？

这样的月亮花是不宜生长在人间的，它只能够在上帝的末日审判之际出现，让上帝对人们的过错与罪孽进行毫不容情的严厉审判。

第九节　祖先、长辈与孩子们的未来世界

少女曼陀罗和曼陀罗花把古老的印度教与人类的现实难题连接起来，摩里岛、詹和月亮花，则连接着人类古老智慧的另一个源头，所罗门王和示巴女王。所罗门王是古代以色列国王，雄才大略，充满智慧，古代传说中的两个妇人争夺儿子的断案故事中，所罗门王就是巧断谜案的版本之一。《炼狱之花》中写道，所罗门王的智慧是来白这朵月亮花，那枚雕镂有月亮花的神奇戒指和这朵月亮花，就是所罗门王送给示巴女王的，王储詹是所罗门王与示巴女王的后裔，继承了这两件旷世奇珍。

> "它叫月亮花，别名炼狱之花。它非常古老，而且是全世界独一无二的，它有记忆，不但有记忆，还有高级生物的一切智慧，所罗门王的智慧，正是来源于它。所罗门王不但把戒指赠给了示巴女王，还把月亮花也迁徙到了我们的萨巴，月亮花，它可以看到一切过去未来现在之事——"[1]

海洋向人世间发出两种求救信息，派出两位友好的"和亲"使者。"脚心"王子要寻找少女曼陀罗，接续古印度教、湿婆神和修瑜伽女的智慧。海百合要寻找月亮花戒指，寻找来自所罗门和示巴

---

[1]　徐小斌：《炼狱之花》，作家出版社 2019 年 9 月，第 150 页。

女王的后裔，要发扬古代中东地区以色列人的智慧。把这三者联系在一起的是海王。海百合说："湿婆神生于海上，与海王交往甚笃，并且是他把神圣的迷药配方告诉了海王。"[1] 把海王与摩里岛联系起来的是莫里亚酋长。莫里亚酋长在教训王储詹意欲为了海百合放弃王位继承权之荒谬的时候，如此这般说道——

莫里亚狂笑起来，他把一根粗手指头指向天空："殿下，你看见那颗明亮的大星了吗？——那就是海王星！你知道吗？对于人类世界的侵害，海洋世界早已忍无可忍，他们绞尽脑汁才想起一个与人类和解的办法——那就是和亲！就是和亲你懂吗？！"又是一阵狂笑，"多年前，您曾经受过女性的伤害，把戒指扔进海里，可按照海洋的习俗，那就是向大海求婚！海王为此召开了三天联席会议，决定让他们最美丽的海百合公主来到人类社会和亲。说来也是机缘巧合，那位小公主刚生下来，那枚戒指正好套在了她的头上，而她举行成人礼的那一天，戒指弹了出来，正巧戴在她的手上，可见她的确是您理想的未婚妻！……可是，海洋世界也太愚蠢了，他们以为献出一个公主就能救他们的世界，殊不知人类世界早就变了，人类变得比所有的物种都无耻，对付他们只能以恶制恶！看，海王星在闪烁，它可以作证我说的一切都是真的！……"[2]

莫里亚酋长未卜先知，还是借助于月亮花的神力，不得而知也不必细究，他与海王的心有灵犀，却是毋庸置疑的。先辈长者与青年男女两代人，他们的关注点各有不同，要实现共同的目标则是一致的，长者给年轻人的指点是非常老到和及时的。海百合与詹，都

① 徐小斌：《炼狱之花》，作家出版社 2019 年 9 月，第 234 页。

② 徐小斌：《炼狱之花》，作家出版社 2019 年 9 月，第 191 页。

是上一代人教育出来，接受前辈的生活传统与价值观念的，他们的前辈，无论是海百合的父母，还是莫里亚酋长，在智商上都比晚辈们高出许多，担当得起后人们的生活导师。少女曼陀罗和母亲天仙子的关系则截然不同。曼陀罗小小年纪就发现家庭中致命的裂痕，发现父母亲婚姻的名存实亡，发现生活中的种种谎言与虚伪，也发现母亲的怯懦与落伍，对母亲的不屑与排斥溢于言表。

在更为广大的社会层面上，海底世界也好，摩里岛也好，几代人都生活在同样的社会场域中，没有大的变化。天仙子和曼陀罗生活的世界，却在数十年间发生了巨大的裂变，天仙子恪守的是劳动者的传统道德，曼陀罗要应对的是消费社会的奢靡放纵和拜金主义。这不但是母女之间的冲突，还是两个不同代际人群的价值观的悖反。文化学者陶东风在研究中国大陆二十世纪五十年代出生与八十年代生人的代际差别时，援引美国学者的研究成果，并且加以本土化的阐发："洛文塔尔曾经研究过 20 世纪美国流行杂志中传记栏目主人公的变化，并从中发现了 20 世纪初到 40 年代美国大众文化价值观的变化。在他看来，生产性偶像多产生于企业界和科学界，其代表是企业家、科学家等。他们个人奋斗的故事告诉人们底层大众可以通过个人努力改变命运实现梦想；而消费偶像则以夜总会和舞厅等娱乐圈的头面人物为代表，他们希望坐享奢侈消费的结果，而轻视生产和奋斗的过程。"[1]

陶东风敏锐地指出：洛文塔尔分析的虽然是美国的情况，但是对我们不乏借鉴意义。在八十年代，类似洛文塔尔的所谓"生产性偶像"（如陈景润、乔光朴和陆文婷等）是媒体报道的热点和年轻人心目中的榜样；而到了九十年代和新世纪，他们的位置似乎已经被各类消费明星（歌星、影星、体育明星等）取代。[2]

真是不幸而言中。少女曼陀罗在得到铜牛董事长的财源茂盛

---

① 陶东风：《论当代中国的审美代沟及其成原因》，《文学评论》2020 年第 2 期。

② 陶东风：《论当代中国的审美代沟及其成原因》，《文学评论》2020 年第 2 期。

后，就开张了一家夜总会。另一位以铜牛董事长为后援的女性罂粟——粟儿，为了无偿占有海百合的奢侈品牌服装不择手段，她先是剽窃天仙子的作品，后来又和番石榴争夺《珍珠传》的女主角。她们的作为，表明时代转向的特征，充分印证了洛文塔尔和陶东风两位中外学人的精彩论断。

天仙子和曼陀罗的母女冲突，曼陀罗与海百合的纠结扭曲，海百合与王储詹的行为差异，这同样可以用代际理论加以阐释。海百合、曼陀罗和詹，年龄上相近，在代际划分上却大相径庭。他们分别生长于不同的历史空间，有着各自不同的时代体验。这也就是海百合、曼陀罗与詹的差别所在。曼陀罗在家庭氛围和市场化消费社会环境的影响下，无师自通地选择消费社会的奢侈靡费，一方面感到内心的空虚，饮鸩止渴地借用迷药逃离现实，一方面又用迷药换取巨额金钱回报，以满足其贪欲。她炼制迷药的手段诡异血腥。海百合生活在自然生命的"前历史"空间，在海底世界接受父母和爷爷奶奶的本真教诲，顺乎生命需要，友爱和谐相处，来到陆地之后本能地捡到天仙子的羊皮书，进而接近并且热爱天仙子其人，这代表了她人生选择的基本面。她在人世间，也渐渐接受人们的游戏规则，但其着力点是要借助法律权威维护天仙子的原创权，为此与海百合的海洋本色渐行渐远，以至于脸上的面具最后难以剥离。詹的教育是来自莫里亚酋长，这位洞察世事又不避邪恶（莫里亚割去诱惑詹的三个荡妇的舌头，他也曾接受番石榴的身体奉献）的长者对詹的影响，显然比海百合的教育背景复杂许多。因此，詹在两情相悦之时向海百合讲述他的荒唐往事，这是信任和至爱使然，任性的海百合的心灵却受到巨大冲击，将其看作 A 片男优，两人的情感由此产生裂隙，这是重要原因。

失去了詹同时也失去神奇戒指，无法重返大海也无法立足人世间，海百合陷入最严重的危机。在这样的时刻，海百合不由自主地唱起了一支歌，并且显示出歌声的强大力量：

对着海天相接的黑色，那些滚在一起的乌云和黑浪，我竟然开始唱一支歌，这支歌不是我们族类常常唱的"啊索米亚啊你多么美丽……"而是我们在月圆之夜唱的"啊，本·堂卡尔……"当我唱到第七句的时候，奇迹发生了——突然间，风息浪止。海平静蔚蓝，美如湛玉。天空的云迅速退去，露出近于紫罗兰色的奇幻之美。淡黄色的月亮剪纸一般贴在了空中，简直不像真的——这种突然的安静让人生疑——好在一只海鸟飞到了我的肩膀上，悄声告诉我："它们是在听你的歌声呢，谁不知道海百合公主的歌声会醉倒整个世界，可是你不要停下来，你看，那黑血正绕着你转呢！"

是啊，自上古时代，每到月圆之夜，我们就会浮出海面歌唱——当然我们很少会唱本·堂卡尔这样的歌，因为前面已经说过，本·堂卡尔便是湿婆神的别称。虽然湿婆神生于海上，与海王交往甚笃，并且是他把神圣的迷药配方告诉了海王。但是现在我一无所有——面具摘不下来，而戒指又不在身边，尽管我相信，他们全体都认出了我，但他们谁也不敢接受我。[1]

向人类求婚，与摩里岛联姻，求助于所罗门王和示巴女王古老智慧的努力失败了，歌唱湿婆神的歌声带来片刻的回暖还春，但是，它仍然不能够解决海底世界的迫切危机。追溯起来，这真是一个黑色童话：摩里岛王储詹因为误用迷药，被三个妖女派做泄欲工具，在醒觉之后对人类失望，也对所罗门王和示巴女王的智慧感到失望，愤怒地把示巴女王的戒指扔进大海，却被海王领会错了，误以为是人类在向海洋求婚，于是才有海百合的领命前往。这样的故

<hr>

[1]　徐小斌:《炼狱之花》,作家出版社 2019 年 9 月,第 234 页。

事，开头的第一步就是建立在误会之上，它当然不会结出丰硕的果实。《炼狱之花》的故事，于是还原为海百合的成长故事，在历经种种磨难之后，她终于领悟到妈妈要她心存怜悯宽恕之情的用意，以自己的经验对此产生了新的感知——

> 我知道我的心在流血。为詹。也为天仙子，为曼陀罗。为番石榴……甚至为老虎阿豹小骡，大家都在挣扎，连那个似乎无往而不胜的罂粟，不也是以忍受整容术巨大的痛苦、牺牲个人名誉、把灵魂出卖给撒旦为代价，才侥幸赢得一个角色吗？[1]

海百合长大了，从一个童话中的海的女儿，海百合公主，成长为人间的普通女孩，如其所言："我把羊皮书扔进了海里，海水只是泛起了几道涟漪，然后就无声无息了……""好在，我还年轻，我在人类世界的道路，还刚刚开始——是我自己悟出的路，而不是羊皮书里的那些戒律。"[2] 而且，她的心中还保留了希望，人类最宝贵的财富之一。

这才是《炼狱之花》最重要的波浪式发展，螺旋式上升：大海是人的童年，本色天然，清水芙蓉；摩里岛是人的少年，相信魔力，相信神奇；大陆是人跨越式发展的扭曲变异阶段，消费至上，拜金盛行，欲望横流，奸诈歹毒无所不用其极，残存的人性、善良、同情等仍然在进行其艰难的抗争。这是成人的童话，暗黑童话。

---

[1] 徐小斌：《炼狱之花》，作家出版社 2019 年 9 月，第 243 页。
[2] 徐小斌：《炼狱之花》，作家出版社 2019 年 9 月，第 249 页。

第十一章　如何超克爱情的悖论

——《天鹅》："一半是音乐，一半是传奇"

在 1994 年问世的长篇小说《敦煌遗梦》中，肖星星在短短几天里，经历了和向无晔的无果的爱情，然后黯然离去。离去的原因何在呢？在《西天净土变》大型壁画复制完成的庆功宴上，肖星星邀请了向无晔到场——此前两人已经有了共枕同眠肌肤之亲，在一个隆重而欢乐的场合，肖星星希望向无晔能够咸与其盛，自不待言。在盛宴上，敦煌本地的少数民族少女玉儿以华美的裕固族服装盛容出场，以欢快活泼的歌舞征服与会嘉宾，还特意近前给向无晔敬酒，然后二人翩翩起舞。为了劝阻向无晔饮酒，肖星星把酒杯都捏碎在手中，鲜血流淌，但向无晔在玉儿的热情相邀下欣然举杯畅饮，忽略了肖星星的苦心。这对于肖星星来说，是个极大的警示。本来她就担心，自己比向无晔年龄大十一岁，是时也，肖星星三十一岁，向无晔二十岁，不仅是在同年合岁上无法与玉儿相比，在容貌体态上亦相去甚远。"不，她一点儿也不恨玉儿。恰恰相反，她觉得玉儿和无晔在一起的时候非常美。在这种热闹的场面，她一般都是躲在一个远远的角落，静静地观察。在这种时候，她的灵魂仿佛离开了躯壳，在空中自由地飘浮，她能够清楚地看到自己的肉体，看到一个美艳女人和一个平凡女人之间的差别。"[1] 这样的差距时时向她展现着萍水相逢的爱情破裂和毁灭的可能性，玉儿对向无晔的主动示好与后者的倾情投入，似乎就验证了她的不祥预感。

---

[1]　徐小斌：《敦煌遗梦》，作家出版社 2019 年 9 月，第 166 页。

肖星星从欢宴中抽身而去，连夜离开敦煌，和向无晔不辞而别，后者就是为了她而滞留在敦煌不避危难的。向无晔未能及时离开，被诬告为盗窃敦煌壁画《吉祥天女沐浴图》的主犯，惨遭枪决。尽管说，在作品中，肖星星远遁印度，对于后来向无晔的惨死毫不知情，但在把自己的精神投影移植到肖星星身上的作家徐小斌来说，这样的结局，何以减免肖星星应有的愧疚和自责呢？

于是就有了《天鹅》，有了一曲中国大陆版的罗密欧与朱丽叶的爱情绝唱。《敦煌遗梦》的故事，发生在二十世纪八十年代中后期，张恕和肖星星的"文革"经历限定了作品中人物与事件的发生时间。时为 1986 年或 1987 年，肖星星三十一岁，向无晔二十岁。《天鹅》的故事发生在二十一世纪初年，作为故事情节急转直下的"非典"病毒肆虐北京，爆发于 2003 年春天，于是故事的开端距此不过一年有余。时当 2002 年，作品中的男女主人公，夏宁远二十九岁，古薇四十岁；年龄增长的背后，是作家徐小斌距离写《敦煌遗梦》的时候又过了十五六年，她对于两部作品中女主人公的爱情浪漫深信不疑，她对于如何处理这种偶然邂逅产生恋情之后的故事走向，在《天鹅》中有了新的思考。

第一节　从三种结局回望爱情：艺术的与现实的

《敦煌遗梦》所表现及其创作的时代，二十世纪八九十年代之交，时代的演进与人心的浮动，打破多年间对婚姻家庭问题的僵化操控，"陈世美"（谐音"城市美"，特指那些抛弃乡村中的结发妻子在城市另结新欢的男性）不再受到谴责，"第三者"也抹去道德上的恶谥，中国人在情感上和婚姻上都得到松绑，没有爱情的婚姻纷纷宣告解体，许多名存实亡的家庭遭遇危机。张恕和肖星星各自的家庭都出现很大的裂痕，他们也对各自的家庭状况有很多反思。

在此前的数十年，社会生活和家庭生活都受到严苛的现实限制，"婚外情"是绝对不能允许的，无论夫妻二人的文化水准、工作能力和相互认同度的差异有多么大，一旦走进同一个屋檐下，要想跳出婚姻的围城就难上加难。张恝和肖星星虽然在偏远的敦煌有了各自的新恋情，但这种恋情都是无法持久的——张恝与玉儿、阿月西姐妹的纠缠，离开敦煌即告终结，肖星星与向无晔，只有当下，没有未来。再过十余年，到《天鹅》的创作时代，时势已经发生很大的变化。就像《双鱼星座》所表现的，市场化的浪潮，冲垮了旧有的家庭伦理，感情和身体都成为一种商品上市流通，女性的社会地位和家庭角色每况愈下，在工作和事业上要承受与男性同样的高强度的激烈的生存竞争。卜零在单位要面对顶头上司的性骚扰，在家庭中要忍受丈夫的抱怨和不忠，那位年轻的司机似乎对她表示好感，但并非对她真正动情。情感与婚姻的脆弱不堪，两性之间忠诚度的稀缺与短促，都已经司空见惯。梁祝和宝黛，罗密欧和朱丽叶，生生死死的爱情，都成为明日黄花。

当然，问题不能够仅仅归谇于时代。古薇应邀去看舞剧《牡丹亭》，把爱情进行了分类，做了深刻剖析："……古往今来，真正的爱情都是没有结局的，因为所有的爱情都是瞬息即逝的，我总结了一下，好像爱情只有三种结局，最好的一种，是爱情转化为亲情；第二种，正在热恋之中，其中的一方或者双方突然死亡，那就是宝黛、梁祝式的爱情，那不过是文学故事里面审美需要，在现实中谁也不愿意实现的；第三种，也就是大多数的爱情，都是向着相反方向转化，最后互相伤害，甚至仇恨……"①

细检起来，在徐小斌既往的小说中，写到爱情与家庭，也不出这三种样式。写爱情转化为亲情，大约是在《对一个精神病患者的调查》中，谢霓的父母双亲可作如是观。写生死情深，其中的男主

---

① 徐小斌：《天鹅》，作家出版社 2019 年 9 月，第 117 页。

人公猝发意外而死亡，是在《敦煌遗梦》中，肖星星的恋人严晓军为献身世界革命参加抗美援越战争而偷越边境时被击毙，让肖星星永远无法弭平心灵伤痛。第三种，"向着相反方向转化，最后互相伤害，甚至仇恨"，《吉尔的微笑》是也。这三种样式，都不是徐小斌喜欢采用的爱情叙事模式，谢家父母和严晓军，在作品中都只是居于次要的位置，不是作品的着力点，《吉尔的微笑》在作品的起始部分，在佩淮和她的丈夫之间，是否可以用爱情来指称，大可怀疑——佩淮因为和姐夫发生不伦之恋，急于离开自己的家，同时还有亟待解决的调回北京的户口问题，她嫁给年龄上可以当她父亲的军中高官吴限，也可以说是"病急乱投医"吧。在早期的创作中，徐小斌写过《请收下这束鲜花》《河两岸是生命之树》等赞颂清纯爱情的作品，到后来，她的小说对于两性关系的描写，大多是趋于负面性的，有情人不成眷属，走到一起的往往没有热烈的爱情，夫妻二人由于家庭境遇、文化背景和雅俗情趣的差异，从搭伙过日子到此后日久生厌渐行渐远，是其主色调。

还有年龄的差异阻隔。在诸多爱情悲剧中，罗密欧与朱丽叶，林黛玉与贾宝玉，杜丽娘和柳梦梅，都是年龄相当的少男少女，古薇出场的时候，年过不惑，心思沉寂。"她常常想，一个年逾不惑的女人，半辈子已经过去了，根本不可能奢望什么爱情，特别是在这个东方古国，爱情似乎只属于青春少女，恋爱的的确确是年轻人的事，因为爱情中有些不能承受之重，只有年轻人，才扛得住。"[①]是的，青少年时期勇于探索敢冒风险，在人生、事业和爱情上都是如此，即便是被命运击得粉碎，还有足够的时间进行自我修复卷土重来，人过四十，一地鸡毛，现实中种种都已经非常不堪承受，哪里还会再有炽烈如火的激情和勇气呢？

于是，当徐小斌再一次地逆行而上，面对自己清醒地认识到

---

① 徐小斌：《天鹅》，作家出版社 2019 年 9 月，第 3 页。

的，"正在热恋之中，其中的一方或者双方突然死亡，那就是宝黛、梁祝式的爱情，那不过是文学故事里面审美需要，在现实中谁也不愿意实现的"殉情故事，加上难以跨越的年龄差距的断层，她怎样超克这爱情的悖论呢——"超克"一词，我是从日本学人论述"近代的超克"那里搬用过来，我喜欢这个词中的力道：超越，克服，在同一平面上是对抗与克服，有一种内在的紧张感，然后实现超越，超升到更高的层面和阶段。

第二节　女主人公位置调整：引导者与被救助者

肖星星既为人妻又为人母，她和丈夫牟生的关系不算很炽烈，也不算很僵冷，差强人意。只是因为少女时代严晓军留下的印迹过于深刻，使她难以全身心地进入当下的家庭生活。还有很重要的一条，她是一个有一定名气的青年画家，她来到敦煌不是为了寻求艳遇，而是为了获得新的创作灵感。向无晔落入死亡陷阱，并非单纯的殉情，而是有多种偶然性。但是肖星星以及徐小斌一定会为他感到某种缺憾。

肖星星与向无晔的爱情难以持久，还有很重要的一点，就是两人之间所处位置的不同。向无晔来到敦煌无处落脚，肖星星向他伸出友谊之手，把他收留在自己的房间里。在接下来的时间里，向无晔就"反客为主"，一是发现肖星星的身体失调，身为中医学院大学生的向无晔给她施以针灸治疗；二是在出行途中遭遇沙尘暴和车祸，向无晔在自己受伤比肖星星还要严重的情况下，背着肖星星在风沙中跋涉……医患、拯救关系成为肖星星与向无晔之间的基本模式，肖星星许多时候都是被动接受的角色，在两人的性爱关系上，同样是如此。肖星星的专业美术知识，关于尉迟乙僧和吉祥天女绘画的辨析与讲述，让无端地对《吉祥天女沐浴图》产生兴趣（其实是对妻子之外的美女产生了兴趣）的张恕，获益良多，但向无晔不是佛教徒，也不是美术爱好者，他欣赏肖星星的善良与聪慧，也欣赏肖星星的身体。所以两个人的关系让肖星星没有自信，稍有风吹草动，玉儿主动与向无晔亲近，向无晔则心有旁骛。其实向无晔发送的信息还是很明确的："后来她看见无晔被玉儿拖起来跳舞。玉儿的脸几乎贴在了他的脸上。玉儿的眼睛亮得似乎马上要流出汁液来。无晔的脸很红很红。无晔的目光四顾似乎在寻找着什么。"[1] 这就是舞场上常见的，一方全身心地投入，只恨不能够融化到对方身体里，一方却心不在焉，左顾右盼，在寻找别的目标。向无晔在这里寻找的当然是肖星星。但是肖星星黯然离去，她对这桩猝发的爱情彻底失望：

> 张恕皱了皱眉头，"你连他也没告诉？"
>
> "没有，他跳舞跳得挺来劲的，我不愿打扰他。"她淡淡地说，垂下眼睑。这时他忽然发现她的眼皮是肿的，好像刚刚哭过。[2]

到《天鹅》这里，古薇和夏宁远的故事如何设计和展开，是个很大的难题。我所说的超克，不仅是说，在爱情的含金量和可信度都不断遭受质疑的语境下，如何重建灵与肉的圣境，在最重要的意义上，就是对作家自己的作品《敦煌遗梦》中肖星星和向无晔故事的超克。

正是在《敦煌遗梦》的这些缺憾的前提下，《天鹅》向建构爱情乌托邦发起新的冲击。

支撑爱情宫殿的基石之一，是古薇和夏宁远深度的相互需要。如前所述，向无晔和肖星星之间，也存在着相互的需要，但互补的

---

[1]　徐小斌：《敦煌遗梦》，作家出版社 2019 年 9 月，第 166 页。
[2]　徐小斌：《敦煌遗梦》，作家出版社 2019 年 9 月，第 168 页。

强度是有差异的。当向无晔远道而来无处安身的时候，是肖星星容留了向无晔落足，还给他做饭吃，使远来的向无晔有了安身之处。但肖星星得到向无晔的救助显然是更多的，危难时的救援，病患时的治疗；为了肖星星，向无晔是可以忘我的，如其所言，他为了肖星星去死也心甘。反之，肖星星对于向无晔有相当的好感，却不曾倾情投入，没有生死誓言。还有，梦中的死亡预兆，大叶吉斯的警告，向无晔遭遇潘素敏操控的现象，明确地显示着险象环生的情景，也间离肖星星的情感投入。在《天鹅》中，这种相互需要的纽带就要强烈许多。在赛里木湖畔的陌生之地，古薇时时处处要得到夏宁远的帮助，这毕竟是暂时性的，还带有工作安排的性质。夏宁远对于音乐的爱好追求，从音乐知识的习得，到作曲水平的提升，当然需要一位高水平的老师指导，非古薇莫属。两者相较，古薇显然是处在有利的位置，前往赛里木湖是一次短期行为，学习音乐知识，提升作曲能力，却是路漫漫其修远，是要日积月累的慢功夫。古薇回到京城，她对于得到夏宁远帮助的需要就可以终结，夏宁远的音乐梦想，则让古薇成为其极其依赖的引导者，这种需要的强度和时间性，都是刚刚开始。当夏宁远从遥远的赛里木赶到京城，寻找音乐之梦和爱情之梦时，他显然是处于弱势地位，是来求师和求爱的。这让身处高处的古薇增添许多投身爱情的理由和勇气。

支撑爱情宫殿的基石之二，是古薇在性爱中得到身体的唤醒与极大的满足，意外而强烈的快乐让她陶醉其中。不惑之年的古薇，经常处于一种矛盾状态中，"有时她也觉得自己奇怪：她的心似乎撕成了两半，一半，还保留着童贞女的单纯，而另一半，早已苍老得不可名状"[1]。古薇的年龄是个危险的门槛，可以心有不甘轰轰烈烈地爆发，也可以就此沉默地趋向于身心的枯槁。面对夏宁远的出现，能不能敞开自我，敢于不惜自我毁灭地投身情天欲海，这样的

---

[1]　徐小斌：《天鹅》，作家出版社 2019 年 9 月，第 33 页。

选择就格外艰难，担忧也更为沉重。

是的，不只是情天，还有欲海。和许多同时代的女性一样，古薇早已为人妻为人母，但她的身体仍然处于沉睡状态。她少女时代和Y的恋情近乎柏拉图式的，没有什么实质性的肉体碰撞；她和前夫之间，也没有多少生命激情的燃烧。她与夏宁远，不但是两情相悦，还在后者年轻肌体的强悍与疯狂中得到身体的开发，欲望的醒觉，而且两人的情爱关系保持了几近一年之久，得到反复的验证。这在徐小斌的作品中，将情感与肉体同时推向峰巅状态，是仅见的。人生得一真正的情侣足矣。

这对于古薇，意味着在刀刃上行走，在体验身心爱欲之极致的同时，又总是怀疑这样的状况难以维系。这造成她和夏宁远两人之间关系的曲折起落。

这就还需要爱情宫殿的巩固与加强。即使处在热恋之中，她都需要不断地为自己的选择追加新的证明，需要不断确认这种灵肉关系的合理性。而且，《天鹅》的故事要讲述足够的时间长度。《敦煌遗梦》故事发生的前前后后不过十几天，从见面到分手，肖星星和向无晔相处的时间非常有限，在清纯初恋的向无晔是惊鸿一瞥，在人近中年的肖星星可能就是鸳梦重温（向无晔作为严晓军的替身）。没有经过长时间的建构与检验的现代情感，是难以确认其坚韧与忠实的强度韧度的。

第三节　各自疗伤：往世与今生的双重补偿

支撑爱情宫殿的基石之三，是古薇和夏宁远在爱情中都得到少男少女时代精神创伤的各自疗救，从中得到往世与今生的双重获得与巨大补偿。

古薇出现在新疆的赛里木湖畔，她的身份是应当地驻军邀请前来采风的音乐学院教师和作曲家，她此时四十岁，比敦煌的肖星星整整大了十岁，已经离婚，但她的心性与肖星星相去未远，仍然是满满的少女的情怀，和肖星星一样，在少女时代有过一次惊心动魄却与性爱无关的恋爱。古薇在小学时代加入北京市少年合唱团，认识并且迷恋上了拉手风琴的 Y，一个英俊的高中男生，一直到 Y 战死在对越自卫反击战的战场，古薇时年十九岁，Y 二十九岁。巧合的是，在采风的几个月里，部队派出陪同古薇采风的少校夏宁远，恰好也是个二十九岁的青年军官。之所以选派夏宁远做陪同，是因为夏宁远出身于音乐世家，酷爱音乐，他的作曲在部队小有名气。几个月的时间，在规定之中的工作范围和日常生活的安排上，夏宁远的周全和体贴，让古薇动心——

> 她在心里不断神话自己的初恋男友，每个人的心里都需要神。
> 而现在，她突然觉得她心里的神与现实中的一个男子，重叠了。[1]

而且，两者的共同点还在不断地被发现，Y 和夏宁远，他们都喜欢骑马、打枪、滑雪、打篮球，当然还有音乐。随着两人爱情关系的确立，古薇的发现越来越多：

> 她真的爱上了他，这个比她小了一代的年轻人，在他熟睡的时候，她常常深深地凝视着他，她越来越惊讶地发现：他和她初恋男友——她终生所爱的 Y 的容貌竟然有一点相像：面颊也是那么清癯，鼻梁也是那么富于雕塑感，嘴唇也是那么轮廓鲜明，更重要的，他们都同样有着一

---

[1]　徐小斌：《天鹅》，作家出版社 2019 年 9 月，第 12 页。

种高贵的气质，有着一种深藏着的温柔与羞涩——一个神秘的令她无比震撼的想法突然像一声巨雷悬在了空中：难道，眼前的男孩是她爱人的转世再生？！①

即便是如此，古薇仍然缺乏将爱情进行到底的勇气和决心。欲进又退，踟蹰不前，几次想要斩断情丝，及早抽身，因为她看不到明天，看不到出路。她的神经质，她的脆弱，在作品中渐次地展开，构成了《天鹅》的起伏跌宕。念兹在兹，纠结不已，抽到一个"飞鸟各投林"的算命签，古薇会心跳不已，看一次《牡丹亭》的演出，都会以为是得到新的警示。

爱情乌托邦的建构，需要双方的巨大努力，夏宁远对古薇痴情不已，飞蛾扑火，也需要提供充足的理由。夏宁远年轻生猛，他没有古薇那样的犹犹豫豫，畏首畏尾，一旦爱上了，他就坚定不移，一往无前。就像古薇在他身上一直在寻找 Y 的印迹并得到许多的印证，夏宁远在古薇这里寻找的是母亲的再现。古薇对 Y 刻骨铭心的印象永远地停留在其牺牲时的二十九岁，她会把二十九岁的夏宁远看作 Y 的转生。夏宁远也有非常不堪的往事，有惨痛的创伤记忆。夏宁远在幼小年纪失去母亲，她在森林采伐中死于意外事故，乍然之间痛失母爱。遇到比他年长十几岁的古薇，让他感到了母亲的复活——"母亲丰饶的生命就那么一下子枯萎了，让他连哭都来不及。现在他终于又找到了母亲：一个比自己的母亲年轻得多的母亲，同时又是他的姐姐，妹妹，亲人，爱人。"② 爱情心理学指出，当男性进入爱情之时，他的心中并非一块白板，而是以母亲、姐妹、老师和身边曾经接触过的女性为模板的，恋母情结亦可以作如是观。少年夏宁远对于母亲的思念，就是他接近古薇的潜在意识。同时，他们两人都在借爱情进行疗伤。古薇通过夏宁远再续前缘，完成与 Y

① 徐小斌:《天鹅》，作家出版社 2019 年 9 月，第 96 页。

② 徐小斌:《天鹅》，作家出版社 2019 年 9 月，第 150 页。

有情无性的爱情的后半程。夏宁远在十七岁遭遇继母疯狂而残忍的性骚扰和性虐待，使他创剧痛深，罹患"恐女症"①——继母从年老的父亲那里得不到应得的性爱，转而用各种手段胁迫和诱惑夏宁远，在无法实现其目的的时候，竟然要用刀具对夏宁远进行生殖器的阉割。夏宁远身体和心灵都遭到残酷蹂躏，以致他后来与初恋女友不能完成性爱。因缘际会，他和古薇的相遇，心中母亲形象的复活，成为他少年心理创伤的成功疗救。如论者指出：一个人从小成长的背景，常会深深地影响他日后被什么样的人吸引，以及日后亲密关系的建立与维护。不管曾经受过多少伤，当爱情来临时，就是最好的医治和疗伤机会，从深度心理学的角度来看，天下最好的治疗者是自己的爱人。但是，因为信任、不设防，所以在爱情中也是伤上加伤最危险的时候。当人的感情被触动时，就进入了一个非理性的潜意识过程；爱情关系其实很像母亲与婴孩的关系，彼此恋慕、含情对视，都想把最好的献给对方，不在一起时会焦虑、不安，仿佛"一日不见，如隔三秋"。②

---

① 恐女症（Fear of Women Phobia-Gynophobia），在中文网页上没有找到适当的解释，在一个专门讨论各种恐惧症的英文网站 https://www.fearof.net/fear-of-women-phobia-gynophobia/ 上有如下的描述，和夏宁远的情况非常吻合：

　　女性恐惧症是对女性的恐惧或憎恨（或两者兼而有之）。通常是男性患有这种恐惧症，这些人害怕女性或与她们发生性关系。他们可能对自己的姐妹或母亲，或者，一般来说，对身边的所有女性怀恨在心。一些害怕女性的人会因为害怕而推迟结婚。

　　精神病医生认为，女性恐惧症通常发生在与母亲有未解决冲突的男性身上。童年时期严厉的母亲所造成的遗弃或身体虐待会导致女性恐惧症。儿童期的女性恐惧症通常会自行解决，但可能会持续到成年期。这样的男人往往把女人看作身体或情感上的威胁。一个处于青春期的孩子则可能会受到暴力妇女的性虐待，从而导致对所有妇女终生的仇恨循环。一些女性恐惧症的案例会在以后的生活中出现，当一个成年男子可能会被一个女人贬低或严重侮辱。这会让他产生强烈的羞辱和拒绝的想法，导致他不信任所有的女人。

② 佚名：《迭代爱情：恋爱中的人为何总想要改造对方？》，心理网 https://www.xinlinquan.com/article/3177.html。

第四节　"天国的孩子"走进大欢喜

经历了这样惊心动魄的爱情，应当有一个曲终奏雅的结局，也可以说，是先有了这个非比寻常的结局，才催生出这部作品。在创作谈中，徐小斌讲到《天鹅》写作的动机，就是源于2003年北京SARS期间一对恋人之间的生死爱情。从生活原型到艺术创作，徐小斌一定是要让她的作品插上想象的翅膀，让这对爱情的天鹅飞升于九天，翱翔于云霄，就一定要有一个超克的过程。这就是写得像惊险小说的夏宁远雨夜救古薇，古薇蹈水走向大欢喜：古薇被误诊为罹患SARS，进入专设的医院，接受专门的治疗，远在新疆的夏宁远得知信息，从部队的禁闭室逃跑出来赶赴北京进行营救，自己却感染SARS病状死亡。古薇完成夏宁远的梦想，亲自赴赛里木去，将他们共同创作的音乐剧《天鹅》搬上舞台，在《天鹅》首演的夜晚，和夏宁远一样走进赛里木湖，走入大欢喜。一对情侣的最后时刻，写得如此惊险刺激，差点儿连蒙汗药（强效安眠药，用来对付和古薇同一病房的病友）都用上了，又如此浪漫瑰奇，月色溶溶之中的蓝色湖水，星星，天鹅，波纹。古薇走进湖水，不是听到如恐怖音乐《黑色星期五》死神的召唤而崩溃，而是要追随夏宁远濒临死亡时感受到的大欢喜境界——

> "他告诉我，他刚刚有十几分钟的时间，人坐在那儿，但是好像一切都变了！好像周围的湖水、山峦、草原、花朵甚至空气都变成了他生命的一部分，他与周围的万物融合在了一起！他觉得他变得很大很大，他成为了一个巨大的存在，他说这十几分钟过去之后，他好像经历了一次重生！我从来没见过他掉泪，可那天他哭得像个孩子！……我祝福他得到了最重要的生命体验！——这是无数人想追

求而没有得到的，物质不灭，他已经转化成了别的基因，也许是这块石头，也许是湖水，也许是鱼，也许就是我们脚下的草地，在听我们说话呢！他说了，无论将来他变成什么，都会在另一个场景里和你相遇，你们会认出对方，绝对不会错过……所以你不必难过，他是怀着大欢喜走的……"[1]

这让我想到陶渊明所言："立善常所欣，谁当为汝誉？甚念伤吾生，正宜委运去。纵浪大化中，不喜亦不惧。应尽便须尽，无复独多虑。"（《形影神赠答诗》）夏宁远不但纵浪大化中，而且体会到了自己逐渐融合到大化中，与湖水、天空、野花、空气等融合为一，你可以说这是生命临近终结之际的一次灵魂出窍，但这样的心驰神往之片刻确实值得珍惜。夏宁远还被称作"天国的孩子"，不能在人世间久留。关于大欢喜，关于"天国的孩子"，是锡伯族的萨满温倩木所讲，还是古薇心中幻想出来的，都不需要做什么深入的辨析，重要的是古薇对此的确信不疑。于是，选择这样的大欢喜，与夏宁远共赴天鹅之约，在古薇来说就是非如此不可了。

给《天鹅》的叙事可信度以再一重加持的是，从作品第一章开始的与小说同名的《天鹅》歌剧创作，也可以说小说是因此而得名。爱情涌荡的夏宁远在一个不可思议的夜晚，在赛里木湖畔看到了星光之下的一双天鹅，由此获得创作灵感，从最初的几个乐句开始逐渐地推进和展开，完成这部融入两人现实情感的剧作，成为古薇和夏宁远的共同追求。于是，他们的爱情在生活与艺术的双线上齐头并进又互相融合，同名歌剧的创作过程中，他们自己也走进了这部歌剧而成为其真正的男女主人公，因此作品的一句题词是"一半是音乐，一半是传奇"，沉溺于自己创作的神话太深，于是现实也变作了神话——"她觉得自己在续写一个神话，这个神话是可以

---

① 徐小斌：《天鹅》，作家出版社 2019 年 9 月，第 223 页。

穿透种种世俗迷雾，直击人心的！"① 歌剧中反复出现的一节唱词，正是古薇和夏宁远之命运的深刻预言——

　　人都说天鹅是最忠诚的伴侣，

　　一只死去另一只也会相伴而去，

　　我为什么会在这时见到天鹅？

　　莫非这是上天的神谕？！②

　　歌剧《天鹅》的创作过程非常漫长，这个核心唱段却是最早就成形的。可以想见，在此期间，夏宁远和古薇有多少次地为之酝酿、赋形、修改、超升，将这凄美的传说在歌剧中也在自己心中生根发芽催叶着花，直到在夏宁远离世之后，古薇才在赛里木驻军和当地民众的热情参与下，将歌剧《天鹅》呈现在舞台上，实现了它的最终完成。

　　但是，出乎意料地，歌剧《天鹅》采用了大团圆的结局，男女主人公在舞台上的最后一个动作是热烈地拥抱在一起，并且可以设想，就像许多童话故事所讲，王子和公主，王子和牧羊女，王子和灰姑娘们，从此过上了幸福的生活——就在古薇悄然地走进赛里木湖的同时。

　　歌剧《天鹅》这样的结局，是夏宁远不愿意这么动人的爱情故事以悲剧的方式结束，其中下意识地潜藏着他对于自己的爱情故事之预见的美好心愿。在更大的格局中，它恰好构成了现实生活与艺术创造的不同走向，形成了两者之间的互相超克——艺术与生活，果真如此不能同构，不能互相印证，只能够互相否定吗？就像古薇和夏宁远走向湖水的同时，舞台上的男女主角正在相互拥抱，庆祝其美好生活的开始。是否可以说，歌剧《天鹅》的蹩脚结局，只是

---

① 徐小斌：《天鹅》，作家出版社 2019 年 9 月，第 162 页。

② 徐小斌：《天鹅》，作家出版社 2019 年 9 月，第 163 页。

为了反衬出现实中的古薇和夏宁远的伟大殉情呢？

我想，徐小斌在这里也陷入了无法超克的困境。致力于女性文学批评的评论家王侃的一段话，深得我心："徐小斌在《天鹅》中呈现了作家自我的某种分裂。她既厌倦曾经信奉的极端个人主义所造成的存在困境，又难以挣破某种将其自我加以封存的坚壳；她既试图以'向爱投降'来达成与外部世界的和解，同时又不断地对和解的可能与终局疑虑重重；她试图屈服，在关键处却又不屈不挠，她长期以来形成的对于'世界'的不信与不屑，是她心头的硬刺，在每一次心脏的搏动时都以尖锐的疼痛对她进行某种致命的提醒。"[①]

在小说叙事学中，有一个概念叫"元小说"，就是作家让作品中的人物进入创作状态，在写作一篇小说，并且把写作过程也融入小说的情节发展之中。徐小斌的小说《天鹅》把古薇和夏宁远创作歌剧的过程也写入其中，那是否可以称之为"元歌剧"呢？

余论　本土化的女性"疫情文学"

在更高的层面上，我们也可以考察一番徐小斌创作《天鹅》之动机的生成、发展与当下的"疫情文学"的关系。徐小斌自述说："其实最初的想法是来自一个真实的故事，非典时期曾经有一对恋人，男的疑似非典被隔离检查，女的冲破重重羁绊去看他，结果染上了非典，男的反而出了院。男的照顾女的，最后女的还是走了，男的悲痛欲绝。这个错位的真实故事让我颇为感动。"[②] 从故事的原型到完成的作品，男女主人公的往事前生，音乐和作曲法则的铺排渲染，挤压和湮没了非典疫情所占的篇幅，但作品最重要的两个情

---

① 王侃：《向爱投降——〈天鹅〉论略》，《天鹅》代跋，作家出版社 2019 年 9 月，第 237 页。

② 徐小斌：《天鹅》，作家出版社 2019 年 9 月，第 239 页。

节，夏宁远数千里路赴京救援古薇，和他罹患非典身亡，叠加地显示出非典决定作品人物命运走向的决定性作用。如果仿照马尔克斯《霍乱时期的爱情》，由非典肆虐造成的爱情悲剧《天鹅》可以称之为《非典时期的爱情》。2020年发生的全球性的新冠病毒蔓延，各国民众大面积感染，死亡人数达到数十万①，在文坛和众多读者间，关于"疫情文学"的话题不断升温，马尔克斯《霍乱时期的爱情》、加缪《鼠疫》、薄伽丘《十日谈》等，都产生新的阅读关注，新闻报道称，"疫情期间，加缪的《鼠疫》、加西亚·马尔克斯的《霍乱时期的爱情》、理查德·普雷斯顿的《血疫——埃博拉的故事》三本书占据当当网热销电子书 top20 的三个席位，毕淑敏旧作《花冠病毒》在孔夫子旧书网上一度喊价高达 800 元"②，本土作家池莉的《霍乱之乱》、徐坤的《爱你两周半》、迟子建的《白雪乌鸦》也是经常被人们谈论到的。

由此忽然发现，这些重要作品大都是出自女性作家之手，个中原因耐人寻味。此处不赘。我想说的是《天鹅》处理疫情问题的角度与方法。现实生活中有情人的天人两隔，催生了《天鹅》之创作，但是，简单地把现实生活搬到小说之中，就类似于铺展开来的新闻通讯，在短时间内可能会有极好的传播效应，催人泪下，但时过境迁之后，焉知它不会随风而逝呢？说起来，在许多年的习惯动作中，文坛对于现实事件的快速追踪和短平快的反应，已经构成一种强大的传统。《天鹅》显然不是急就章，不曾跟风，它的问世是非典疫情十年之后，不会让人产生与二十一世纪初的重大疫情有什么关联。但是，作品中关于非典时期的超大都市北京的肃杀氛围的渲染，对于古薇入住的医院内部情形的描写，以及类似于惊险小说的夏宁远智救心上人，乃至后来发生的不虞情节夏宁远的意外死

---

① 2020 年 8 月 2 日下午 5 时，有关统计数字是，全球感染病例逾 1760 万，死亡人数逾 68 万。

② 傅秋源、徐宁：《"疫情文学"升温的背后》，《新华日报》2020 年 4 月 9 日。

亡，都表明了前所未有的大灾难对普通人命运的操弄。

夏宁远的死亡，就非常扑朔迷离，他真的是跳入湖中救人而死吗？如此结局，可以评定为舍己救人的烈士，但就作品遮遮掩掩欲说还休的文字叙述而言，就非常值得推敲。焉知这不是一个充满善良愿望的人为设局，是对夏宁远因为非典殒命的人为改写呢？这才是作品中皆大欢喜的大团圆呢。作为军人的夏宁远违抗军令擅离职守，一重大过；擅自闯入严防死守进行隔离管制的医院救人，二重大过；罹患非典病症，又自京城返回部队，尽管自己不知情，这也是不赦之过。于是，擅离职守以致死于非典疫情与在驻地抢救落水民众英勇牺牲，两者的盖棺论定无乃云泥之别？

请原谅我对夏宁远的"追责"如此严厉。我也有双重的考虑：第一，非如此无法彰明作家的煞费苦心；第二，正在我们身边发生的新冠疫情给我们带来的无数生命累积起来的教训实在是太沉重了。就像张爱玲在《倾城之恋》的结尾处写道：

> 香港的陷落成全了她。但是在这不可理喻的世界里，谁知道什么是因，什么是果？谁知道呢？也许就因为要成全她，一个大都市倾覆了。成千上万的人死去，成千上万的人痛苦着，跟着是惊天动地的大改革……流苏并不觉得她在历史上的地位有什么微妙之点。她只是笑吟吟地站起身来，将蚊香盘踢到桌子底下去。

现实与艺术的边界应该怎样设定呢？

第十二章 "人与世界一起成长"

——徐小斌小说中的时空体

早在七十年代初，徐小斌就写出未完成的长篇小说《雏鹰奋翮》逾十万字，作为手抄本在朋友间流传。即便是以小说处女作《春夜静悄悄》1981年2月发表于《北京文学》算起，徐小斌的小说创作也已经长达四十年之久，作品缤纷摇曳，奇情异彩。在对其若干重要作品进行清点之后，怎样以此前的阐述为基础而做一番整体的评价，颇费思量。一二三四平行罗列，容易将文章写散了，一地鸡毛。要找到一个有力量的凝聚点，牵一发而动全身，似乎也不那么容易。琢磨再三，想到了巴赫金的"时空体"理论。被认为是二十世纪最为重要的思想家之一的巴赫金，把从古希腊的长篇小说到近代欧洲小说中的时空关系区分为爱情传奇之人物情节和地域雷同而可移易的"孤立时空体"，漫游小说之相遇——分别的"大路时空体"，变形记故事主角以其不被重视的身份窥伺他人隐私的"密室时空体"，旨在向他人宣讲一个人的自传和传记的"广场时空体"，等等。巴赫金看重的是歌德的教育小说，巴赫金从中提出了最高意义上的时间与空间的关系，提出了"人与世界一起成长"的主要命题：

> 人与世界一起成长，他自身反映着世界本身的历史成长。他已经不在一个时代的内部，而处于两个时代的交叉点，处于一个时代向另一个时代的转折点上，这一转折

寄寓于他身上，通过他来完成。他不得不成为前所未有的
新人。①

　　"人与世界一起成长"，是一个多层累积的命题，它把自然时间、
个人时间、历史时间和各种空间都凝聚在一起，对于描述徐小斌和
同时代人的小说创作历程及其基本特征，都是一个很好的聚焦点。

第一节　书写大转型时代的使命自觉

　　出生于 1953 年的徐小斌，在八十年代之初开始发表小说创作，
正是接近而立之年，是在生命、精力、激情都最旺盛的年纪开始在
文坛上展露才华。近作《无调性英雄传说——关于希腊男神与科学
神兽的故事以及对荷马史诗的改写》② 问世的 2019 年，徐小斌已经
是"六〇后"的耳顺之人，写作伴随了她生命的大半，见证了一位
作家四十年间的孜孜以求。

　　一个作家，把自己的大半生命都献给缪斯女神，这在中外文
坛上在所多见。一个人出生与成长，接受正规教育，然后就业、成
家、育子，也是世世代代的人们走过的道路。在徐小斌的自然时
间、个人时间和历史时间中，历史时间，"人与世界一起成长"，才
是其创作的决定性的因素。如巴赫金所言，在他最推崇的《巨人
传》《威廉·迈斯特》等作品中，"这类小说中人的成长与历史的
形成不可分割地联系在一起，人的成长是在真实的历史时间中实现
的，与历史时间的必然性，圆满性，它的未来，它的深刻的时空体
性质紧紧结合在一起。前四类作品中，人的成长被置于静止的定

① ［苏］巴赫金：《小说理论》，白春仁、晓河译，河北教育出版社 1998 年 6 月，第
232—233 页。
② 发表于《作家》2019 年第 1 期。

型的基本上十分坚固的世界背景上，在这一世界上，即使发生了变化，那也只是周边上的变化，而不触及其根基，人是在一个时代的范围内成长、发展、变化的。实有的且又稳固的世界，要求人在一定程度上适应这个世界，认识和服从现存的生活规律，成长着的是人，而不是世界本身，相反地，世界对发展的人来说只是一个静止不动的定向标"[①]。

自有人类社会以来，每个人就处在世界之中，在世界中成长和衰亡，无论自觉还是不自觉。巴赫金所言"人与世界一起成长"，是说不仅人在世界中成长，此时的世界历史也不是静止和凝定的，就像漫长的农耕文明时代之改朝换代变幻大王旗，农业立国和帝王专制不曾改变，而是从中世纪以来，经历文艺复兴—启蒙时代—工业文明和民主政体并峙于世—高科技加信息时代和全球化浪潮这样的动态历史进程，历史本身也在发生巨大转型。《巨人传》通过巨人家族的新生一代庞大固埃的学习与成长，展现了文艺复兴时代人性觉醒不可遏制的磅礴气象，《威廉·迈斯特》通过同名主人公的学习与漫游，凸显了启蒙精神给社会各阶层带来的强大冲击波。

徐小斌创作的历史时间的起点，恰好是1978年召开中共十一届三中全会，结束了极左思潮和"文革"遗风的肆虐一时，提出思想解放和改革开放的新的纲领，当代中国进入了改革开放的新时期。在一篇短论中，我曾这样评价新时期文学的出现与成长：

它从十年动乱的荒芜中挣脱出来，在民族大悲大喜的情感迸发中，以稚拙而勇猛的状态成长，从雨后春笋的遍地鲜嫩，到大树参天的宏伟壮观，开创了文学的全新局面。在此期间，文学历经成长变化的剧烈和艰辛，抱着不倦学习的心态，与全球化和信息化时代展开对话。对时代变迁和社会心理嬗变的积极追随和摹写，对文学艺术的审美特性和艺术表现力的探求，是其成长和变革的内在动

---

① ［苏］巴赫金：《小说理论》，白春仁、晓河译，河北教育出版社1998年6月，第232页。

力。求诸世界文学和中国文学史，这样的景观，确属罕见。

细检起来，一批穿越新时期文学历程而至今仍然活跃在文坛的作家，几乎都是在不断探索和嬗变、不断更新自我中登上了各自的文学高地。莫言从《春夜雨霏霏》《红高粱》《丰乳肥臀》到《檀香刑》和《生死疲劳》，贾平凹从《满月儿》《浮躁》到《秦腔》和《带灯》，王安忆从《雨，沙沙沙……》《流逝》到《长恨歌》和《启蒙时代》，张炜从《一潭清水》《古船》到《九月寓言》和《你在高原》，他们在创作起步时几乎都是以稚嫩而清新的目光，表现新时期之初特有的理想气息和对美好未来的憧憬，后来经历二十世纪八十年代中期的文学创新大潮、九十年代的市场经济洗礼，以及新世纪以来的经济腾飞，他们在持续的探索和变革中渐入佳境。

当代中国的社会现实变迁，是作家变革创新的强大推动力。改革开放的新时期，社会发展变化的节奏加快，频率变密，整个中国迫切需要寻找变革新路。人们在接受全球化的浪潮冲击的同时寻找中国道路，展现中国特色，在市场转型中调整社会政治经济和文化结构，在其交错运动中体验时代的断裂之剧痛和重生之艰辛，在一次次的"山重水复疑无路"之际突然发现"柳暗花明又一村"。正在展开的 2020 年，用网友的话说："今年前六个月，我们先后见证了 1918 年西班牙大流感，1929 年大萧条，2008 年金融危机，1968年种族大骚乱。"

经济学家用理性的目光描述时代的巨变，或许更具有强大的说服力。经济学家张维迎教授 1959 年出生在陕北黄土高原的乡村，从小住窑洞，穿母亲纺线织布做的衣服，参与人力和畜力为动力源的农业劳动，在煤油灯下看书学习，他将自己在时代变迁中的体验描述为经历了三次工业革命——

人类过去 250 年的经济增长，是三次工业革命的结果。

第一次工业革命大约从 1760 年代开始持续到 1840 年，其标志是蒸汽动力的发明、纺织业的机械化和冶金工业的变革；第二次工业革命大约从 1860 年代开始持续至第二次世界大战之前，其标志是电力和内燃机的发明和应用，还有石油化学工业、家用电器等新产业的出现；第三次工业革命大约从上世纪 50 年代开始直到现在，其标志是计算机的发明、信息化和通信产业的变革。……西方发达国家像我这样年龄的人，当他们出生的时候，前两次工业革命早已完成，只能经历第三次工业革命，但作为中国人，我有缘享受"后发优势"，用短短的 40 年经历了三次工业革命，走过了西方世界十代人走过的路！[①]

张维迎是从生产力状况入手，描述改革开放时代中国社会的巨大转型，以空前未有的加速度从农业文明进入现代文明。剧烈而急骤的社会冲突和世事沧桑，给作家带来日新月异的感受，为其提供了足够的故事、情节、人物和精彩瞬间。就像已故的苏联作家艾特玛托夫的一部长篇小说篇名——"一日长于百年"。作家们也及时地领悟到了时代的丰厚馈赠，追踪这纷纭万状的现实，捕捉时代的魂魄。四十多年的改革开放使中国的经济有了翻天覆地的变化，同时使中国的社会矛盾错综复杂。中国的作家与这个时代、与这个社会已经血肉相连。正如贾平凹所说："文学的发展总是与社会的变革息息相关。30 余年的改革使中国的经济有了翻天覆地的变化，同时使中国的社会矛盾错综复杂，在这样一个转型期，一个大的时代，中国的文学也得到了大繁荣。……30 年之后的今天，中国的改革进入深水区，社会问题将更加复杂。它将为文学又一次提供更大的想象空间和丰富素材，也必然会出现我们期待着的优秀的文学作品。我们生活在当下的中国，中国当下的社会现实就是我们的命运。也就是说，我们是为这个时代、社会而生的，只能以手中的笔来记

---

① 张维迎：《我所经历的三次工业革命》，《经济观察报》2018 年 1 月 5 日。

录、表达这个时代、这个社会，这是我们的使命，也是一种责任。"①

　　莫言、贾平凹和徐小斌这一代的作家，大都生于二十世纪五十年代，作为共和国的同龄人，他们受到新中国初期的理想主义和浪漫精神的熏陶，分担过动乱年月的苦难和迷惘，也是改革开放时代最知感恩的受益者。对共和国曲折成长的在场和参与，对一个重要的历史时段的完整体验和思索，得天而独厚，可遇而不可求。如古人诗云："赋到沧桑句便工。"时代的缘由给他们造成教育缺失的普遍缺憾，却也促使他们在后来的岁月中始终保持着学习和追寻的热情，沐浴中外文化，在对时代和文学理想的不断调整和重构中，在对艺术表现力量的积聚和深化中，留下了与时俱进的坚实脚印。而且，作为同代人，他们表现出可贵的同声相应、同气相求，形成了良好的文学风气，也激励了彼此的创新竞赛。时至今日，他们正介乎五十而知天命和六十而耳顺的年纪，一方面是创作经验炉火纯青，一方面存有时不我待的使命感，他们源源不断地奉献着新作，不时地给人以惊喜。②

　　徐小斌和她的同时代人，出生于共和国初年，是所谓"生在红旗下，长在新中国"的一代人。五十年代以来的风云变幻，新中国的工农业建设，合作化、反右派、"大跃进"和大饥荒，反帝反修和培养革命接班人，史无前例的"文化大革命"和红卫兵狂潮，林彪事件和"四五"天安门诗歌运动，新时期以来的拨乱反正和思想解放运动，九十年代以来的市场化浪潮，新世纪以来的加入WTO和跻身全球化浪潮，2008年北京奥运会的成功举办和中国国力的增强，直至2020年的新冠疫情和中美关系新变化，都让人应接不暇，乱花迷眼。在这些跌宕起伏柳暗花明之背后的，是近代以来中华民族从积贫积弱四分五裂落后挨打危亡在即（"中华民族到了最危险的时候"）的困境中走出来，克服内忧外患，重建现代民族共同体

---

①　贾平凹：《记录表达这个时代是我们的使命》，《陕西日报》2014年2月7日。

②　张志忠：《论新时期文学的可成长性》，《光明日报》2014年3月24日。

的伟大进程，是从古老的农业文明和封建专制向现代文明和法制社会的艰难转型——这双重的变革，在世界资本主义的危机与战争、国际共产主义运动的兴起与退潮、从工业现代化到高科技革命等纷繁变化的大环境中，更加速了这样的历史巨变的频率与周期。已故作家李敖曾经说过，现代中国是五年一小变十年一大变，这就是我所说的历史时间。徐小斌对此有敏捷的表述：

> 作为一个作家，我认为有责任把看到的事实写下来，前苏联小说家柯切托夫曾经说过，一个人一生至少要拿出一次真正的身份证，所以我首先要求自己要真实地毫不媚俗地记录我们这一代人的历史，要为这个民族提供一份个人的备忘录。
>
> 我们是幸运的，在当今的世界上，我想没有哪一国的同龄人可以有我们这样丰富的经历。难以置信的历史曾经走马灯似的从我们年轻的眼前飞驰而过，我想那一切深深地镌刻在许多同代人的记忆之中。[①]

第二节 "崇拜英雄"的红小兵与知青生活书写的缺席

下面就从自然时间、个人时间、历史时间和文学时间——作为一个作家，无论是否自觉，无论是否愿意，总是会处身于同时代的文学场域之中，和同时代的作家艺术家、评论家和读者产生各种关联性——的交织中，简略梳理一番徐小斌作品中的时间问题。

就个人时间而言，徐小斌的出生和成长，读书和工作的经历，爱情、婚姻、生育和离异，她生命中几个重要的节点，不过是寻常人家寻常事，在别人来讲稀松平常，但是，对于一位注重于内心世

---

① 徐小斌：《只有灵魂可与世界接轨》，《文学报》2018 年 4 月 27 日。

界探寻的女性作家，相关的体验都被她融入她的创作之中，成为其创作的重要动机。徐小斌的创作，是双线地展开的，一条线是写自我和家族命运的，一条线是写他人的生活的。无论是哪一种写法，她都会把自己的生命印记嵌入其中，相类似的情节会反复地出现在不同的作品中，让我们看到其不同年龄段之内心的情结。

《末日的阳光》《敦煌遗梦》等都写到"文化大革命"和红卫兵时代。在徐小斌的现实生活和相关作品中，女主人公都是个小女孩，还没有长大到可以充当红卫兵的年龄——徐小斌出生于1953年，"文革"爆发时正是应届的小学毕业生，年纪尚小，而红卫兵运动则主要发生在大学和中学学生当中——有意味的是，作家却每每会写到这个小女孩对中学红卫兵领袖的暗恋，而且这往往会成为她初恋的萌芽。这样的选择，很大程度上来自这个小女孩的文学阅读——"一天中我只盼着那一时刻的到来：房间里只剩了我一个人。我望着窗外的星空冥思幻想。趁着夜深人静我悄悄拿出藏在壁橱里的那些小说，那时最吸引我的是屠格涅夫的英沙罗夫和爱伦娜。英沙罗夫和爱伦娜，是屠格涅夫小说《前夜》中的男女主人公。那时我向往一种崇高的牺牲的美，那种美常常会令我内心震颤不已。后来，我不知不觉地变成女主人公和冥冥中的那个男主人公对话。"[1]这就是小女孩对于知之甚少的献身精神的崇尚。在现实中，那些风云一时的红卫兵——不是横扫牛鬼蛇神或者揪斗走资派的纳粹冲锋队，而是具有理想情怀和睿智目光的思想者，成为其崇拜对象。《末日的阳光》中了然对暂时借住在自己家的那个男青年，《敦煌遗梦》中肖星星对于严晓军，就都是此类情感的生发。这样的情感继续延伸，就是在《羽蛇》中的女主人公陆羽对于"四五"天安门诗歌运动的积极参加者烛龙的暗恋。在《河两岸是生命之树》中，男女主人公孟驰和楚杨的主从角色在时光流转中实现了互换，英雄崇

---

[1]　徐小斌：《末日的阳光》，徐小斌：《迷幻花园》，作家出版社2019年9月，第185—186页。

拜却仍然高昂。

这就是时代的浓重印记。当下的青少年，崇拜演艺明星，崇拜网红，崇拜互联网时代的科技精英，共和国初年长大的一代人，是在英雄主义和理想主义教育下长大的，英雄崇拜，无论少男少女都是如此。这样的红卫兵领袖人物崇拜，似乎还不只是徐小斌独有，生于1955年的王安忆，"文化大革命"发生时，小学还没有毕业，在她的作品中也有明显的"红卫兵"之恋。从她早期的"雯雯"系列的开篇之作《幻影》，到新世纪之初问世的长篇小说《启蒙时代》，都有此类情绪的表达。为此，我把这样的心态称作"红小兵情结"，就是"文革"初期那些年纪幼小还不具备"革命造反"资格的小学生，充满羡慕和向往之情看着哥哥姐姐们穿上绿军装戴上红袖章走上社会"横扫一切""造反有理"，并且受到最高领导人接见和检阅，尽管说彻底否定"文革"在理性层面上毫无疑义地被作家们接受，但在少年懵懂时期刻写在心头的记忆却是难以泯灭的。

徐小斌与王安忆同具"红小兵情结"，彼此不同的是，这种带着少女初恋之情的英雄崇拜后来的走向。王安忆通过《小鲍庄》和《叔叔的故事》消解了英雄情结，在上海市民社会和日常生活中寻找启示与信心，《长恨歌》和《考工记》皆是如此。徐小斌却一直将英雄崇拜表现在自己的作品中。《炼狱之花》中的女主人公海百合，在没有英雄的年代里选择做一个西西弗斯式的英雄，锲而不舍地到处奔波，以绵薄之力要去拯救大海，令人想起精卫填海的顽强精神。《无调性英雄传说》在"生命中不能承受之轻"的琐碎平庸现实和"生命中无法承受之重"的沉重历史往事的双重夹击下，去召唤古希腊神话中英雄亡灵的复活，进入了徐小斌作品中少有的"神话时空"，让阿喀琉斯和阿波罗成为反抗宙斯暴政的伟大挑战者，为他们谱写了一曲荡气回肠的英雄赞歌。

"文革"十年，一代青少年在狂热、退潮、思考、奋起的途程上艰难前行，"文革"残暴狰狞的另一面，在《做绢人的孔师母》

中表现得淋漓尽致。明哲大学家属院中的孩子们就曾经充当了最初的冲锋队，"日子一下子过去了八九年，六六年八月的太阳好像格外燥热。世界一下子翻了个个儿，对于明大的孩子们来说热闹极了，好玩儿极了！哥哥姐姐们臂上的红袖章让小孩们羡慕坏了，满腔热情不知道如何发泄，好不容易盼着一个大哥哥出来挑头说，要成立革命造反兵团，先把明大反动权威的家抄一遍，孩子们一片欢呼不能自已"[1]。曾经教书茵学着画绢人的孔师母，恪守为人之道，颇具古典美女之风范，一辈子不曾与人红过脸，却被押上了斗争会，被那些狂热而嫉妒（嫉妒其娴静典雅明媚照人）的家属院妇女（注意，这里参加斗争会的主力不是孩子而是家属院妇女）痛加围剿，书茵的母亲亦借机泄私愤图报复，人性之恶在特定时期的合法张扬，也是历史时间的重要标识。

　　红卫兵运动盛极而衰，和同代人一样，十六岁年纪的徐小斌奔赴遥远的北大荒农垦建设兵团当知青，偶尔会把知青经历写进某一部作品中的人物身上，超强度的体力劳动的艰辛，知青之间生存竞争的冷酷无情，以及身体的瘦弱多病的痛苦，但是她并没有写过被称作"知青文学"的作品——黑龙江生产建设兵团是知青文学的第一重镇，梁晓声、张抗抗、陆星儿等都是由此走向文坛的。徐小斌在北大荒的兵团务农先后有四五年之久，讲起知青岁月的故事，细节生动，平中见奇，但她的小说创作，从来不曾聚焦于此。作家与历史时间的背离，于斯为盛。这也是个值得讨论的题目。

　　知青文学创作，曾经是七八十年代之交的一大热点。竹林《生活的路》和孔捷生《在小河那边》取伤痕与控诉的姿态，张承志《骑手为什么歌唱母亲》《阿勒克足球》和史铁生《我的遥远的清平湾》怀念知青与当地农牧民的深厚情谊，梁晓声《这是一片神奇的土地》《今夜有暴风雪》褒奖知青为了理想英勇献身的精神，张抗抗《隐形伴侣》和阿城《树王》反思知青的思想盲点及他们对大自

① 徐小斌：《做绢人的孔师母》，徐小斌：《别人》，作家出版社2020年1月，第106页。

然的盲目破坏……就此而言，徐小斌最可能选择的是《树王》的路径，她对于人和大自然的关系思考，在《海火》和《炼狱之花》中走在时代的前面，走在文学的前列。但是，徐小斌在回避什么呢？

从浅表的层面，她不愿意追随什么文学潮流，特立独行。做深刻的心理分析，知青岁月没有给她留下多少精彩的正能量的印记，年纪幼小身单体弱让她缺少战天斗地的豪情，不谙人事少年无知让她在人际关系纵横捭阖中屡屡败北，她就是从北大荒败落而归；能够把户口迁回北京，不是招生招工，不是时来运转，是年届半百的父亲以杨白劳般的苦行换来的：有过两次肺结核大出血病史的父亲，为了女儿能够回城，在寒冬季节，舍命救女："他在师部领导的拒绝声中铺开了一张破席，就铺在师部办公室的过道上，从那天晚上起他每夜都在刺骨的寒风中咳嗽着入睡。终于有一天师长皱着眉头对政委说，我看那个老头越来越瘦了呢，看着挺吓人的，别在咱们这儿出什么事，要不把他女儿的事儿给办了吧。我的命运从那一刻起就发生了根本性的转折。"[1] 自身的惨痛，父亲的屈辱，刻骨铭心，但她又不甘于做简单的一把鼻涕一把泪的诉苦式写作，人们最容易写作的男女知青的爱情，在徐小斌这里似乎也乏善可陈。这样的不写之写，也是一种症结。不但要看到作家写了什么，还要看到作家没有写什么，以及为什么这样做，是我们做深入研究的需要。[2]

---

[1] 徐小斌：《一生只欠一个人》，徐小斌：《密语》，作家出版社 2019 年 9 月，第 57—58 页。

[2] 徐小斌自己的阐释是："按照年龄段，我应当属于知青一代，但我并不想搭知青文学的车，岂止是不想搭车，我从小就是一个想自由飞翔的人。我做知青时干的是最苦的活，每天都在为生存而挣扎，零下四十多度的天气，我们依然要做颗粒肥。那样的冰天雪地居然没有煤烧，为了活下去，我们只好到雪地里扒豆秸，一垛豆秸只够烧一炉，夜晚，全排三十八个女孩围着那一炉火，唯一的精神享受就是听我讲故事。我所有的故事都讲完之后，因为不忍她们失望，只好强迫自己编故事——大约最早的叙事能力就是那样训练出来的——一个十六岁的小女孩，曾经多次病倒住院，几乎死掉，但是在我的书中，除了一个大散文之外，从来就不曾涉及那段历史。我想等再老一点，写出那一代真实的故事，不要任何虚妄与美化。"《徐小斌小说精荟》（共八卷）总序，作家出版社 2012 年 1 月。

第三节　时代大潮内外的众生相

时光演进到二十世纪八十年代，改革开放大潮奔涌，这是决定其后四十年之时代走向的关键时刻，也是决定徐小斌文学创作道路的关键时刻。徐小斌从小多才多艺，学习过美术，从照猫画虎地画月份牌美人开始，很快就展露其绘画的天赋；从十三岁起，她还拜在名师门下，跟随中央美院国画系的姚治华教授学习美术。她的音乐禀赋出类拔萃，在北京市红领巾少年合唱团做过领唱，从黑龙江兵团返回北京后，在粮食工厂工作期间，参加过全国职工文艺会演唱独唱。她在学校学习很出色，年年捧得三好学生奖状回家。到兵团当知青，回城后做工人，1977年恢复高考制度之后，徐小斌选择了中央财政金融学院。在财院读书期间，她开始了自己的文学创作之路，一发而不可收。大学毕业之后，她在中央广播电视大学做过财经专业的教师，后来转到中文系任教，在小说创作上，徐小斌进入第一个丰收期。

那么，八十年代的历史时间，在徐小斌笔下是什么样的风景呢？

《请收下这束鲜花》和《河两岸是生命之树》中涌动着历史新时期大幕开启之际的蓬勃朝气满目生机。它们都衔接着"文革"中后期的梦魇而朝向改革开放时代之当下与未来的锦绣前程。《请收下这束鲜花》中的女主人公，在"文革"中失去父母双亲，相依为命的外婆去世后，十二岁的她跳楼自杀幸而获救，对负责治疗她的青年医生田凡暗生情愫，决心追随他走治病救人之路，立志投身医学事业，"文革"结束后她考入著名的医学院，前程似锦。《河两岸是生命之树》中的女画家孟驰，因为参与"四五"天安门诗歌运动被捕入狱，身体极度羸弱入住医院，得到楚杨医生的精心治疗和心灵抚慰，此后随着历史的转折，孟驰否极泰来，被誉为"四五"运动的英雄，她和楚杨的情感经历柳暗花明终成正果……人物命运和时代主潮同调，但也展露出作家的艺术才情，前者一直在用第二人称"你"的方式进行叙事，后者将《圣经》的内容移用到小说中发挥主要功能，都有新颖的用意，至今仍然为人称道。

作为恢复高考制度后进入大学读书的佼佼者，八十年代的校园生活在徐小斌笔下是没有缺席的。在分析《海火》的时候我曾经说，那么多著名作家都是1977年、1978年考上大学的，但大学的学生生活对这些作家似乎少有创作的冲动，尤其是长篇小说的匮缺，是校园文学的一大遗憾。还可以补充说，对于经历过轰轰烈烈的红卫兵运动和上山下乡运动的这一代人而言，大学校园里发生的不过是杯水风波，不足为外人道也。对于八十年代的大学生，埋头读书天经地义，挑灯夜读可以有诗意，在小说创作上却做不出大文章；考试成绩大比拼，有心人念兹在兹，超脱一点放弃高分的志在必得即可安然；大学读四年五年终有聚散，亲怨恩仇都会在自然时间中得到化解；同学之间最大的竞争是毕业分配工作，除此之外没有多么大的利害冲突，彼此之间的关系容易处理……以此而言，《海火》可以说是描写大学校园生活的难得佳作。小雪、方菁等大学同学以及她们与班主任、院系党委的老师之间发生的利害冲突，告密与背叛，威慑与利诱，是其第一层面，不在于它写得多么深刻，重要的是它要为作品提供一种铺垫和氛围；小雪、方菁以及方菁的哥哥方达之间的亲疏离合是其第二层的核心人物图景，通过亲情与爱情深化了人物的情感联系；围绕银石滩自然环境的保护与开发的斗争，牵动了许多人的利益，构成作品中富有时代性的重大冲突，让它有了厚重的历史氤氲，此是第三层；小雪的神秘身世，她和大海之间的浑然一体，她身上集中的善与恶、美与丑的命题，既强化了人物形象，也对人与大自然的关系做出超前的反省与拷问。《海火》的故事发生在东南沿海闽粤海滨，地处偏远，信息封闭，对政治风云的敏感度几乎为零。《羽蛇》则通过羽蛇与烛龙的身影，勾勒出八十年代北京大学校园中与时代政治密切关联的节拍：校园中的民主竞选，参与社会活动的巨大热情，行动方略的争持，通宵达旦的辩论，群众运动的木桶定律……《羽蛇》对八十年代校园生活的参政激情涌动，做了片断式剪影，留下了历史时间中的重要时刻。

就此而言，《对一个精神病患者的调查》就是自命为天之骄子的当代大学生走向社会生活的一个寓言。知识就是力量，自以为学习过医学心理学和精神分析学的北京大学心理系学生谢霓和柳锴，信心满满地要充当重度精神病患者景焕的"救世主"，他们为此付出超常努力，将景焕接到谢霓家中，改换生活环境，让柳锴频频接近景焕，产生移情作用，以此打开通向景焕心中奥秘的路径。但是，越是接近景焕，他们就越是发现，景焕是个常人难以理解更难以接受的"危险的天才"，具有神奇的预见性和创造力。谢霓和柳锴最终放弃了救治病患的努力，"始乱之，终弃之"，转而埋头以景焕为病例写作专业论文。这让名校高才生们的专业能力和职业道德都被打上沉甸甸的问号。

这当然不是《对一个精神病患者的调查》的主旨所在。更为重要的是景焕与社会生活与周边人群的紧张关系。所谓历史时间，有两重意义，其一是作品中所表现的历史事件的发生时间，其二是讲述这些历史事件时的作者时间。就此而言，《请收下这束鲜花》和《河两岸是生命之树》，因为表现的历史时间跨越了"文革"中后期和改革开放初期两个重要时段，对这两个时段的褒贬臧否一目了然。《海火》和《对一个精神病患者的调查》则超越了八十年代初期单纯明朗的乐观主义，转而对现实抱持冷峻的质疑与批判态度：经济开发对自然环境的危害刚露端倪，明目张胆地对海洋进行掠夺性破坏与开发性污染的银石滩事件就触目惊心地凸现在《海火》中；许多人还沉醉在对改革开放的美好向往中，集全部心力乃至铤而走险以抗拒社会生活巨大压迫的天才少女景焕被送入精神病院遭受新的摧残（《对一个精神病患者的调查》）。小雪和景焕都是时代的逆行者，是历史时间的游离者。

《敦煌遗梦》表现的也是八十年代中后期的故事，但作品中的人物没有小雪和景焕那样的叛逆与决绝。张恕、肖星星和向无晔，年龄相差各自有十岁左右，他们的阅历和代际不同，在对待爱情这一共同难题上各自的精神形态也不同。单纯热烈的向无晔还在中医学院读书，是个梦幻少年，一头扎进一桩忘年恋中不可自拔；肖星星的当下处境有些困惑与迷惘，无法确证她和丈夫牟生之间是否有爱情，向无晔的热烈追求让她无所措手足；张恕很显然地身处婚姻破裂的危机之中，却在敦煌接连遭遇玉儿和阿月西的灵与肉的洗礼。他们的共同之处在于受到敦煌的召唤，但并没有明确的预设，随机性的行为和难以摆脱的命运，具有更为强大的力量，历史时间在这里只是淡淡的背影——却原来，人也可以疏离历史，或者说，在远离北京的敦煌，他们三个人都暂时地摆脱了固定的"人设"，可以背离自己的社会和家庭的角色，暂时地放浪一把，但他们都是严肃的苏格拉底，而非登徒子，情场的冒险带给他们的或者是毁灭，或者是逃离，欢愉苦短，烦恼无穷是也。

第四节　性别、历史与童话

敏锐、独特如小雪和景焕，在八十年代就得风气之先，发现了理想主义弥漫的时代氛围中潜藏的人与自然、人与社会、人与自我尖锐对立的严峻危机。九十年代以降，市场化时代大幕开启，物质利益和金钱效应凸显，从讲理想、讲精神至上，到计算收入与支出，谈股票与房产、投资与收益，时代的主旋律变了。徐小斌笔下的人物和世界也发生了新的嬗变。这就是我们在这一章一开始就讲到的，人与世界一起成长，世界自身也在进行巨大转型，而且是间隔甚短的两次转型——第一次是七十年代后期结束"文革"动乱开启改革开放，第二次是中止姓社姓资的争论，全面启动市场经济体制——值此之际，成长中的人与剧烈转型的世界之间产生互动，可能是良性的，也可能是恶性循环。

这就是《双鱼星座》《迷幻花园》《羽蛇》等相继问世的历史时间，是徐小斌女性意识觉醒的个人——性别时间。市场经济体制的确立，给社会和个人增添了新的活力，也带来新的困惑。女性的地位，在市场化面前显得微妙和尴尬：一方面，妇女和儿童成为社会商品的主要消费对象，是商家眼中需要精心侍奉的上帝；一方面，女性在权力场和商业市场中，处处显得弱势和被动，而且被公开或者半公开地商品化欲望化了。《双鱼星座》中的卜零就成为绝望的愤怒女神，面对情感冷漠在外面寻花问柳的丈夫，对残酷地剥夺其劳动成果并且宰执其工作权利的老板，以及误以为对自己暗自多情的小司机，乃至将自己塑造为女性的上帝之手，充满了无力的愤怒，如舒婷诗歌《墙》中所写，"我无法反抗墙／只有反抗的愿望"。

循此继续开发，就有了书写从太平天国时期开始家族五代女性历史长卷的《羽蛇》——九十年代，借家族兴衰摹写百年历史风云的作品不断地涌现，以此取代了革命斗争—伟大胜利的叙事模式，曾经被评论界称之为"新历史主义"小说的兴起。陈忠实的《白鹿原》、阿来的《尘埃落定》、莫言的《丰乳肥臀》、格非的《春尽江南》三部曲等皆是其中的翘楚。女作家也不遑多让。王安忆的《长恨歌》和《富萍》，铁凝的《玫瑰门》和《大浴女》，迟子建的《额尔古纳河右岸》，霍达的《穆斯林的葬礼》，都收获了很好的评价。女性意识的自觉，城市文化的意蕴，现代性与传统意识的冲突，都在历史的大舞台上婉转低回，尽得风流。《羽蛇》厕身其中，以其时间的绵长、人物的众多、写法的诡谲、命题的犀利入骨和刻画近代以来女性与时代烽烟、女性与家族血缘的复杂关系见其所长，是中国女性文学最重要的收获之一。

徐小斌笔下女性的怨毒，在《羽蛇》中登峰造极，羽和母亲、外婆三代母女关系的阴暗扭曲仇恨敌视几乎终生难消。到《蜂后》和《别人》，苦大仇深的战斗转向了异性的敌人。在《双鱼星座》中，卜零曾经做过快意恩仇手刃三个伤害过她的无耻男性的凶梦，是"无法反抗墙"的愤怒的大爆发，在梦醒之后，现实却依然如故，卜零却只能是远赴云南边塞的佤寨去寻找精神故乡。《蜂后》和《别人》就是真正的两性战争，以死相拼，同归于尽，其惨烈程度，不但在徐小斌作品中是空前的，也可以列为女性复仇史的华彩乐章吧。

不过，《蜂后》和《别人》在徐小斌新世纪以来的作品中，已经不是主流。除了一部应国外出版社邀约撰写的长篇小说《水晶婚》，作家从对现实与往事的密切关注，转向历史与神话时间。这就是《德龄公主》《炼狱之花》和《天鹅》。

这也是"人与世界一起成长"的绝好例证，是作家创作的阶段性与连续性之辩证法的精彩演绎。这三部作品的主题，可以说都是从既有的作品中延伸出来的：《羽蛇》中写到玄溟是珍妃的侄女，由此将女性家族的血脉延伸到末代清宫的政治斗争之中，《德龄公主》就由此拓展开去，将视线聚焦到庚子事变后重返京城的慈禧太后与光绪皇帝之间围绕守旧与变革的明争暗斗，以及后宫政治即掌控所有人生死荣枯之权柄的慈禧被宫眷们争宠谄媚的生活景象。一切历史都是当代史，德龄公主希望通过介绍西方世界的日常生活及种种先进器物，以便逐渐引导慈禧太后接受宪政民主体制的政治情怀，表达了作家对历史往事的深深遗憾，也直接地介入二十一世纪之初对于晚清政坛和中国发展道路再做评价引发的论争。《炼狱之花》是对《海火》人物与命题的延展，是面对二十世纪和二十一世纪之交的几十年间，在发展和 GDP 优先的路径选择指导下国人对大自然的毁灭与污染的危机，再次发出的盛世危言，《海火》表现的是这场生态灾难的滥觞，《炼狱之花》留下的是这场生态灾难达致峰巅极值的惨状。《天鹅》中的古薇接续了肖星星的美少年之恋，灵魂与肉体齐飞，音乐与传奇同辉（后一句是化用徐小斌在《天鹅》扉页上的题词"一半是音乐，一半是传奇"）。无论是传奇还是童话，在二十一世纪的文坛，它们都是不合时宜的。在一个到处是解构与戏说的年代，顽强地要建构自己的理想王国之事倍功半胜算几何，也无需多么高明的脑瓜就可以做出判断。徐小斌的逆行者形象，在字里行间显现出来。

第五节　欲望醒觉与生命错位

还需要补充的是徐小斌作品中的个人时间。在前面的作品分析中，我们强调了十三岁对于《请收下这束鲜花》中的"你"，《末日的阳光》中的了然的生命节点的意义。女性初潮的到来，身体的流血，对于拒绝长大的了然，造成了对猩红色的极大恐惧，这样的恐惧，也出现在《敦煌遗梦》中的肖星星身上。家庭、学校和社会的性教育缺失固然难逃其咎，了然、肖星星对于进入成人世界的畏惧，个人性格上的晚熟，则是其内因。

肖星星、羽、何小船和古薇们（以及其他作品中的一些女主人公）遭遇的再一重困惑是，从少小年纪起，身体中的欲望就显现得非常激烈，几乎不可遏制，但她们迟迟不能够进入两性肉体交合的阶段，于是就出现了荒谬的错位，一方面是年纪很小就无师自通地学会了自我抚慰，一方面又很长时间内处于柏拉图式的精神恋爱状态，没有从热恋的异性身上感受到生命激情的火山迸发——她们恋慕的偶像都是现实中的佼佼者，她们只要从严晓军（《敦煌遗梦》）或者Y（《天鹅》）那里得到一个热烈的拥抱就心满意足，或者像羽一样，暗恋烛龙，只要远远地看着烛龙的高大身影和滔滔演讲就激动不已（《羽蛇》）。于是，在她们的二十岁之前，她们的情感很纯粹热烈，身体欲望暗潮涌动，性爱体验则是空无。

然后是婚姻。如果让肖星星、古薇接下来进入正常的夫妻生活，同享鱼水之乐，共建和谐家庭，会是什么样的情形呢？也许可以说，她们经历了两性情感纠缠困惑的不同阶段，终于步入正轨，"过上幸福生活"。但在徐小斌笔下，这样的结局过于乏味，也不符合中国社会女性生存的严峻现实。美国心理学家赫洛克提出的情感成长阶段理论，可以作为我们解析肖星星和古薇以及她们的同类的参照。[①] 以此而言，肖星星和古薇都是停留在"牛犊恋情"阶段，未能继续前行，肉体一直处于久旷状态。如果说，在她们的青春前期，身体的萌动和情感的投射尚属平常——尽管欲望的异动及自慰使她们和别的女孩子有所差异，但进入常态的恋情，这也就自行克服了——到她们需要进入爱情与婚姻的实质性阶段，她们却遭遇新的幻灭，情感未有切实的归属，肉体也没有得到真正的开发。何以如此呢？作家在《敦煌遗梦》中感叹说，中国少有真正的男人，因

---

① 美国心理学家赫洛克把青春期的性意识分为四个阶段：

　　一、疏远异性的性厌恶期。青少年在成长过程中，当自己身上发生青春期的生理变化时，由于发现了人类性生理的一些奥秘，因此对性产生了不安、害羞和反感，认为恋爱是不纯洁的表现，于是对异性采取回避、冷淡和粗暴的态度。

　　二、向往年长异性的牛犊恋期。这一时期里，青少年会像小牛恋母似的倾慕于所向往的年长异性的一举一动，他们对异性的爱慕是从比自己年长得多的异性开始的。也有些男孩和女孩开始感受到异性的吸引力，自己开始打扮自己，以博得异性的欢心。"牛犊恋期"的表现一般只是默默地向往，而不会爆发出来成为真正的追求和恋爱。

　　三、接近异性的狂热期。这一时期一般只把年龄相当的异性作为向往的对象，在各种集体活动中，男女青年都努力设法引起异性对自己的注意，尽量创造出机会与自己中意的异性接近。但由于双方理想主义成分太高，以自我为中心的意识太强，所以冲突较多，接近的对象也会经常变换。

　　四、青春后期的浪漫恋爱期。浪漫恋爱的显著标志是爱情集中于一个异性，对其他异性的关心明显地减少了。这段时期，男女都喜欢与自己选择的对象在一起，如想方设法单独约会，不愿参加集体性的社会活动，经常陷入结婚的幻想中。

　　参见《美国心理学家赫洛克提出了性心理发展的哪四个时期？》，"快资讯" https://www.360kuai.com/pc/925cd04d7d8cfa41b?cota=3&kuai_so=1&tj_url=wd &sign=360_57c3bbd1&refer_scene=so_1。

此也少有真正的女人——除了个人的机缘，很重要的一点是，随着现代教育和社会的提升，女性生存能力和自主意识的增强，让很多优秀女性遇人不淑，所谓"大龄剩女"成为普遍的时代现象——因此出现这样的乖戾，前一阶段是身体醒了，灵魂滞后，后一阶段是生命在成长，灵肉却不同步，发生了个人时间上新的错位。

于是，这些女性大都跳过了二十至三十岁之间的生命，卜零、何小船和古薇更是一出场就已经四十而不惑，生命最活跃、女性最迷人（我无法排除我的男性立场——笔者）的全盛时期行将结束，不甘心个人时间白白流失的她们，纷纷投入情场的最后一搏。肖星星和卜零终于败北并且逃离，何小船和古薇在不同的情境下却体验到灵肉交融的极致，让我们为其点赞。但是，窥测其内心，我们却可以看到一种非常可笑的现象，就是今天所说的"冻龄"。在精神上，她们都清纯依旧，就像张恕评说肖星星还像个小女孩，古薇的自我评价亦是如此："她的心似乎撕成了两半，一半，还保留着童贞女的单纯，而另一半，早已苍老得不可名状。"①

在现时代，情与性在不同年龄段以各种不同的方式出现。叶芝的著名诗作《当你老了》是一种虚拟状态，《情人》的作者杜拉斯的忘年恋却是现实的情景。夏宁远因为少年时代遭遇性虐待的创伤久久不能平复，邂逅古薇后，也曾说到欣赏其枯澹之美，"有点憔悴，有点枯澹，但那是我最欣赏的美！懂吗？我最爱枯澹之美"②。此语并非矫情，夏宁远心目中的女神是母亲，古薇此时比夏宁远母亲离世时要年轻许多。但古薇是不自信的。听美容师对她的阿谀之辞，夸奖其天生尤物，因为雌激素分泌异常，终生不会衰老，竟然念念不忘地记挂多年，"这句话，在许久之后，仍然会穿过尘封的岁月，洞穿古薇那貌似沉潜却永远无法平静的心"③。古薇分明地多

---

① 徐小斌：《天鹅》，作家出版社 2019 年 9 月，第 33 页。

② 徐小斌：《天鹅》，作家出版社 2019 年 9 月，第 216 页。

③ 徐小斌：《天鹅》，作家出版社 2019 年 9 月，第 176 页。

次感受到身体的疲惫不适，感慨自己的衰老，却对"雌激素神话"信以为真。肖星星同样如此，别人夸奖她的身体比实际年龄小十岁，她还把这个说法转述给比她年轻十一岁的向无晔。说到底，徐小斌心目中还是向往那种年纪相当的爱情，就像羽和烛龙那样，像何小船和任远航那样。

对这种坚守身心的"冻龄"现象如何评说，让我颇费踌躇。另一位著名女作家池莉曾经写过《绿水长流》和《不谈爱情》，还写过一个短篇小说《心比身先老》，世事沧桑让人们的心灵疲惫早衰。《心比身先老》还荣获了首届鲁迅文学奖（与《双鱼星座》同届获奖），或许可以见出人们对这一现象的认同。

第六节　逃离就是永生，前行永不疲倦

下篇的题目出自徐小斌的一段自述："我的逃离就是永生。没有任何爱情与风景可以使我驻足于世界的某一个点。我将永不疲倦地走下去，也许幕启与幕落的日子会重叠，也许在未来的一片碑林中，找不到我栖身的墓地。"[①] 由此展开对其小说中的空间形式的阐述，我以为是合宜的。

时间与空间是辩证法中的一对范畴。巴赫金讲到时空体的关系时这样说：

> 所有这些构思具有深刻的时空体性，在这里时间和空间，无论在情节本身还是在各个形象中，都融合为一个不可分割的整体。在大多数情况下，创作想象的一个基本出发点便是确定一个完全具体的地方，不过这不是贯穿了观察者情绪的一种抽象的景观，绝对不是，这是人类历史

---

① 　徐小斌：《逃离意识与我的创作》，《当代作家评论》1996 年第 6 期。

的一隅，是浓缩在空间中的历史时间，所以情节与人物不是从外部进入场景的，不是凭空硬加上去的，而是原本就在其中，而随后逐渐展开的。这是一种创造力，能赋予景致以形态和人格，是场景成为历史（历史时间）会说话的见证，并在一定程度上决定历史的未来进程或者情节和人物，是这一地方所需要的一种创造力，是体现在这一地方上的历史进程的组织者和承续者。[①]

具体而言，这也就是巴赫金所讲的"大路时空""密室时空""广场时空"等场所。徐小斌的小说，非常重视对不同空间的营造，她的人物总是在差异很大的空间中移动、寻找和逃离，空间的位移，兹事体大。

在那些表现童年生活的作品中，"密室空间"和"童话空间"是两个重要的处所。《敦煌遗梦》中的肖星星，有一个虔诚供佛的外婆，她把自己的房间布置成佛龛，香烟缭绕，影影绰绰，对幼小的心灵既是一种恐吓又是一种吸引："外婆信佛。有一座高大的佛龛耸立在我和外婆的卧室里，佛龛上面罩了一块红布，红布里面是玻璃罩，玻璃罩里面便是那尊黑色的释迦牟尼像，常常是在那黑色佛像的俯视下，在龙涎香的气味和木鱼有节奏的音响当中我沉沉睡去，其实是到了另一个世界，那是一个黑色的世界，在那个世界中，充满了各种怪诞和恐怖的梦。"[②]"密室空间"的更重要功能是让一个小女孩用来探索自己的身体奥秘和朦胧情欲。《末日的阳光》《羽蛇》中成长中的少女在个人独居的房间里自我抚慰的情节反复地出现，就说明了这一点。用"童话空间"而没有直接用"文学空间"，是因为对于幼小的了然，包括屠格涅夫《前夜》中的英沙罗

① ［苏］巴赫金：《小说理论》，白春仁、晓河译，河北教育出版社 1998 年 6 月，第 267 页。
② 徐小斌：《敦煌遗梦》，作家出版社 2019 年 9 月，第 21 页。

夫和爱伦娜，她把一切文学作品都读作了童话，那个身穿猩红色披风的神秘男子来到其梦境即可为证。

与之密不可分的是家庭空间。列夫·托尔斯泰说，幸福的家庭都是相似的，不幸的家庭各有自己的不幸。徐小斌的小说中，有多种多样的家庭，几乎都是不幸的。《做绢人的孔师母》中的女主人公孔师母为人雅致清逸，一派民国美女的风范，对于丈夫，对于邻居，都谦恭有礼，谨然蔼然，两个儿子都在北京的名校读书，家庭和睦堪称典范。她做绢人的技艺非凡，在明大校园中无人可比。但是飞来横祸，长子孔令胜在一次孩子们的游戏中无端地名声受损，从此一蹶不振，家道中落，孔师母亦在接受"文革"批斗之后悲惨死去，死法与孔令胜如出一辙。仔细分析，一是典雅出众的孔师母与其貌不扬的丈夫之间的情感裂隙：文中特意写到她听到孔令胜弹奏《致爱丽丝》而泪目迷茫，孔教授对其子孔令胜的暴戾叱骂也确实让人不堪忍受；在和睦的表象下面，家庭已经不是遮风避雨的避难所，而是变本加厉的相互伤害之地。二是周边邻居的嫉妒心作祟，众口铄金，群体作恶（《做绢人的孔师母》）。更多的是充满了排斥、冷战和恶性竞争的家庭空间。《对一个精神病患者的调查》中，对比鲜明地展现景焕和谢霓各自的冰火两重天的家庭生活氛围——景焕的母亲和弟弟盘剥父亲致其早亡，排挤景焕将她送到精神病院，谢霓家中一片祥和，还接纳了景焕在此调养生息，令其心境大有好转。温情脉脉的谢家庭院，却在时光的延展中毫不含糊地暴露出自私贪鄙的一面，要将景焕的插花艺术据为己有。《羽蛇》中的三代女性，玄溟、若木和陆羽，囿于男权社会的压迫和自我压迫，始终处于冷酷无情的氛围中，陆羽为了扼杀襁褓中的弟弟——家中唯一的第三代男性，她几死几生都无法赎罪，无法得到外婆和母亲的谅解，仇恨几深！在同代姐妹间，关系也紧张微妙，难得有同胞情深：本来是书茵无心构错，惩罚却落在姐姐书棣身上，不仅毁掉了她和孔令胜的青竹之恋，还给她造成无法弥合的精神创伤致其出现精神性疾患（《做绢人的孔师母》）；绫和箫同时陷入一个男人的情欲陷阱，姐妹二人的恶斗惊心动魄（《羽蛇》）；佩淮与姐姐两人陷入一种怪圈，相互争夺情人和丈夫，早年的佩淮受到姐夫的诱惑可以说是年幼无知，而且人在困境急不择路（在东北边疆当知青多年急于回京），姐姐对妹夫吴限的争夺则是对其极为优越的部队高级干部生活条件的觊觎，以致参与对佩淮的无罪证谋杀（《吉尔的微笑》）；夏宁远的生母早逝，继母对他进行性索取和性虐待，父亲却不加分说地接受继母的挑唆，让少年的他无法在家中容身（《天鹅》）。许多人在幼年和少年时期就遭受到身心的创伤，以致影响他们的成人生活，成为徐小斌笔下的一种常态。

与"密室空间"和"家庭空间"相对应的是"广场空间"，前者是私密性很强的空间，后者是大众参与的场所。从"文革"时期到八十年代，"广场"是个重要的场合，一个人总是要在机缘巧合中多次加入到公众聚集的处所之中。它在当代中国的语境中，有特殊的作用，不同于巴赫金所言，既不是在古希腊时期苏格拉底等人进行公开辩论的城市中心，也不是拉伯雷笔下众生平等、万民狂欢，与现行政权遥遥相对的市民社会，在官方世界的彼岸建立起的完全"颠倒的世界"，而是连接高层领导人与普通民众之间的政治舞台。这种联系，有可能是自上而下，就像"文化大革命"的发生与延续，在北京天安门广场和全国各省市的中心广场动辄几十万、上百万人的集会就是其重要形式之一。《敦煌遗梦》中的张恕就在天安门广场参加了多次最高领导人毛泽东对红卫兵的亲切接见，每次都多达百万人以上。次之，广场也可能是自下而上的民意表达，如《河两岸是生命之树》和《羽蛇》中写到的"四五"天安门广场的大众抗争。还有微型广场，就像明哲大学的家属院批判斗争会场，参加者都是大学教授的妻子或者母亲，本人也有很多是受过良好教育的，平日里文质彬彬以礼相待以"师母"相称，但在斗争孔师母的大会上却让暴力行为、暴力语言大行其道（《做绢人的孔师母》）。烛龙发表竞选演说是在校园里的广场，虽然容纳的人数无法望天安门之项背，但它是著名学府，面对的学生都是一时之选，其意义也不可以小觑。

　　与之相关联，大学校园也是一个重要的文化空间。《海火》中的小雪、方菁是在读的大学生，因为一桩与班主任老师相关的绯闻闹得沸沸扬扬，形成涉案同学及主管老师之间的明争暗斗，让不谙世事的方菁大跌眼镜。《河两岸是生命之树》中，在拨乱反正的年代，孟驰否极泰来进入美术学院深造，但她的美术创作风格的大胆创新遭遇保守僵化的既成规范的阻遏压制，这正是八十年代在各个方面表现出来的革新与保守、探索与固化之冲突的典型例证。《敦煌遗梦》中的肖星星是美术学院的教师，她参加的"半截子画展"，稍晚于孟驰创作《圆明园——历史的回顾》两三年。但是，在当代中国，一方面人们会抱怨时代的停滞不前，沉重如昨，黄土高坡上的太阳照着爷爷、父亲和"我"次第走过；一方面又感叹"不是我们不明白，是这个世界变化快"。从八十年代初对"现代派"艺术的畏之如虎横加指责，到1985年"半截子美展"举办之际，已经是天回地转，探索、创新成为时代之标志，所谓"半截子"，即一批人到中年的画家，已经是唯恐自己落伍过时，不能追随时代新潮而忧心忡忡的自命。到《天鹅》的故事发生，距此大约十年之久的2002年，校园的氛围已经大变，古薇要面对的是同时具有市场化竞争、行政化权力及来自同事的性骚扰，可以说，校园不再是精神创造的高地，社会上所有的种种弊端在此一样不缺，学术问题也被夹杂太多的尘间俗务。这样的环境让古薇何以容身呢？古薇几近不食人间烟火，她根本没有意识到市场化时代对校园的影响，从二十世纪九十年代到二十一世纪之初，自力更生地创收，明明暗暗地经商，曾经是校园中的重要景观，教授卖馅饼的新闻曾经被作为校园响应市场经济召唤的典型炒得火热，虽然后来知道那是记者追风拼接的不实消息，北京大学把南墙拆掉开商店却是确凿的事实。古薇所在的音乐学院，通过办学童的音乐培训班赚钱，赚得非常辛苦，还要看家长的脸色，古薇为此还遭受严酷的批评，咄咄怪事竟至于此，艺术追求和师道尊严何在？

第七节　医院空间中的理性与疯狂

徐小斌笔下最值得注意的是医院包括精神病院的空间。从鲁迅先生提出"揭出病苦，引起疗救的注意"并且在作品中大量地写到疾病、药和疯狂，这一命题就在百年中国文学中反复地显现着。不是每一次医患书写都能够达到鲁迅的高度，但真正用心血写作者总会要遭遇这深刻的精神困境。

依照徐小斌的自述，从小就读《红楼梦》读得神经衰弱，在北大荒兵团病患连连，她和医院打交道的经验颇为丰富。但这经验也是具备"可成长性"的。《请收下这束鲜花》中的"你"十二岁跳楼自杀，幼稚的心灵，破碎的身体，得到医生的全方位关怀，这让从小就缺乏家庭温暖与情感滋润的小女孩得到拯救。《河两岸是生命之树》中的孟驰，先是在狱中严重营养不良罹患肺结核需要急救动手术，随之因为大型手术伤及右手臂而丧失生存勇气意欲跳楼自杀，医生楚杨的救治与劝慰及时且温馨。孟驰平反后成为"四五"英雄，还给生命垂危的楚杨献血，两人位置颠倒，医患关系就此模糊了。

《羽蛇》中的陆羽，也有过跳楼的壮举，那是为参与"四五"天安门广场抗争运动的烛龙争取平反的机会。陆羽像个不死的精灵，在作品中几番经历生命垂危的险境，最终却被母亲若木送上手术台，做了脑胚叶切除手术，让她从"精神不正常"的状态下返回"正常世界"，免于疯狂。恰如福柯所言——

因此，我们已经可以用这个空虚来把握非理性。此外，监禁不就是它的体制版本吗？监禁作为未分化的排拒空间，不正是在疯人和疯狂之间、在一个立即的辨识和一项永远延后的真相之间遂行其统治吗？如此，它在社会结构中所涵盖的领域，不也正相同于非理性在知识结构里所涵盖的领域吗？

我们开始看到非理性在一个空虚之中显现面目，然后，非理性却比这个空虚更多。疯子的感知，其内容最终只是理性本身；把疯狂当作疾病中的一种，这样的分析，其原则只是一项自然智慧的理性秩序；因此，人们寻求疯狂正面性的饱满，他们却只能找到理性，如此一来，疯狂便吊诡地成为疯狂的缺席，理性的普遍存在。疯狂的疯狂，便是秘密地作为理性。而这个作为疯狂内容的非疯狂，便是讨论非理性时必须标指出的第二个本质点。"非"理性，因为疯狂的真相就是理性。①

在理性原则至上的现代社会，理性驱逐非理性，驱逐混沌的感性。被视作精神有问题的陆羽，是因为不理解才六岁的她为什么会扼杀尚在襁褓中的弟弟。《对一个精神病患者的调查》故事的主体就发生在精神病院，人们无法理解景焕为什么会去贪污公款，不知道其动机所在。景焕在精神病院的处境让我们感到心酸，这么有才华的青年女性，被逼迫吞下那些"治病"的药片。更具反讽意味的是谢霓和柳锴"救治"景焕的过程和彼此之间强弱关系的颠倒。奥维尔在《一九八四》中有这样的悖谬，战争即和平，谎言即真理，仿此，我们也可以把福柯的命题归结为疯狂即理性，而且是更高层面上的理性吗？

---

① ［法］米歇尔·福柯：《古典时代疯狂史》，林志明译，生活·读书·新知三联书店2005年6月，第301页。

第八节　神秘主义来源的千丝万缕

与医院空间相关联的是神秘空间。这也是徐小斌小说中最具有标志性的。陆羽和景焕以及其他女性，不被他人理解的重要原因就是她们和神秘世界的联系。就像景焕反复描述的那个带着深刻 8 字印痕的冰面，小雪视为生命根基的银石滩海面，海百合所来自的海底世界。

西蒙·波伏娃指出，"女人的心理状态，因袭了过去崇拜土地魔力的农业社会心理：她是相信魔术的。她相信心电感应，相信星象术、催眠术、占卜、碟仙、千里眼；相信'信则灵'；她的宗教信仰，充满了原始的迷信，譬如蜡烛、符咒等；她相信圣人是古代自然界神怪的化身……她对人生的态度，同占卜或祈祷时的态度差不多"[1]。比起崇尚工具理性和数字化管理的现代社会，女性天然地接近大自然，接近大自然的勃勃生机，和大地一样，她们是生命的创造者和传承者，对自然万物的神奇莫测，生命的无穷奥秘，有先天独厚的体验和感应。[2] 何况徐小斌笔下的许多女性，自己就秉有神性或者巫性，具有足够的通灵的能力。

与此同时，徐小斌的神秘主义还有另一个重要来源，就是在八十年代初期风行一时的"走向未来"丛书中的两种书目：《现代物理学与东方神秘主义》《GEB——一条永恒的金带》。前者由美国物理学博士、教授卡普拉原著，灌耕编译，后者由美国认知科学教授 D.R. 郝夫斯台特著，乐秀成编译。两部著作各有千秋，其共同之处

---

① ［法］西蒙·波伏娃：《第二性——女人》，桑竹影、南珊译，湖南文艺出版社 1986 年 12 月，第 385 页。
② 樊星教授的论文《当今女性文学与神秘主义》（《学术月刊》2009 年第 8 期）对于世纪之交出现的一批女性文学作家如陈染、林白、王安忆、迟子建等，从神秘的感觉与想象，花、镜子、血缘与星座等意象，神秘与地域文化，神秘的诗意之美等方面，做了简明的概括，徐小斌是其阐述的重要作家之一。樊文对笔者帮助很大。

在于用最新的自然科学成果和数学方式与古老的东方宗教和神秘主义接轨，从古老的智慧中寻找解决现代难题之道。建立在牛顿力学基础上的经典物理学在二十世纪遭遇到一系列新的挑战，相对论、量子理论、场论、黑箱理论等揭示出物质与运动的新特性、测不准原理、研究对象与观测者的在场关系等，并且向古老的东方神秘主义进行借鉴，认为现代物理学所引起的这些变化，几乎总是朝着这样一个方向，即趋向一种与东方神秘主义所持观点非常相似的世界观。现代物理学的概念与东方宗教哲学所表现出来的思想具有惊人的平行之处。[①]

《现代物理学与东方神秘主义》指出：东方神秘主义者一再告诉我们，我们感受到的所有事物和事件都是精神的产物，都是由特定的意识状态产生的，而超越这种状态之后，它也就消失了。原子和亚原子物理学越来越说明了基本粒子的存在是不可能的。粒子是一种过程而不是物体。这种新的宇宙观则把宇宙看成是相互关联事件的动态网络。在这张网络中没有任何部分的性质是基本的，它们都可以从其他部分的性质导出，它们相互关系的整体自洽性决定了整个网络的结构。靴袢假说不仅否定物质基本组成部分的存在，而且不承认任何基本的东西，这就是说不接受基本定律、基本方程或基本原理。所有的自然现象归根结蒂是相互联系的，要解释其中任何一个都必须了解所有其他的一切，而这是不可能做到的。[②]

---

① 如被形象地命名为"麦克斯韦妖""薛定谔的猫""洛伦兹的蝴蝶"等科学神兽所展现的，20 世纪初，相对论和量子力学两者合力打碎了经典力学建立的田园秩序。相对论挑战了牛顿的绝对时空观，量子力学则重构了世界决定论。不过，最近直接 KO 牛顿的，还有一只南美洲的蝴蝶。别小看这只任性的蝴蝶，它轻轻地在亚马孙河流热带雨林中扇动翅膀，两周以后在美国得克萨斯州引发一场龙卷风。1963 年，美国气象学家洛伦兹首次揭开蝴蝶的魔鬼真容后，宏观经典力学的拥护者一见到洛伦兹的蝴蝶，"决定论"便全都土崩瓦解。参见佚名：《科学殿堂里的七大神兽》，搜狐网 https://www.sohu.com/a/314915836_472787。

② ［美］卡普拉：《现代物理学与东方神秘主义》，灌耕编译，四川人民出版社 1984年 6 月，第 227 页。

《GEB—— 一条永恒的金带》的出发点是哥德尔不完全性定理：数论的所有一致的公理化形式系统都包含不可判定的命题，埃舍尔的作品，充满了矛盾图形、悖论、无限循环、自指等元素，巴赫在音乐与同构、音乐与自指、音乐与怪圈等方面，都对哥德尔定理做出极好的印证。作者指出：

> 一个人永远也不能给出一个最终的、绝对的证明，去阐明在某个系统中的一个证明是正确的。当然，一个人可以给出一个关于证明的证明，或者关于一个证明的证明的证明——但是，最外层的系统有效性总还是一个未经证明的假设，是凭我们的信仰来接收的。[①]

请原谅我大费周章地做这样的引述。对于当下的读者，这里讲到的两部译著（编著）可能是非常无感的，引不起关注的兴趣。但是，八十年代之初打开对外开放的大门，不仅是说弗洛伊德、萨特、马尔库塞、福克纳、马尔克斯等人文社会科学艺术大师吸引了读者的眼光，自然科学的新理论新成果也被人们生吞活剥地接受，以便打破僵化思维，寻求思想解放的新启示。借助于外来文化资源重新审视东方神秘主义，或许也可以理解为寻根文学的推手之一。我当年撰写硕士毕业论文，就是把刚流行的系统论作为理论框架之一的。徐小斌在作品中会谈论到现代物理学，《羽蛇》的创作正是从物理学的耗散结构（这正是八十年代人文学界方法论和观念更新中所谓"新三论"之一）中得到启发，找到了切入点。用凝聚扩散来形容母系家族的血缘关系，形成美丽的树型结构，很明确地象征小说中每一个人物的轨迹与终极命运。在《敦煌遗梦》中，直接地借用了《GEB—— 一条永恒的金带》中对于巴赫的音乐作品

---

① ［美］D.R. 郝夫斯台特：《GEB—— 一条永恒的金带》，乐秀成编译，四川人民出版社 1984 年 1 月，第 253 页。

的论点。"稍加留意便会感觉到，人类社会的发展便是一个肯定—否定—否定之否定的怪圈。在巴赫举世闻名的主题乐曲《音乐的奉献》中，利用了'无限升高的卡农'——即重复演奏同一主题，却又神不知鬼不觉地进行变调，使得结尾最后能很平滑地过渡到开头。这里充满了音符与文字的游戏。这里有各种形式的卡农，有非常复杂的赋格，有美丽而深沉的情感，也有渗透各个层次的狂喜。它是赋格的赋格，是层次的自相缠绕，是充满智慧的隐喻。人类社会正如这样一首赋格曲，它不断地变调却又回复到原点，构成一个个智慧迷人的怪圈。其实，它回复的绝非真正的原点。"① 徐小斌引述他人的论点，并非出于卖弄知识炫耀博学，她由此引出唯物辩证法的否定之否定规律，然后将其切入作品的人物与情节演变中，进行再度的升华。《美术馆》中对"同构"理论的借重，对埃舍尔作品画面的描述就是精彩的例证——美术馆正在同时展出非洲木雕和埃舍尔画作两个展览。《天鹅》中古薇给夏宁远讲授作曲技巧，其中很重要的一个命题就是巴赫的"无限升高的卡农"。

　　"无限升高的卡农"在徐小斌这里，不仅是工具性的方法论，还是内在的世界观。巴赫以此实现了乐曲从起点到终点的循环，埃舍尔的画面中，构建了上升与下降合二为一的三维画面，两只手互为绘画的动作原始发送者与被描绘的对象，莫比乌斯环的天然扭曲与翻转。这样的巧构，曾经出现在鲁迅先生的《野草》中——"希望，希望，用这希望的盾，抗拒那空虚中的暗夜的袭来，虽然盾后面也依然是空虚中的暗夜。""绝望之为虚妄，正与希望相同。"用虚妄的绝望平衡希望的虚妄，是一种超越形式逻辑的东方智慧。在《天鹅》中，徐小斌同样是用这种首尾相衔接的方式，让古薇和夏宁远的爱情得到超度和转生。"'当生命走到尽头，身体机能尽失时，还会在另一个世界重新开始。'这个最新的当代科学研究成果帮了我的大忙，最后我的处理就是这样的，通过温倩木之口，道出

---

① 徐小斌：《敦煌遗梦》，作家出版社 2019 年 9 月，第 148—149 页。

了古、夏将在另一个世界延续生命的真相"①。

这要谈到唯物辩证法的另一个重要命题：外因通过内因而起作用。女性与神秘主义的天然亲近，西方现代物理学对无限的未知世界和有限的认知能力的体察，都是外因，徐小斌自身伴随着神秘主义的成长经验和思维特征，自带能量。徐小斌自报家门说：

> 打我很小的时候就有些奇思异想：走进水果店我会想起夏娃的苹果，想起那株挂满了苹果的智慧之树，想起首先吞吃禁果的是女人而不是男人；徜徉在月夜的海滩，我会想象有一个手持星形水晶的马头鱼尾怪兽正在大海里慢慢升起；走进博物馆，我会突然感到那所有的雕像都一下子变得透明，像蜡烛一样在一座空荡荡的石头房子里燃烧……②

> 我是坚信远古时期有一个人神共生的时代，否则那些奇异的梦、那些无法解释的神秘的事情就不会存在。

> 我想或许在远古时代，灵长动物中有一支，深得日月精华、造化之功，才成为万物之灵的人。人就是自然界本身孕育的孩子，和天空大地流水，和鸟兽森林花朵没什么两样，人可以和天地万物进行对话和神秘的感情交流，所谓自然界，就是神界。……美国FBI的测谎仪专家巴克斯特，在1966年的早春，用测谎仪记录到了植物类似人类的高级情感活动，科学家们并在随之开展的系列研究中，建立了一门新兴学科，叫作"植物心理学"——其实正是"万物皆有灵"的科学印证。③

---

① 徐小斌、舒晋瑜：《即使面对黑暗也永不坠落》，"腾讯文化"https://cul.qq.com/a/20170105/016681.htm。

② 徐小斌：《我对世界有话说》，《羽蛇》自序，作家出版社2019年9月，第1页。

③ 傅小平：《徐小斌：用个人化的青少年与整个世界的中老年对抗》，《羊城晚报》2014年9月14日。

"我阅读的范围很杂，中国的紫微斗数、奇门遁甲、易经、考古、绘画、话本，西方的哲学、玄学、心理学、占星术、塔罗牌、炼金术甚至博弈论控制论等等都使我从中体会到一种乐趣和快感。尤其喜欢追问历史真相。还曾经比较过紫微斗数与西方占星术，当你找到它们异同之后会有一种发现式的快乐——如霍金说的那种'发现'……其实神秘与科学只有一步之遥，一旦神秘被科学解释了，神秘就成为了科学。但是，科学是无法穷尽这个世界的，尚未被穷尽的那部分，我们可能称它作神秘。但是也有别一种情况，即：在一些人眼里的现实在我眼里可能就是神秘，在另外一些人眼里的神秘在我眼里可能就是现实。"[1]

第九节　神秘空间表现的千姿百态

　　在徐小斌的作品中，神秘主义的空间表现千姿百态，梦境空间、画面营造、幻觉幻境和童话世界，宗教气氛、异域灵光、灵魂穿越和多重隐喻等，都不曾缺席。

　　徐小斌所心仪的弗洛伊德和荣格都是解梦高手，但解梦高手首先是要会造梦，会进入"盗梦空间"。徐小斌的造梦术花样繁多，她的梦境，可以快意恩仇，如卜零在梦中诛除她生命中的三大恶人，丈夫韦、老板和司机小石，也可以预兆未来，如肖星星对于理想爱人之凶死的梦境，还可以是浑然不觉，以梦为真，如下面这段文字——

　　　　卜零在走到这一片街区的时候记忆有些模糊。在她的

①　徐小斌：《受伤的翅膀依然能飞翔——关于我的创作》，徐小斌：《入戏》，后记，作家出版社 2019 年 9 月，第 282—283 页。

记忆中好像没有这座宫殿式的建筑。这座建筑的外墙是由一系列长长的画廊组成的。这些古怪的画充满了动人的官能之美。那些淌着血的树林里，有蓝色的鸟羽在飘动，树林的阴影覆盖着湖面，湖里的鱼聚在阴影处吸吮着绿荫的凉意，蝴蝶和蛇在树林里藏匿，它们没有任何隐喻或象征的意义，一个面对画面的女人冷冷地呆立着，还有色彩浓艳的裁缝或小丑在怪笑，他们似乎都处在无生无死的境界，这画廊使人想起一个狭长的活体解剖室。在那树林的深处，好像随时都会有幽灵从里面飞出来。[1]

选取这个片断，因为它一石二鸟。初读这段文字，让人心神恍惚，但因为它包藏在一个很大篇幅的长长的梦境中，梦境至此并未中断，一直在向前延伸，一时间难以辨别其本相。它也表现了我们所说的用画面营造神秘空间的特征，这个画面或许是摩罗画笔下神秘、美艳、诡异、残暴的莎乐美和雷纳画笔下梦幻似的空间的叠加。关于画面营造，我们曾经用了一番力气阐述《羽蛇》中的一幅幅图画，此处就略过了。

与前面那个画风怪异的场景相衔接，卜零的梦境还在继续，而且似乎是梦中有梦，是梦的叠合——她在那条街上继续行走，去见小石，并且乘机向小石下狠手："卜零刺向石的时候重复了那天的话，卜零对他说，我说过你欠我的你得还。现在，你还吧。但是石比那两个男人难对付得多。水果刀深深地扎下去，却没有血。她感到刀尖像是刺向了一团水，石的皮肤可以和刀尖一起向下无限压缩，然后再随着刀尖膨胀起来。卜零惊慌起来，她的刀落得又急又快，但是石的身体却像水那样不断变形完全不受伤害。卜零大汗淋

① 徐小斌：《双鱼星座》，徐小斌：《迷幻花园》，作家出版社 2019 年 9 月，第116—117 页。

漓真希望这不过是一场梦魇。"①

"卜零大汗淋漓真希望这不过是一场梦魇。"这明明就是一场梦魇，但它在卜零心灵深处是真切的存在。卜零希望这不过是一场梦魇，希望它马上打住，但梦魇继续在延伸，梦境中几个警察前来逮捕她。真正结束这场梦魇的偏偏是韦，韦带来阿旺的远方来信，将卜零从梦中惊醒。梦境之间的平滑过渡，梦魇中对梦魇的清晰评价，这样的造梦术堪称独步。但是，卜零梦境中击打韦的头部，此刻韦正感到头痛，小石则在电话中诉说自己胸部疼痛，正是上引段落中卜零挥刀所向的部位，又令人产生花非花、梦非梦、奇中奇、幻中幻的惶惑，何以卜零在梦中进行的凶杀让现实中的韦和小石都产生感应呢？

幻觉幻境之最容易联想到的，就是景焕所反复诉说的印刻有巨大 8 字的结冰的无名小湖。还有《迷幻花园》中那条绿藤缠绕的小路，它就像博尔赫斯《交叉小径的花园》一样，深刻地改变了两位女主人公的命运，走进了迷幻花园的另一个时空，她们的命运发生互换与翻转："那一条小路对芬来说难以忘怀。紫色的大叶槐铺天盖地。缝隙中钻出带有黄锈色和暗绿色的爬山虎。这几种混杂的颜色令人头晕目眩。何况还有种香气隐隐透出。芬感到血流加速，全身发胀。"②《黑瀑》和《蜂后》等，都是精心营造出的迷幻空间，有非常之地，才有非常之人。

童话空间。《炼狱之花》是童话世界的现代翻转，是一个暗黑童话：海的女儿来到人间寻找王子，她并没有过上幸福生活，为了大海的安全与存续，她要以童话少女的纯真与无畏（这也是一种"无知者无畏"，相比于过度成熟精于盘算利钝成败而畏首畏尾的人类）在海底—大陆—海外等三个不同空间辗转腾挪，许多神秘事件与花语隐喻的层层缠绕，消弭了童话世界与人间世的断裂与隔绝，

---

① 徐小斌：《双鱼星座》，徐小斌：《迷幻花园》，作家出版社 2019 年 9 月，第 119 页。

② 徐小斌：《迷幻花园》，徐小斌：《迷幻花园》，作家出版社 2019 年 9 月，第 122 页。

让彼此得以兼容。《天鹅》同样是现代童话，却是充满了建设性积极性的，赛里木湖面上的亦真亦幻的天鹅，天空上闪烁的星星，开阔的边疆沃土，以生命而创作的动人歌剧，构成美不胜收的童话空间。

宗教空间。《敦煌遗梦》的故事内核，一桩珍稀文物盗窃案及其侦破过程，葫芦僧错判葫芦案，条理并不复杂，但其被错综交织的宗教所包裹，印度教、藏传佛教、汉传佛教以及于阗古国的传说等等，令其凸显神秘莫测恢弘恐怖的威严气象。《蓝毗尼城》似乎是《敦煌遗梦》的一个小小续篇，肖星星离开敦煌时说要远行西陲佛国，蓝毗尼城就是佛教最重要的圣地之一，释迦牟尼佛的诞生地。《蓝毗尼城》的亦真亦幻之幻觉感远远胜过《敦煌遗梦》，没有了恢弘与恐怖，只剩下荒诞与幻灭。《羽蛇》中的西覃山金阙寺，是陆羽为了赎罪接受刺青之苦的地方，陆羽接受神秘启示选择刺青，有流尽污血更换肌肤再造新生的寓意，寺庙住持法严大师及其徒弟圆广合作给少女陆羽实行刺青的方式更是匪夷所思。十余年后，陆羽远行西覃山金阙寺救助烛龙，在其心目中这是一次恩情还报，他们的肉体交欢与陆羽刺青时的痛苦交合也形成有意味的比照。

异域灵光也是徐小斌建造神秘空间的法宝。与作为政治经济文化中心的北京相比，徐小斌笔下的人物，总是想要以各种理由逃离而去，不是逃向另一座中心城市，而是自我边缘化，逃向边远，逃向具有异域和异族风情独特的远方，幻想着要去寻找一种超现实的文化认同和族群认同。经历了太多的京城生活的凡庸嘈杂蝇营狗苟，在现代文明笼罩下的职场情场打拼得遍体伤痕身心交瘁，于是到偏僻遥远古风犹存的远方寻找一种淳朴温馨的文化认同，这是许多作家笔下都出现过的桥段，徐小斌的认同则是感性浓烈深入血脉的，族群认同就是个中的极致。反之，异邦异族也是用以阐释徐小斌笔下人物遭遇困境的潜在原因，非我族类其心必异，她无法顺利地融入现实的社会情境，做边缘人，做逆行者，即是其逆定理。《双鱼星座》中走投无路的卜零猜想自己是否真的具有阿拉伯血统，这样的猜想还得到旁证——"老板刚刚调到市台时第一个注意到的就是卜零。这个女人并没有标准美人的脸，却从整个表情和体态上充盈着一种生动和邪媚，给人一种'异邦异族'的感觉。"[①]《缅甸玉》中的徐小姐，接续着卜零的足迹，来到佤寨做深入的生活体验，学习接受佤族人的玉石交换规则。《羽蛇》中的金乌经常喜欢照镜子，细细地琢磨自己那白皙的皮肤，棕色的大眼睛，弯而长的睫毛，那构成"异邦异族"的一切，是怎样把两个种族的血液融到了一起。她在中国大陆演艺圈和社交界呼风唤雨创造出极大的气场，但她却甘愿抛弃一切奢华到美国去寻找她从未记得的生身母亲。在《敦煌遗梦》和《天鹅》中对于异邦异族的那种强烈而又异样的向往，被女主人公着迷的男性恋人，都是有着某些异族特征的，严晓军就有一双清澈见底的眼睛，而且，那瞳孔仿佛是淡金色的，美得奇特。肖星星和古薇似乎不仅是要逃离家庭、社会，还要逃离现实逃离民族身份识别。张恕关于文明人要与自然人结合才能得到幸福生活的理论，显然也来自两个裕固族姐妹玉儿和阿月西的亲身诱导。玄溟、若木、金乌、羽的命名，彰显她们神秘而高贵的血缘家世，让女性的太阳从泥沼血泊中艰难地挣扎、上升。

还有隐喻空间。为了增强文本的蕴含之密度和强度，徐小斌的诸多小说，都有着局部的和全局的多重隐喻。人物的命名煞费苦心。景焕、谢霓和谢虹，都指向玄虚的另一重空间；何小船和任远航，就是在讨论情爱的小船怎样才能远航，虽然名之为任远航，任意远航，在现实中却无法任意驰骋，恰恰是动辄得咎；《炼狱之花》中的男性，都以动物名之，铜牛、老虎、金马、小骡，女性则以美艳却有毒、可以制作迷幻药的花朵为名，天仙子、海百合、罂粟、曼陀罗，用心良苦。《敦煌遗梦》中将此岸人物与佛家神祇相对应，难陀、菩萨、吉祥天女等，和大叶吉斯、潘素敏、玉儿和阿月西等，建立内在的关联，陈清老人讲述的当地民间传说，也或远或近

① 徐小斌：《双鱼星座》，徐小斌：《迷幻花园》，作家出版社 2019 年 9 月，第 113 页。

地照应着现实中发生的种种不虞现象。其近作《无调性英雄传说》，副标题是"关于希腊男神与科学神兽的故事，以及对荷马史诗的改写"，将阿波罗、阿喀琉斯、普罗米修斯等古希腊的英雄故事重新改写，赋予其反对宙斯与赫拉的荒淫与暴政的现代隐喻意味，同时将麦克斯韦妖、芝诺的龟等近现代科学难题分娩出的科学神兽以及相关的科学大师们都融合到同一个故事中，给解读它的读者设置了重重迷障。

徐小斌的小说致力于营造隐喻空间。李敬泽指出，徐小斌与盛行的女性写作始终保持着警觉的距离，她多年来似乎都在偏执地做着一件不合时尚的事：她沉迷于一种深度隐喻的小说美学，小说是她的"迷幻花园"，在花园的深处最终隐藏着意义，更准确地说，应当是"启示"，是"神谕"——没有人可以不付代价就获得它，只有那些洞察和守护着这最终秘密的女人才能以超验的灵性或者神性穿越这座花园。[①] 此言极是。

在《清源寺》中，作家不仅改写了荆轲与太子丹的君臣情谊，还让太子丹的妹妹芥兰公主在与女尼慧心的对话中突出譬喻的作用，要求慧心"用譬喻之法，讲述佛法人生"。慧心机智地回应刁蛮公主芥兰的种种刁难，用譬喻的方式解答了她提出的三百个问题，并且微微一笑地总括说："人世沧桑，譬如日升月落，残缺无常；生涯流离，譬如草木零落，境随风转；譬喻，是佛法的灵光，是佛陀的圆音，是它引领世人入我佛门，芥兰公主，你有福了。"[②] 譬喻就此登上了最高的层级，它不是一种便于使用的修辞方式，是"佛法的灵光，是佛陀的圆音，是它引领世人入我佛门"，譬喻是进入佛门的必由之路，是思考的方式加内容，是李敬泽所言"启示"与"神谕"。芥兰公主咄咄逼人充满挑衅意味，不料女尼慧心正中下怀，巧妙地化解了芥兰心存嫉恨打上门来兴师问罪的气焰，在多

---

① 转引自王世尧：《徐小斌的小说和绘画》，《新民晚报》2017年4月13日。
② 徐小斌：《清源寺》，《百花洲》2000年第4期。

番问答中将佛家思想源源不断地输入芥兰的心智中，以强大的精神力量征服其灵魂，使芥兰公主心甘情愿地皈依佛门出家为尼。

由此让我联想到"媒介即隐喻"的理论命题。尼尔·波兹曼在《娱乐至死》中，修正麦克卢汉的理论"媒介即信息"，将其发展为"媒介即隐喻"："但是他的警句还需要修正，因为这个表达方式会让人们把信息和隐喻混淆起来，信息是关于这个世界的明确具体的说明，但是我们的媒介包括那些使会话得以实现的符号，却没有这个功能，他们更像是一种隐喻，用一种隐蔽但有力的暗示来定义现实世界，不管我们是通过言语还是印刷的文字或是电视摄像机来感受这个世界，这种媒介隐喻的关系，帮我们将这个世界进行分类、排序、构建、放大、缩小和着色，并且证明一切存在的理由。"[①] 语言与所指事物理念之间，存在着多样化的指示——表现关系，隐喻是具有独特力量的，尤其是在文艺作品中。《周礼·春官》中提出："……教六诗：曰风、曰赋、曰比、曰兴、曰雅、曰颂。"这就是中国古典文论中"赋比兴"说的源头。《清源寺》中关于佛学禅意的机智问答，用形象的方式阐述精神界的命题，拈花微笑，指天说地，会心者从中顿感开悟，槛外人只觉神秘难解。徐小斌追求"深度写作"："每一部小说都有着故事背后的象征或隐喻。我希望表层的故事抓住更多的读者，更希望我的知音能看到我内在的表达。"[②] 这在深化作品底蕴的同时，也增加了解读作品的难度。《海火》《羽蛇》《弧光》《炼狱之花》《迷幻花园》等都是深度的隐喻和象征。在浅阅读和视觉文化盛行的当下，它可能会不受欢迎，但其救正时弊的作用，潜移默化，值得充分肯定。

最先对徐小斌的神秘主义做出阐述的是孟繁华，他的文字中，

① ［美］尼尔·波兹曼：《娱乐至死》，章艳译，广西师范大学出版社2004年5月，第12页。

② 徐小斌、舒晋瑜：《即使面对黑暗也永不坠落》，"腾讯文化"https://cul.qq.com/a/20170105/016681.htm。

既有理性的分析，也有实证的材料，丰富了我们的理解：

> 无论对两性还是现实，作者都深怀恐惧和困惑，在难以求解的困扰中，她终于走上了神秘主义的道路。于是，这便构成了徐小斌小说的第三个特点：对神秘主义的情有独钟。翻开作者的小说，她使用频率最高的词语，是诸如"梦幻""迷幻""末日""末世""佛"等超验的，难以用现有认知解释的别一世界。她在一部小说集的"后记"中，曾表达过她对波伏娃关于写作是一种对呼唤的回答的理解，她认为这种呼唤，"说到底，这是一种神祇的呼唤"。她的朋友铭今在一篇文章中也证实，她的许多灵感来自梦境，她相信藏传密宗中关于"银带"的说法，"银带"就是人的灵魂，人在入睡的时候，灵魂是游离于身体之外的。灵魂的遭际便形成了梦。这些解释，我们这些俗人很难理解，它无从证实，因此也只能聊备一格不作深究。但她钟情的神秘主义，不同于民间数术、奇门遁甲或街头占卜也是事实。她的神秘主义，多与宗教尤其是佛教文化相关，她对敦煌的热爱或多或少地解释了这一点。
>
> 然而，在我看来，这神秘主义是徐小斌对现实给以解说而选择逃离的最后停泊地。人生的诸多烦乱有如宿命般地不可避免，她想象中的一切逐一被现实所粉碎，为了逃离现实的一切，她只能在神秘主义中得抚慰和平息。这种选择我们无须做出评价。值得注意的是，它作为一种叙事策略，却收到了意想不到的效果，它使我们有理由确认，她的小说是东方土壤孕育的文本，她的话语，是现代中国的本土话语，她的神秘主义正是现实挤压的直接后果。①

---

① 孟繁华：《逃离意识与女性宿命——徐小斌九十年代的小说创作》，《当代作家评论》1996年第6期。

第十节 修正巴赫金：反成长、拒绝成长与时空压缩

巴赫金的成长小说理论，对于当下的中国学界，具有很强的学术生产能力。从一个比较浅显的角度进入，可以阐释或者自以为可以阐释中外众多作家的作品。其提法比较新颖，应用起来也便于操作。我在中国知网上进行"成长小说"主题检索，发现2539条记录，其中期刊论文1256篇，学位论文656篇，这正好印证了我的上述评说。一个学术观点，近三分之一是被在读的博士和硕士生作学位论文时采用，一来是年轻学生的学术敏感，愿意采用较新的学术观点，二来也说明其操作上的简单化倾向，蜻蜓点水不做深究。我在构思本命题的时候，也希望能够借此将前文对徐小斌研究的散点透视凝聚到一个焦点上。本文的大部分篇幅都是在巴赫金成长小说与时空体理论的指引下进行。但是，在对徐小斌小说的解读中，发现了巴赫金理论的不完备和时空局限，徐小斌许多小说的主人公，恰恰是在反成长、拒绝成长，相应地，他们所处的时空体也有别于巴赫金的成长时空，而是富有本土特色的交错与压缩的时空体。

戴锦华指出了徐小斌创作的"反成长"现象：

> 徐小斌的故事始终是"女孩"的故事，尽管她的作品中很快出现那些生命与青春渐次枯萎的女性形象。但就徐小斌显然有所钟爱的人物序列说来（诸如《敦煌遗梦》中的星星，《双鱼星座》中的卜零，或《迷幻花园》中的芬和怡，尤其是《羽蛇》中的羽，等等），她们不曾"长大"或拒绝长大，她们始终有着一颗少女的心灵，她们始终以极度的敏感捕捉或编织新的梦境，以依托自己历经沧桑而不甘、不已的心灵。于是她们只能在一次再次的创伤与绝望中沉沦又浮起。于是，即使在一片《末日的阳光》下，

她们仍与社会格格不入。但一个或许更为残酷的、女性的生存现实是，在男性/主流文化的表述中，女孩故事只能与青春共存；于是，它只能是一些短暂而辉光闪烁的时刻，只能是生命一个极端悭吝的施舍；而且在男性诗篇与书写中，尽管"丑八怪也有青春妙龄"，但那基本是美女天生丽质的女人的特权。于是，一个拒绝长大的女人，一个自我放逐的姿态，势必被主流社会转换为货真价实的对离轨者的放逐：它将呈现为无视、轻蔑，乃至迫害。除却心灵的孤寂与肉体的饥渴（《迷幻花园》中，怡与"钢蓝色"手枪和模拟生殖器相伴的岁月，显现出别一份狰狞，尽管芬嫁为人妇的生活同样被孤独、遗弃所毒化），尚有无尽的社会磨难。①

是的，徐小斌小说中的女主人公，有相当一批都是处于"女孩"状态，拒绝成长，甚至要求她们"冻龄"——徐小斌强调肖星星减去十岁的年轻，强调古薇雌激素分泌独异得天独厚的青春永驻，是否显得过于幼稚呢？徐小斌自白："写这个小说我有点顶风作案的意思，明知不可为而为之……我下的决心是：用个人化的青少年与整个世界的中老年对抗，哪怕真的是以卵击石粉身碎骨。就像我写《炼狱之花》时决定不合时宜地充当《皇帝的新衣》里那个道破真相的小孩一样。"②

这或许是一个很有说服力的解释，是一种"反成长"或者"逆成长"的宣言。人与世界一起成长，需要人与世界的相互确认，需要与时俱进。巴赫金是从正向发展的角度阐述成长小说的，这表现

---

① 戴锦华：《自我缠绕的迷幻花园——阅读徐小斌》，《当代作家评论》1999 年第 1 期。

② 傅小平：《徐小斌：用个人化的青少年与整个世界的中老年对抗》，《羊城晚报》2014 年 9 月 14 日。

出论者对于启蒙精神的全力肯定。拉伯雷笔下的庞大固埃和歌德笔下的威廉·迈斯特，都是处于现代化进程的起始之处，尽管前路维艰，但作家和他们创作的人物一样，对于未来的世界充满了美好憧憬和坚定信念。巴赫金亦是如此。他在分析两部作品时所持的态度，是对现代进程的全力肯定，所持时空观，是朝向进步与发展的单向矢量的。这也就是我们所言，启蒙现代性的进步观念与时空观念，相信现代性之历史时空的积极、进步价值。正像巴赫金所言，在现代进程中，人与世界一起成长，充满希望和狂欢。"这类小说中人的成长与历史的形成不可分割地联系在一起，人的成长是在真实的历史时间中实现的，与历史时间的必然性、圆满性，它的未来，它的深刻的时空体性质紧紧结合在一起。前四类作品中，人的成长被置于静止的定型的基本上十分坚固的世界背景上，在这一世界上，即使发生了变化，那也只是周边上的变化，而不触及其根基，人是在一个时代的范围内成长、发展、变化的。实有的且又稳固的世界，要求人在一定程度上适应这个世界，认识和服从现存的生活规律，成长着的是人，而不是世界本身，相反地，世界对发展的人来说只是一个静止不动的定向标。"① 从一个时代的静止不动，到两个世界的新旧嬗变，必然性、圆满性和未来，都向人们昭示着美好希望。巴赫金通过歌德的作品，对历史时间做出富有诗意的解释："这是改造自然的人们用双手和大脑创造的重要成果，是人类活动及其整个创造对他的道德和思想的一种逆反映的产物。歌德首先探索并反映了历史时间的明显可视运动，这种运动紧密联系着自然环境及与这一自然环境有着本质联系的人所创造的全部客体。"②

巴赫金所描述的历史时间与宏伟景象，我们在百余年的中国历

---

① ［苏］巴赫金：《小说理论》，白春仁、晓河译，河北教育出版社 1998 年 6 月，第 232 页。

② ［苏］巴赫金：《小说理论》，白春仁、晓河译，河北教育出版社 1998 年 6 月，第 244—245 页。

史进程中完全体会到了。如前文讲到经济学家张维迎所言，半生中经历了三次工业革命。同时，现代性进程所挟带的负面影响得到充分暴露：环境污染，水泥森林，生态危机，利益至上，贪腐日甚，道德崩溃，戾气肆虐，性别差异、歧视与霸凌，现代女性的生存陷入困境。与巴赫金的时代时隔大半个世纪之后，我们在经历了中国本土的现代性进程及相关反思之后，对于成长小说有了新的理解。个人的成长出现与变化中的世界相一致，是时代的主流推涌，是与时俱进；更为凶猛的是那些弄潮儿如孟驰，引领时代前行。还有一些人，却自居于时代的边缘或者潮流之外，孤独地信守着自己的执念，坚持微茫困顿中的理想主义，拒绝与时代同流合污，拒绝流行的实用价值与游戏规则。从《对一个精神病患者的调查》中的景焕为其起始，随后一大批不合时宜、逆时而行者源源而来，当然也可以将其看作落伍者乃至落魄者。这样的人物，有男有女，小雪、方达、张恕、卜零、陆羽、烛龙、何小船、海百合、古薇、夏宁远等就是。

与此相应的是现代时空观的改变。巴赫金相信的是线性时间——历史时间，人类在其中进步与狂欢。现代性理论的研究者，却犀利地戳穿现代——进步的神话，也对现代时空关系做出新的阐释，与巴赫金的理论形成互补。吉登斯提出时空延伸理论，戴维·哈维提出时空压缩理论，等等。我们不在此做理论辨析，而是从徐小斌小说中的时空切割和时空循环论做出若干评述，以便在前文的基础上，更上一层楼。

徐小斌的许多小说，都采用了时空穿插交错的方式，尤其是《对一个精神病患者的调查》和《羽蛇》。《敦煌遗梦》《双鱼星座》等基本上是常见的顺时针方式叙事而杂以许多回溯性的插叙，它们的故事脉络和时间顺序是可以捋直的。《对一个精神病患者的调查》则是刻意强化其诡异的空间，那个结冰的蓝色湖面上的 8 字形刻痕，它先后出现三次以上，在景焕的惊恐讲述中，在谢母的新创音乐里，在景焕与柳锴的亲眼目击下，占据作品的中心地位，时间在此仿佛凝滞，因果链条轰然解体。《羽蛇》中五代女性的命运，各有其必须独自面对的困境，其共同之处却是作家特意强调的"皇后家族"的宿命悲剧，是在时代变幻中无法挣脱和改变的男性缺失和女性自残。若木和陆羽母女，都曾经遭受来自母亲的压迫，都因难以抗衡的男权中心观念被排斥被鄙视……洪杨、维新、革命，抗战、解放、改革，时代轮转，女性命运之屈辱卑下却未能有根本扭转，而是随着不同语境出现新的样态。

历史的大时代和女性的小世界之间，既有互动，也有悖反，"人与世界一起成长"仍然是成立的，但成长的速度与向度却比巴赫金称道的庞大固埃和威廉·迈斯特要复杂得多。有人说，从北京的故宫皇城、CBD 金融中心、奥体场馆、三里屯酒吧一条街，走到五环外的质朴乡村和斑驳长城，就是经历了前现代、现代和后现代的不同时空。《羽蛇》中并置的金陵天京、北京宫廷、延安宝塔山下、西覃山金阙寺、天安门广场、有着黑色巨蚌的北方湖泊、陆氏一家居住的大学校园、美国大都会博物馆，以及豪富人群出入的北京三环路上的奢华酒店，将诸多历史时空压缩在一起，多重的冲突与悖反交织在一起，还有那些错乱的梦境空间、神秘的绘画空间，让人迷失，不知今夕何夕。

徐小斌文学年表

1953 年　〇岁

出生于北京一个知识分子家庭。父亲是北京铁道学院（现为北京交通大学）教授，母亲当时是大学教师。三四岁始听父亲每天讲童话故事，母亲教唱儿歌。

1958 年　五岁

完成生平第一幅完整的工笔仕女画。

1960 年　七岁

就读北京海淀区青塔院小学（交大附小）。

开始阅读《安徒生童话》《格林童话》和俄罗斯童话等。

1962 年　九岁

初次阅读《红楼梦》，并写了生平第一首平仄格律的七律诗。

阅读《西游记》《希腊神话故事与传说》等。

1963 年　十岁

参加校内红领巾合唱团并担任领唱，获得海淀区全区小学红五月歌咏比赛冠军。

集中阅读唐诗、宋词等。

1964 年　十一岁

参加国际少年儿童绘画展。

当选北京市优秀少先队员，成为观看大型音乐舞蹈史诗《东方红》首演的少先队员代表。

1966 年　十三岁

当时小学毕业有两项考试：毕业考、升学考。以优异成绩通过毕业考，尚未进行升学考时，学校通知准备保送至当时名校。

"文革"开始，"停课闹革命"。其间，阅读大量俄苏文学以及巴尔扎克的《人间喜剧》。初读托翁的《安娜·卡列尼娜》《复活》等名著。

1968 年　十五岁

"复课闹革命"，就近上中学。就读北京海淀区铁道学院附中。

与小朋友们做了大量物理、化学小实验。

阅读《堂·吉诃德》《红与黑》《牛虻》等，开始读《聊斋志异》。

1969 年　十六岁

赴黑龙江生产建设兵团当农工，历时五年。

其间，写了生平第一部小说《雏鹰奋翮》（未完成），以手抄本形式在朋友圈中传读。杨东平先生在著述中论及"文革"手抄本时曾提到此篇。

1974 年　二十一岁

从黑龙江生产建设兵团转至北京海淀区苏家坨公社插队做知青。

阅读陀思妥耶夫斯基的《被侮辱与被损害的》、屠格涅夫的《前夜》等作品。

1975 年　二十二岁

分配至北京西郊粮库机电科，历任钳工、车工、刨工。其间，有作品参加全国美展。

阅读《古文观止》、王国维的《人间词话》等作品。

参加 1975、1976 两届全国文艺调演，担任独唱演员。

1978 年　二十五岁

恢复高考，考入中央财政金融学院（现为中央财经大学）。

大学期间迷恋梅里美、茨威格、辛格、索尔·贝娄等作家，通读了他们的翻译作品。

1981 年　二十八岁

短篇小说《春夜静悄悄》发表于《北京文学》第 2 期。

短篇小说《请收下这束鲜花》发表于《十月》第 6 期，获首届十月文学奖。

年底，出席《十月》杂志颁奖大会。

1982 年　二十九岁

短篇小说《得到的与失去的》发表于《新港》第 9 期。

大学毕业，分配到中央广播电视大学经济系任教。

1983 年　三十岁

中篇小说《河两岸是生命之树》发表于《收获》第 5 期。

发表散文《放鹤亭纪游》(《光明日报》)。

1984 年　三十一岁

短篇小说《那蓝色的水泡子》发表于《收获》第 5 期。

1985 年　三十二岁

短篇小说《雾》发表于《鹿鸣》第 1 期。

短篇小说《童年的雨》发表于《小说导报》第 1 期。

短篇小说《广玉兰树下》发表于《女作家》第 2 期。

中篇小说《这是一片宁静的海滩》发表于《小说导报》第 5 期。

中篇小说《对一个精神病患者的调查》发表于《北京文学》第 11 期。

发表随笔《海滩上的小房子》(《女子文学》)。

单行本《河两岸是生命之树》列入"收获丛书",由四川文艺出版社出版。

阅读中文版《百年孤独》,当时图书定价为一元六角。

1986 年　三十三岁

短篇小说《能人之外》发表于《小说导报》第 6 期。

发表随笔《走出那条无形的轨迹》(《中篇小说选刊》)。

1986 年 12 月 31 日至 1987 年 1 月 6 日,出席第三届全国青年作家创作会议。

1987 年　三十四岁

短篇小说《过门儿》发表于《朔方》第 4 期。

发表随笔《并非原点》(《中篇小说选刊》)。

9 月,创作完成长篇小说《海火》。

主要阅读弗洛伊德、荣格等人的作品。

1988 年　三十五岁

短篇小说《黄和平》发表于《北京文学》第 8 期。

发表随笔《瞬间的辉煌》(《中国青年报》)、《海幻》(《光明日报》)。

1985 年起至本年，主要阅读本雅明、卢卡奇等人的著作。

年底，出席电影《弧光》看片会。该片根据本人中篇小说《对一个精神病患者的调查》改编，由其亲自担任编剧，后获第十六届莫斯科电影节特别奖，作者也由此成为二十世纪八十年代"第五代"电影首位获得国际奖的编剧。

1989 年　三十六岁

长篇小说处女作《海火》由中国青年出版社出版。

主要阅读维纳的《控制论与社会》等作品。

1990 年　三十七岁

发表随笔《禁锢在胆瓶中的魔鬼》（《科技日报》）。

中短篇小说集《对一个精神病患者的调查》由海峡文艺出版社出版。

在中央美院画廊举办个人刻纸艺术展，得到中国作协副主席艾青、中国美协副主席周思聪、中国著名美术评论家邵大箴等人的高度评价，央视《半边天》节目首期即介绍了这一独特的刻纸艺术。

随中国作家代表团赴敦煌参观，次年即开始创作长篇小说《敦煌遗梦》。

转入中央广播电视大学当代文学系任教。

1991 年　三十八岁

发表随笔《水之性灵》（《人民日报·海外版》）、《清水出芙蓉，天然去雕饰》（《科技日报》）。

1992 年　三十九岁

发表散文《画与梦与人》（《西北军事文学》），随笔《往事琐忆——关于电视》（《光明日报》）、《炼狱之门》（《飞天》）。

出席由《中国作家》杂志社组织的长篇小说《敦煌遗梦》研讨会，这也是作家生平第一次的作品研讨会。

1993年 四十岁

调入中央电视台中国电视剧制作中心。

中篇小说《末日的阳光》发表于《北京文学》第2期。

发表散文《云在青天水在瓶》(《光明日报》)、《一点不能忘记的记忆》(《钟山》)、《往事琐忆》(《收获》)，随笔《一种方式》(《艺术世界》)。

散文《我们的红领巾合唱团》收入《老红领巾的故事·月亮集》，由鹭江出版社出版。

电视单本剧《风铃小语》在中央电视台黄金一套首播。该剧根据本人短篇小说《请收下这束鲜花》改编，由其亲自担任编剧，获第十四届飞天奖、中央电视台首届CCTV杯一等奖。

阅读司汤达的《法尼娜·法尼尼》、罗伯·格利耶的《吉娜》等作品。

1994年 四十一岁

短篇小说《黑瀑》发表于《人民文学》第2期。

长篇小说《敦煌遗梦》发表于《中国作家》第2期。

中篇小说《迷幻花园》发表于《收获》第4期。

中篇小说《缅甸玉》发表于《北京文学》第10期。

发表散文《呼唤与回答》(《美文》)、《饲养记趣》(《美文》)，随笔《海边的女孩》(《北京文学》)、《不务正业与人生瞬间》(《北京青年报》)。

《当代神话：生命之轻如何托起生命之重——关于〈敦煌遗梦〉的对谈》(陈晓明、徐小斌)发表于《中国作家》第3期，《新华文摘》全文转载。

长篇小说《敦煌遗梦》由北京出版社出版，获第八届全国图书金钥匙奖。

担任编剧的十集电视连续剧《千里难寻》在北京电视台"常青藤剧场"首播。

阅读全套普鲁斯特的《追忆似水年华》。

1995 年　四十二岁

中篇小说《双鱼星座》发表于《大家》第 2 期。

短篇小说《银盾》发表于《收获》第 3 期。

中篇小说《白木马与喇叭花》发表于《小说》第 5 期。

中篇小说《吉尔的微笑》发表于《人民文学》第 9 期。

短篇小说《密钥的故事》发表于《山花》第 12 期。

发表散文《周氏兄弟与"窄门"》（《文艺报》）、《往事琐忆——梦境》（《星光》）、《往事琐忆——女红》（《星光》）、《往事琐忆——育儿》（《戏剧电影报》）、《往事琐忆——电影》（《艺术世界》）、《如来：五色之光》（《中国青年报》）、《从"见山是山"到"见山是山"》（《中国文化报》），随笔《出错的纸牌——关于我的中短篇小说集〈迷幻花园〉》（《博览群书》）、《时装记趣》（《北京日报》）、《购物：圈套与误区》（《光明日报》）、《孩子的眼睛》（《光明日报》）、《写于"红罂粟"出版之际》（《文论报》）、《永恒的主题》（《青年心理咨询》）。

6 月，开始创作长篇小说《羽蛇》。

中短篇小说集《迷幻花园》列入王朔策划、陈晓明主编"风头正健才女书"，由华艺出版社出版。

中短篇小说集《如影随形》列入王蒙主编"红罂粟丛书"，由河北教育出版社出版。

9 月 4 日至 15 日，世界妇女代表大会在京召开。参加了关于中国女性文学的一连串活动。

电视电影《雨中花园》、电视单本剧《星空浩瀚》作为央视选定的全国十大女作家向世妇会献礼片，分别在中央电视台黄金八套、黄金一套首播。

阅读三岛由纪夫的多部作品。

1996年　四十三岁

短篇小说《青芒果：一个真实故事的开场白》发表于《珠海》第1期。

中篇小说《蜂后》发表于《花城》第2期。

短篇小说《蓝毗尼城》发表于《钟山》第3期。

发表随笔《游戏规则》（《文学自由谈》）、《华盛顿的一场舌战》（《北京晚报》）、《夏威夷：扶桑怒放》（《新民晚报》）、《为何一火就变味儿》（《北京日报》）、《一条从丰盛到枯澹的河流》（《今日名流》）、《我看御林军——评北京国安》（《中国作家》）、《走近徐坤》（《当代作家评论》），文论《逃离意识与我的创作》（《当代作家评论》）。

中短篇小说集《蓝毗尼城》、散文随笔集《世纪末风景》由云南人民出版社出版。

作为中国女性文学代表作家，受邀参加为期三个月的在美访问讲学活动，分别在美国杨百翰大学、科罗拉多大学、宾夕法尼亚州立大学、圣玛丽学院等高校举办题为"中国女性写作的呼喊与细语"的文学讲座，受到研究中国文学的海外学人热烈欢迎，是第一位正式被美国高校邀请讲授中国女性文学的作家。

1997年　四十四岁

短篇小说《雪霁》发表于《北京文学》第1期。

短篇小说《若木》发表于《人民文学》第3期。

中篇小说《吉耶美与埃耶美》发表于《收获》第4期。

中篇小说《玄机之死》发表于《十月》第 4 期。

发表长篇随笔《抱犊天下奇》(《青春》), 随笔《遇难航程中的飨宴》(《文学自由谈》)、《婚礼断想》(《光明日报》)、《我爱足球》(《足球报》)、《邂逅迟尚斌》(《足球报》)、《谈用人之道》(《足球报》)、《异域思球》(《足球报》)、《有感于中国没有球星》(《希望》), 文论《从诺贝尔文学奖谈开去》(《外国文学》)。

《九十年代女性小说四人谈》(林白、荒林、徐小斌、谭湘)刊于《南方文坛》第 2 期。

大量阅读米兰·昆德拉的作品。

中短篇小说集《末世绝响》由华侨出版社出版。

散文随笔集《蔷薇的感官》由华艺出版社出版。

长篇小说《敦煌遗梦》由花山文艺出版社出版。

随中国作家代表团出席在南斯拉夫举办的第三十四届贝尔格莱德国际作家会议。

1998 年　四十五岁

短篇小说《古典悲剧》发表于《文学世界》第 1 期。

中篇小说《天籁》发表于《中国作家》第 2 期。

中篇小说《逝却的潮汐》发表于《时代文学》第 2 期。

长篇小说《羽蛇》发表于《花城》第 5 期。

短篇小说《阿迪达斯广告》发表于《人民文学》第 11 期。

短篇小说《一生最美的年华》发表于《香港文学》第 157 期。

中篇小说《花儿皇后》发表于《香港文学》第 158 至 160 期。

发表散文《世纪回眸：生命中的色彩》(《花城》), 随笔《神秘的晕眩》(《文学世界》)、《徐小斌随笔三题》(《当代人》)、《感觉变成文字的遗憾：关于长篇小说〈敦煌遗梦〉》(《湖南文学》)、《历史剧的历史观：关于电视剧〈李自成〉》(《电视艺术》)、《关于心灵的秘密通道及其它》(《青年文学》)、《球迷 ABC》(《足球报》)、《我的法兰西猜想》(《北京晚报》)、《上帝保佑意大利》(《为您服务报》)、《世纪挽歌》(《足球报》)、《与东方时空一起看世界杯决赛》(《足球报》)。

散文随笔集《缪斯的困惑》由辽宁人民出版社出版。

散文随笔集《出错的纸牌》由新蕾出版社出版。

长篇小说《羽蛇》由花城出版社出版。

《徐小斌文集》(五卷本)由华艺出版社出版。

中篇小说《双鱼星座》获中国作家协会主办的首届鲁迅文学奖，出席颁奖大会。

获首届中国女性文学奖。

1999 年 四十六岁

短篇小说《美术馆》发表于《山花》第 10 期。

发表散文《黑珍珠及其他》(《大家》)，随笔《上帝最后的泥巴》(《山花》)。

中短篇小说集《蜂后》列入"跨世纪丛书"，由长江文艺出版社出版。

中短篇小说集《双鱼星座》由百花文艺出版社出版。

阅读卡尔维诺作品。

赴台湾参加两岸文学研讨会。

2000 年 四十七岁

短篇小说《图书馆》发表于《作家》第 4 期。

小小说《垃圾》发表于《小说界》第 3 期。

中篇小说《做绢人的孔师母》发表于《十月》第 4 期。

短篇小说《清源寺》发表于《百花洲》第 4 期。

中篇小说《天生丽质》发表于《小说界》第 5 期。

中篇小说《歌星的秘密武器》发表于《大家》第 5 期。

发表散文《天知我有，地知我无》（《读者》），随笔《留下的小鸟依然在啼鸣》（《小说界》）、《表达与接受》（《北京文学》）。

中短篇小说集《天生丽质》由北岳文艺出版社出版。

散文随笔集《徐小斌散文》由华夏出版社出版。

参加在越南举办的文化交流活动。

2001年　四十八岁

发表散文《伊犁：一个美丽而危险的传说》（《青年文学》），随笔《冰美人》（《北京纪事》）、《我写〈羽蛇〉》（《写作》）。

开始创作长篇小说《德龄公主》。

散文随笔集《美丽纹身》由当代世界出版社出版。

长篇游记《西域神话》由云南人民出版社出版。

长篇小说《羽蛇》由长江文艺出版社出版。

2002年　四十九岁

中篇小说《甲胄》发表于《时代文学》第4期。

中篇小说《异邦异族》发表于《钟山》第5期，获《钟山》年度中篇小说奖。

短篇小说《花瓣儿》发表于《人民文学》第11期。

发表散文《缤纷闪回》（《广州文艺》），随笔《"有字人书"与"无字天书"》（《时代文学》）、《童贞》（《广州文艺》）、《神殿的坍塌》（《北京晚报》）、《巴拉克：英雄丹柯的心》（《足球报》）。

文论《影视与文学的关系》收入舒乙、傅光明主编《在文学馆听讲座》，由华艺出版社出版。

中短篇小说集《歌星的秘密武器》由广州出版社出版。

散文随笔集《心灵魔方》由知识出版社出版。

长篇小说《羽蛇》由时代文艺出版社出版。

担任编剧的四集电视连续剧《富起来的人》在中央电视台黄金

八套首播。

大量阅读罗伯·格利耶作品。

出席在加拿大举办的渥太华国际作家会议。

2003年　五十岁

发表随笔《自然的警示》(《北京文学》)，文论《当代女作家谈艺录：徐小斌卷》(《青春》)。

中短篇小说集《清源寺》由北京出版社出版。

散文随笔集《大都会：缪斯的殿堂，我的梦想》由西苑出版社出版。

长篇自传《我的视觉生活》由文汇出版社出版。

长篇小说《羽蛇》由台湾联经出版社出版。

赴加拿大参加央视电视剧制作中心的电视剧《小留学生》前期采风工作。

2004年　五十一岁

长篇小说《德龄公主》发表于《收获长篇小说专号·春夏卷》，《长篇小说选刊》第1期选登。

短篇小说《秋瑾的东瀛之旅》发表于《山花》第7期。

发表随笔《通向天堂的窄门——评小说〈永远不说永远不〉》(《中国青年报》)。

年底开始创作长篇小说《炼狱之花》。

人民文学出版社出版长篇小说《羽蛇》，同时推出新长篇《德龄公主》，同年召开徐小斌作品研讨会。

散文随笔集《大都会：缪斯的殿堂，我的梦想》由四川人民出版社出版。

赴美国参加央视电视剧制作中心的电视剧《中美一九七二》前期采风工作。

2005 年　五十二岁

发表随笔《大美青瓷》(《人民文学》)、《理想生活》(《上海采风》)、《伊犁：第一印象》(《北京青年报》)、《伊犁的阿兰》(《北京青年报》)、《古再丽与温倩木》(《北京青年报》)、《写作：前世记忆与失乐园》(《青年文学》)。

中短篇小说集《非常秋天》由中国广播电视出版社出版。

长篇小说《德龄公主》由香港经要文化出版公司出版。

参加北京市作家协会组织的赴埃及、土耳其文化交流活动。

罗伯·格利耶来华，与其进行文学交流。

2006 年　五十三岁

中篇小说《别人》发表于《十月》第 3 期。

发表随笔《穷人美》(《新民晚报》)、《莎乐美：最早的脱衣舞娘》(《南方都市报》)、《读书·写作·智性晕眩》(《长江文艺》)。

《炼狱之花》尚未完成，开始创作长篇小说《天鹅》。

刻纸作品集《华丽的沉默与孤寂的饶舌》由湖南文艺出版社出版。

长篇小说《德龄公主》由漓江出版社出版。

根据本人同名小说改编、与人合作编剧的三十集长篇历史电视连续剧《德龄公主》，在中央电视台黄金八套首播。

参加中日友谊书画展，获得业内人士高度评价。

赴俄罗斯参加《北京文学》杂志社组织的中俄文化交流活动。

2007 年　五十四岁

发表散文《母亲已乘黄鹤去（外一章）》(《北京文学·精彩阅读》)，随笔《苏铁：古老的沉默的精灵》(《绿叶》)。

中短篇小说集《徐小斌作品精选》由长江文艺出版社出版。

长篇小说《敦煌遗梦》由河南文艺出版社出版。

长篇小说《羽蛇》由人民文学出版社再版。

受美国文学翻译中心（ALTA）副主席赖纳·舒尔特先生邀请，作为唯一的中国作家代表，赴美参加有五十个国家的作家、翻译家出席的美国文学翻译中心三十周年庆典及国际文学研讨会。

2008 年　五十五岁

短篇小说《亚姐》发表于《人民文学》第 11 期。

长篇小说《海妖的歌声》由《作家》第 17 期选载。

发表长篇散文《青春回眸——我的兵团生涯》（《北方文学》）、散文《看山是山》（《人民文学》），随笔《呼唤与回答》（《躬耕》）。

长篇小说《海火》由中国友谊出版公司出版。

阅读博尔赫斯作品。

参加为期一月的香港国际作家工作坊活动。

出席中国作家协会欢迎帕慕克的晚宴，与其进行了面对面的文学交流。

2009 年　五十六岁

长篇小说《炼狱之花》发表于《中国作家》第 19 期，获第三届中国作家鄂尔多斯文学奖。

发表散文《旗袍记趣》（《晚报文萃》），随笔《当消费成为时尚》（《群言》）。

英文版《羽蛇》由美国西蒙与舒斯特出版公司全球发行，人民文学出版社同步召开新闻发布会。

中短篇小说集《末日的阳光》由河南文艺出版社出版。

长篇小说《羽蛇》由作家出版社出版，列入"共和国作家文库"。

长篇小说《德龄公主》由台湾印刻出版社出版。

长篇小说《德龄公主》获第三届中国女性文学奖。

赴厄瓜多尔参加文学交流活动。

2010 年　五十七岁

发表随笔《孤独是迷人的》(《中国青年报》)、《娱乐正在毁掉规则——我写〈炼狱之花〉》(《中国青年报》)、《当中国歌剧与刘恒相遇》(《北京青年报》)、《上海北京之美丽比拼》(《晚报文萃》)、《他们谋杀了德国队》(《北京青年报》)。

对谈《现代故事与年深月久的颜色》(徐小斌、姜广平)刊于《西湖》第 6 期。

长篇小说《炼狱之花》由人民文学出版社与长江文艺出版社联袂出版。

中短篇小说集《别人·花瓣》由文化艺术出版社出版。

散文随笔集《莎乐美的七重纱》由商务印书馆国际有限公司出版。

长篇小说《德龄公主》由天津人民出版社出版。

短篇小说《亚姐》被翻译成希腊文出版，接受希腊文化部邀请赴希腊交流访问。

2011 年　五十八岁

发表散文《游向天国》(《北京青年报》)，随笔《人与自然的友谊》(《群言》)、《只有灵魂可与世界接轨》(《红岩》)。

与人合作编剧的三十八集电视连续剧《延安爱情》在东方卫视首播。

应中国社科院外文所陈众议之邀，同莫言、张抗抗、白烨等与略萨座谈。

应美国纽约亚洲协会邀请赴美讲学，与苏童一道在美国哈佛大学演讲、座谈，并受到热烈欢迎。

与莫言等同赴澳大利亚出席首届中澳文学论坛与墨尔本文学节。

应台湾印刻出版社邀请，赴台进行文化交流活动。

2012 年　五十九岁

长篇小说《天鹅》发表于《十月·长篇小说》第 6 期。

发表散文《从我到我》（《文学界·专辑版》），随笔《伯格曼：手执魔灯的大师》（《北京晚报》）、《西吉的金蛋蛋》（《朔方》），文论《关于〈羽蛇〉——在香港中央图书馆演讲厅的讲演》（《文学界·专辑版》）。

对谈《伊甸之光》（贺桂梅、徐小斌）刊于《文学界·专辑版》第 3 期。

《与流行的会风保持一点距离——徐小斌作品研讨会片断》刊于 7 月 6 日《北京青年报》。

作家出版社出版《徐小斌小说精荟》（八卷本），并举办"特立独行，历久弥新——徐小斌创作三十年研讨会"。

长篇小说《羽蛇》由重庆出版社出版。

担任编剧的三十集长篇电视连续剧《虎符传奇》（郭宝昌执导）在中央电视台黄金八套首播。

大量阅读安吉拉·卡特作品。

2013 年　六十岁

发表随笔《难产的天鹅》（《北京日报》）、《那一碗香喷喷的牛肉面》（《光明日报》）、《生于蛇年》（《新民晚报》）、《八十年代琐忆》（《收获》）、《在当代书写爱情之难》（《北京青年报》），文论《韩少功长篇小说〈日夜书〉：夜与昼交替时的文学奇观》（《文艺报》）。

《徐小斌长篇小说〈天鹅〉三人谈——物质时代的"释爱"之书》（徐小斌、王红旗、戴潍娜）刊于 9 月 27 日《文艺报》。

徐小斌与《中国日报》记者的对谈 Drama runs in her writing（《她的作品中充满戏剧性》）刊于《中国日报》。

长篇小说《天鹅》由作家出版社出版。

长篇小说《羽蛇》由人民文学出版社三版。

阅读《博弈论》和《时间简史》。

在第二次中国－澳大利亚文学论坛上就"文学的传统与现代性"话题做专题演讲。参加首届海峡两岸文学笔会并做主题发言。

意大利文版、西班牙文版《羽蛇》和英文版《敦煌遗梦》先后问世。

美国著名期刊 *Speaking Literature* 刊登英文版《蜂后》。

2014 年　六十一岁

短篇小说《无执》发表于《江南》第 3 期。

短篇小说《无为》发表于《作家》第 7 期。

发表随笔《理想生活》(《上海采风》)、《绿色生活》(《中国绿色时报》)、《在颐和园寻找历史踪迹》(《新民晚报》)、《魅力是什么》(《北京青年报》)。

签约国家开放大学，撰稿并主讲《西方美术欣赏》(共二十讲)，创该校线上同类课程最高点击率纪录。

长篇小说《炼狱之花》获加拿大第二届国际"大雅风"文学奖小说首奖，赴多伦多领奖。

应邀赴泰国进行影视文化交流活动。

应邀赴澳门大学讲学，在澳门大学郑裕彤书院设立"徐小斌工作坊"。

出席第三次汉学家文学翻译国际研讨会。

出席第十三届海外华文女作家双年会暨华文文学论坛，与余光中、席慕蓉等同台，做主题演讲《文学与人生的终极价值》。

2015 年　六十二岁

发表随笔《我执与无执》(《名作欣赏》)、《维族民居的女主人》(《北京青年报》)、《美丽与哀愁：画家勒布伦夫人》(《新民晚报》)、《怪才达利》(《新民晚报》)、《埃及艳后的智慧》(《北京青年报》)、

《明镜照物　妍媸毕露——读孙郁〈民国文学十五讲〉》（《中国文化报》）、《最难得的是，他们是真人——印象中的王朔和苏童》（《北京青年报》）。

创作系列随笔《艺术家真相二十篇》，为国家开放大学课程讲稿。

中篇小说《双鱼星座》（节选）刊于《芳草·经典阅读》第1期。

散文随笔集《密语》、中短篇小说集《睡蛇的伤口》由安徽文艺出版社出版。

阅读《尤利西斯》和《源氏物语》。

2016年　六十三岁

发表随笔《从不为凡俗之事动心的宗璞》（"腾讯·大家"）、《内心的温暖——记林斤澜》（《北京青年报》）、《大智者林斤澜的生命年轮》（"腾讯·大家"）、《名列改革四君子的两位朋友》（"腾讯·大家"）、《薰衣草的启示》（《北京青年报》）、《和亲质疑》（《新民晚报》）、《新左派领袖与"晚霞消失的时候"》（《北京青年报》）、《八十年代的"收获"》（《北京青年报》）。

随笔《英伦十二日》发表于《长江文艺》第17期。

散文绘本《任性的尘埃》由海峡书局出版，内有绘画作品五十幅。

散文随笔集《生如夏花》由高等教育出版社出版。

英文版长篇小说《水晶婚》由英国巴莱斯蒂出版社出版，获2016年度英国笔会翻译文学奖。

年底开始创作绘本《海百合》。

参加全球快闪CHINA艺术博物馆系列活动"见画睹字"五人联展。

应邀出席伦敦书展并在英国利兹大学演讲。

出席中国作家协会第九次全国代表大会。

2017年　六十四岁

中篇小说《入戏》发表于《广西文学》第 10 期。

发表随笔《导演张军钊与八十年代电影往事》（"腾讯·大家"）、《一个真正的聪明人》（"腾讯·大家"）、《万卷山移　一篇吟成》（《人民日报·海外版》）。

阅读《塞拉菲尼抄本》。

画作《埃及艳后》入选全国首届名家书画展，在世界读书日展出。

在温哥华讲课及举办文学座谈会。

年底参加博鳌论坛并做重要发言。

本年继续创作绘本《海百合》，并开始为张志忠教授所著《徐小斌论》查找资料。

2018年　六十五岁

发表散文《画之隐喻》（《光明日报》），随笔《芳村陌上》（《时代文学》）、《绘本：文学的中国画风与世界面向》（《文艺报》）。

全彩童话绘本《海百合》由十月文艺出版社出版，内有绘画作品七十幅。这是作家首次自写自画的绘本，其画作得到专业画家的高度评价。

中篇小说集《双鱼星座》列入"百年中篇小说名家经典"，由河南文艺出版社出版，书中收入《双鱼星座》《对一个精神病患者的调查》两篇。

中篇小说《双鱼星座》收入《百年百部中篇正典》，由春风文艺出版社出版。

长篇小说《海火》由百花洲文艺出版社出版。

主要阅读赫塔·米勒的《心兽》、尤瓦尔·赫拉利的《未来简史》和米歇尔的《追寻拿破仑的足迹》。

综合材料画作《青鸟》在中华世纪坛展出。

微型画作《精卫填海》和《春意》参加由意大利贝纳通基金和中国美协联合举办的"多彩中国"微型艺术展。

本年和次年一直在筹备文集的出版。

2019年　六十六岁

中篇小说《无调性英雄传说——关于希腊男神与科学神兽的故事以及对荷马史诗的改写》发表于《作家》第1期。

发表随笔《百年传承红舞鞋》(《人民日报》)。

中短篇小说集《入戏》由北岳文艺出版社出版。

《徐小斌经典书系》(十四卷)由作家出版社出版。

继续阅读尤瓦尔·赫拉利作品。

2020年　六十七岁

电影剧本《敦煌遗梦》发表于《中国作家·影视版》第8期。

发表散文《大风天里的白色帆船》(《世界日报》),随笔《文学改变命运——我与〈北京文学〉》(《北京文学》)。

与其他二十五位作家参与学者张莉发起的"性别观与文学创作"话题讨论,刊于《江南》第1期。

中篇小说《对一个精神病患者的调查》作为"《北京文学》70华诞经典回顾",重刊于《北京文学·中篇小说月报》第2期。

访谈《徐小斌谈枕边书》刊于4月15日《中华读书报》。

接受澎湃新闻网专访,题为《作家徐小斌:不仅是女性主义,更是现代社会的寓言》。

散文随笔集《孤独之美》由江苏凤凰文艺出版社出版。

2021年　六十八岁

随笔《泰伊思:看美丽星辰如何陨落》发表于《十月》第2期。

中篇小说《入戏》刊于美国华文杂志《红杉林》第2期。

"Meet·域外典藏"公众号以"那后面究竟深藏着一个怎样的谜底?"为题推介短篇小说《银盾》。

英文版中短篇小说集《古典悲剧》由英国巴莱斯蒂出版社出版,包括十三个中短篇小说:《天籁》《迷幻花园》《古典悲剧》《花瓣儿》《亚姐》《蜂后》《银盾》《过门儿》《黄和平》《美术馆》《蓝毗尼城》《密钥的故事》《黑瀑》。

9月27日,北京市文联和作家出版社联合举办徐小斌作品研讨会。

11月10日,应首都师范大学文学院之邀,赴该校举办讲座"风云诡谲 我心依旧——我的文学四十年"。

11月24日,在第六届中欧国际文学节开幕式上代表中方作家做重要发言。欧盟二十七位女作家和中方十位女作家受邀参加文学节。

后　记

　　"美是难的"。对徐小斌四十年创作道路与文学成就做出匆匆扫描和阐述过后，对于柏拉图提出的这一命题，我有了更为深入的体会。

　　改革开放和新时期文学四十余年，与徐小斌从事文学创作的时间相重合。徐小斌的小说处女作《春夜静悄悄》发表于1981年《北京文学》第2期，春天的夜晚，希望在萌生，遐思在蔓延，作品中的女主人公，像作者一样年轻，和作者一样浸润着新时期伊始的初春气息。时至今日，徐小斌仍然活跃在文坛艺苑。在这一个人从青春年少到炉火纯青的四十年间，时代发生了极大的变化，文坛的风向标转换了若干次，徐小斌的个人经历和心灵世界，在其中展开和浮沉，时代变迁、文坛风烟和个人经历三者都重重叠叠地体现在其小说和散文作品中。

　　我用巴赫金的"人与世界一起成长"的命题阐释徐小斌的创作特征。作家笔下写出了这样的"新人"与新时代、与新世界共同成长的动人作品，作家自己也正是这样处于不断成长状态之中的"新人"。在与世界一起成长变化中，作家的创作动力持久，始终保持旺盛状态，源源不断地推出富有新变的、捕捉"新人"成长每一个足迹的作品。从孟驰、景焕、肖星星、卜零，到陆羽、海百合、古薇，以及陆尘、烛龙、夏宁远，都是徐小斌带给文坛的"新人"。这些"新人"，在文坛上具有很大的独创性，彼此之间亦有很大的跨度，与时俱进，讲述"新人"，就是讲述作家自己成长的每一个足迹。但是，阐释徐小斌，除了创作时间跨度和作品数量众多，更为重要的有两个难点。

其一，是探索徐小斌的心灵世界的力不从心。就社会经验而言，作为同代人，作为改革开放时代的亲历者和文坛的在场者，我对于徐小斌表达的许多生活感受与社会批判感同身受。问题在于徐小斌的阅读经验和心灵空间之深奥斑斓。她的阅读偏好于博尔赫斯和卡尔维诺，我对于这两位作家并没有多少独到的心得。她对西方超现实主义绘画有独到的理解——不要说我这个美术的门外汉，她高度称赞的一些画家在中国大陆都不为人知，从事美术专业的人士都很少提及。她的融合又超越了各种宗教教义的悲悯情怀，对心理学的关注、对神秘主义的体验、对现代科学的兴趣、她的美术和音乐修养等，都是其心灵空间的重要组成，构成其精神信仰与想象世界，具有相当的超验性。我自认为是一个在地面上行走的经验主义者，而且生为男性，对徐小斌的诸多生命感遇和精神元素有许多的阻隔，难以逾越。

其二，是徐小斌作品的难以概括。我把她的创作总结为无依无靠，无门无派，无拘无束，无牵无碍。徐小斌的创作持续了四十年，却一直是业余创作的作家，先当教师，后当编剧，这些是她的主业，很少关联到作家协会系统。她的若干作品研讨会，大都是有新作问世，出版社牵头举办，没有宣传、作协系统的强大资源。这是无依无靠。她的创作，如其所言，很少会被归纳到某个文学潮流之中，没有标签，没有被命名，这是其长处，亦是其短处，在文学江湖上没有扎堆没有抱团，始终是一个人在战斗，不易形成群体效应。这是无门无派。徐小斌自喻是"任性的尘埃"，任性，就有可能得到相对的自由，任性，就是企图在有限的生命中超越自己。她的创作，任性纵情，无拘无束，能够在举世嚣嚣中发现斯人独憔悴的景焕（《对一个精神病患者的调查》），敢于在言者寥寥的语境下奏响当代梁祝的浪漫绝响（《天鹅》），不顾忌是否会失去读者、粉丝，在《羽蛇》颇受好评之后转身去写《德龄公主》，还可以把文学放在一边去画出非常时尚的《海百合》绘本。这是无拘无束。但无拘无束并不完全是好事。就像《羽蛇》中所说，脱离了翅膀的羽毛不是飞翔而是飘零，这正好和任性的尘埃自由超越形成一组悖论。"打一枪换一个地方"的写作，会让人拍案惊奇，徐小斌的创作因此具有很强的炫技性，同样具有很强的炫技性的是其作品中的多线索叙事，音乐、美术、宗教、科学、历史、心理，色彩缤纷，凌虚高蹈。这是无牵无碍。就像《敦煌遗梦》，一半是宗教，一半是谜案，就像《天鹅》，一半是音乐，一半是传奇。这样的创作别开生面，乱花迷眼，也容易分散作家和读者的注意力，忽略了奋力一击产生的疼痛感和冲击力——在这一点上，我是非常赞赏《对一个精神病患者的调查》和《羽蛇》一刀毙命的痛快淋漓的，痛，并快乐着。炫技性的写作，多种才能的施展，可以获得五项全能或者十项全能的冠军，其不利因素则在于，怎样更好地处理主从关系，强化其情感的力度和直击世道人心的穿透力。就此而言，徐小斌的一批中短篇小说，《蜂后》《别人》《吉尔的微笑》《做绢人的孔师母》可以说是刀刀见血，一剑封喉。惜乎在长篇小说为王的时下，它们都未能得到应有的关注。所谓无牵无碍，是指她背离时代主流的文学追求，无视文坛游戏规则——在当下的注意力经济大趋势下，作家要能够经常吸引眼球，作品问世的频度要高，要有持续性，要有一些花边新闻，在广播上有声，在电视里有影，在微信圈里有料，甚至在新作推出前要有热身，等等，她都忽略不计；在电视剧大行其道之时，她身在"宝山"，所获无多，不曾将拥有的资源富矿开发出来——这些都几乎不在她的考虑范围。将上面的"四无"做一个总括，回到研究徐小斌的难点上来，她的创作过于飞扬跋扈，不但很难和文学潮流相融合，很难发现规约她创作的文坛—环境机制，仅就徐小斌自己的创作而言，许多时候也是"十三不靠"，跳跃性过强，把握其创作的主脉何在，进行总体梳理非常困难。

应对这两个难题，我做了不少努力，做了不少功课。为了解析《对一个精神病患者的调查》和《弧光》，浏览了若干部希区柯克的精神分析电影。为了理解徐小斌的西方美术修养，查看了她的相关文字和《西方美术欣赏》授课视频。为了领会《天鹅》中的一个情节，夏宁远因为观看古藏给他的电影光盘《肉体学堂》产生极大误会，我在网上搜寻并观看了这部法国情色片。对《敦煌遗梦》中的宗教诸神、《炼狱之花》中的吉凶花语、阿尼玛心象、科学神兽，等等，都做了恶补。还有很重要的一点是，对有助于解读徐小斌的理论文本做大量涉猎，巴赫金的成长小说理论，戴维·哈维的时空压缩理论，埃里克森的人生发展八阶段划分等，都化用到小说文本的解读中，力求有一定的理论深度。

在具体的行文中，应对徐小斌创作的"十三不靠"，我的研究路径是，不勉为其难强作解人，对她的中短篇小说不求面面俱到，集中地讨论其中的少女成长与爱情婚姻故事，对其六部长篇小说，逐一地进行有深度的剖析，然后借重巴赫金的"人与世界一起成长"的理论加以整合之，建构整体的论述框架。这也许不是解读徐小斌的最好的方式，却是我自觉的一种可行性策略。

南宋诗人陆游有一首诗，《九月一日夜读诗稿有感走笔作歌》，描述其年长之后的写作和阅读的体会。全诗如下：

> 我昔学诗未有得，残余未免从人乞。
> 力屏气馁心自知，妄取虚名有惭色。
> 四十从戎驻南郑，酣宴军中夜连日。
> 打球筑场一千步，阅马列厩三万匹。
> 华灯纵博声满楼，宝钗艳舞光照席。

琵琶弦急冰雹乱，羯鼓手匀风雨疾。

诗家三昧忽见前，屈贾在眼元历历。

天机云锦用在我，剪裁妙处非刀尺。

世间才杰固不乏，秋毫未合天地隔。

放翁老死何足论，广陵散绝还堪惜。

　　陆游的诗作，阐述自己从少年到中年的人生经验与读诗写诗的体会。只有亲历过从戎南郑，欢宴狂歌、花灯纵博、阅兵则厩马万匹、鼓吹则琵琶羯鼓的大开大合，才顿悟"诗家三昧"，天机云锦。会心之处，"屈贾在眼元历历"，忤逆之际，"秋毫未合天地隔"。这是写作和赏析的两个边界，也是我写完这部书稿之后的深切感悟。作家研究，要追求"元历历"，避免"天地隔"，并非易事。君其知之乎？

2020 年 9 月 2 日初秋

图书在版编目（CIP）数据

徐小斌论 / 张志忠著 . -- 北京：作家出版社，2021.11
（中国当代作家论）
ISBN 978 - 7 - 5212 - 1574 - 8

Ⅰ.①徐…　Ⅱ.①张…　Ⅲ.①中国文学 – 当代文学 –
文学理论 – 研究　Ⅳ.①I206.7

中国版本图书馆 CIP 数据核字（2021）第 218288 号

徐小斌论

总 策 划：吴义勤
主　　编：谢有顺
作　　者：张志忠
出版统筹：李宏伟
责任编辑：杨新月
装帧设计：合和工作室
出版发行：作家出版社有限公司
社　　址：北京农展馆南里 10 号　　邮　　编：100125
电话传真：86 - 10 - 65067186（发行中心及邮购部）
　　　　　86 - 10 - 65004079（总编室）
E – mail: zuojia@zuojia. net. cn
http: // www. ZUOJIACHUBANSHE. com
印　　刷：唐山嘉德印刷有限公司
成品尺寸：152 × 230
字　　数：315 千
印　　张：25.25
版　　次：2021 年 11 月第 1 版
印　　次：2021 年 11 月第 1 次印刷
ISBN 978 - 7 - 5212 - 1574 - 8
定　　价：52.00 元

中国当代作家论

第一辑

阿城论　　杨　肖　著　　定价：39.00 元

昌耀论　　张光昕　著　　定价：46.00 元

格非论　　陈斯拉　著　　定价：45.00 元

贾平凹论　苏沙丽　著　　定价：45.00 元

路遥论　　杨晓帆　著　　定价：45.00 元

王蒙论　　王春林　著　　定价：48.00 元

王小波论　房　伟　著　　定价：45.00 元

严歌苓论　刘　艳　著　　定价：45.00 元

余华论　　刘　旭　著　　定价：46.00 元

第二辑

北村论　　马　兵　著　　定价：48.00 元

陈映真论　任相梅　著　　定价：58.00 元

陈忠实论　王金胜　著　　定价：68.00 元

二月河论　郝敬波 著　定价：45.00 元

韩东论　张元珂 著　定价：50.00 元

韩少功论　项　静 著　定价：48.00 元

刘恒论　李　莉 著　定价：45.00 元

莫言论　张　闳 著　定价：52.00 元

苏童论　张学昕 著　定价：46.00 元

于坚论　霍俊明 著　定价：55.00 元

张炜论　赵月斌 著　定价：46.00 元

第三辑

阿来论　王　妍 著　定价：49.00 元

刘慈欣论　文红霞 著　定价：50.00 元

舒婷论　张立群 著　定价：46.00 元

徐小斌论　张志忠 著　定价：52.00 元

张大春论　张自春 著　定价：68.00 元